TAC

2020 年傅雷青年翻译人才发展计划项目

中国古代的节庆与歌谣

Marcel Granet

［法］马塞尔 · 葛兰言 —— 著

刘文玲　钱林森　陈卉 —— 译

Fêtes et chansons anciennes de la Chine

中央编译出版社
CCTP Central Compilation & Translation Press

图书在版编目 (CIP) 数据

中国古代的节庆与歌谣 / (法) 马塞尔 · 葛兰言著 ; 刘文玲 , 钱林森 , 陈卉译 . —北京: 中央编译出版社 , 2023.9

ISBN 978-7-5117-4226-1

Ⅰ . ①中… Ⅱ . ①马… ②刘… ③钱… ④陈… Ⅲ . ①《诗经》– 诗歌研究 ②节日 – 风俗习惯 – 研究 – 中国 – 古代 Ⅳ . ① I207.222 ② K892.1

中国版本图书馆 CIP 数据核字 (2022) 第 131631 号

中国古代的节庆与歌谣

出版统筹	张远航
特约策划	贾宇琰
责任编辑	郑永杰
责任印制	李 颖
出版发行	中央编译出版社
地 址	北京市海淀区北四环西路 69 号 (100080)
电 话	(010)55627391(总编室) (010)55627312(编辑室)
	(010)55627320(发行部) (010)55627377(新技术部)
经 销	全国新华书店
印 刷	北京文昌阁彩色印刷有限责任公司
开 本	880 毫米 ×1230 毫米 1/32
字 数	333 千字
印 张	18.75
版 次	2023 年 9 月第 1 版
印 次	2023 年 9 月第 1 次印刷
定 价	78.00 元

新浪微博: @ 中央编译出版社　　微 信: 中央编译出版社(ID: cctphome)

淘宝店铺: 中央编译出版社直销店 (http: //shop108367160.taobao.com) (010)55627331

为“走近中国”文化译丛作序

雷米·马修

在古希腊古罗马时代结束了很长时间之后，欧洲世界转向了中国，却丝毫不了解中国之文化何其博大、中国之历史何其流长、中国之疆域何其广袤、中国之人口何其众多。那么，为什么要走近中国？要知道，要不是因为那条自罗马帝国时代以来就闻名天下的丝绸商贸之路，中国对欧洲一直也并未表现出多少兴趣。钱林森教授主持了一项卓越的事业，就是通过主编这套“走近中国”文化译丛，从历史和跨文化的角度，来回答这个宏大而复杂的问题。该译丛收录了丰富多彩的著作（原著多为法文和英文），以帮助人们理解这样一些对中国都充满着热爱，或者最起码充满着浓厚兴趣的欧洲知识分子是如何从自己的旅行记忆、宗教信仰以及各自时代所获得的科学知识出发，自以为是地对中华文明加以解读和诠释的。

在欧洲与远东交往的历史上，起初有三种动机推动着欧洲人去发现中国：宗教、商贸和对未知事物的了解欲。可以说，这样一段发现的历程多少是遵循了这样一个历史演进规律的。在信奉基督的欧洲，人们有一种要引领新的族群皈依“真正信仰”的信念。正是这种信念帮助天主教扩张到了美洲、非洲，当然还有亚洲。尽管欧洲早已有人远赴中国探险，但西方渗入中国的最初尝试，应该算是传教士们（在十六世纪末）的成就。他们甚至还为此设立了一些长期稳定的传教使团，其中大多由耶稣会会士或多明我会会士领导。这些传教使团在中国大陆的存在一直持续到将近1950年时才告终结。所以，欧洲最初获得的有关中国的信息，要归功于这些教士，他们在努力培养信徒的同时，执着地自以为从中国人的思想和信念中发现了属于原始基督教的一些遥远的、变形的元素。当然，我们现在都知道，他们的这些先入为主的观念导致他们在理解中华文明时犯下了多么重大的错误。

紧随传教使团之后，或者说与之同步，掀起了解中国第二波浪潮的，是商人。这波浪潮在十七世纪，也就是路易十四时期，渐渐成为时代的潮流。那时，全欧各国贵族以及从事商贸的资产阶级的家里都充斥着来自中国的丝绸、瓷器和青铜器。资产阶级也希望能在亚洲，尤其是在中国，为自己的商品找到一片广阔的市场，而不需要承受太多的道义负担。这些富裕的家庭以及这些掌权的贵族对这些他们连产地名称都不清楚的“中国货”趋之若鹜。我们都知道，这样一种进攻态势的经济帝国主义发展到十九世纪，就导致了一些政治争端和军事战争，其中的标志就是两次鸦片战争以及随后那些给中国留下如此糟糕记忆的一系列“不平等条约”。无论如何，西方的商人们还是获得了对这个丝绸及牡丹之国的认识，尽管这种认知是以经济利益为基础的，并且因为方法论的缺陷而常常充满了误解。

最后，从十九世纪始直至今日，以西方文人为主体构成的“汉学家”群体一直致力于解读和传播古代传统中国的语言、文学、艺术、社会学和历史……要想理解中国是如何被西方“走近”的，首先就应该向他们求教。虽然不可否认，这些学者中有相当多也曾是传教士或商人，在解读古代和现代中国的运作机制上曾经有过宗教信仰或经济利益上的考量，但从此，欧洲涌现出了众多懂得中华文明的专家。当然，也不要忘记日本的学者，他们对汉字文化的熟悉程度是他们的明显优势所在。

本套丛书收录的著作并不能完整地反映欧洲汉学研究的全貌。要知道，所有的西方国家都曾经从各自的传统、各自的经济利益、各自的地理位置以及各自当时的政治或军事实力出发，来寻找通往中国的道路。葡萄牙、波兰、俄罗斯、荷兰、瑞典……这些国家虽然算不上欧洲汉学研究的大国，也算不上最强大的帝国主义列强，但它们也都曾开辟了自己通向中国的道路。这第一批书目收录的只是一些英文和法文原著的作品，但还是能让中国读者窥见现当代西欧对中国的看法。它也使读者可以重新发现一些伟大的学者，比如洪堡（Alexander von Humboldt，1769—1859），其研究领域虽然主要集中于自然科学和世界地理，但他其实也是最早关注中国语言的德国科学家之一。他曾和雷慕沙（Jean-Pierre Abel-Rémusat，1788—1832）合出过一部题为《关于汉语有益而有趣的通讯》（*Lettres édifiantes et curieuses sur la langue chinoise*，*1821—1831*）的文集，为法国学院派汉学研究贡献了一块主要基石。

汉语，因其不属于印欧语系并且表现出诸如“单音节”“多音调”等与欧洲语言完全不同的特征，而常常成为西方作者进行自我观照的一个选项。本套丛书收录了一些或多或少涉及此类问题的作者及著作。比如白吉尔（Marie-Claire Bergère）和安必诺（Angel Pino）在1995年出版的《巴黎东方语言学院百年汉语教学论集（1840—1945）》（*Un Siècle d'enseignement du chinois à l'École des Langues orientales, 1840—1945*）就回顾了东方语言学院汉语教学的历史。而在那之前，在雷慕沙的推动下，巴黎的法兰西公学院（Collège de France）早在 1815 年就已经开始了大学汉语教学。

在语言方面，中国诗歌在现代出版物中占据重要地位。这在很大程度上要感谢朱笛特·戈蒂耶（Judith Gautier, 1845—1917），她把许多中国古诗译介成法语，于 1867 年编成了一本非常出色的集子《玉书》（*Le Livre de jade*），成为第一位编纂中国诗集的作家。这部作品令法国人了解了从上古至十九世纪的中国诗歌浩瀚的数量和卓越的品质，更让法国的诗人们领略了中国的诗歌艺术。1869 年，她又 [以其婚后姓名朱笛特·芒代斯（Judith Mendès）] 出版了《皇龙》（*Le Dragon impérial*），深刻地影响了那个时代法国的精神世界，受到了维克多·雨果（Victor Hugo）和阿纳托尔·法朗士（Anatole France）的高度赞誉。到了离我们更近的时代，仍有一些法国作者将心血倾注于伟大的中国古诗，或加以研究，或进行译介。正如郁白（Nicolas Chapuis）在其于 2001 年出版的《悲秋——古诗论情》（*Tristes automnes*）中所出色完成的那样。他所因循的，是葛兰言（Marcel Granet, 1884—1940）在一个多世纪前走过的道路。葛兰言曾经出版过一本《中国古代的节庆与歌谣》(*Fêtes et chansons anciennes de la Chine*)，试图通过对《诗经》中许多诗歌的翻译和解读勾勒出古代中国社会的轮廓。走在相似道路上的，还有英国的大汉学家阿瑟·韦利（Arthur Waley，1889—1966），他为欧洲贡献了大量中国和日本诗作的翻译。他之所以被收录于本套丛书，凭借的是他最有名的那部献给伟大诗人李白的著作《李白的生平与诗作》(*The Poetry and Career of Li Po, 701–762 A.D.*)，这部著作迄今依然是西方汉学研究的权威之作。而美国杰出汉学家狄百瑞（William Theodore de Bary，1919—2017）的研究显然更加集中于哲学层面，他于 1991 年出版了《为己之学》(*Learning for One's Self: Essays on the Individual in Neo-Confucian Thought*)，努力地向好奇的西方读者介绍中国的"理学"思想。他可以算是一位向本国同胞乃至向全世界大力推介远东哲学的学院派汉学家。从一定程度上说，于 1924 年出版了《盛唐之恋》(*La Passion de Yang-Kwé-Feï, favorite impériale*）的乔治·苏里耶·德·莫朗（George Soulié de Morant，1878—1955）也是如此，他改编了唐朝杨贵妃的历史故事，并借机引述翻译了杜甫的一些诗篇。同一时期有一本题为《论中国文学》(*Essai sur la littérature chinoise*）的小册子也是他 [以笔名乔治·苏里耶（Georges

Soulié)] 发表的作品。

许多关于中国的作品，都是西方的学者文人编著的他们在中国旅行或生活的记录，但也有一些出自普通西方旅行者的笔下。他们只是想把自己的印象告诉当时的同胞，让后者了解有关中国这个遥远国度的真实或假想的神秘之处。其中最古老的一部，大约是《曼德维尔游记》(*The Travels of John Mandeville*)，该书作者身份不明，应该是生活在十四世纪的欧洲人；他以极尽奇幻绮丽的笔法详细地记载了他远行东方的历程。该书有可能对马可·波罗（Marco Polo，1254—1324）的精彩故事也产生了影响。本套丛书收录了离我们更近的克洛德·法莱尔（Claude Farrère）于 1924 年出版的《远东行记》(*Mes Voyages: La Promenade d’Extrême-Orient*)，令人不由得联想到皮埃尔·洛蒂（Pierre Loti）、亨利·米肖（Henri Michaux）、亚瑟·伦敦（Arthur Londres）等欧洲记者及作家，他们都曾在二十世纪初启程奔赴这个尚不为世人了解的远东国度，然后又都把充斥着令他们感觉奇特的画面、声音和气味的回忆带回到了西方。路易·拉卢瓦（Louis Laloy，1874—1944）在 1933 年出版的《中华镜》(*Miroir de la Chine: Présages, Images, Mirage*）也属于这一大类。拉卢瓦对中国的音乐着墨颇多，因为他是当时为数不多的对中国音乐颇有钻研的专家之一；他还发表过多项关于中国乐器和中国戏剧的研究成果。值得一提的，还有乔治 – 欧仁 · 西蒙（G.–Eugène Simon，1829—1896），他的《中国城》（*La Cité chinoise*）讲述了自己作为领事的回忆，在欧洲大获成功。许多曾经在中国居住或生活过的法国或英国的作家都用各具风格的文字记述了自己在中国的见闻，他们的作品不仅体现了他们的美学情感、文化体验，而且具有重要的文学价值。其中，值得人们铭记的名字有谢阁兰（Victor Segalen，1878—1919），他创作了大量中国主题的文学作品，包括本套丛书收录的优秀作品《中国书简》（*Lettres de Chine*）。还有毛姆（William Somerset Maugham，1874—1965），他于1922年发表的《中国屏风上》（*On a Chinese Screen*）是一部以中国作为背景的旅行日记式短篇小说集。哈罗德 · 阿克顿爵士（Harold Acton，1904—1994）发表的题为《牡丹与马驹》（*Peonies and Ponies*）的集子也很有名，那是他在长居北京期间写成的，用一种纯英式的幽默记录了英国人和中国人之间的文化碰撞。从奥古斯特 · 博尔热（Auguste Borget，1808—1877）的笔下，也能读到同样的文化碰撞，他的《中国和中国人》（*La Chine et les Chinois*）采用欧洲中心的视角去观照中国文化中“奇丽”的一面，颇受向往异域情调的西方读者们的欢迎。与此观点一致的，还有法国记者保罗-埃米尔·杜朗-福尔格（Paul-Émile Durand-Forgues，1813—1883）以笔名“老尼克”（Old Nick）创作的《开放的中华》（*La Chine ouverte*，1845年首版，2015年再版）。这本书如其书名所示，讲述了在惨烈的鸦片战争之后，中国被迫向西方列强打开大门。但最妙的，还要数儒勒·凡尔纳（Jules Verne，1828—1905）在其1879年的杰作《一个中国人在中国的遭遇》（*Les Tribulations d'un Chinois en Chine*）中虚构的幻想之旅，充满了丰富的创意，后来在法国还被改编成了电影。

雷威安（André Lévy）在1986年翻译推出的《1866—1906年中国士大夫游历泰西日记摘选》（*Les Nouvelles lettres édifiantes et curieuses d'Extrême-Occident par des voyageurs lettrés chinois à la Belle Époque*，*1866–1906*）的一大成就，是展现了十九世纪末到欧洲游历的中国旅行者的反应，由此让我们看到了东方人对当时他们极为陌生的欧洲世界的看法。同样属于中国对西方进行见证这一类型的作品，还有陈丰·思然丹（Feng Chen-Schrader）在2004年出版的《中国文书——清末使臣对欧洲的发现》（*Lettres chinoises*: *Les diplomates chinois découvrent l'Europe*，*1866–1894*），让我们

了解到清末中国的来访者在接触到欧洲时的所思所想。要知道，在那个互不了解的时代，中国和欧洲对彼此的认识同样少得可怜。

如前所述，中国艺术对欧洲的渗入始自路易十四时代。在法国，这种渗入在路易十五及路易十六时代进一步增强，这与中国的清朝在十八世纪达到鼎盛时期是一致的。中国艺术在法国登堂入室，对于十九世纪前夕的法国人了解中国文化至为关键。与此同时，中欧之间的商贸交流获得了重大飞跃，渐渐形成了欧洲产品对远东的经济入侵之势。亨利·考狄（Henri Cordier，1849—1925）1910年发表的名著《18世纪法国视野中的中国》（*La Chine en France au XVIIIe siècle*）对这种同时出现在艺术和经济两个领域里的现象进行了研究。虽然直到二十世纪初，欧洲人对中国的思想一直不甚了解，但他们对中国的艺术表达却知之颇多，考狄的研究正好能够帮助我们理解这一点。当然，欧洲人对中国文化表达方式的认识并不局限于绘画、雕塑或丝绸艺术。中国的文学，尤其是中国的诗歌也进入了西方知识界，并给予了西方文学家和诗人们许多灵感和启迪。我们之前已经说过，这首先要感谢朱笛特·戈蒂耶。2011年，岱旺（Yvan Daniel）通过其在《法国文学与中国文化（1846—2005）》中出色的研究，对历史这一尚不甚为人所知的方面进行了分析。他考察了约1840年前后的法国文学作品，尤其是保罗·克洛岱尔（Paul Claudel）以及谢阁兰的作品，论证了戈蒂耶译介中国诗歌对他们产生的影响。而在1953年，即新中国成立几年之后，明兴礼（Jean Monsterleet）在其《当代中国文学的高峰》中，对百年之后的中国文学文化重新进行了一番梳理。这种以竭尽全力打倒旧文化为目标的新文化，将中国的一种新面貌呈现在了对中国革命时期（1920—1950）涌现的当代中国作家知之甚少的西方读者眼前。我们还要指出的是，明兴礼是曾经在中国和日本传教的耶稣会士，因而他当然是从天主教的视角来对革命中国的社会政治实践进行考察的。

走近中国，恰如钱林森教授为这套丛书精心遴选的文本所证明的那样，是欧洲历史中一段形式极其丰富、历时极其持久的历程。这些著作既反映了欧洲人认知中国的水准何其之高，也反映了他们认知中国的程度何其局限。这些局限是人所共知的：每个民族都会因其信仰、科学知识以及风俗习惯而在某种程度上视自己为“世界的中心”，从而使自己受到了局限。理解他人、认识他人是困难的，难就难在我们总是顽固地以为我们可以以己度人。这一点，庄子和淮南子等伟大的思想家早已作出过论述。我们也看到，正如清朝文人在游历西方时发表的感言所揭示的那样，中国人在认识欧洲的过程中也存在着同样的现象。尽管如此，还是必须强调，要是没有欧洲的（正面的以及负面的）影响，中国就不可能成为今日之中国，同样，没有中国为欧洲文化和技术带来的贡献，欧洲也不可能成为今日之欧洲。这便是雷米·马修（Rémi Mathieu）在2012年出版的著作《牡丹之辉：如何理解中国》（*L'Éclat de la Pivoine. Comment entendre la Chine*）中所捍卫的观点。他提醒人们不要淡忘中国和欧洲为彼此作出的贡献，以及双方有时都不愿承认的对彼此欠下的债务。这套囊括众多著作的丛书彰显了分处欧亚大陆两端的欧中双方希冀提升相互理解的共同愿望，的确是一件大大的功德。

雷米·马修（Rémi Mathieu）

2020年9月10日

（全志钢 译）

理解中国：法兰西的一种热爱

——为“走近中国”丛书作序

郁　白[1]

“中国是一个巨大的存在。她存在着。无视她的存在，是盲目的，况且她的存在日益显要。”（夏尔·戴高乐，1964 年 1 月 8 日）

2014 年，为纪念法国与中华人民共和国建立外交关系五十周年，法国外交部档案室对有关十八世纪以来曾经代表法国来华的学者、外交官及译者的一系列文献进行了整理汇编，结集成册，以《中国：法兰西的一种热爱》（*La Chine: une passion française*）为题出版。

钱林森教授在这套“走近中国”丛书中推介的法国学者文人们关于中国著述的中文译本，强化了这样一种认识，即

---

① 20 世纪法国汉学家、翻译家，资深外交家。

法国的知识分子一直和中国保持着一种充满激情的关系。英国大汉学家史景迁（Jonathan Spence，1936—2021）在其于1998年出版的关于西方对中国的想象之作《大汗之国：西方眼中的中国》（*The Chan's Great Continent: China in Western Minds*）中，将此称作“法国人的异国情缘”：“当时（十九世纪末）的法国人把他们对中国的体验和见解凝练成了一套颇为严密的整体经验，我称之为‘新的异国情缘’。那是一段交织着暴力、魅惑和怀念的异国情缘。皮埃尔·洛蒂（Pierre Loti）、保罗·克洛岱尔（Paul Claudel），还有维克多·谢阁兰（Victor Segalen），他们三人都在1895年至1915年期间在中国生活了一段时间。他们都坚信自己看到了、听到了、感受到了真正的中国。因为他们都是拥有巨大影响力的作家，所以他们把自己对中国的见解刊印出来，既拓展了西方对于中国的想象，同时又遏止了这种想象的泛滥。”

如果确如亚里士多德的名言所说，“理解欲乃人之天性”（《形而上学》），那么走近中国，对于法国而言，曾经是，现在依然常常是这种欲望的升华。正是在这种欲望升华的驱使下，诸多法国人深度地亲身参与到这个进程中，为理解中国投入了大量心力，并为之痴迷。这种痴迷，归根结底，就是受到了一个在众多方面都超乎理解的国度的吸引。中国的读者或许会问，法兰西对中国的这般“激情”是合理的吗？对于他们，我们只要简单地回答说：要想达致真正的理解，就必须先学会爱。

本套丛书辑录的文本所反映的，就是这样一个求索的过程。在中国，有太多人抱持这样一种论调，认定西方“不理解”中国。这些文本应该可以为这样的论调画上句号了。诚然，法国知识分子对中国的印象与中国在不同历史阶段想要向世人展现的印象可能并不一定相符。但在文化关系中，感受与实际同样重要。一味宣称“实际情况不是这样的”，并以此为由去否认另一方的理解，这样的做法不仅毫无建设性，甚至是有害的。更有意义的做法，应该是对两者之间的差异、距离甚至是鸿沟进行测量评估，以便架起新的理解的桥梁。

且以安德烈·马尔罗（André Malraux，1901—1976）的名著《人类的境遇》（*La condition humaine*，获得 1933 年龚古尔文学奖）为例。它讲述的是 1927 年上海工人起义遭镇压的故事。有评论说这部小说“消解了（西方人对中国的）幻想但又不致令人绝望”，而这一效果的达成，虚构在其中起到的作用要比纪实大得多。而且这本书是欧洲第一部预言中国革命的作品。

离我们更近一些的例子，是尼古拉·易杰（Nicolas

Idier，1981—）在 2014 年出版的《石头新记》（*La musique des pierres*）。易杰曾任法国驻中国大使馆文化专员，他笔端流露地对画家刘丹（1953—）的真挚感情令读者感动。他说刘丹“画的是中国（未来）在经历了一段漫长的阴霾后迎来的复兴”。这本书延续了三个世纪以来以中国为题的法国文学的传统，把一段充满个人主观体验的讲述打造成了一份关于艺术及艺术家在当今中国所发挥的作用的证词。

我在这里提及这些并未被钱林森教授收录进这套丛书的作品，目的是吊一下中国读者们的胃口。要知道：对中国的热爱是法国文学的一个鲜明特点。除了在法国，还有哪个国家会有那么多以中国作为核心研究对象的院士？前有阿兰·佩雷菲特（Alain Peyrefitte，1925—1999）和让-皮埃尔·安格雷米（Jean-Pierre Angrémy，1937—2010），今有程纪贤（François Cheng，中文笔名“程抱一”，1929—），他于 2002 年当选法兰西学院院士，是法国历史上第一位华人院士。

这套丛书是钱教授特地为法国的一些汉学家准备的颁奖台。我们要热烈地感谢他记录下法国汉学家们在理解中国的进程中所作出的重大贡献。而且他们的贡献常常超越法语世界的边界。葛兰言（Marcel Granet，1884—1940）、雷维安（André Lévy，1925—2017）、白吉尔（Marie-Claire Bergère，

1933—）和雷米·马修（Rémi Mathieu，1948—）培养的一代代学生如今已经成为执掌法中两国关系的主力。法国的中国文化教学也从未像今天这样兴旺繁荣，而中文也已经成为法国中学生的一门选修外语。这一切，都为法国在未来更加全面地走近中国打下了基础，为唤醒法国文学的全新使命打下了基础，为法国对中国更深沉的热爱打下了基础。

郁白（Nicolas Chapuis）

2020 年 5 月 3 日，北京

（全志钢译）

“走近中国”文化译丛主编序言

钱林森

“走近中国”文化译丛书系，是21世纪初我主持编译的西方人（欧洲人）“游走中国”“观看中国”的小型文化译丛。这套文化译丛的酝酿、构想，始于20世纪末与21世纪之交，而最终促成其创设、实施的机缘，却源于遐迩闻名的山东画报出版社一位素未谋面的年轻编辑曹凌志先生的一次造访。2002年10月深秋的一天，曹先生手持一部大清帝国时代的法文原版精装书来宁见我，他一见到我，便开门见山地介绍道：这是他们山东画报出版社从西南四川等地，经多处庙堂辗转而得手的 部图文并茂的法语原著。社里领导很想将此书翻译成中文正式面市，但不知它写的什么内容，值不值得翻译出版刊行。所以要请专家评估一下。曹先生庄重地申言：“我们曾首先咨询过北京社科院外文所法国文学大家柳鸣九先生的高见，是柳鸣九先生建议我们来宁登门拜访您的。”——不由分说，便把他手持的法文原版书递过来。受宠于我所敬重的权威学者之举荐，岂容怠慢？我就诚惶诚恐地连忙接过客人递过来的这部精装珍稀读物，认真地翻阅起来，方知这原是 19 世纪法国一位匿名游记作家老尼克（Old Nick）所撰，并由同时期法国著名画家、旅游家奥古斯特 · 博尔热（Auguste Borget）作插图的图文并茂的“游记”[①]，是西人“游”中国、“看”中国、想象中国、认识中国的时兴文体。初看起来，内中虽不无作者舞笔弄文的杜撰，但其历史文献的意义，却是显而易见的，加之书内附有清朝时期罕见的栩栩如生的写生插图画，其珍贵的文化价值和收藏价值，毋庸置疑，因此，它也就被顺理成章地收进了敝人酝酿有年的“走近中国”文化译丛书系。

“走近中国”文化译丛最初的构想，是想编选“域外人”（包括东洋人和西洋人）“游”中国、“看”中国的大型文化游记书系，而域外的中国游记，浩如烟海，受制于个人精力、能力和出版诸因素，编选者最终只取一瓢饮。选择的标准有二：一是该文本的跨世纪影响力，即这些文本迄今为

① 指（法）老尼克著，奥古斯特 · 博尔热作插图的《开放的中华——一个番鬼在大清国》。

止还时不时地影响着西方人对中国的看法，是西人眼里的经典。二是该文本的文学、历史价值，即这些文本不仅有较强的可读性，且有重要的历史价值和文化意义。首辑仅选法、英两国10部长短不等的中国游记，即（法）老尼克的《开放的中华》（*La Chine ouverte*，1845）、（法）格莱特（*Thomas-Simon Gueullete*，1683—1766）的《达官冯皇的奇遇——中国故事集》（*Les Aventures merveilleuses du Mandarin Fum-Hoam: Contes chinois*，1723）、（法）奥古斯特·博尔热（Auguste Borget，1808—1877）的《中国和中国人》（*La Chine et les Chinois*，1842）、（法）绿蒂（Pierre Loti，1850—1923）的《在北京最后的日子》（*Les Derniers jours de Pekin*，1901）等组成一套小型书系，于21世纪头10年间，由山东画报出版社、江苏人民出版社、上海书店出版社出版。首辑译丛正式面世时，我曾就其编选动因和译丛的创意与宗旨作了如下说明：

> 中西方文明的发展与相互认知，经历了极其漫长的道路。两者的相识，始于彼此间的接触，亦可以说，始于彼此间的造访、出游。事实上，自人类出现在地球上，这种察访、出游就开始了，可谓云游四方。“游”，是与人类自身文明的生长同步进行的。“游”，或漫游、或察访、或

远征，不仅可使游者颐养性情、磨砺心志，增添美德和才气，而且能使游者获取新知，是认识自我和他者，认识世界、改变世界的方式。自古以来，人类任何形式的出游、远游，都是基于认知和发现的需要，出于交流和变革的欲望，都是为了追寻更美好的生活。中西方的互识与了解，正开始于这种种形式的出游、往来与接触，处于地球两端的东西（中西）两大文明的相知相识和交流发展，正由此而起步。最初的西方游历家、探险家、商人、传教士和外交使节，则构筑了这种往来交流的桥梁，不论他们以何种机缘、出于何种目的来到中国，都无一例外地在探索新知、寻求交流的欲望下，或者在一种好奇心、想象力的驱动下，写出了种种不同的“游历中国”的游记（包括日记、通讯、报告、回忆录等）之类的作品，从而构成了中西方相知相识的历史见证，成为西方人认识自我和他者、认识中国、走近中国的历史文献，在中西交流史上具有无可取代的价值和意义。对这些历史文本作一番梳理、介绍，它本身就是研究“西学”和“中学”不可忽略的一环，是深入探讨中西方文化关系无法回避的重要课题。翻译出版“走近中国”文化译丛最初的动因正在于此。

在中西方两大文明进行实质性的接触之初，在西方对东方和中国尚未获得真实的了解和真确的认知之前，西方人——西方旅游家、作家、思想家和传教士，总习惯于将中国视为“天外的版舆”，将这个遥远、陌生而神秘的“天朝”看作不同于西方文明的“异类世界”，他们在其创作的中国游记，以及有关中国题材的其他著作中，总是按照自己的意愿与想象塑造自己心目中的中国形象——一个迥异于西方文化的永远的“他者”形象。在西方不同时代、数量可观的中国游记中所创造的这种知识与想象、真实与虚构相交织的“中国形象”，无疑是中西交通史上一面巨大的镜子，从中显现出的不仅是“中国形象”创造者自身的欲望、理想和西方精神的象征、文化积淀，也是西方视野下色泽斑斓、内涵丰富复杂的“中国面影”。这就决定了，西方的中国游记和相关题材的著作，既是中国学者研究“西学”的重要历史文献，又是西方人研究“中学”的历史文本，其深刻的学术价值是显而易见的。西方的中国游记对中国的描写和塑造，不仅激发了西方作家、艺术家的创作灵感，也为西方哲人提供了哲学思考的丰富素材，启发了他们的思想智慧。一如有些文化史家所指出的，“哲学精神多半形成于旅游家经验的思考之中”[①]。西

① 艾田蒲：《中国之欧洲》（上），许钧、钱林森译，河南人民出版社 1992 年版，第 197 页。

方早期的中国游记，虽然多半热衷于异乡奇闻趣事的报道而缺乏哲学的思考，但它们所提供的中国信息、中国知识和中国想象，却给人以思考，为西方哲人，特别是16世纪以降人文主义、启蒙主义思想家提升自己的哲思，建构自己的学说，提供了绝好的思想资源和东方素材，并且成为他们描述中国、思考中国不可或缺的参照。这样看来，西方的中国游记所蕴含的思想价值和哲学意义，也是不言而喻的。我们还注意到，历代西方的中国游记所传递的中国信息、中国知识，不仅使西方哲人深层次地思考中国、认识中国提供了可能，而且也直接地促进西方汉学的生成和发展。西方中国游记和类似的“中国著作”，特别是17、18世纪来华耶稣会士的游记和著述，所展示的中国形象、中国信息、中国知识，直接构成了18世纪欧洲“中国热”主要的煽情材料和思想资源，直接助成了19世纪西方汉学生长和自觉发展的重要契机，其文化意义也毋庸置疑。如是，文化译丛“走近中国”的创意，正基于此。

那么，在难以数计的西方游记和相关著述里，中国在西方视野下究竟呈现着怎样的面貌？这难以数计的游记、著述又如何推动西方汉学的生成与发展？它们在西方流布，到底在传播着怎样的中国神话、中国信息、中国知识，从而深化西方人对中国的了解和认识，使之一步步走近真实的中国？这便成了本译丛梳理、择选的线索和依据，以此而为读者提供一幅中西方相知相识、对话交流的历史侧影，正是本译丛的编译宗旨。

新编"走近中国"文化译丛，严格遵循首辑译丛所确立的编译宗旨和编选标准，但在入选作者国别和作品文体、内容方面却有所不同。首辑出版的"走近中国"文化译丛入选作品，主要是法、英旅游家、作家所撰写的中国游记、信札、日记等文类，而新编入选作品，则集中择选法国作家、汉学家（含中国驻法使节、留法学人）所撰写的思考、研究中国文化的著述，除游记、信札、报道类外，还包括散文随笔、传奇、戏剧、哲学对话和学术专论等各类文体在内的著作。这就是说，行将推出的新编"走近中国"文化译丛，不止于西人"游走中国"的游记，着重收入的是法、中两国作者所撰的研究中国文化的著述，包括文学创作和学术研究两类著述，是法、中学人互看互识、对话交流的跨文化学术丛集。"走近中国"文化译丛的编选做这样的变动，实出于编选者能力与知识积累的现实考量，也出于编选者自身研究的实际需要与诉求，因为此时编者也正担负着主编《中外文学交流史》之在研课题。如此面世的文化译丛，必将为源远流长的中西（中法）文化文学关系研究搭建一方坚实、宽阔的跨文化对话平台，也必将为日趋深入拓展的跨文化比较文学研究提供新的学术场域。

新编的“走近中国”文化译丛，以“游记”类和“文库”类两辑，即文学作品之“作家文丛”、学术著述之“学者文库”两辑刊行面世。恪守首创宗旨和选择准则，本译丛精选自 17 世纪以降，侧重 18 世纪至 20 世纪的法国作家、思想家、汉学家（含留法华人学者）研究中国文化有影响力的近 20 部作品。每部中译本皆有导读性的译者序或译者前言，并且尽可能地附有原著插图，以图文并茂的新风貌展现于世。具体书目为：马塞尔·葛兰言（Marchel Granet，1884—1940）著《中国古代的节庆与歌谣》（*Fêtes et chansons anciennes de la Chine*），白吉尔（Marie-Claire Bergète）、安必诺（Angel Pino）主编的《巴黎东方语言学院百年汉语教学论集（1840—1945）》（*Un siècle d'enseignement du chinois à l'école des langues orientales*，*1840–1945*，1995），岱旺（Yvan Daniel）著《法国文学与中国文化》（*Littérature française et culture chinoise*，2000），雷米·马修（Rémi Mathieu）著《牡丹之辉：如何理解中国》（*L'Eclat de la pivoine: comment entendre la Chine*，2012），郁白（Nicolas Chapuis）著《悲秋——古诗论情》（*Tristes Automnes*，*libraire-Editeur You Feng*，2001），路易·拉卢瓦（Louis Laloy，1874—1944）著《中华镜》（*Miroir de la Chine: Présages*，*Images*，*Mirage*），乔治·苏里耶·德·莫朗（George Soulié de Morant，1878—1955）著《盛世之恋》（*La passion de Yang Kwé fei*，*Mercure de France*，*revue*，*septembre-octembre*，1922），毛姆（W.Somerset Maugham）著《中国屏风上》（*On a Chinese Screen*）等。近20部不同文体的作品与著述，敬献于广大读者，就正于海内外方家。感谢一直与编者一起携手共耕的译者朋友们，感谢始终默默地关注着、支持着本文化译丛的亲朋挚友和学界师长、同仁们。

“走近中国”文化译丛选载的上述作品，皆属18至20世纪法国（含英国）作家、汉学家“游走中国”“观看中国”“认识中国”、思考和研究中国的各类不同文体的优秀之作，是法（英）国作者，一代接一代，瞭望中国、想象中国、描写中国的色泽斑斓、琳琅满目的集锦荟萃，堪称法、英文苑的奇花异草，构成了一道靓丽的风景线。这些作品的作者们，之所以一代又一代心仪“他乡”“远方”“别处”，不断地瞭望东方——中国，关注中国、描述中国，并不总是出于一种对异国情调和东方主义的“痴迷”，实出于认知“他者”和反观“自我”的内心需要。“在中国模子中，我只是摆进了我所要表达的思想。”——20世纪法国作家谢阁兰的这句话最好不过地表达了这一代法、英作者关注中国、了解中国、描写中国的真实愿望，旨在借中国这面镜子来反观自己，确立自身的形象。他们之所以一往情深地渴望远方、别处，寻找“他者”，恰恰反映了他们对自己认识的深层需求，一种“时而感受到被倾听的需求，时而（抑或同时）产生倾诉、学习和理解的需求”，一种杂糅了自我抒发与理解他者的“必要”。克洛岱尔将处于地球东西两端的法中两个不同民族、不同文明之间的这种相互瞭望、相互寻找、互证互识的双向运动比作一种自然现象——“海洋潮汐”[①]。从这个意义上说，他们“瞭望”东方、“游走”中国、“寻找”他者，也许正是另一种方式的寻找自我，或者说，是寻找另一个自我的方式；他者向我们揭示的也许正是我们自身的未知身份，是我们自身的相异性。他者吸引我们走出自我，也有可能帮助我们回归到自我，发现另一个自我。由此可见，即将面世的“走近中国”文化译丛，呈现于诸君面前的这些作品的作者们，之所以如

---

① Paul Claudel, *La Poésie française et l'Extrême-Orient* (1937), in *Œuvres en prose*, Paris, Gallimard, coll. *Bibliothèque de La Pléiade*, 1965, p.1036.

此一代接一代地渴望东方，远眺中国，寻找他者，如此情有所钟地“醉心”于中国风景，采撷中国题材，一部接一部地不断描写中国，抒发中国情怀，认知中国，正是他们认知自身的需要，他们“看”中国，正是反观自己、回归自己的一种需求，一种方式和途径。如此，从跨文化研究的方法论学理层面看，“走近中国”文化译丛所提出的课题，不仅涉及这些法（英）国作家在事实上接受中国文化哪些影响和怎样接受这些影响的实证研究，还应涉及他们如何在自己的心目中构想和重塑中国形象的文化和心理的考察，研究他们的想象和创造；不仅要探讨他们究竟对中国有何看法，持何种态度，还要探讨他们如何“看”，以何种方式、从什么角度“看”中国，涉及互看、互识、互证、误读、变形等这一系列的跨文化对话的理论和实践的话题，是关涉中外（中法）文化和文学交流史研究的基础性工程，其学术价值和意义，毋庸置疑。

采撷域外风景，载运他乡之石，是当年创设“走近中国”文化译丛之动因、初衷，同理同道，广揽域外风景，汇编成集，呈现于国人，不是为了推崇异国情调，追寻异国主义，而是为了向诸君推开一扇窗户，进一步眺望远方，一览窗外的风景，旨在借助外来的镜像来反观自己，认识自己，从而确立自身的形象。众所周知，他山之石，可以攻玉。打开室内窗户，直面窗外景象，一览无余，我们自身的面貌也就清晰地浮现出来，一如有西方学者所言，在天主教“三王来朝”的时候，在我们的对面肯定会有一张毫无掩饰的面孔出现：“在面孔中所反映出来的他人，从某种意义上恰恰揭示了他本人的造型特征。就像一个人在打开窗户的时候，他的形象也同时被勾画了出来。”[①] 我们编译出版“走近中国”文化译丛，希望诸君看到17世纪以降至20世纪，这一时代映现在西方人眼中的中国，这个时代西方人注视中国、想象中国、创造中国的“尤利西斯式”目光。那目光可能不时流露出傲慢与偏见，但其中表现在知识与想象的大格局上的宏阔渊深、细微处的敏锐灵动，也许，无不令人钦佩、击节，甚至震撼。总之，诸君倘能闲来翻书，读到“走近中国”文化译丛，击节称奇，从中感到阅读欢愉，发出会心的微笑，那便是对我们的勉励，倘能借助这面互证的镜像，打开“窗外的风景”，反观自己，审视自己，掩卷长思，从中受到教育，那便是对我们最大的奖励。

值此“走近中国”文化译丛付梓刊行之际，我们由衷地

---

① （法）埃马纽埃尔·勒维那斯：《他人的人道主义》，袖珍书，图书馆散文集，1972年，第51页。

感谢出版方中央编译出版社的诸位领导，感谢他们始终坚守契约精神和不离不弃的支持、合作，感谢编译社诸位编辑的悉心编审，感谢翻译团队师友们携手共耕、辛勤付出，感谢法国知名汉学家雷米·马修先生、郁白先生在百忙中欣然赐序，拨冗指教。

钱林森

2023 年 5 月 30 日，大病未愈，居家养病期间定稿

南京秦淮河西滨，跬步斋陋室

译文序

钱林森

《中国古代的节庆与歌谣》的作者马塞尔·葛兰言（Marcel Granet, 1884—1940），是法国20世纪前期著名的汉学家、社会学家。1904年，他考入巴黎高等师范学院，主修历史学，师从法国社会学的代表人物爱弥儿·涂尔干（E. Durkheim，1858—1917）[①]和马塞尔·莫斯（Marcel Mauss, 1872—1950），深受他们影响。1907年，葛兰言参加中学教师资格考试并获得高中历史教师证书，接着因得狄爱尔基金会的资助，转而师从汉学大师沙畹（Edouard Chavannes, 1865—1918），专攻汉学。他曾于1911年至1913年，1918

---

① 20世纪汉学大师戴密微先生，提及涂尔干在社会学方面的影响时称："他在法国起的作用，与心理学家弗洛伊德在日耳曼国家中所起的作用很相似。"见 Paul Demieville（戴密微）：*Aperçu historique des études sinologiques en France*（《法国汉学研究概述》），in *Choix d'études sinologiques* (1921-1970)（《汉学研究选集，1921—1970》), Leiden : E. I. Brill, 1973.

年至 1919 年两次到中国从事实地调查和研究。如同沙畹一样，葛兰言从巴黎高师毕业后，便在东方语言学院就任远东文明课教授，并在索邦大学任助教。接着在高等研究实验学院宗教系任研究导师、汉学研究所所长。当第二次世界大战德军入侵巴黎后，他因忧郁、疾愤而辞世。他被后世汉学界称为“性格独特而又苛严的大师，他也许是对年轻一代影响最广的汉学家”[①]。葛兰言擅于从社会学的角度研究中国文化，用社会学理论和社会学分析方法来考察中国古代的社会、文化、宗教和礼俗，著作甚丰。除本著作外，重要的还有《中国古代的舞蹈与传说》(*Danses et Légendes de la Chine ancienne,* 1929)、《中国人的文明》(*La Civilisation chinoise,* 1929)、《中国人的宗教》(*La Religion des Chinois,* 1932)、《中国人的思想》(*La Pensée chinoise,* 1934)、《中国古代的婚姻级别与婚姻关系》(*Catégories matrimoniales et relations de proximité dans la Chine ancienne,* 1938）等有影响的著作，从而为后世汉学界所激赏，将葛兰言视为西方“通晓中国文化的一位天才的启蒙教师”[②]。

葛兰言的《中国古代的节庆与歌谣》是译介、研究《诗经》的一部极具影响力的著作。它源自作者汉学博士学位答

---

① Paul Demieville（戴密微）: *Aperçu historique des études sinologiques en France*（《法国汉学研究概述》）, in *Choix d'études sinologiques* (1921-1970)(《汉学研究选集，1921—1970》), Leiden : E . I. Brill, 1973.

② 参见钱林森编:《牧女与蚕娘 · 桀溺序言》，上海古籍出版社 1990 年版，第 8 页。

辩的论著，甫一问世，就使“汉学界听到了一个新的声音，即社会学家的声音”[①]。他在这部著作中，以生动而强有力的笔调翻译、研究《诗经·国风》中的部分歌谣，采用一种与传统的注疏截然不同的诠释方法，即社会学的方法，对《国风》的诗歌“作了一次革命性的解释”[②]。我们知道，真正科学的汉学研究到20世纪才在法国充分发展起来。开创这个新纪元的，是举世闻名的汉学大师沙畹及簇拥在他身旁的才华横溢、知识渊博的伯希和（Paul Pelliot，1878—1945）、马伯乐（Henri Maspero，1883—1945）、葛兰言，但他们对文学并不感兴趣。葛兰言本人却是“《诗经》的令人激赏的译者”，他只是从社会学的角度来研究这些诗歌。作为社会学家涂尔干的弟子，他因从宝朗（Paulhan）[③]有关马达加斯加“对歌”的研究中受到启发，才想到《诗经》的爱情诗篇就是一些青年男女合唱队在村社所举办的季节性节庆里即席轮唱的作品。他甚至认为这些对歌是两性分行的古代社会的象征，是把世界视为阴阳相对的舞台这一中国传统思想的反映。很显然，作为社会学家爱弥儿·涂尔干的及门弟子和汉学大师沙畹门

---

① 梅斯特（E. Mestre）:《葛兰言》，载《高等研究实验学院宗教西(1940—1942年年鉴)》，木伦，1941年。

② 参见（法）若瑟·弗莱什（José Freches）:《汉学》，法国大学出版社1975年版，第34—37页。

③ 让·宝朗（Gean Panhan,1884—1968），法国作家，以文学理论及艺术创作的研究而著称于世。

生中的三位“杰出明星”[①]之一，葛兰言自然深受法国传统汉学和社会学（人类学、民俗学）的双重影响。正是这双重的影响，形成了他与传统汉学家和社会学派不同的学术特点和学术追求。在他身上，兼具哲学家和诗人的气质，从西方传统汉学谱系的角度看，他是 20 世纪法国“另类”汉学家、前卫汉学家，亦如后世汉学史家所一致称道的：“他对形成于 19 世纪特征的唯历史主义倾向和极端语文字，都表现出了一种反感。这多少有点像以新的方法涉及古代社会的先驱尼采。葛兰言时常以自己返归 18 世纪汉学家们的传统而自鸣得意。他在汉学方面（的成就），彰显着我们今天称作结构主义学者的方法。”[②]他的著作“作为反对历史主义和像‘运动员’（戴密微语）一样过分使用语言学的反应（法国汉学多少受此影响），预兆着结构主义的应运而生。葛兰言非常正确地播下了新思想的种子。”[③]而另一方面，从西方传统的社会学学派、

① 沙畹高足中的三位“杰出明星”，是法国 20 世纪前期的知名汉学家伯希和、马伯乐和葛兰言。参见 Paul Demieville（戴密微）：*Aperçu historique des études sinologiques en France*（《法国汉学研究概述》），in *Choix d'études sinologiques* (1921-1970)（《汉学研究选集，1921—1970》），Leiden : E . I. Brill, 1973.

② Paul Demieville（戴密微）：*Aperçu historique des études sinologiques en France*（《法国汉学研究概述》），in *Choix d'études sinologiques* (1921-1970)（《汉学研究选集，1921—1970》），Leiden : E . I. Brill, 1973.

③ 参见（法）若瑟·弗莱什（José Freches）：《汉学》，法国大学出版社 1975 年版，第 80 页。

人类学家眼光来看，葛兰言则是不合正统的“另类”社会学家，在很长时期被“遗忘”、被“忽略”、被“低估”的人类学家。葛兰言作为涂尔干和莫斯的及门弟子，他选择的研究对象看起来并不像他的老师和同门，他虽然研究的也是“异文化”，但同时也受到另一位导师沙畹的重大影响。他主要研究的是秦汉以前的中国社会古代时期（封建时期）的社会文化。他在这部《诗经·国风》译介著述中，主要分析了《诗经》“国风”中的“情歌”，试图从这些情歌中看出古代中国社会的“形态”，并以此作为他研究中国封建社会的起点。他从“国风”中选译出68首歌谣为例，以一种为当时社会学家和人类学家所熟悉，而在汉学家中却有些冒风险的方法，考析了《诗经》中爱情歌唱与古代中国季节和节日的礼仪习俗关联，运用中国古哲“阴阳说”作哲学观照，由此向世人指出，这些爱情歌谣，“是古代农民村社青年男女在季节性的节日期间赛歌时的男女轮唱”，进而试图阐明农民与贵族阶层的风俗之间的对立，并联系中南半岛和我国西南流传至今的对歌比赛进行比较论证，来支撑其论点，从而对这些爱情诗篇作出了全新的诠释。

葛兰言的这种论证模式和表述方式，在其生前身后的很长时期内，不仅在汉学界存有不同程度的非议或质疑，同样在社会学界、人类学界也有不同的声音和看法。在正统的社会学家和人类学家看来，葛兰言的这种论证模式过于浪漫，很多学者都说他有一种“诗人”的风格，富于想象力，但同时也暗示着葛兰言的观点是令人难以信服的。还有学者认为他错误地将那个时代的“表述”当成“社会事实”本身了。甚至有学者更严厉地对葛兰言使用的历史材料提出质疑，表明了人类学、社会学和其他学科如历史学的不同取向。依据我国人类学家的研究和考查，葛兰言作为入门的社会学家和人类学家，就连他的老师马塞尔·莫斯，似乎也未充分意识到葛兰言的真正价值。葛兰言辞世后，莫斯为其写墓志铭时用了“中国研究专家”的称呼，而不是“社会学家”“人类学家”或“民族学家”，算作对其入室弟子的盖棺定论，以至于30年多后，英国汉学人类学家的领袖莫里斯·弗理德曼仍为葛兰言鸣不平。[①] 如此，自葛兰言逝世后很长一段时期，他作为人类学家、社会学家的真正价值和意义，均未得到充分的肯定和归位，一直被“遗忘”“低估”“忽略”了。直至20世纪下半叶，在正统的人类学界那里，人们在论及20世纪人类学大师列维-施特劳斯及其结构主义的理论来源时，除语言学、精神分析学等学科之外，往往直接追溯到莫斯，而忽略了他的人类学理论实际上更多地源于葛兰言，尤其是关于两性交换的理论。在列维-施特劳斯之后，另一位人类学大师路易·杜蒙也直接受到葛兰言的影响，他从葛兰言阐述中国

① 参见（法）葛兰言：《古代中国的节庆与歌谣·译序》，赵丙祥、张宏明译，广西师范大学出版社2005年版，第4—5页。

“阴阳”关系的著作中（如《中国的右与左》等）领悟到“矛盾之涵盖”的奥秘，提出了等级主义的核心问题。在面对一种“文明的人类学”这个问题上，葛兰言的价值仍然是难以估量的。[①] 葛兰言在法国传统汉学家、汉学史家眼里，如上所述，一直被尊奉为“异类”汉学家、前卫汉学家，他们异口同声赞叹他为法国汉学撒下“新思想的种子”。他在法国汉学界的出现，“预兆着结构主义的应运而生。葛兰言非常正确地播下了新思想的种子”。而对于葛兰言的社会学论证模式和表述方式，在其接班弟子及再传弟子那里，一方面“惊异于葛氏著作中的高度性总结，都富有新鲜观点和启发性的感受，赞叹他那些深邃而又富有天才性假设的观点”；另一方面则又不免对其社会学的汉学推论和假设性观点产生“疑惑”，认为其结论未必都“靠得住”。因此，“葛兰言的这些著作就不免招致那些更执着于传统方法的汉学家们的质疑了。但无论如何，他的影响力毕竟是巨大的。尤其在法国，他在那里培养了很多在很大程度上都仰仗他的学生”[②]。

我结识葛兰言这位法国汉学界别具风骨、极富开创性的

① 参见（法）葛兰言：《古代中国的节庆与歌谣 · 译序》，赵丙祥、张宏明译，广西师范大学出版社 2005 年版，第 4—5 页。

② 参见苏远鸣（Michel Soymié，1923—2005）：《法国汉学 50 年（1923—1973 年）》，耿昇译，原文载法国巴黎出版的《亚细亚学报》，1973 年，亚西洋学会 150 周年纪念专刊号。苏远鸣为戴密微弟子，法国高等研究实验学院第四系教授、法国研究中国佛教宗教的专家、法国敦煌研究组主任。

“另类”汉学家，始于20世纪70年代中期至80年代初，读到其《中国古代的节庆与歌谣》（巴黎，1982年再版）一书。我粗略翻阅他这部译介、研究《诗经》的著述后，便惊异于作者研究中国文化文学充满创意的方法和观点，敏感到这是一部《诗经》西传史上——即法国和欧洲《诗经》传播史上，不同凡响的著作，认定它是“法国汉学史上研究《诗经》的第一部论著，而且也是用文化视角来关照中国纯文学的第一部有分量的著作。它为《诗经》的探讨做了一个总结，也从文学探究文化奥秘方面做了有成果的尝试”[①]。于是，就决定从中选译最精彩的部分论述，入选我主持编译的法国作家汉学家论中国古典诗词一书《牧女与蚕娘》[②]，以飨我国学者。我在《牧女与蚕娘》中的译后记，曾这样推介过（以下略作修改）：

> 《〈诗经〉中的爱情诗篇》选译自20世纪法国著名汉学家、社会学家马塞尔·葛兰言的《中国古代的节庆与歌谣》一书。论者以他选译的《国风》68首歌谣为例，从人类学、社会民俗学的视角，以古代中国“乡野主题”为切入点，考析了《诗经》中爱情歌唱与古代中国季节和节

---

① 转引自钱林森:《法国汉学的发展与中国文学在法国的传播》，载《社会科学战线》1989年第2期。请同时参阅钱林森编:《牧女与蚕娘·译后记》，上海古籍出版社1990年版，第358—362页。

② 即（法）马塞尔·葛兰言:《〈诗经〉中的爱情诗篇》，钱林森译，见钱林森编:《牧女与蚕娘》，上海古籍出版社1990年版，第103—133页。

日的礼仪习俗的关联，运用中国古哲“阴阳”说作哲学观照，并联系我国西南流传至今的对歌比赛进行比较论证，从而对这些爱情诗篇作出了全新的诠释。葛兰言首先从分析《诗经》中爱情诗的“乡野主题”入手，探讨这些歌谣与中国古代季节、节日的礼仪习俗的关系，指出：这些诗篇在抒发人的爱情时，总要借助于大自然的形象描绘，而这并非只是一种艺术手段，也是一种道德象征。一对飞离的鸟儿，本身就是鼓励忠诚的表示，它们藏匿到别处去结合，教给人夫妇生活的规律，它们寻求的日期也同样向人指明了适宜结合的季节。他把这些乡野题材与历书中的农谚联系起来考察，发现了两者有相似之处，从而指明它们与古代节日之间存在一种内在联系。接着论者又列举具体诗篇，进行具体分析，认为：这些诗描写的是非个性化的恋人，表现的是非个人的感情；艺术上是自发的；运用的是最基本的对称手法，词句的回复以及由声音和动作决定的强烈的节奏，所有这些特点都表明了这些歌谣是农民的即兴之作。他根据歌谣中的内容推定它们是“按规定的时间、规定的场所，供大型乡野集会歌唱用的”。经过这样周密的考析之后，他认为：诗与爱情同时产生于季节、节日的庄严时刻里，产生于乡野的聚会之中；所有的歌谣都出自狂欢的农民之口，都表现了中国古代的风尚习俗。可以看出，研究者的立论是以作品的具体分析为基础的，像这样紧紧把握诗歌本身的内容，进行洞幽触微的分析，在他之前还未有人尝试过。但是，论者并不仅仅局限于这一得之见，而是把探讨的问题放到更宏观的文学和社会背景中去进行更深层次的分析考察，一方面使其立论建立在更加牢靠的基础上，另一方面以此拓开自己的思路，再有所发见。他把《诗经》中的《国风》跟中南半岛和我国西南少数民族的对歌习俗相比较，进行横向联系，进一步验证了他对《国风》的考析与推论；同时又在论著的第二都分中进行纵向开掘，根据歌谣描写的内容，推定出了中国古代的四个地方性的节日（郑国的春季节日，鲁国的春季节日，陈国的春季节日及春天的皇宫节日），具体地描述了这些节日的内容、季节庆典的规律性、祭祀的地点及各种比赛活动，进而探讨了古代中国社会组织、宗教信仰和思想原则、生活风尚。这不仅显示了他的前辈所未曾探究的深度，而且这样的一种研究角度和视野，在当时的中国学界也未曾有过。[①] 葛兰言认为，《诗经》中爱情诗“产

① 闻一多对于《诗经》所进行的民俗社会学的研究后于毕瓯约一个世纪。如果以诗证史——通过《诗经》的研究来系统地探讨中国古代历史和社会形态，始于郭沫若的《中国古代社会研究》（1929）一书，那么葛兰言的这部论著实在其先。而他此后出版的《中国人的文明》（1929）、《中国人的宗教》（1932）等著作，使我们惊讶地发现，中法两国学者，差不多同时从同一角度，对《诗经》这一人类古老典籍，各自进行了十分类似的探讨，这是中法文化交流史上十分有趣的现象。

生于季节节日的神圣的激情之中，诗表达了跟它同时产生的爱情”，“这些歌谣具有明显的源于礼仪的特点”，既“保留了描写神圣事物的曲调”，又“保留了季节规律的描述”，被人们列入经典著作，作为古代风俗的明证。这些歌谣表明了，“爱情、舞蹈和歌唱是同时产生的，构成了节日礼仪种种不同的内容”，证明了“当时存在着乡野、季节的节日，正是这些节庆才赋予农民的生活和两性关系以一种规律性。它们使人粗略地了解到在会聚和别离时，跃动在人们心头的感情巨澜；因此，使人具体地感觉到究竟是什么样的激情产生了爱的感情，能够看到这些激情跟社会实践和一定的组织的关系”。这些论述，将18、19世纪法国翻译家、汉学家对《诗经》的文化观照，推进到一个新的深度。

我们看到，葛兰言从社会民俗学的视角对《诗经》进行考析时，注意吸收中国古代注释家有益的论点，摒弃了其中显然是错误的观点，这是他的前辈所不能做到的。比如，他在论析爱情诗中的“比”“兴”手法时，就明显地吸取了注疏家合理的东西，但他又不同意中国古代的汉学宋儒，把爱情诗统统纳入儒教的范畴，批评了理学家否认爱情诗，在注疏中穿凿附会的做法，指出他们坚持儒家思想释诗，无法自圆其说。他认为：“只要不坚持把《诗经》尊之为经，不把孔子的标准作为衡量价值的首要标准，那就没有任何理由一定要说，什么歌谣描绘了恶习，什么歌谣颂歌了德行；没有任何东西强迫人们去证明，只有受到王政影响的地方，风尚才会纯正。这样一来，问题就会十分简单，人们就会更加有把握地推定，所有的歌谣都表现了往昔正常的风尚习俗。”这种圆通的识见，显示了研究者的敏锐眼光，首先在西方廓清了中国理学家在《诗经》研究上所散布的种种迷雾，恢复了古代歌谣的本来面目和价值。当然，论者的眼光不仅表现在匡正妄说，而且更重要的还在于有所发见。他论述《诗经》中爱情诗的特点时，在吸取中国古典评论家有益的成果的基础上，从哲学的高度，对爱情诗所表现出的种种特征，作出了富有理论发现的阐发。这是《诗经》研究中的较大突破。他认为，《国风》中的歌谣描绘的是“爱的痛苦”，“是一种忧虑，强烈的需要和心灵的煎熬”，“爱的欢乐表现得很少”；不消说，这是古代青年男女真情实感的反映，何以如此？这是因为：“春女感阳气而思男，秋男感阴气而思女，是其物化，所以悲也。”他引述中国古代注疏家的话，运用阴阳哲学原理来说明男女相聚前的思念，离别后的烦忧，相爱后的满足。他说：“这种在性别上交相感到的诱惑产生于一种失败和欠缺的感情之中，产生于各自本性不完善的苦恼之中。”而当青年男（阳）女（阴）处在一个共同的竞赛活动中，便“面对面地个个经受着考验，他们感到了各自具有不同的德行，并且互为对方的魅力所吸引，各自品质的对立使他们激动不已，并使他们隐约地感到可以把对立变为友情”，于是，“通过季节的中介，当世间阴阳结合的时候，青年男女也就跟着结合起来，并且达到了他们本质上完全发展的程度”，这才获得相爱后的满足。他认为，这种复杂的感情是和中国封建社会农民的生活方式、社会地位分不开的：“旧中国的农民跟他们的土地紧紧相依，他们在双亲的土地上劳动；男女操劳不同，生活各在一方……只有在狂饮的时刻，才会一起忘记他们的简朴和孤寂的生活准则，他们才意识到要攀亲、定情、婚配，相爱者心中所产生的神圣恐怖，突然化为最大的安宁。”因为他们一旦结合，就觉得他们的命运是不可分离的，于是，“恐惧和烦恼，为信任和心灵的平静所替代”。他说，如果对这样的爱情诗歌，中国的注释家发现了淫荡的风尚，而外国人则从中发现了比现在更可取的旧风俗，“即从恋人不遗余力地所表达的忠诚的誓言里，找到了旧的一夫一妻制的证据”。由阴阳的哲学原则进而论述到中国古代的婚姻习俗、家庭组成和社会形态，显示着研究者较为宽阔的历史视野和相当的理论深度。这无疑是书中最精彩最有趣的部分。[①]

① （法）马塞尔·葛兰言：《〈诗经〉中的爱情诗篇》，钱林森译，见钱林森编：《牧女与蚕娘》，上海古籍出版社 1990 年版，第 358—362 页。

葛兰言从文化人类学、社会学、民俗学角度解读《诗经》，只是《诗经》西渐法国（欧洲）《诗经》学史之一种读法。众所皆知，榜列五经之首的《诗经》是我国最早的一部诗歌总集，是中华文明的瑰宝。自孔子删减、精选编成“诗三百”[①]后，《诗经》的解读就被古今中外无数学人讨论过。考其《诗经》在本土古往今来的流布、解读史，历代治《诗》者派别立而思想歧。首先，是因所吟据实，有将其用作史料的，如司马迁《史记·周本纪》记述周王朝政事，就多引其以为佐证。既因后稷曾孙“务耕种，行地宜”而称“诗人歌乐思其德”，事见《诗经·大雅》之《公刘》篇；又因古公亶父“修复后稷、公刘之业，积德行义，国人皆戴之”而称“民皆歌乐之，颂其德”，事见《周颂》之《天作》篇和《鲁颂》之《閟宫》篇。是为“史学的解读”。接着，自西汉时独尊儒术，将孔子删编的“诗三百”奉为六经之首，又有所谓“经学的解读”。“经学的解读”，在突出政治功能的同时，赋

① 司马迁《史记》记载：“古者诗山前余篇，及至孔子，去其重取可施礼仪，上采契后稷，中述殷周之盛，至幽力之缺，始于衽席。三百五篇，孔子皆弦歌之以求合邵武雅颂之音，礼乐自此喝的而述。”从司马迁的记载来看，诗歌起源很早，到了春秋末年，孔子将流传的三千余篇诗歌，删编至《诗经》的规模，孔子习惯称“诗三百”，或简称“诗”（散见《论语》等）。其实，“诗三百”也一个大约数，一个简称，司马迁所说“三百五篇”可能也并非准确。而依据《毛诗》所传诗中，除三百零五篇外，还有六篇诗只有标题没有内容。这样，孔子删编的《诗经》并非三百零五篇，应是三百十一篇。

予其伦理与哲学的内容，直至建立“兴观群怨”的诗用学，形成“温柔敦厚”的儒学诗教传统，成为封建社会治《诗经》的主流派。其所造成的体系，在不同的时代各有不同的师法门户。凡此都凸显出《诗经》实为贵族文化结晶和传统礼乐文明的产物的事实，《诗经》是“圣典”，它超然于乡谣里谚之上，与后世从出的民歌更不相同。至近代现代，《诗经》的解读是“文化的解读”，始于“五四”时期新文化学者和新文学作者。胡适说过：“《诗经》不是一部经典。从前的人把这部《诗经》都看得非常神圣，说它是一部经典，我们现在要打破这个观念。……《诗经》并不是一部圣经，确实是一部古代歌谣的总集，可以做社会史的材料，可以做政治史的材料，可以做文化史的材料，万不可说它是一部神圣经典。”钱穆在其《中国文化导论》中则称：“《诗经》是中国一部伦理的歌咏集。中国古代人对于人生伦理的观念，自然而然的由他们最恳挚最和平的一种内部心情上歌咏出来了。我们要懂中国古代人对于世界、国家、社会、家庭种种方面的态度观点，最好的资料，无过于此《诗经》三百篇。在这里我们见到文学与伦理之凝合一致，不仅为将来中国全部文学史的源泉，即将来完成中国伦理教训最大系统的儒家思想，亦大体由此演生。”而对于“文化的解读”，前辈闻一多早有实践。他将自己对《诗经》的解读法命名为“社会学的方法”。具体地说，是以哲学和文化人类学的视野，调用考古学、民俗学和语言学等方法来还原诗的原貌。他称自己之所以用这样的方法，是希望能“带读者到《诗经》的时代”。在这种视野和方法的烛照下，许多作品得以洗脱风教说硬加上的重重负累，显露出原诗的真实面貌，他指《柏舟》其实是一首爱情绝唱，《蝃蝀》表征的是人的原始冲动等，诚可谓持之有故，言之成理。最让人印象深刻的是，由他所作《风类诗钞》《诗经通义》和《说鱼》等文，揭示出了存在于《诗经》中一些意象的特别寓意，譬如以食喻性、以饥示欲等。这比传统诗经学通常基于考据、训诂，通过典籍互证来解说文本，探究人物、场景和事件背后的真实意思要准确得多，也深刻得多。[①] 据我国学界汪涌豪先生考察，正是有前辈如此垂范，我国当代比较文学界，文化人类学界学者叶舒宪教授在其《诗经》的解读中，则直接把风诗断为情诗。其中既可见到闻一多的影响，也综合了朱光潜、陆侃如、陈梦家、周策纵等海内外学者的研究。当然，另外还有受卡西尔《语言与神话》的影响，通过对“风”“雷”“雨”等诸多天候意象，“雉”“雁”“鸩”等诸多鸟类意象，以及草虫意象的比观、索隐，而得出的更具体丰富的结论。他称这些意象都意在暗示《诗经》作者的吟唱与两性的性欲与性向有关，是对两性相诱、男女相感之情的自然发抒。虽未必全中，离事实亦不远矣。而就我们的

---

① 参见汪涌豪:《〈诗经〉的读法》，载《中华读书报》，2020 年 9 月 9 日第 16 版。

观察，其背后显然还有《周易》及其所揭示的天人交感哲学的潜在影响。说到交感之“感”，此字始见于《易传》，《周易》卦、爻辞中实无之，有的只是“咸”字。《周易》前30卦“明天道”，后34卦“明人事”以咸卦居首，是因男女交感及婚娶是人事之本、之基，由此一事可推言天地万物和政教伦理。故孔颖达《正义》说：“咸，感也，此卦明人伦之始，夫妇之义，必须男女共相感应。”之所以用“咸”而非“感”字，是为了突出这种感应不能强拗，须自然而然，是谓“无心而感”。故后来王夫之为《正蒙·太和》作注，称“感者，交相感。阴感于阳而形乃成，阳感于阴而象乃著”[①]。

最后是“文学的解读”。文学是人类生存社会环境的生命体验和心灵的反映，《诗经》作为中国古代最早的一部诗歌总集，也是如此。亦如我国当代学人汪涌豪所说，《诗经》虽不同程度受到原始巫术的蛊惑笼盖，终究植基于先民的生存实践，传达了那个时代人们共同享有的活泼的原始伦理和生命体验。在那里，几乎不存在凭幻想虚构的超现实的神话世界，人们关注人间，眷怀土地，“饥者歌其食，劳者歌其事”；又几乎忽略对异己力量和诸神的畏服，而只有对先祖发自内心的崇拜和对高媒绵绵无尽的感念。这些都使它成为立足于现世人生这一华夏文学传统最重要的基石。在此基础

① 参见汪涌豪：《〈诗经〉的读法》，载《中华读书报》，2020年9月9日第16版。

上，它开启了抒情文学不间断发展的长河，为中国文学确立了不同于东西方其他民族文学特有的体派与格调。它由风、雅、颂组成的诗本体，虽贯穿“天命靡常”的敬畏意识，“聿修厥德”的尊祖诉求，以及“怀德维宁，宗子维城”的宗法理想，但借助“风雅”“比兴”，还是以浑然天成的叙事、言理和抒情技巧，形塑了后世文学的发展路向。[①] 有鉴于“千古人情不相违”，宋朝理学家朱熹就在《语类》中特别强调，“读《诗》正在于吟咏讽诵，观其委曲折旋之意，如吾自作此诗，自然足以感发善心”，以为“读《诗》之法，只是熟读涵泳，自然和气从胸中流出，其妙处不可得而言，不待安排措置，务自立说，只恁平读着，意思自足。须是打迭得这心光荡荡地，不立一个字，只管虚心读他，少间推来推去，自然推出那个道理”。总之是要人“且只将做今人做底诗看”，而无取“只是将己意去包笼他，如做时文相似，中间委曲周旋之意尽不曾理会得，济得甚事”。而明代心学家王阳明《传习录》于训蒙《教约》中，更特别强调：“凡歌《诗》，须要整容定气，清朗其声音，均审其节调，毋躁而急，毋荡而嚣，毋馁而慑。久则精神宣畅，心气和平矣”，是从态度上对读《诗经》作了明确的规范。究其意旨，与朱熹一样，是要人能全身心植入诗的意境，以改化气性，并无意于所谓经世济民。

① 参见汪涌豪：《〈诗经〉的读法》，载《中华读书报》，2020 年 9 月 9 日第 16 版。

这里面，或多或少包含了他们对《诗经》的文学本质与娱情功能的认知。其实，细考《诗经》古往今来的诗经学历史轨迹，自孔子删编“诗三百”后，一直被经学家尊奉为经典、圣典的“经学解读”居于绝对统治地位的同时，就不乏“文学的解读”。从战国时期毛苌《毛诗传》“诗有六义：一曰风，二曰赋，三曰比，四曰兴，五曰雅，六曰颂”，到唐代孔颖达《毛诗正义》的解读“赋、比、兴是诗之所用，风、雅、颂是诗之成形”。这就是说，风、雅、颂是《诗经》中的诗歌产生的地域或群体，以及诗歌发生的目的，而赋、比、兴则是诗歌创作的方法。关于“风”，《毛诗传》曰：“上以风化下，下以风刺上。”也就是说，风诗风化有两个方向：一是自上而下，以圣贤之道教化大众；二是以下刺上，民众对于上层社会的反讽。《毛诗传》又曰：“雅者，正也，言王政之所由废兴也。政有大小故有小雅，大雅；颂者，美德之形容，以其成功，告于神明者也。”《诗经》的篇章之所以要分为风、雅、颂一说得很清楚了。至于赋、比、兴的确是中国古代诗歌惯用的手法。赋，古字通“敷”，指铺陈、分布。关于赋的意义，孔颖达疏引郑玄注《周礼·春官宗伯·大师》曰：“赋之言铺，直铺陈今之政教之失，不敢斥言，取比类以言之。兴，见今之美，嫌于媚谀，取善事以喻之。”将赋解释为铺陈，即当今所大叙事。比是比喻，是《诗经》常用的方法，如郑玄所说，就是赞美一件事情时，不直接说，而直接言说其他事而兴起。《毛诗传》在解释诗时，又一百多次都标注“兴也”。《关雎》第一章：“关关雎鸠，在河之洲。窈窕淑女，君子好逑。”在第二句后，《毛诗传》就标有“兴也。”如何兴？赞美可作为君子好逑的美丽淑女，非直接赞美，而是以两只小鸟作兴，并且两只在河中洲岛上互相应和鸣叫的小鸟，如此比兴，就让那位可作为君子配偶的窈窕淑女，似乎产生了一时令人渴望而不可即的距离感，距离又让美感倍增。此诗接下来的三章，手法一致，既有重叠咏叹，又有递进。这是《诗经》“赋比兴”独具的魅力，亦是中国古典诗歌惯用的艺术表达方式。在这里，显然是“文学的解读”，只不过，在古代并不居于主导地位罢了。《诗经》作为中国最早的一部诗歌总集，在现当代学者、文学作者读来，无疑是无比珍爱的古代文学国宝，对它的解读、理解，必然是文学阅读、诗学批评与诗意的领悟。而抵达诗学批评和诗意的领悟，最关键的要有心灵共振，否则，再多的方法，再多的理论，都无法激活其本真的生命，更不能勘破其妙。我国当代知名作家张炜新近问世的《读〈诗经〉》，就是一部涤除历代经学家硬生生笼罩在《诗经》的重重雾障，展露原诗本真的生命，努力寻找心灵的共振，勘破其妙的力作，堪称我国当代学人，迄今为止文学解读《诗经》的新收获。张炜越过历代经学家、史学家和儒教学派的各种预设，以及庸士们的穿凿附会和理障，直奔纯文学的殿堂，让《诗经》从圣驾上移步走到更亲近和蔼、更朴素平凡的土地上，与活泼生动的人生，直面交流、沟通、互证。这样，理解力和审美力才会飞扬起来，一些灼热的心灵才会更好地亲近、互通。古今相距遥远，但古今人情不远。解读之学，终究还是要由一个生命状态进入另一个生命状态中去。由此，作者在《诗经》中读到了古代群体的记忆，激越的言说，放浪的心灵，一部鲜活的生命史。听到了歌者在无依无据的想象里自由地吟唱，他们于大自然肌肤相亲、不可分离的摩擦中，产生深切、确凿的有缘感悟。这种情动于衷，这种深切感悟都源自天籁，所以才有《诗经》生气灌注的呈现和表达，它如此饱满，如此淋漓尽致，以致从宫廷中走出来的采诗官都大开眼界，身心舒畅，陶醉沉迷，甚至忘掉很多禁忌，不惜将一些讽刺、挖苦甚至诅咒的吟唱，书写男女情歌、幽会野合诗章（后世所谓“淫诗”），欣然采集，引进宫廷、庙堂。于是，才有《诗经》风、雅、颂三大声部，俏皮、轻松、欢愉、伟岸、盛大、崇高，西周文化的繁荣恢宏、气魄胸襟和自信心，一个时代的宽阔度、创造力以及生命之美，呈现在后人眼前。张炜《读〈诗经〉》前五讲共设五十个专题，描述的就是他与那个时代的心灵共振，这占用了该著大半篇幅，也是该书最精彩、令人“惊艳”的部分。[①] 作者心游万仞，穿越到了那激越吟唱、乐声盈耳的感动时空中，细心体察其丰盈饱满的细部，感受诗歌烂漫的生长；

① 参见张炜：《读〈诗经〉》，中华书局2019年版。同时参见郗文倩、张炜：《与〈诗经〉心灵共振》，载《中华读书报》，2019年10月9日第10版。

然后，一一细笔铺写，其间不仅有深情和共鸣，也有独特视角，更时见敏锐辨析和精湛简介。如《自由的野歌》谈及《诗经》中所洋溢的那种健康、自由和野性，认为如此多的关于两性的表述，这些令后世颇为讶异的文字，正是那强大生命力的展现，“狂热激烈的情感，不顾一切地寻觅，强烈的拥有心，像大地内核的炽热旋转一样”，冲腾而出携带着巨大热量。这种强大的生命力是一种原始之美，与大自然的其他生命同质同调，是直率的美、强悍的美，具有感召力的美，它透出生命的本质和真实，也是《诗经》这部最早的歌集所独有的。“思无邪”说的大概正是这种情感的自然流露。想当年孔老夫子，这位深邃敏锐的圣哲也一定被这生气勃勃的生命质地感动过。再比如，该书特设“顾左右而言他”“难以对应的‘兴’兴”“现代写作中的比兴”“‘兴’而有诗”等四个专章，论及《诗经》中的“兴”，都不乏新见。他认为“兴”在《诗经》中其实是一种生命状态，而非是一种手法，所谓艺术手法是后来的归结，而不是产生的本源。“兴”是主观生命和客观事物的感性触点，“是心底的兴奋，是触目而乐，触目而歌，触目而感，更是随手拈来，随手抛掷，它击中了，牵连了，却很少事先的预算和设计”。如此追溯“兴”的缘起，显然不“隔”的，确实别具慧眼，洞察了诗歌发生的轨迹。张炜《读〈诗经〉》之所以能辨明其本真面貌，读出个中的奥妙，就在于他能与《诗经》心灵共振，能跳出传统经学的局囿，对诗的情境创造及所体现出纯粹的文学性作出独到的评析。

葛兰言《中国古代的节庆与歌谣》从文化人类学、社会民俗学角度解读《诗经》，只是西方《诗经》学史之一种读法。事实上，《诗经》自18世纪法国耶稣会士率先移植到法国后，也经历了一代代传教士汉学家以传教布道为宗旨的经学解读、文化解读，以及一代代世俗汉学家和世俗学者、诗人以社会学、民俗学、文化人类学的文化解读、文学解读和诗学解读。据笔者考察，在18世纪的法国，绍介、研究《诗经》的，先后至少有八位译介者，八种译述，留传下来的有七种。第一个把《诗经》译成西方语言的，是法国耶稣会士金尼阁(Nicolas Trigault，1577—1628)，但他的译文却未留存下来。西方学界公认最早的西译《诗经》，是法国传教士孙璋(Alexandre de la Charme，1695—1767)的拉丁文译本，他的《诗经》翻译始于1733年，但真正刊行面世，是一百年以后的事。[①] 在18世纪与孙璋差不多同时对《诗经》进行翻译、研究的法国传教士，还有赫苍壁(Julien-Placide Herieu,1671—1746)、白晋(Joachim Bouvet，1656—1730)、马若瑟（Joseph Marie de Prémare，1666—1735）、宋君荣(1698—1759)、韩国英(Pierre-Martial Cibot,1727—1780)和诗人谢尼埃（André Chénier，1762—1794）等。赫苍壁曾编过一部《诗经》选译[②]，白晋则著有《诗经研究》(稿本)[③]，马若瑟也有《诗经》选

① （法）费赖之:《在华耶稣会士列传及书目》(下册)，冯承钧译，第748页。

② （法）费赖之:《在华耶稣会士列传及书目》(下册)，冯承钧译，第593页。

③ 据费赖之:《在华耶稣会士列传及书目》(上册)，冯承钧译，第438页，稿本藏巴黎国家图书馆。

译。宋君荣不仅译注了《诗经》，还运用其中的资料来研究中国的天文历史。[①]18 世纪下半叶，韩国英秉承法国传教士汉学家注重文化经典的译介和学术开发的传统，恪守传教布道的宗旨，连续在多卷汉学巨著《北京耶稣会士中国论集》（亦称《中国杂纂》）中刊发系列长文，选译、全面介绍《诗经》。18 世纪末则有诗人谢尼埃对《诗经》诗篇的文学解读、诗学赏析和接纳，将这一时期法国人对中国古典诗歌的译介和研究推向新的发展阶段。从法译《诗经》文本流布来看，马若瑟神父是将《诗经》部分诗歌介绍到法国并产生过影响的首个译者。他选译了《诗经·周颂》中的《敬之》《天作》，《诗经·大雅》中的《皇矣》《大雅·抑》《大雅·瞻卬》《大雅·板》《大雅·荡》，《小雅·正月》等八首诗[②]，刊发在杜赫德神父 (J-B.du Halde) 主编的《中华帝国全志》1736 年版第 2 卷第 370—380 页，杜赫德还为此专门撰文推介，他告诉法国读者，《诗经》是中国人的一部古老的诗集，“整部作品收录

---

① 如研究《诗经》中的日食。据费赖之:《在华耶稣会士列传及书目》（下册），冯承钧译，第 694 页。

② 即《诗经·周颂》中的《敬之》（法译 *Un jeune Roi prie ses Ministres de l'instruire*，《一位年轻君王请求大臣教导他》）、《天作》（法译 *A la louange de Ven vang*，《文王颂》）、《诗经·大雅》中的《皇矣》（法译 *A la louange du même*，《文王颂二》）、《大雅·抑》（法译 *Conseils donnés à un roi*，《谏君王》）、《大雅·瞻卬》（法译 *Sur la perte du genre humaine*，《人类之不幸》）、《小雅·正月》（法译 *Lamentations sur les miseres du genre humain*，《哀民生之多艰》）、《大雅·板》（法译 *Exhortation*，《劝诫》）、《大雅·荡》（法译 *Avis au Roy*，《忠告君王》），Voir J-B. du Halde, *Description géographique, historique, chronologique, politique et phisique de l'Empire de la Chine et de la Tartarie chinoise*,Vol.II. pp.370-380, 1736, Paris.

的都是周王朝时期创作的一些颂诗、赞美歌以及诗歌，描写了在天子统治下管辖封地的诸侯们的风俗习惯和准则”。杜赫德强调，《诗经》中的诗作在中华帝国享有“极高的权威”①，由此而开创了法国人探究中国文学源头的先河。马若瑟首译《诗经》八首诗，从选择体裁和内容看，均为《诗经》颂、雅中的“颂歌体”（Ode），译者冠以“八首颂歌”，内容多为颂扬帝王帝祖，或劝诫、规谏君王大臣的诗篇，彰显德性，讽喻弊端；从其迻译方式及准确性来看，译文大体把握原诗原意，采取意译的散文移植方式，基本上传达并保持了原诗的内容和风格，显示了译者较高的汉语言修养和水平，难能可贵。歌德在1781年11月10日的日记记载中，发出了奇妙的赞叹：“啊！文王！”这大约是这位德国诗坛巨星从马若瑟译诗和杜赫德的绍介中获得对《诗经》最初印象的反应，由此可以见出，马若瑟《诗经》法文选译的影响力。不过，我们知道，马若瑟与其同门同道白晋、傅圣泽一起，是传教士汉学家“索隐派”或“象征论”（figurism）②代表人物。他们受

① *Ibid.*, pp.369-370. 杜赫德对《诗经》最初介绍的文字，载其主编的《中华帝国全志》第二卷，巴黎，1736年，第369—370页。

② 所谓“索隐派”或“象征论”，据台湾学者李奭学考论，是指清初入华耶稣会士运用特殊的“经解之学”或《圣经》“解经学”（biblical exegesis）的方法，对中国古籍进行重新解读的风潮，在康熙帝时期盛极一时，白晋、马若瑟等是当时的主要代表。他们所解读者，皆以《易经》《书经》《诗经》等典籍为主，神秘色彩或神话性重。“加以方法上他们每由广义的托喻诠释着手，当时欧洲学者多以为和《旧约》寓言学有关，故称之‘象征论者’或‘索隐派’。”见李奭学：《中国晚明与欧洲文学——明末耶稣会古典证道故事考诠》中第四章“神话：从解经到经解”，生活·读书·新知三联书店2010年版，第193—199页。

制于传教士早期译介者的布道、证道取向，为证明中国人自古便“信奉基督教义”，不惜无视中国经学家原著释义，曲解《诗经》原著文献本义，因而他们的译文其实并不忠于原文。法国人对中国诗歌进行文化、文学层面、诗学意义的绍介，也许要等到 18 世纪下半叶以后才可略见端倪。

法国诗经学史上最早关注到《诗经》文化、文学层面和诗学意义绍介的，是 18 世纪下半叶韩国英和诗人安德烈·谢尼埃。韩国英在《中国论集》（第一卷，1776 年；第二卷，1777 年）中发表长文《中国古代论》（*Essai sur l'Antiquité des Chinois*），对《诗经》重新作了较全面、客观的介绍。接着，在《中国论集》第四卷（1779）中又以《中国人之孝观》（*Doctrine des Chinois sur La Piété Filial*e）[①] 为题，选译了《诗经》七首法译诗篇并作了评点 [②]。韩国英将《将仲子》《柏舟》

---

① 参见《中国论集》第四卷，第 168—193 页。Voir *Mémoires concerrnant l'histoire, les sciences , les arts, les Moeurs et les usages des Chinois par les Missionnaires de Pékin, 1776-1814* . Vol. VI. pp.168-193.

② 《诗经》七首法译是：《诗经·小雅》中的《蓼莪》（法译 *Le fils affligé*, 《悲伤的儿子》）、《祈父》（法译 *Le général d'armée*, 《上将军》）、《常棣》（法译 *Le frère*, 《兄弟》），《诗经·大雅》中的《文王》（法译 *Louages de Ouen-ouang*, 《文王颂》）、《思齐》（法译 *Louages de Tai-Gin, Mère de Ouen-ouang*, 《文王之母大姜颂》），《诗经·鄘风》中的《柏舟》（法译 *La jeune veuve*, 《年轻的寡妇》）、《诗经·郑风》中的《将仲子》（法译 *La bergère*, 《牧女》）。Voir *Mémoires concerrnant l'histoire, les sciences, les arts, les Moeurs et les usages des Chinois par les Missionnaires de Pékin, 1776-1814* . Vol. VI. pp.171-177.

这样一些实际上抒发普通人纯真朴实的爱情歌唱，及《常棣》《祈父》《蓼莪》这样一些表现社会底层一般人生活理想的诗章，力图跟歌颂文王、母后的颂歌体融为一体，统统纳入中国人之“忠孝观”框架下加以审视，彰显其美德善行，试图证明古代中国人的传统思想与基督教教义并无矛盾，这显然与索隐派对《诗经》经学解读的价值取向一脉相承。我们看到，当韩国英将这些不同思想艺术倾向的诗捆绑在一起，硬是纳入忠孝观的视域下加以移植时，便不能不产生“扩张”或“弱化”原诗旨意的主观性的“曲解”或“偏离”现象，这在迻译《柏舟》一诗中表现得特别明显[①]。不过，韩国英译介研究《诗经》的指向，虽仍以了解中国总体文化为根本出发点，以探求儒家思想与基督教教义的一致性为追求，但相较于18世纪上半叶索隐派白晋、马若瑟经解《诗经》的索隐式诠释，他似乎更接近文学和诗学层面的考索，具体表现在如下几个方面：

其一，对《诗经》作为中国古代灿烂的文化和文学源头，有了较为正确、深入的理解，作出了相对于18世纪上半叶更为贴近的介绍。韩国英从诗风角度，向法国读者介绍了《诗经》中的“风”“雅”“颂”的内涵。称“风”是讽刺短歌，通过歌谣可以让国王体察民情，从中来了解“人民的性格、

① 详见钱林森：《中外文学交流史·中国—法国卷》，山东教育出版社2015年版，第199—204页，第八章第二节，韩国英对《诗经》的译介。

兴趣、才能和风俗”，这就像在法国，读者读着这些歌谣，犹如读着法国不同省份的公、侯、伯、男爵敬献皇帝的歌谣一样，可以了解他们治下的情况。至于国风中的诗风格不同，表达思想方式不同，乐调不同，也正像在他的故国里昂人的歌唱决不同于普罗旺斯人的歌唱，布尔日人表达思想的方法不会跟芒什人相符，布列塔尼人唱的调子相异于洛林人和弗朗什-孔泰人一样。韩国英称赞《诗经》是“一部伟大而特别的诗集，是那一历史发展阶段中珍贵、不朽的作品”。内中的诗歌，是“如此优美和谐，贯串其中的是古老的高尚而亲切的调子，表现的风俗画面是那样的纯朴和独特”[①]，足以与历史学家所提供的真实性相媲美，论及了《诗经》文学层面的历史价值。

其二，对中国诗歌的初步研究，让韩国英深刻地认识到，“中国语言没有任何与欧洲语言相近似的地方，中国诗歌语言中所有的字都具有动作性和形象性”，进而对中国语言的特点作了探讨。韩国英对汉语特色领会颇深，他说，汉语有如下的特点：第一，言简意赅。这给最生动的形象增添了一种活力，一种力量，一种潜能，实在很难向欧洲人解释清楚，就像对不懂唱歌的人解释乐谱那样困难。第二，形同画图。汉

① *Mémoires concerrnant l'histoire, les sciences, les arts, les Moeurs et les usages des Chinois par les Missionnaires de Pékin*, 1777. Vol. II. pp.74-84. 见《北京耶稣会士中国论集》第 2 卷，第 74—84 页。

字首先是对眼睛说话，这使诗歌对称的形象产生一种秀丽如画、赏心悦目之感。第三，由于汉语的特点，句法和表现手法，在其他语言中被视作艺术手法的对比、递进，重复等在汉语里是自然的运用。第四，这种语言拥有各种各样为别种语言所没有的重复手段。第五，在最富丽堂皇的夸张、描写和口头叙述中都必须做到简明扼要，显得不是铺陈细节，而是将细节凝缩于一个观点之中。[①] 这些精辟的论述，显然触及了中国诗歌语言的特点。

其三，初步认识到中国诗歌有其独特的规则。韩国英认为，中国诗歌的技巧跟法国诗歌相比，照欧洲人初看起来，“就如象棋的技法之于贵妇人的游戏”。在中国，文人作一手好诗，如同法国步兵上尉拉一手手风琴一样，是极容易的事。然而，在中国作为一个诗人，仅仅具有才气还不够，还必须具有广博的知识、正确的思想、描写事物的出色的想象力以及将自己的诗情适应于严格的诗律之灵活性。因此，必须具备下述的能力。首先，在作诗的时候，善于挑选适当的字作停顿；要在诗句中运用那些最有力、最生动、最响亮的词。其次，每首诗只能容纳一定数量的字，这些字必须根据一定的规则来组合，并以一个韵脚收尾。再次，诗节的句子有多

① *Mémoires concerrnant l'histoire, les sciences, les arts, les Moeurs et les usages des Chinois par les Missionnaires de Pékin, 1782.* Vol. VIII. p.83. 见《北京耶稣会士中国论集》第 8 卷，第 83 页。

有少，但一定要符合韵脚的安排，符合主题的发展。[①] 这里，很明显，已经初步地接触到了中国古诗的某些艺术特征，虽然，这些认识还不充分。

其四，看到了中国诗歌运用隐喻、比兴和象征等独特的表现手法。韩国英认为：这不仅给中国诗增添魅力，而且也给它们造成某种神秘性。中国诗歌语言的固有特性和表达方法的独特，给西方人移植和欣赏带来无法想象的困难。韩国英就说："理解汉语诗的困难与翻译汉语诗的困难相比实在算不了什么。因此，我译这首诗就和别人用黑炭临摹一幅细密画差不多。"[②] 据此，学者们特别提醒法国读者在阅读和欣赏中国诗歌时，要十分注意其独特的表现手法和不同的审美内涵。他们指出，有些事物及其内含的思想，似乎在任何时代任何民族都相似，但在中国却往往相反。比如说，一个欧洲诗人，当他描写一个女人披在肩后的卷曲、金黄色的长发，又大又蓝的眼睛，玫瑰色的面颊，修长、轻盈的身材，裸露的胸怀，他自以为绝妙地写出了这个女人的美。然而，这样描写的美人，对一个中国诗人来说，一点也不美。因为他们有自己的

---

① *Mémoires concerrnant l'histoire, les sciences, les arts, les Moeurs et les usages des Chinois par les Missionnaires de Pékin, 1782.* Vol. VIII. pp. 2376-238. 见《北京耶稣会士中国论集》第 8 卷，第 237—238 页。

② 转引自 *Poésies de l'époque des Thang,* traduites du chinois et présentées par le Marquis d' Hervey-Saint-Denys, pp.109. l' Editions Champ Libre, Paris, 1977. 转引自德理文：《唐诗》，第 109 页，1977 年，巴黎。

美学标准，有全然不同于欧洲诗人的表达方式。

其五，韩国英通过译介《诗经》亲历的实践认识到，汉语和母语之间太过悬殊的差异性，是移植中国诗的主要难度所在。他认为，中国人写的诗是一种完全不同于欧洲语言的另一种语言系统。“其中的每个字都会产生情节，构成图像，因此，要在不放弃‘诗性’的条件下翻译这些诗句几乎是不可想象的。汉诗语言优美的形式与华丽的光彩来自中国人的传统，来自他们的‘经’，来自他们的文学与风俗，来自他们全部的思想与先见，来自他们构想与表达事物的方式，这些与我们之间的距离，无疑比他们的国度还要遥远。”[①] 这些诗既难于逐字移植，纳入西方语言中，“如果执意将其纳入我们的语言之中，就会使中国人显得滑稽可笑，使得译文不堪卒读”，也不易于采用西人所熟悉的《圣经》中人物形象与崇高体修辞加以置换，一旦采用这种方法“置于‘经’的语言系统中，即使是出现在那些我们能够对之抱有最大希望的地方，也无法引起文人的任何想象；它们会用晦涩的观念阻碍思想的传达，用一些毫无美感、趣味与情致的‘新东西’，使人们松弛了对其本身的关注”。两难之中，故而运用自由诗体的意译策略。然而，“意译本身就是才华的坟墓，是一种令人悲哀的翻译策略”，它是以去除“诗性”为代价的。

---

① *Mémories concernant l'histoire, les sciences, les arts, les moeurs et les usages des Chinois par les Missionnaires de Pékin,* tome IV. pp.168-169. Paris, 1779.

在 18 世纪的法国，开启对《诗经》进行纯文学解读、诗学关照与接纳的，是英年早逝的天才诗人安德烈·谢尼埃。他通过阅读耶稣会士《中华帝国全志》和《北京耶稣会士中国论集》等著作，开始接触到传教士汉学家译介《诗经》的部分诗篇。举凡遇到选自《诗经》的译诗，他都怀有极大兴趣与喜好，均一一作了注释，作出自己的审美评价，难能可贵地留下了一份思考中国、探讨中国文学（特别是《诗经》诗篇）的珍贵遗著——《中国文学笔记》（*Notes sur la littérature chinoise*）①。谢尼埃阅读《诗经》和中国古典诗歌的兴趣，完全排除传教士那种仅仅将《诗经》视为了解中国和中国人道德、伦理风尚的原始资料。他注重考析的是中国人的风俗习惯、行为礼仪、个人生活等如何影响着中国民族的语言特性，继而进行文学层面的审视，专注于诗性的容受，开启了《诗经》纯文学的诗学解读与收纳。对于《诗经》文学层面的语言特点考察，谢尼埃依据传教士提供的译介文本，

---

① André Chénier, *notes sur la littérature chinoise*, cite in André Chénier, *ŒUVRES COMPLETES*, pp.775-779, texte établi et annoté par Gérard Walter, ce volume, le cinquante-septième de la bibliothèque de la Pléiade, publiée par la libraire Gallimard, à été achevé d'imprimer le 4 février 1950.（安德烈 - 谢尼埃：《全集》，吉拉尔·瓦尔特编注，巴黎，加利玛七星文库 57 版，1950 年 2 月 4 日，第 775—779 页。），感谢杨振博士、季鸿女士协助笔者查找、编录、整理，本节引文原文均据吉拉尔·瓦尔特编注、安德烈·谢尼埃著《全集》第 775—779 页，加利玛七星文库 57 版，1950 年。

认为《诗经》“国风”中那些吟唱诸侯国不同地域传统风习的民歌，无一不充分体现了各地区的叙说方式、语言特征和抒情风格。他援引传教士逐译的《诗经·卫风·硕人》中一阙诗句——“手如柔荑\肤如凝脂。\领如蝤蛴\齿如瓠犀。\螓首蛾眉\巧笑倩兮\眉目盼兮”[①] 加以举证，认定《卫风·硕人》是《诗经》中不同诸侯国的“风俗习惯传统、个人生活、食物、气候影响民族语言特性”[②] 的一个突出例证。它以如此奇绝的华章和如此奇特的语言，抒写卫庄公夫人的优美动人的风姿，实在让这位法国天才诗人心醉神迷。谢尼埃阅读中国、阅读《诗经》的兴趣，不仅表现了他对中国文学、中国诗歌特别的喜好，还表现出他对其中折射出的中国道德伦理、行为方式和历史传统的独有关注，这显然与前驱传教士们“读经”“释经”的关注点、切入点是大相径庭的。比如韩国英翻译的《诗经·郑风》中的《将仲子》一诗，无疑是《诗经》民歌中一首清新可人的乡野情诗，韩氏则视之为《诗经》

---

① 谢尼埃亲手摘抄的这首法译诗行文：« ses mains sont comme les tendres rejetons d'une plante, la peau de son visage comme la surface de la graisse fondue, son cou comme le ver blanc qui forme dans le bois, ses dents comme des grains de melon ; elle a les tempes comme la cigale, les sourcil comme le papillon ; qu'elle sourit agréablement...! » Mém., t. VIII, pp .258. 引自 André Chénier, *notes sur la littérature chinoise*, p.777. de ses *Œuvres complètes, dans* l'édition de la Pléiade procurée par Gérard Walter,Gallimard, 1950.

② André Chénier, *notes sur la littérature chinoise*, p.777.

宣扬“孝德”的诗歌范本而加以迻译，题名也改为《牧羊女》(*La Bergère*)[①]。谢尼埃一读到韩氏这首法译移植文本，就赞之为是一首歌唱爱情的“绝美的乡野诗篇”，通篇充满“令人悦目的质朴”[②]，称收入他自己的诗集《田园诗》正适宜。而此诗译者韩氏之所以移植该诗，仅仅将之视作宣扬道德（特别是孝德）的范本而加以特别推介，与鉴赏者谢尼埃欣赏的焦点显然相悖。类似的例子还有：《诗经·小雅》中的《蓼莪》，韩氏译为《悲伤的儿子》(*Le fils affligé*)[③]，而谢尼埃赞“全诗充满美妙的事物”；《诗经·国风·鄘风》中的《柏舟》，韩氏译为《年轻的寡妇》(*La jeune veuve*)[④]，而谢氏赞为“迷人的好诗”应将之融入他自己的《田园诗》；《诗经·小雅》中的《棠棣》，韩氏译《兄弟》(*Le frère*)[⑤]，谢氏夸奖为“中国最优美

---

① 韩国英（P. Pierre-Martial Cibot）《论中国人之孝》(*Mémoire sur la piété filiale des chinois*)，见 *Mémories concernant l'histoire, les sciences, les arts, les moeurs et les usages des Chinois par les Missionnaires de Pékin,* t. IV. (1779), *Doctrine des Chinois sur la piété filiale,* pp. 174-175.

② 谢尼埃的赞语皆见其《中国文学笔记》，不再详注。André Chénier, *notes sur la littérature chinoise*, p.776. cité de ses *Œuvres compplètes, dans* l'édition de la Pléiade procurée par Gérard Walter, Gallimard, 1950.

③ *Mémories concernant l'histoire, les sciences, les arts, les moeurs et les usages des Chinois par les Missionnaires de Pékin,* t. IV. (1779), pp.171-172.

④ *Mémories concernant l'histoire, les sciences, les arts, les moeurs et les usages des Chinois par les Missionnaires de Pékin,* t. IV. (1779), pp. 172-173.

⑤ *Mémories concernant l'histoire, les sciences, les arts, les moeurs et les usages des Chinois par les Missionnaires de Pékin,* t. IV. (1779), p. 173.

的中国颂歌之一，最奇妙的诗篇”等，足见诗人谢尼埃和传教士读《诗经》有截然不同的读法，谢氏注重的是诗性解读，传教士看重的是“读经”“悟道”。即使两者同样关注原作中表达的民风民俗、社会公德和伦理传统，谢氏侧重的是文学书写和诗意的摘发，传教士看中的是“释经”“说教”“布道”，关注点和出发点都显然不同。从深层次看，诗人谢尼埃阅读《诗经》，迈向东方诗国的途程中，对《诗经》歌谣特别亲近和赞赏，不仅出自诗人的审美趣味和美学吁求的需要，也因他自身“创造性模仿”的经历和体验所致。他所拥有的这一创作体验和艺术信念，无疑也是他与中国古典诗歌相遇、牵手、结缘的心理依据和内在根由。这一点，只需将诗人自己的一些诗作和他所赞赏过的某些同类中国诗篇放在一起阅读，稍加比照，即可证之。我们来读一读谢氏的模拟诗《年轻的病人》（*Le malade*）[①]和他所欣赏的《诗经·小雅》中同类主题的《蓼莪》[②]。《年轻的病人》是诗人早期田园诗的模拟之作，诗歌写一个慈祥的母亲祈求阿波罗神怜悯她害相思病的儿子，慈爱至诚，金石为开，使母亲最终得以把一个美丽

---

① *Le malade*, dans André Chénier, *Œuvres complètes*, pp.30-33, texte établi et commenté par Gérard Walter, coll. " Bibliothèque de la Pléïade" , Gallimard, Paris, 1958.《年轻的病人》写一个母亲为其失恋害病的儿子祈求阿婆罗神怜悯保佑，终于治愈了儿子的心病。该诗是谢尼埃举步诗坛模仿古希腊短歌诗体之作，早于他阅读《诗经》和中国古典诗歌前问世。

② *Mémories concernant l'histoire, les sciences, les arts, les moeurs et les usages des Chinois par les Missionnaires de Pékin,* t. IV.(1779), pp.171-172.

的姑娘带到儿子面前，让其成婚，救了儿子的性命。诗作借用希腊神话传说，以颇具浪漫色彩的笔致，通篇歌唱母爱的力量，写得情真意切，是谢氏早期采集古希腊题材模仿创造的代表作。《蓼莪》一诗是古代中国的一首颂歌，诗作主人公亦如上述《年轻的病人》，也是一个“不幸的儿子”（韩氏译“悲伤的儿子”），写其苦于征役，不能报答父母养育之恩的悲伤：“蓼蓼者莪，匪莪伊蒿。哀哀父母，生我劬劳。蓼蓼者莪，匪莪伊蔚。哀哀父母，生我劳瘁。……父兮生我，母兮鞠我。拊我畜我，长我育我。顾我复我，出入腹我。欲报之德，昊天罔极。”一唱三叹，颂歌母爱父爱和养育之恩，写得同样意真情切，令人动容！可以想见，谢尼埃当年读到《诗经》中这首法译颂歌（哪怕是通过不很高明的迻译），他必定会想到自己的诗作《年轻的病人》，定会产生一种似曾相识的心灵感应和读之难舍的巨大吸引力，特别是中国诗《蓼莪》中那“赋比兴”一唱三叹、独树一帜的言说方式和古朴、纯真的抒情格调，与他所熟悉的古希腊的田园牧歌风韵何其相似乃尔！这必定在诗人内心里唤起一种新的灵感、新的想象力，从而激起一种欲罢不能的新的创作冲动。要不，他何以一读这首中国诗就惊叹它通篇“充满着美好的事物”，欲将之融入自己的歌唱？而这种欲罢不能的创作冲动和心灵感召力，无疑是诗人《诗经》诗篇相亲、结缘的内在之驱动，是东西方诗风、诗情和诗境互动交汇的见证[①]。

在19世纪的法国，单就《诗经》的译著就先后出版过三种不同全译本。1838年由孙璋译、爱德华·毕瓯（Edouard Biot）作注的《诗经》拉丁文本，是法国第一部《诗经》全译本；1872年G.鲍特埃（G. Pauthier）用法文译的《诗经》，是第一部法文全译本；此后，又有顾赛芬（Séraphin Couvreur）1896年的法文、拉丁文、中文对照的《诗经》全译本，是法国最流行的本子。与此同时，也出现了一些探索《诗经》的长篇系统专论，或带有研究性的译本长篇序文。前者如爱德华·毕瓯发表在1838年《北方杂志》（*Revue du Nord*）和1843年11月在《亚洲报》（*Journal Asiatique*）上连载的《诗经》专论，后者如顾赛芬《诗经》译本序，将《诗经》的文化解读推向深度。毕瓯就在其专论中认为：《诗经》是"东亚传给我们的最出色的风俗画之一，同时也是一部真实性最无可争辩的文献"，它"实际上是中国最早的民歌"。这些歌谣在上古时期，"传诵在中国的乡村城镇，犹如欧洲最早期诗人的诗歌流

① 类似的例证还有谢尼埃的田园牧歌诗《乞丐》（*Le mendiant*）和他极力赏识的《诗经·小雅》中同类主题的《常棣》等等，在此不再详述。Cf. André Chénier, *Œuvres complètes*, pp.34-42, texte établi et commenté par Gérard Walter, coll. "Bibliothèque de la Pléïade", Gallimard, Paris, 1958. Voir *Mémories concernant l'histoire, les sciences, les arts, les moeurs et les usages des Chinois par les Missionnaires de Pékin,* t. IV.(1779), pp.172-173.

传在古希腊一样”，文体简朴，主题总是不断变化，找不到“东方大多数史诗中使用的宏伟壮丽的场面与修饰”，“以古朴的风格向我们展示了上古时期的风俗民情”。毕瓯坚信，每一历史年代汇集的诗歌是反映一个民族风俗民情的最忠实的镜子。他强调指出：通过《诗经》，可以探明古代中国的“风俗习惯、社会生活以及文明发展的程度”。为此，他发表了《根据〈诗经〉探讨古代中国的风俗民情》的专论，用他的话说，“像公元前六世纪一位旅人可能会探索孔夫子的故乡那样”，探索了中国这部古老的诗集。他的这种探求用意并不在于文学，而在于考古，但却为从社会民俗学的角度来研究《诗经》开拓了一条新路，是开启《诗经》风俗文化探索的第一人，不仅在法国汉学界是首创，较之中国学界，也早一个世纪①。他的这种研究视角和路径，在其同时代和后世法国汉学家如圣・德尼（德理文）侯爵、顾赛芬和 20 世纪葛兰言相关著述里，可以明显地看到这种积极深远的影响。比如圣・德尼在其《唐诗》（1862）长篇序言“中国诗歌艺术和诗律学”（*L'Art poétique et la prosodie chez les Chinois*）中就开宗明义地援引毕瓯论

---

① 如果说，我国学者闻一多先生在二十世纪四十年代发表的《匡斋尺牍》开创了用社会民俗学研究《诗经》的路子，那么比毕瓯 1843 年 11 月发表的《根据〈诗经〉探讨古代中国的风俗民情》（*Recherches sur les moeurs des anciens chinois, d'après le Chi-King*）正好晚一个世纪。

《诗经》的话："当人们在历史研究中，力图探明某个民族在某一特定历史时期的风俗习惯、社会生活细节以及文明发展的程度时，一般很难在充斥着大大小小战争纪实的正史里，找到构成这一时期民俗画面的特征。反之，从神话传奇、故事、诗歌、民谣的研究中倒收益良多。因为这些艺术形式保存了时代的特征。人们因而常常发现在正史中不见踪迹，然而却贯穿于两个相距甚远的历史时代的特殊习俗。"[①] 声称毕瓯的看法，最正确最确切地表达了他的看法，指导他从事中国古诗的译介与评述。在有关《诗经》的评论中，他把毕瓯的观点作了极为生动的描述和发挥，并由此将《诗经》引向文学的解读和东西文明比照。而顾赛芬在他的《诗经》法文、拉丁文全译本长篇序言中则说："《诗经》可能是最能向人们提供有关远东古老人民的风俗、习惯和信仰方面的资料书，它无疑会使伦理学家、历史学家产生特别的兴趣，对传教士也大有裨益。"顾赛芬显然是将《诗经》视为道德伦理的教科书。这本译著最早在中国河间府出版，作为当时传教士的重要教材。顾赛芬在这篇长篇序言中，对《诗经》的历史、风格、寓意与文学成分作了总的介绍，同时又以"从《诗经》中吸取的知识"为题，对《诗经》中三百零五首诗

① Le Marquis d'Hervey de Saint Deny, *Poésies de l'époque des Thang.* Amyot, Paris, 1862, p.1. 中文译文，详见（法）埃尔韦 - 圣 - 德尼：《中国的诗歌艺术》，见钱林森编：《牧女与蚕娘》，上海古籍出版社 1990 年版，第 1—31 页。

作了具体的分析和归纳，认为从中可以了解夏、商、周的社会，了解中国古代的服饰、建筑、农业、渔猎、旅行、战争、婚姻、宴会、音乐、体育、天文等多项知识，列举具体诗篇加以说明。这显然是毕瓯观点的一种发挥。除上述汉学家之《诗经》文化和文学解读外，19 世纪中叶后尚有浪漫主义唯美主义诗人俞第德（Judith Gautier, 1845—1917）的《白玉诗书》(*Le livre de jade,* 1867) 和布雷蒙（Émile Blémont, 1839—1927）的《中国诗歌》（*Poèmes de Chine*, 1887）对《诗经》纯文学的译介与诗学解读。俞第德的《白玉诗书》首版和再版选译了《诗经·国风》中的《硕鼠》《女曰鸡鸣》《将仲子》《南山》《载驱》《伯兮》等八首歌谣[①]，译者虽明确地标明选译自《诗经》，却全然不顾中国传统经学家的释义、注释，一律将之置放于《白玉诗书》"爱情"类题材，加以想象、发挥和重塑。从译介学角度考其译文是否真实、准确，是徒劳无益的。与其将之视为译介学的一种"创造性叛逆"，不如称之为"把翻译变成借体寄生的、东鳞西爪的写作"[②]。对此，她同时代的知名文学家法朗士早就有定位，认为《白玉诗书》与其说是一部译作，不如说是俞第德的一部创作，一部属于俞

① 即《魏风·硕鼠》（*Le Gros rat*）、《郑风·女曰鸡鸣》（*Vengeance,*《报复》）、《郑风·将仲子》（*Une jeune fille,*《一个女孩》）、《齐风·南山》（*Criminel amour,*《有罪的爱》）、《齐风·载驱》（*Retour dans le royaume de Tsi,*《返回齐地》）、《卫风·伯兮》（*La Fleur d'oubli,*《遗忘之花》）等八首歌谣。

② 罗新璋等:《翻译论集》（修订本），商务印书馆 2009 年版，第 783 页。

第德自己的一种形式的创作。若从作者唯美主义美学追求来考量，俞第德的《白玉诗书》译介《诗经》和中国古诗选，确是借丰厚的中国佳酿，“取一勺饮，浇胸中块垒，或取一意象，加以渲染，表达新的诗情，创造新的形象”[①]。《白玉诗书》所选《诗经》并不多，但却代表了一种新的视野、新的灵感和新的创造。在俞第德这里，《诗经》不再作为发掘民风民俗的宝库存在，而被视为有待开发的无限丰富的文学宝藏。她开始真正关注到《诗经》作为纯文学的层面，这是一次新的尝试、新的探索与创造，是这一时期法国《诗经》学史中的创作奇葩。19 世纪下半叶法国帕纳斯派知名诗人布雷蒙在其《中国诗歌》(*Poèmes de Chine*, 1887)[②]诗集中选译了《诗经·国风·郑风》中的《溱洧》《出其东门》两首诗篇，摒弃了上述汉学家、诗人惯用的散文体译法，尝试以诗译诗的译法，其译文优美而富有诗性。此两首诗歌分别使用对唱形式的隔行押韵和每两句进行押韵，充分体现了《诗经》国风乡村爱情歌谣男女隔行轮流对唱的特色，原汁原味地传达出《诗经》爱情歌作的诗意和诗情。布雷蒙第一次以押韵，尤其是隔行对唱的形式译介《诗经》，由此将《诗经》

---

① 钱林森：《光自东方来——法国作家与中国文化》，宁夏人民出版社 2004 年版，第 182 页。

② Émile Blémont, *Poèmes de Chine*, préface par Paul Arène. Paris: A. Lemerre, 1887.

的解读推进到纯文学的诗学解读，这在法国《诗经》翻译史上具有里程碑的意义。可惜的是，布雷蒙虽是帕纳斯派鼻祖戈蒂耶（Theophil Gautier,1811—1872）麾下的一员骁将，却不懂汉语，他依据的是鲍特埃1872年的《诗经》全译本，以其中的同名诗为底本进行重新改写与创作，并在诗意的迻译中大胆发挥想象，尚未总结出翻译《诗经》的基本方法。真正以诗译诗，贴近《诗经》原诗风格的，是20世纪初叶，拉鲁瓦（Louis Laloy, 1874—1944）于1909年出版的法文节译本《〈诗经〉的诸国歌谣》（*Chansons des Royaumes du Livre des Vers*①）。他认为，用法文翻译古汉语诗歌的方法②，应该是这样："以大概2个法文音节对应1个中文音节，也就是以5或6个法文音节对应3个中文音节、7或8个法文音节对应4个中文音节、9或10个法文音节对应5个中文音节。"③拉鲁瓦希望能够还原诗歌本来的文学形式，他选译了《诗经·邶风·匏有苦菜》《诗经·周南·关雎》两首诗，就采用了以

---

① Louis Laloy, "Chansons des Royaumes du Livre des Vers". *La Nouvelle Revue Française*, (7)1909: 1-16; (8): 130-136; (9): 195-204. 葛兰言在《中国古代的节庆与歌谣》中提及过该译本。

② 耶稣会士孙璋曾在其译本中以拉丁文将《诗经》翻译为诗歌形式。参见 P. Lacharme,*Confucii Chi-king sive liber carminum*. Ex latina, edidit Julius Mohl. Stuttgardioe et Tubingae, sumptibus J. G. Cottae, 1830.

③ Louis Laloy, "Chansons des Royaumes du Livre des Vers". *La Nouvelle Revue Française*, (7)1909: 9.

诗译诗的方法。例如，“深则厉，浅则扬”（《匏有苦菜》）译为：“水高？就穿着衣服。水低？就卷起衣服。”《关雎》诗句：“参差荇菜，左右流之；窈窕淑女，寤寐求之。”译为“参差荇菜，左右漂流。窈窕之人，日夜追求。”他表示：“到目前为止的所有版本，包括顾赛芬、理雅各（James Legge, 1815—1897）和阿连壁（Clement Allen, 1844—1920）的译本都十分冗长，而其译文使用诗行的形式，更加具有文学性。”① 的确如此，上述《匏有苦菜》《关雎》两首同名诗行诗句，在顾赛芬《诗经》法译本中分别被迻译为：“如果河水深，为了过河人们就把衣服提至腰间；如果河水浅，人们就只把衣服卷至膝盖”②；“名叫‘荇’的植物，时高时低，人们要顺着河流的方向到处左右寻找。因此，有道德的深藏闺中的女子，是我们日夜寻找的目标。”③ 对于上述两首同名诗，由于顾赛芬采用散文体式叙诗，其法译诗句不但难以体现原作最为原始和

---

① Louis Laloy, “Chansons des Royaumes du Livre des Vers”. *La Nouvelle Revue Française*, (7)1909: 7.

② “Quand il est profond, pour le passer on relève les vêtements jusqu’audessus de la ceinture. Quand il ne l’est pas, ilsuffit de relever les vêtements jusqu’aux genoux.” 参见顾赛芬《诗经》第 38 页，河间府，1896 年（Séraphin Couvreur, *Cheu King*. p.38.Ho kien Fou: Imprimerie de la Mission Catholique, 1896.）。

③ Séraphin Couvreur, *Cheu King.*, p. 5. “La plante aquatique *hing*, tantôt grande tantôt petite, a besoin d’être cherchée partout à droiteet à gauche dans le sens du courant. Ainsi cette fille vertueuse, modeste et amie de la retraite a étél’objet de nos recherches et le jour et la nuit.”

单纯的情感与内容，也使诗歌的美感与诗性尽失。拉鲁瓦作为 20 世纪初，精通中、欧多种语言的知名音乐家、作家和汉学家，他对《诗经》的译介和解读，主要散见于其《中国音乐》（*La Musique Chinoise,* 1903）[①] 等代表性汉学著作。他对《诗经》的迻译和解读，相较于原诗的原意，则更重于原诗的结构和诗歌韵律，译文皆以韵诗呈现[②]，这显然与译介者的期待视野相关。在拉鲁瓦眼里，《诗经》不再是毕瓯眼中的民风古俗宝库，亦非顾赛芬之道德伦理教化的工具，而是几千年前的歌谣，与上古音乐密切相关。拉鲁瓦译介《诗经》的版本是距离葛兰言《中国古代的节庆与歌谣》最近的译本，对比葛兰言的翻译策略，其《诗经》译本的基本方法明显受到拉鲁瓦的启发，葛氏就明示过："将一行含有 3、4、5 个汉字的诗，翻译成 6 或 8 个音节的法语诗句。中文的紧凑性给这项工作带来了困难。于是我毫不犹豫地借鉴了法国古老诗歌的简洁句法，这样翻译并不会违背原作。"[③]

---

① Louis Laloy, *La Musique Chinoise*, Collection «Les musiens célèbres», Henri Laurens, éditeur, Paris; 1903.

② 如《关雎》："参差荇菜，左右流之；窈窕淑女，寤寐求之。"译为："Diverses,les lentilles d'eau \ A droite, à gauche, sont flottante Celle qui vit puire et secrète\ Nuit et jour nous avans pensé."（参差荇菜，左右漂流。窈窕之人，日夜追求。）同上注。转引自刘国敏、李慧：《法国诗经译介史》，河北教育出版社 2021 年版，第 244 页。

③ Marcel Granet, "Coutumes Matrimoniales de la Chine antique" , *Toung-pao, vol. XIII*, 1912.

诚然，葛兰言的翻译目的与拉鲁瓦截然不同。葛兰言尊重诗歌的诗学性，其目的在于让译文成为其社会人类学研究的基础，以显示《诗经》的真正作者上古先民在节日中赛歌的场景；而拉鲁瓦则看重诗歌的音乐性，旨在使西方读者更直接地感受到中国古代诗歌的音律。无论如何，拉鲁瓦首次彻底采用诗歌形式来翻译《诗经》[①]，初步探索出用法文与中文诗歌对译的方法，这不能不是西方《诗经》学史上的一大突破[②]。

行文至此，对于葛兰言其人其文，对于他译介《诗经》的价值和意义，我们大概可以这么定位：统观《诗经》三个多世纪来西渐传播史——西方《诗经》学史，葛兰言的《中国古代的节庆与歌谣》，无疑是一部承上启下标志性的经典著述。它的出现与存在，并非“横空出世”，而是时代所然。从《诗经》西渐西方移植的方法与策略来看，葛氏《诗经》译著，则是由散文叙译至诗体翻译转换，而趋向完善的首部译述，译者葛兰言是发现与确定西译《诗经》基本方法的第一人。《诗经》自 18 世纪初叶由马若瑟等迻译到法国（欧洲），一直是采用散文体意译的方法，直至顾赛芬时代。而此种意

---

① 鲍特埃的译本（*Chi-king*, 1872）也呈现出诗行的形式，但实际上是将散文叙译以换行的形式呈现。

② 参见卢梦雅：《葛兰言与法国〈诗经〉学史》，载《国际汉学》2018 年第 6 辑，第 59 页。

译，亦如韩国英所言，“本身就是才华的坟墓，是一种令人悲哀的翻译策略”，它是以去除原诗“诗情”“诗性”为代价的。即便是20世纪初期汉学界普遍看好的顾赛芬的《诗经》译本，由于采用散文体意译方式，不但不能忠实于原诗原意，也使原诗诗情、诗意丧失殆尽。中经19世纪帕纳斯派唯美主义诗人布雷蒙，20世纪初音乐家、汉学家拉鲁瓦的不断尝试、实践，直至葛兰言才初步探索出用法文诗与中文诗对译的方式，终于找到了译介《诗经》的基本方法和策略。可以说，葛兰言是《诗经》西译方法的奠基者。从西方《诗经》解读与中国儒家传统经学的关系看，葛氏《诗经》译著是对中国传统经学秉持鲜明评判立场的一部著作。译介者葛兰言是超越18—19世纪法国（西方）前驱对《诗经》进行综合严密科学考释和文化解读的学者。他与早期传教士白晋、马若瑟等索隐派一概漠视经学家对《诗经》的注释，肆意曲解原诗文献本意的做法不同，他对原著经学家的注释表达当有的尊重，但他同时又与后期来华传教士顾赛芬对经学注释过于笃信截然相异，他不赞同顾赛芬对于儒家传统注释不加训诂与义理的区分，近乎全盘接受的做法，而始终坚持取其精华、去其糟粕的评判接受的态度。比如《隰有苌楚》，《诗序》将“乐子之无知/家/室”中的“知”解作“情欲”，朱熹和《皇清经解续编》都把“知”解作“情感”，郑玄解为“人乐无妃匹之意”。顾赛芬按照这些注释译为：“我庆幸你没有情感！”“我庆幸你没有家庭！”“我庆幸你没有家庭！”[①] 这样奇怪的翻译使得每句意思与原诗上文均没有承接关系。葛兰言认为在字义的考辨上，传统经注是非常可信的，如郑玄注：“知：匹也”，意思是配偶、伴侣，但是在义理方面郑玄却仍然给出了妥协性解释“人乐无妃匹之意”，硬要与皇室伦理扯上关系。因此，译者应当撇开经学家为政治道德说教服务的义理，才能看到诗歌里面最朴素的男女求偶之意，所以他将之译为：“你没有相好的人，我多么高兴！”“你没有丈夫，我多么高兴！”“你没有妻子，我多么高兴！”[②] 译文简洁而贴近原诗原意，深得马伯乐的赞同与欣赏：“在诗歌的翻译上，他尽可能字对字去翻译绝对避免译出无法直接从原文中读到的意思，也决不删减任何内容。”[③] 葛兰言坚信，“尽管《诗经》中的歌谣已经变成了深奥的文人之作，但是我们可以感受到这些诗歌都是民谣”，注释在诗歌中无法

---

① 《桧风·隰有苌楚》：“隰有苌楚，猗傩其枝，夭之沃沃，乐子之无知。隰有苌楚，猗傩其华，夭之沃沃，乐子之无家。隰有苌楚，猗傩其实，夭之沃沃，乐子之无室。”“乐之无知”译为“je te félicite d’être dépourvu de sentiment”（我庆幸你没有感情），“乐子之无家”译为“je te félicite de n’avoir de famille”（我庆幸你没有家庭），“乐子之无室”译为“je te félicite de n’avoir de famille”（我庆幸你没有家庭）。Séraphin Couvreur, *Cheu King*. pp.154. Ho kien Fou: Imprimerie de la Mission Catholique, 1896.

② “乐之无知”译为“quelle joie que tu n’aies pas de connaissance!”（我多么高兴你没有相好的人！），“乐子之无家”译为“quelle joie que tu n’aies pas de mari !”（我多么高兴你没有丈夫！），“乐子之无室”译为“quelle joie que tu n’aies pas de femme !”（我多么高兴你没有妻子！）。参见葛兰言《中国古代的节庆与歌谣》（*Fêtes et chansons anciennes de la Chine*, p. 23.）。

③ Henri Maspéro, “Granet: Fêtes et chansons anciennes de la Chine”. *Bulletin de l’Ecole française d’Extrême-Orient* (19)1919: p.65.

混入原文中，“这便是《诗经》的真实性之所在”[①]。同时，他认为应当利用经学家的考据成果来逐字分析诗歌。[②]足见其《诗经》研究中，传统注释不仅仅是他的批判对象，更与诗歌原文一起成为研究的论据和史料。从葛氏与法国历代《诗经》学观看，葛兰言不单是《诗经》西译史上由散文形式向诗行形式的转变而趋于完美的首个译者，也是迄今为止法国《诗经》学史上在语言文学、文化人类学、社会文明史学三个层面解读、研究《诗经》最出色的学者。如上所述，法国《诗经》学史最早触及《诗经》语言文化特质的是韩国英，韩氏在其《中国古代论》《中国文字》专论中首先论及中国诗歌语言与任何欧洲语言不同的特点，中国人的文化和思维方式与西方人迥异的特色。[③]葛兰言也深刻意识到中西语言及思维方

① *Fêtes et chansons anciennes de la Chine,* “Introduction” , pp.5- 6.

② Marcel Granet, “Coutumes matrimoniales de la Chine antique” . *Toung-pao*(13)1912: pp. 523-525. 转引自卢梦雅：《葛兰言与法国〈诗经〉学史》，载《国际汉学》2018 年第 6 辑，第 61 页。

③ Pierre-Martial Cibot, “Essai sur l’antiquité des Chinois” , *Mémoires concernant l’histoire, les sciences, les arts, les moeurs, les usages, etc. des Chinois.* Vol. I. Paris: Nyon, 1776, pp. 1-271; “Essai sur la langue et les caractères des Chinois (I)” , *Mémoires concernant... des Chinois.* Vol. VIII. Paris: Nyon, 1782, pp. 133-185; “Essai sur la langue et les caractères des Chinois (II)” , *Mémoires concernant... des Chinois,* Vol. IX. Paris: Nyon, 1783, pp. 282-430. 韩国英是《中国杂纂》（*Mémoires concernant l’histoire, les sciences, les arts, les moeurs, les usages, etc. des Chinois*, par les missionnaires de Pékin, 1776-1814）的主要撰稿人之一，他的《中国古代论》《中国文字》等著述被收入《中国杂纂》第一、二、三、四、五、八等卷中，其中内容大量涉及《诗经》。

式的巨大差异，他以《诗经》译述及其专论《中国人思想和语言的若干特点》加以回应、深度开发，指出："中国人的思想通过和法国人截然不同的方式发展，法语要求能够表示所有判定的方法，并最终能引导思想进行分析；相反，中国人却拥有一种完全注重情感优美表达的语言，具有从情感秩序的思想中传达出的节奏，这种节奏能够以一种灵感勾勒出与分析或概括相似的东西。"[①] 葛兰言受到法国社会家列维 - 布留尔著作的启发[②]，认为《诗经》作为最古老的口语文献可以反映出古汉语和中国人的原始思维，古汉语表现的不是一种分类、抽象、归纳的逻辑组织的方式，而主要是概括的、直观的过程。[③] 从文化人类学角度来研究《诗经》的汉学家是毕瓯，他依据孙璋的译本写下《根据〈诗经〉探讨古代中国人的风俗民情》[④]，介绍了今本《诗经》的流传过程，指出："这些关乎古代中国社会制度和风俗的事实（les faits），被淹没在了

---

① Marcel Granet, "Quelques particularités de la langue et de la pensée chinoises" , *Revue philosophique de la France et de l'étranger*, mars-avril 1920, p.184 et 104.

② 法国社会年鉴学派列维 布留尔（Lucien Lévy-Bruhl, 1857—1939）的《低级社会的精神机制》（*Les fonctions mentales dans les sociétésinférieures*, 1910）。

③ "Quelques particularités de la langue et de la pensée chinoises" , p. 184.

④ Édouard Biot, "Recherches sur les moeurs anciennes des Chinois, d'après le Chi-king" , *Journal Asiatique, 4°série.* Tome II. Paris: Imprimerie Royale, 1843: pp.307-355 et 430-447.

长篇大论的道德解释中。”[①] 毕瓯这一论断与葛兰言不谋而合，在其《中国上古婚俗考》（1912）中我们可以看到葛氏如何利用经学家注释来澄清史实，在道德解释中挖掘事实。[②] 此外，他按照不同诗作中的相似事实（les faits analogues）重新编排顺序，并分列标题[③]，在19个标题之下，详细举例哪首诗歌中包含了哪条信息，即事实。这种体例在顾赛芬的译本中得到充分地发扬。[④] 毕瓯按照诗歌主题分类的方法，在《诗经》学研究史上十分先进；他反复提到的“事实”，也与后来的法国社会学意义上的“事实”概念十分接近。从方法论上来看，毕瓯的研究可以视为在专业汉学领域内先于葛兰言做的一次大胆的尝试。毕瓯从文本中提取事实，并将相似事实归类，有时甚至进行分析。这种分析方法忽略了诗歌

---

① Édouard Biot, “Recherches sur les moeurs anciennes des Chinois, d’après le Chi-king”, *Journal Asiatique, 4°série.* Tome II. Paris: Imprimerie Royale, 1843: p.307.

② Marcel Granet, “Coutumes Matrimoniales de la Chine antique”, *Toung-pao, vol. XIII*, 1912.

③ 如“华人体格”“衣着”“林牧业”“食物及烹饪”“政府机构与显贵”“宗教信仰”“原始天文学”“命运与占卜”“宗教神圣与仪式”“结婚礼节”“下人的习俗”“俗语和偏见”等。

④ 顾赛芬沿用毕瓯的方法分49个小标题阐释了诗歌中反映出的民俗文化，并在每一条文化知识后面标注了原文出处。不同的是，更为关注宗教信仰的顾赛芬，在标题中添加了神灵崇拜、征兆、祭祀、灵魂、巫术、禁忌、民间歌舞、乐器等分类。

的主题和情感、思想表达，重视的是诗歌文本中传递出的信息，以推断上古社会的情形。毕瓯在文集中自述："我在《诗经》中提取所有关于古代中国人道德的信息，这些构成了公元前 6 至 11 世纪中国社会的一个基本轮廓……我主要使用了《诗经》《夏小正》和《逸周书·时训解》来进行中国上古农作规律、植物种类和气候研究。"[①] 这种文献方法被沙畹继承下来[②]，更在葛兰言对《诗经》的社会学分析法中被发扬光大。毕瓯为后人提供了一种新的方法论，这种近似于社会人类学的思考范式为西方研究《诗经》开拓了一条新路，其重视传统注释中能够反映社会制度和风俗的史实的洞见，可视为葛兰言汉学之先声。法国《诗经》学史，首开社会文明史学角度解读《诗经》的是德理文，他的《唐诗》译著选译《诗经·魏风·陟岵》《郑风·女曰鸡鸣》《郑风·出其东门》《郑风·溱洧》等诗篇。在其长篇译序中，他从社会文明史角度进行解读，认为："《依利亚特》是西方最古老的诗，惟有这部史诗可用来与《诗经》作比较，评价位于有人烟的陆地两端，在极为不同的条件下平行发展着的两种文明。一边

① Édouard Biot, *Notice sur les travaux de M. Édouard Biot*. Paris : Imprimerie de Fain et Thunot, 1842, pp. 2-3.

② 如沙畹的《古代中国社神》（*Le dieu du sol dans la Chine antique*, 1910）、《中国文献的社会研究作用》（*Du Rôle social de la littérature chinoise*, 1893）等著述均注重在文献中寻找社会文化现象，而不仅仅是历史事实。

是战争频仍，是无休止的围城攻坚，是相互挑衅的斗士……在这个世界里，人们感到自己置身于疆场之上。而另一边则是一位年轻士兵对家人的依依不舍，他登山远眺父亲的土屋，遥望母亲和兄长……。而兄长则叮嘱离家人不要顾念光宗耀祖，而首先要尽早返回故里。在这里，人们感到自己置身于另一个世界，置身于一种说不出的安逸和田园生活的氛围之中。”何以如此迥异？这是因为“在荷马时代，希腊先后被征服过三四次。希腊人大概也变得同入侵者一样好战了。而中国人则是地球上最美好的那部分土地无可争议的主宰，他们像原始时期的垦荒者一样，始终爱好和平”[①]。在两大史诗的比较中，德里文从文学分析延伸到对两大文明的思索。他指出：古希腊文明受到来自亚、非、欧各周边民族的征服和殖民，因此各种民族口头诗歌传统或多或少地影响了希腊史诗，也必然在古希腊文明中留下了各族风习或遗迹；而“中国与欧洲的情况截然不同。我们面对的是一个统一的汉民族。可以说，这个民族从未变化过，也从未被征服过。在其四千年的历史发展中，匈奴人、鞑靼人、蒙古人或满族人确实有时中断过汉族统治的时候。他们有的统治过中国北方诸省，有的统治过整个王朝，然而山西人 (Chen-si) 从未变成

① Le marquis d’Hervey-Saint-Denys, “L’art poétique et la prosodie chez les chinois”, Poésies de l’époque des Thang (VIIe, VIII e et IXe siècles de notre ère), p. XV. traduites du chinois. avec une étude sur l’art poétique en Chine. Paris, éd. Amyot,1862.

鞑靼人，一如汉人从未变成蒙古人或满族人一样。相反，倒是征服者都被汉民族同化了”。他表示，“这是一种先进文明的特性”，并且，中国文明是一种异于古希腊文明的先进文明，排外性更加强烈，“希腊对其征服者的影响却远远不及中国对其外来和野蛮主人的影响：全盘吸收、根本转变、迅速同化”[①]。面对这样一个同化性强大的文明，德里文赞叹道：“这是一个自成一统的民族，一个不受任何外部世界影响并能深刻改变外来影响而独自发展的社会。这个社会不是没有发生过革命，而是没有发生过根本性的天翻地覆的大乱。而这类大乱从古至今却极其频繁地改变了地球上其他地区的政治形势。仔细研究这个社会，从中国文学里寻找社会风貌最突出的特征，这不是很有意义吗？”[②]在此，这也道出了西方专业汉学家不同于传教士汉学家传播教义目的研究旨趣，专业汉学家对中国这样一个古老先进又异于西方文明的社会本身发生了兴趣。葛兰言在社会史研究中始终以平民阶层与城市贵族二元对立进行论证，他认为中国的一些特征可以用中国社会自身发展过程来证明，无须以外来文明融合来解释，并且通过前期对中国古代两个阶层习俗和礼制关系的

① Le marquis d’Hervey-Saint-Denys, “L’art poétique et la prosodie chez les Chinois”, Poésies de l’époque des Thang (VIIe, VIIIe et IXe siècles de notre ère), p. VII.

② Le marquis d’Hervey-Saint-Denys, “L’art poétique et la prosodie chez les Chinois”, Poésies de l’époque des Thang (VIIe, VIIIe et IXe siècles de notre ère), p. IX.

研究，在《中国古代的舞蹈与传说》中明确提出中国文化无须依赖异文化的入侵。他毕生在社会史研究中，始终以两个阶层之间由俗到制的演变过程，说明中国文化可以自源的独立发展[①]，并写下名作《中国人的文明》[②]。由德里文的论述可以看出，在 19 世纪中期，德里文已将《诗经》研究的意义提到了中国文明史研究的视域高度。此种从两大古老诗歌到两大古老文明的比较关照，标志着法国汉学经历了百余年的发展，终于在西方文化文明中心论的时代，开始承认中国文化文明的独特性。这种观念后来被葛兰言在以《诗经》为着眼点的中国文化文明史研究系列中继承下来，并在史学与社会学的结合中实现了实质上的超越。葛兰言是法国汉学史和《诗经》学史开启综合各个社会学科理论译介研究《诗经》的第一人。尽管在他之先，毕瓯对诗歌进行了类似社会事实分类的研究，但是他并没有对这些事实进一步综合说明，只是出于自然科学研究的目的对相关主题分别解说，并非以社会科学的宏观视野去探讨社会状况。在法国汉学史上，直到葛兰言才第一次出现综合各个社会学科理论和范式的全面深入的《诗经》阐释，从而拓开了“诗经学”的

---

① Marcel Granet, *Danses et légendes de la Chine ancienne*. Paris: Félix Alcan, 1926, “Introduction” , p.5.

② Marcel Granet, *La civilisation chinoise: la vie publique et la vie privée*. Paris: La Renaissance du Livre, 1929.

广阔领域。可以说，这是时代选择了葛兰言，其《中国古代的节庆与歌谣》，是法国《诗经》学史上当之无愧的标杆性著作，亦是时代所然。这就是为什么我们立意将葛兰言这部著作重新全译，推介给我国海内外汉学研究界、比较文学界的理由所在。

最后，需要做简要说明的，是本书中译全本成稿的若干问题。一如我们在上面所说，译者最初读到葛兰言《中国古代的节庆与歌谣》这部经典的汉学名著，是20世纪70年代中期至80年代初，赴法任教时期间。我一读到这部著作，就敏感到这是《诗经》西传法国（欧洲）译介史、法国汉学史不同凡响的一部著作，就从中选译最精彩的部分论述，约2万余字篇幅中译文字，以《〈诗经〉中的爱情诗篇》为题，收入我主持编译的《牧女与蚕娘》一书[①]。《牧女与蚕娘》中译初版后，于2007年修订扩充、更名再版[②]（2007年），两次出版，均受到海内外学界的好评。增补修订第三版，也已入选“汉学大系”之一种。假“走近中国”文化译丛正式启动之机，我便决定将葛兰言这部汉学经典原著全译本列入“走近中国·学者文库”首批书目。遂邀请与我有多年合作经验的

① （法）马塞尔·葛兰言：《〈诗经〉中的爱情诗篇》，钱林森译，见钱林森编：《牧女与蚕娘》，上海古籍出版社1990年版，第103—133页。

② 钱林森编：《法国汉学家论中国文学：古典诗词》，外语教学与研究出版社2007年版。

陈卉女士，协助我翻译葛氏这部著作全本，不料陈卉女士刚译完本书引言部分（6千字符），却因赴一家我援非公司担当翻译要务暂停。随之，我便转而诚邀与我相识有年，留法专攻人类学，学成归国的刘文玲教授，与我联手完成此书的迻译工作。感谢刘文玲教授倾力相助，经我们一年多的协同努力，终于促成本书中译全稿，成全了我多年的夙愿。在译介过程中，我们以葛兰言原著，阿尔邦 - 米歇尔（Albin Michel）出版社 1982 年版本为依据，对照中文原著《诗经》为底本，参考了由 E.D.Edwards、D.Litt 翻译的英译本（*Festivals and Songs of Ancient China*, George Routtledge & Sons LTI,1932）。同时参照中国经学主要文献：毛亨传、郑玄笺、孔颖达疏，《毛诗正义》(上海古籍出版社 1990 年版)、《十三经注疏》(上海古籍出版社 1997 年版)等中国历代儒家经学家《诗经》相关注疏；金启华《诗经全译》（江苏古籍出版社 1984 年版）、杨任之《诗经今译今注》（天津古籍出版社 1986 年版）参考读物；张铭远依据英文翻译的《中国古代的祭礼与歌谣》（上海文艺出版社 1989 年版）；赵丙祥、张宏明的法译全本《古代中国的节庆与歌谣》（广西师范大学出版社 2005 年版）。后两部先驱中译全本，对我们在解读、迻译葛兰言这部经典的《诗经》西译学、汉学著作，提供了全面、深入的思考与启发。在此，特向两部先行翻译家致谢。本书新译全稿，我们特地保留了葛兰言《诗经》歌谣法文翻译诗句，便于法语圈内读者、专家对照阅读，旨在从中发现葛兰言译介策略、审美原则，使我国海内外广大读者更深刻地理解认识葛兰言这部著作的迻译与价值。当否？敬请读者诸君，不吝赐教。

钱林森，

2021 年 12 月 18 日，辛丑年末，凌晨定稿，

南京秦淮河西滨，跬步斋陋室

为了纪念

埃米尔·涂尔干（EMILE DURKHEIM[①]）

和

爱德华·沙畹（EDOUARD CHAVANNES[②]）

① 埃米尔·涂尔干（1858—1917 年），法国社会学家、人类学家。——译注

② 爱德华·沙畹（1865—1918 年），法国汉学泰斗。——译注

水流潺潺，天空明净，

我们的歌声，随风撒播，

相互交错，在空中仿佛

两军互射的箭矢。

——维克多·雨果（《伯法其赞歌》）

目　录

引 言

我想阐述的是，了解中国古代宗教文化并非毫无可能之 1
事。为我们讲述中国往昔的可靠资料屈指可数，而且这些资
料都是在相当近的时期编成的：众所周知，秦帝国在废除分
封制时，也焚毁了先代典籍。秦王朝一经创立，便编辑自己
的书目，重新修撰典籍。[①] 对于这项工作，他们做得如此虔诚，
而且由于帝制终归出自分封制，那些规范帝制的人，在记述
分封制的时候，并未任意加以歪曲，历史学家如果悉心钻研
的话，依然可以从中发现端倪。[②] 因此，分封时代的组织结构
是可以研究的，还有人试图通过整理文献来描述分封制的祭
礼。[③] 可是描述之后，我们对古代中国人的宗教生活又了解
多少呢？我们触及的不过是官方宗教。描述它是好事，但是 2

---

① 参阅沙畹《史记》（*Sseu-ma Ts'ien*）译本导论和理雅各（Legge）《绪论》（*Prolégomènes*）。[理雅各（1815—1897 年），英国汉学家。——译注]

② 参阅例如沙畹《泰山志》（*Le T'ai chan*）第 453 页的授封方式。

③ 参阅沙畹先生关于土地神的研究（《泰山志 · 附录》第 437 至 525 页），这是严谨博学和精确考证的典范。

还要知道列国祭礼源自什么样的风俗信仰。如果坚持只想从文献中找寻国家宗教贫瘠的形态，而不是其他东西的话，那么当我们想要对此作出解释的时候，我们就会感到手足无措。其实，在讨论中国人的原始一神论，或者明确表示他们总是崇拜自然力量；祭拜祖先的时候，我们什么都说了。[①]

如果停留在如此庸俗的泛泛之论上，那么研究将会令人失望。有些人开始不再去领会中国盛行的宗教概念，而将目前可观察的事实作为出发点。[②]他们为之编制索引目录[③]，那些都是珍贵的资料，但是我们从中得到什么？有时我们认为中国人对其习俗的解释具有积极意义：如果他们肯定某种仪式被用来驱魔，我们就承认它的确是为了这个用途被设想出来的。[④]抑或根据个人想法，将有待解释的习俗与这样或那样时髦的理论联系在一起，按照自然主义或万物有灵论的喜好，用普遍的鬼神信仰或同样常见的太阳、星宿崇拜来阐释

---

① 这就是第一批传教士雷维尔（Réville）、古恒（Courant）和弗兰克（Franke）的态度。[雷维尔（1826—1906年），法国神学家、宗教史专家。古恒（1865—1935年），法国东方学家。弗兰克（1863—1946年），德国汉学家。——译注]

② 例如高延（de Groot），《吉美博物馆年鉴》（*Annales du Musée Guimet*）第十二卷《厦门节庆》（*Les Fêtes annuellement célébrées à Emouy*），下文称为“高延《厦门》”。参见序言。[高延（1854—1921年），荷兰汉学家、人类学家，率先研究中国宗教。——译注]

③ 即顾路柏（Grube）的目录，戴遂良（Wieger）的《中国民俗》（*Le Folk-lore chinois*）。[顾路柏（1855—1908年），德国汉学家。戴遂良（1856—1933年），法国汉学家、耶稣会教士。——译注]

④ 参阅“高延《厦门》”第133页关于春节放烟花的解释。

某种习俗[①]：这是一种懒惰的方法，无法精确地评定事实，甚至会破坏对事实的描述，比如：只要看到某个节日出现在冬（夏）至或春（秋）分前后，就立即称它为与太阳有关的节庆；然后根据给定的定义，尽力设法推断出其所有的特征。[②]
若是星宿崇拜相对就好些[③]；既然对所研究的远古文明充满信 3
心，对分点岁差运用熟练，还有什么不能解释的！有时历史重启，有人喜欢追溯过去以解释当前。这个愿望非常好，但得避开多少风险啊！关于起源的研究通常是欺人之谈：尤其在中国，本土学者努力探寻的不是事物的起源，而是每个指代事物的词首次使用的时间。[④]此外，在这一点上，他们所寻求的是体现他们习俗的观念，这些观念是由他们那些记叙这些习俗的同胞所证实的，而不是奉行这些习俗的人所证实的。证据越古老，越难能可贵。出于对专家的某种尊重，他们没要想到要对这些观念的批评进行评定；也没有意识到这些观念明显是后代人设想的；他们甚至没有想到，要用实证话语(langage positif)[⑤]来转述这些观念时，应该考虑其作者的整个

① 这就是高延先生《厦门节庆》的态度。

② “高延《厦门》”，第 5 月的节日，第 311 页下引用部分。

③ “高延《厦门》”，第 436 页下引用部分。

④ “高延《厦门》”，第 231 页下引用部分。关于春节的研究：借助白科全书对“上巳”进行研究，到文献中不再出现这套仪式的特定名称时为止。

⑤ 关于“langage positif”的译法，赵丙祥和张宏明将其译为“原级术语”（参见赵丙祥、张宏明：《古代中国的节庆与歌谣》，广西师范大学出版社 2005 年版，第 3 页，尤其参见注释 2）；张铭远将其译为“实证的叙述”（参见张铭远：《中国古代的祭礼与歌谣》，上海文艺出版社 1989 年版，第 3 页）。根据文章内容以及葛兰言的学术背景，译者认为 positif 译为实证较为准确。——译注

概念体系和叙述习惯。

历史学家的方法只是依靠单一的外部考证资源来整理文献，民俗学家仅用提供信息的当地人的话语或某个学派的话语来描述事实，在我看来二者都没有效果，因为缺乏批判性。我认为，只有采取双重措施，才有指望获得成效：(1) 如果
4 希望从资料中提炼事实，必须研究这些资料，先判定它们的性质，从而确定事实的确切价值；(2) 对于已经获取的事实，一旦能够用实证话语转述出来，最明智的做法是不要寻求除此之外的术语来解释。因此，我把大家即将读到的内容分成两个部分：在第一部分中，我力图明确说明所用的主要资料是什么；在第二部分中，我先对构成事实的资料——它们形成一个足以让人作出阐述的整体——进行描述，再试着加以阐释。

文本的选择至关重要：为什么选择《诗经》中的爱情诗篇来研究？《诗经》[①]是古代作品；通过它，我们可以了解中国宗教的古代形态。这一点很重要，但是如果一个人对古代

① 我用来研究《诗经》的文本是经典版“宋本”、学术版《毛诗注疏》和学堂版《诗经精义集抄》。我采用了《皇清经解》(*HTKK*) 和《皇清经解续编》(*HTKKSP*) 丛书中收录的现代研究，尤其是 HTKK 600—629 页《毛诗故训传》，同上 557—560 页《毛郑诗考证》，HTKKSP 416—447 页《毛诗传笺通释》，同上 448—477 页《毛诗后笺》，同上 778—807 页《毛诗传疏》，同上 1118—1137 页《鲁诗遗说考》，同上 1138—1149 页《齐诗遗说考》，同上 1150—1158 页《韩诗遗说考》和同上 1171—1175 页《诗经四家异文考》。

文献没有一种执着的崇拜，那他就不应该凭借这一优势作出
选择。就我而言，我不打算从古代事实中寻找近期事实的起
源；通过该项研究，我确信，在不同时代的相似事实之间建 5
立类似系谱继承的关联是毫无意义的。如今收集的某首“客家”歌谣完全像至少二十五个世纪前《诗经》中的某一章[①]，但它们并未互相模仿，两者都是在类似情况下的即兴之作，而且，在过去的二十五个世纪中，每年大概都有类似的诗作问世。[②]同样，由于持续不断地更新创造，习俗时刻保持不变。要解释某种习俗，我们不会说明从前存在类似的习俗，而是让人看到它与事实的某些条件持续相连的联系。为了更好地揭示信仰的根源，现代资料在某些情况下更适合研究；假如遇到这类情况，我会毫不犹豫地采用这些资料，哪怕是需要一整套充足的古代事实来证明当前正确的在过去也正确。我将直接研究过去，因为过去更容易了解；这纯粹是事实问题。

我们正好能够相当准确地确定《诗经》的文献价值，或者更确切地说，确定这本诗集中爱情诗歌的文献价值；这种

① 比较《候人》和客家歌谣 VI（附录 III），《桑中》和客家歌谣 XII、XXV，《木瓜》和客家歌谣 XXVII。我们会注意到，客家诗歌似乎比中国古老歌谣精致。比较《卫风·伯兮》第三、四章和客家歌谣第三、四章。

② 比较《王风·葛藟》（顾赛芬，第 81 页）：“绵绵葛藟”和罗罗人新娘的《哭嫁歌》（附录 III）：“小草还有小草来作伴。”[罗罗，越南的彝族支系，又写作倮倮或猓猓。顾赛芬（Séraphin Couvreur，1835—1919 年），法国耶稣会教士、词典编纂学家、汉学家，翻译了《诗经》等多种中国典籍。——译注]

价值正好又是头等重要的——这便是主要原因。

有些诗歌即使很晚被收录，也极可能未被作者修改；关于这些诗歌（比散文容易），区别其原始思想和能够掩盖其原始思想的一些观念并非难事。此时，注释没有深入切中正文。① 我们可以分别研究正文和对正文的阐释；我们可以一边研究正文，一边研究它的历史——并且通过历史事实更好地理解正文。

在这部古代作品中，我们必须找到反映古代事物的内容；
6 只要读懂它就可以了：读懂确实很难，要是无人注释，我们从中看不出什么重要的东西。首先，我尽力找到注释之外能够揭示原初含义的方法：只要了解每个注释者，就可以找到阐释的线索；我们不需要对他们逐一做心理分析；他们形成一个团体，其成员的加入方式决定了阐释的传统原则。这一阐释属于象征范畴，以公法 (droit public)② 理论为基础，因为它是以管理行为与自然事件之间的对应关系为前提。

我会证明，这种令文人学者感到负有专业道德义务的象征主义倾向使他们说出荒诞的蠢话，有时他们自己也对此供

① 以散文撰成的礼仪著作中并非如此：参阅例如《礼记·郊特牲》八蜡节的记述，顾译本，第 594 页及以下。

② 关于“droit public”的译法，赵丙祥和张宏明将其译为“公共正义”（参见赵丙祥、张宏明，同前引注，第 5 页）；张铭远将其译为“共同的公式理论”（参见张铭远，同前引注，第 5 页）。根据文章内容及公法学研究，译者认为此处译为公法较为准确。——译注

认不讳。从那时起，我们就知道要将注意力投向何方。但是我们也会看到，这些诗歌的譬喻式阐释揭示了其结构的基本原理，即体裁规律：对称规则和呼应性的运用。读懂它，就能理解和翻译《诗经》。

我们知道如何阅读正文，我们了解注释者的心态：在将正文和注释进行比照时，我们会有很大收获。如果单独阅读《诗经》中每个诗篇，我们会觉得它们都是民间歌谣；传统把它们变成学术作品。很快就有人说：把传统阐释放一边去，因为有证据表明它们使人作出错误的理解。最好问一问：错
误是怎么产生的？那些文人学者——都是学问一流的人物—— 7
怎么可能听不出母语的口音？这些人不仅是文人学者，与其说他们像艺术爱好者，不如说像官吏。他们让诗歌服务于政治伦理，因此不会相信它们来自民间；管理者的伦理自上而下，要让人受到美德感化，作者才算高明。因此，教导伦理的诗歌不可能不出自官方诗人之手。但是诗歌的伦理效力从何而来呢？有一种推测可以说明此事。我们之所以能够在古代爱情诗篇中找到生活规则，是因为无论我们多么不理解，诗句仍然像古代伦理的回声一样产生回响：它们的象征用途缺乏依据，这些诗歌如若没有仪礼渊源，这种象征性用法就无从解释。

这些诗句初看起来像是古老的民间歌谣，但极可能在从前具有礼仪意义。此外，这种思想启发我们通过象征寓意窥

见诗歌中表达的伦理，即人类必须像自然一样应时而为：因此有可能在诗歌中找出季节规律的迹象。最后，之所以给予诗歌和伦理的含义一种曲解原意的解释，是因为这根本不是注释者的伦理，因此，诗歌可能让人了解传统伦理出现之前的古老习俗。归根结底，它们看来是适合研究影响中国人古代季节性仪式信仰的资料。

如果研究诗歌本身，我们会看到更高的文献价值。我们从中可以考察民间创作的手法；它们似乎是某种传统和集体创造的成果；它们是在仪式舞蹈中按照规定的主题即兴创作的。其内容表明，即兴作诗是古代农耕节庆的基本口头仪式；所以它们为这些周期性聚会引起的情感提供了直接证据；如果对它们进行分析，可以总结出季节性仪式的基本功能。

8 因此，研究所采用的主要文献使我们不仅能够确定事实，而且能够对之作出解释。

在本书的第二部分，我将研究那些已能通过诗歌展现大体形象的古代节庆。

我首先尽力描述若干地方性节庆；对每一个节庆，我都会从总体上阐述我能够收集的所有资料，包括仪式细节、习俗解释。我收集资料不是为了生动地还原真相，而是证明地方性习俗的独特性几乎只是缺少文稿或文字的表现而已。

有四个节庆可以重构：两个呈现古代形态，另两个呈现分封制下祭礼中的样子——后两个显然与前两个相似。此外，对于其中任一节庆，我们都可以发现标记转变阶段的原型。因此，研究从民间仪式到官方祭祀庆典的过渡是有可能的。

这项研究得出一个慎重的原则：再现似乎首先是说明事实的，这一原则显示了再现的偶然性。首先必须注意在真正的信仰中识别多少具有个人性的阐释；从这样的阐释中几乎汲取不到什么东西。不过，即使对于信仰，如果太早将之与习俗进行比较，结果也会令人失望。信仰和习惯之间是否具有直接的依存关系，这个问题永远无法确定。某种惯例或信念极有可能来源于——不是彼此，即惯例来源于信仰或信仰来源于惯例——先前的事实；它们能够从中独立生成，结果就是，当人看到并存的惯例和信念时，二者已处于不同的发展程度。

无论是现代庆典的解释，还是现代庆典中每一种习俗被 9
赋予的含义，我们都不能从中确切地归纳出它原先整套仪式的功能，也不能归纳出整体仪式的习俗意义。我们会发现，所有的习俗都具有丰富无比的功效；只有它们的力量保持不变——首先必须阐释这种力量，然后思考它如何被专门化。

因此，我将从古代整体礼仪着手，从最普通的角度来考虑。古代节庆实际上随季节变化：我用一个有利的例子说明，由于这一特征，这些节庆含有人的影响，而这一影响旋即成为它们影响自然事件的力量源头：通过其乐融融的节庆活动，社会和自然同时形成良好的秩序——它们都在秀水明山中举行；通过考察君王山川祭祀的表现，我将揭示赋予山川的力量来自圣地崇拜，因为它们曾是当地群体在季节性聚会上庆祝的社会契约的传统见证者——最后，这些节庆由各种竞赛组成，其中即兴作诗比赛就是口头伴唱。通过分析斗诗中表达的情感，我将阐明为什么能够选择这些仪式上的竞争作为
10 个人和团体之间缔结友谊的手段；我还将尽力解释为什么尤其是在春天，人们通过两性竞争的舌战和无处不见的订婚恢复联盟，把各个地方团体组成传统的群体；最后，我将指出，古代中国的柔情蜜意和爱情诗歌的普遍客观性风尚取决于什么，同时说明实质上已经变成性仪式的节庆怎么能够不招致——除非到后来——混乱失控。

我相信这项工作能够阐述中国信仰的某些起源；它还能提供某种文学体裁诞生的信息；它凸显中国思想各种象征和某些主导理念的根基；最后，它也会为研究民间仪式如何变成精奥仪式提供前期准备。在我看来，它已提供了必要的材料，使人能够准确提出必然会遇到的许多问题；全面探讨这些问题是不可能的。我认为，所谓的详尽无遗的研究不一定会对钻研中国宗教史有用。若是能够恰当地提出问题并勾勒出本书的轮廓，我将不胜欣喜。①

① 赫尔（Herr）和普纪吕司基（Przyluski）复核了相当一部分校样，我对他们不胜感激。[赫尔（1922—？），加利福尼亚大学伯克利分校历史系资深教授；普纪吕司基（1885—1944 年），法国语言学家和宗教学家。——译注]

第一章 《诗经》中的爱情诗篇

我打算研究《诗经》的某些诗篇。几乎所有的诗都选自《诗经》第一部分《国风》。这些都是爱情诗篇，流露着纯真的情意。 11

如何阅读经典之作?

《诗经》[①]是古代诗歌作品总集，它是中国的经典著作之一，被称为“颂之书”或“诗之书”：它由四个部分组成，第一部分是按封国分类的各地歌谣合集[②]，其他主要是仪式中的乐歌。

① 有关此作的历史，参阅顾赛芬的译本序言和理雅各的《绪论》。

② 我用乐曲（air）、歌谣（chanson）来翻译“风”，依据是王充对该词的用法，参见边码第159页。《国风》，即各地歌谣。

12 传统认定这些乐歌和歌谣是孔子一手挑选的：在皇室乐师保存的诗歌当中，这位智者认为值得将其中约三百首诗歌收入他编订的典籍中。据说，有人定期到列国（国）采集诗歌（国风），据以印证国君推行的风俗（风）。[1]《国风》前两章（周南、召南）[2]被认为出自宫廷，随后在列国村庄里传唱，以期改良各地风俗。

如果愿意相信《论语》[3]的记载，孔子希望人们研读他编选的作品，从而学会践行美德：习于道德反省，遵守社会义务，憎恶坏人坏事，这些都是研读的好处。除了道德准则之外，大概还能学到关于事物的学问；通过《诗经》可以知道许多动植物。

这本诗集被认为对培养君子有益，在这位大圣人的倡导下成为经典。

它先被用于学堂，例如围绕孔子组成的私学[4]：那是一群年龄成熟的人，相互讨论[5]政治准则、道德戒律和礼仪规则，

---

① 这是《诗经》前言中详尽阐述的理论。

② 周南被认为是周公的作品，表现天子的美德。召南被认为是召公的作品，表现诸侯的美德。

③ 《论语·阳货》，9。

④ 参见《史记·孔子世家》。

⑤ 关于这些讨论，参见《论语》或其他，《礼记》。

他们后来被称为儒。[1]这些未来的政府官员，这些备选的典礼 13
司仪，将《诗经》当作道德思考的主题：久而久之就形成了对这部典籍的传统解释。

在国家未来的幕僚阶层当中，前辈的知识最为重要；在孔子的教诲当中，正是这种知识形成幕僚们的力量[2]：大概正因为如此，儒士很早就想从《诗经》的诗句中发现对历史事实的影射，还有，在史籍记述的言论中会引用这些诗句。事实上，我们在《左传》中几乎可以找到《诗经》所有的诗篇[3]，而且几乎所有诗篇都能通过《左传》中的某个事件得到解释[4]；不过，有人认为是儒家对《诗经》作出阐释，并编著《左传》。[5]

因此，《国风》的歌谣与历史轶事有关联，被用来阐明道德和政治准则。

中国在分封制时代有许多固定或流动的学堂，大致互无关联，因此可以认定产生了各种《诗经》的传统解释；汉代学者在竭力修复被秦始皇（公元前246年—前209年）[6]焚毁

---

① 儒：值得注意的是这个词被视为“士”的同义词，后者原指贵族的最末一级。

② 参见《国语》，这是一部汇集了辩说、劝诫、讽谏的集子。

③ 参见理雅各《绪论》。

④ 参见下文的诗歌前言。

⑤ 参见理雅各《绪论》。

⑥ 史书记载秦始皇生卒年为前259—前210年。——译注

的书籍时[①]，发现了四种《诗经》版本。[②]这些版本彼此之间仅
14 有书写细节的差异；因此我们确定存世的是真本。流传后世的只有其中一套注释体系，即毛苌版。这个版本可以追溯到孔子弟子子夏；该版序言是一篇短论，后人认为是子夏所作。文中的阐释依然具有历史、道德和象征的特点。

按照其他传统留给我们的东西来看，这是一种通用的注解方法。假如四个版本全被保留下来，我们就能在细节上进行比较，从而弄清各个学派的思想状态，准确了解它们各自的特点。依据这些文献，只要利用历史学家的所有《诗经》摘录，特别是《左传》和《列女传》中的所有摘录，仍然可以进行研究。这样的研究也许会对中国历史起源的考证作出显著贡献，但却不能深入理解乐歌和歌谣的本义。

关键是要注意到，象征解释在汉代被普遍接受，这样一来，这部诗集的教育价值益发被提高了。研读《诗经》不仅是为了知晓自然历史或民族历史，也是为了学习国家的政治历史——这比读史书的效果好，因为除了事实之外，还能看到以象征形式呈现的价值判断。

---

① 参见理雅各《绪论》和沙畹《史记》译本序言，《焚书》（*L'histoire de l'incendie des Livres*）。

② 毛版（存世）、鲁版、齐版和韩版（只有残卷断片）。参见《皇清经解续编》，第1118—1156页。

在《诗经》中甚至可以找到一种表明道德判断的方便
法门。在分封制时代，告是诸侯最起码的义务之一，这是 15
展现其忠诚，表明自身命运与帝王命运休戚相关的手段之一。帝王若是言行不端，诸侯有义务谴责他。谏实际上占据了史料中相当多的部分。① 为免有损天子的尊严，他们不得直接谏诤。适时着重引用《诗经》诗句便不失为良策②，这些诗句也因此获得象征意义。许多诗歌在节制绝对权力中起了重要作用。在帝国的幕僚中，人们一直延续引用《诗经》的习惯。不过，对于因日后享有权威而受到尊崇的年轻国君，以诗为谏仍是匡正其不良习性的好办法。在公元纪年前期，必须废黜一位无道昏君。他的群臣理应被罚，他的老师理所当然地也被视为罪魁祸首；不过此人被免去死罪，因为他自诉曾以《诗经》三百零五篇向国君进谏，使自己脱罪。③

这样运用象征主义，就可同时阐明其起源和命运。《诗经》成为教科书，是教育年轻人的道德教材。爱情诗歌只要不离开譬喻式注解，就能把年轻人熏陶的品行高尚。在几个世纪中《诗经》都被用来反复教导道德，它已然成为

① 主要参见《国语》。

② 例如《左传·僖公二十年》；理雅各译，第 177 页；出处同上，《文公二年》；理雅各译，第 234 页；出处同上，《成公十二二年》；理雅各译，第 378 页。

③ 《前汉书·王式传》，上海书店，1988 年，第 8 页，正面："臣以三百五篇谏"。

不可动摇的传统经典解释：必须将它奉为圭臬，至少从正式表达思想开始，在所用适宜遵守正统的地方都必须如此。如果在私生活中为了消遣而读《诗经》，大概又是另一番情形。①

16 一部如此古老而又以此等方式与中国历史交融的书籍，它能够以各种方式激起西方饱学之士的好奇心。

最早的传教士主要感受到的是祭祀乐歌的典雅庄重。在某些乐歌中，他们看到古代神启的痕迹②。他们谈论整部《诗经》，深有同感。顾赛芬（Couvreur）神父明确指出了传统注释的不足。他注意到教师不向儿童解释这部经典的所有内容，因为它表面上不收录“诲淫诗句”。他打算“让人了解学堂中的教导”③。他的翻译是我们今日阐释的《诗经》的忠实写照，因此弥足珍贵。

理雅各（Legge）④似乎在钻研经典时考虑古代中国更多一些，但是不得不说他的思考角度非常狭隘：看样子他似乎一心只想整理孔子的文学作品并确定此公是否确实伟大。他的考证略为简短，并未察觉真正的问题。他的学识过于艰涩，让人感受不到主导原则。他时而展示注解的荒谬，时而在译

① 参见下文，边码第 25 页下引用部分。

② 参见顾赛芬在其《诗经》译本第 347—348 页的注解。

③ 《诗经》，顾赛芬《序》。

④ 参见他在《中国经典》（*Chinese Classics*）和《绪论》中的译文。

文中加入轻率拣择的评注。尽管他的研究是在拥有充足的材料条件下完成的，但这一切都使这个版本变得没有什么用处；遭人指摘的缺陷在各地诗歌中尤为明显。

翟理斯（Giles）[1] 和顾路柏（Grube）[2] 在论及中国文学著作时，曾指出，他们被诗歌中利德歌曲（Lieder）[3] 般简朴自然的美感或富有诗意的魅力所打动。他们希望通过某些摘录来 17
传递这种印象：翻译若要具备文学色彩，就无法总是精确无误。例如翟理斯，他在改写理雅各版本时，并未用符合英语风格的词句替代出自评论的无用评注，这在我看来，就是并未加以润色。拉鲁瓦（Laloy）[4] 用简单的、有时不失趣味的短句来翻译诗歌：因此，相比中文文本直接流露出的情感，我们从中体会更多的是我们对文学的偏好。

当人们着手研究《诗经》的时候，总会马上给自己规定一些明确的实际目的，或者是历史目的，或者是文学目的。幸运的是，人们或多或少总会成功。这是因为，或者人们不

---

① 翟理斯（H. A. Giles），《中国文学史》（*A history of Chinese litterature*），见边码第 12 页下引用部分。比较他的译文第 15 页和第 LXVI 卷。[翟理斯（1845—1935 年），英国汉学家。——译注]

② 顾路柏（W.Grube），《中国文学史》（*Geschichte der chinesischen Litteratur*），第 46 页下引用部分。

③ 德语，意为“艺术歌曲”。——译注

④ 拉鲁瓦，《国风》序及翻译，载《新法兰西评论》（*Les Chants des Royaumes*, préface et traduction *in Nouvelle Revue française*），1909，II，pp. 15，130，195.

需要作出系统的努力，从诗歌当中剥离出原始意义；或者人们还没有发现，这一努力是必要的。说实话，这项工作并非易事。

《诗经》的语言古老晦涩。即便是一名优秀的汉学家或者是一名学识渊博的中国人也不能一上来就能够理解其含义，尤其对《诗经》的第一部分更是如此。那么如何理解这些诗歌？我们可以向文人请教，也可以查阅学术著作。如若查阅经典注释，我们极有可能受其象征性解释所影响，甚至有时会认为这种解释荒谬愚蠢。如若请教文人，即便他摆脱了经典正统思想的束缚，可能会体会到文章的优雅，但肯定的一点是，他只会从中寻找符合自己美学兴趣的东西，而不是其他东西。他对《诗经》中诗歌的解释，就像您解释一首自己喜欢的诗句一样。他会去研究诗人的文学手法，说明作者的艺术。他从来不会产生这样的想法，即这些诗歌也许是受民
18 歌的影响。

我想说明的是，我们可以走得更远，超越单纯的文学解释和象征性阐释，重新找到诗歌的原始意义。下面我会通过一个关键性例子来证明这一点。

在《周南》中有一首讲述婚嫁的诗，其意通俗易懂。在这首诗产生的诸侯国，王室美德早已说服人们要有规律地正常结婚：这就是与诗歌有关的历史传统。这一传统相当模糊，无法要求注释者提出一种过于复杂的象征意义。我们暂且相

信这些注释者，依靠他们的解释来翻译这首诗。[①]

I. —Le beau pêcher 桃夭（《周南》6，— C. 10 — L. 12）[②] 19

*1. 桃之夭夭，

Le pêcher, comme il pousse bien!

桃树，它长得多么繁茂呀！

*2. 灼灼其华。

qu'elles sont nombreuses, ses fleurs!

桃花灿烂满枝！

3. 之子于归，

La fille va se marier:

① 我翻译的这些诗歌有原文相对照。在本书中我用罗马数字标注其序号，用阿拉伯数字标注其每一句诗句（有必要特别讲解某一句诗句的时候）。对诗歌的注解包括：(1) 标明中国人的解释，一般多为子夏序文；(2) 对每个诗句的注解，主要借用毛苌（《毛传》）和郑康成（《郑笺》）的批注，这些注解前面都标有每个诗句的序号；(3) 关于难懂词汇的词语注解；(4) 对诗歌的含义，或其涉及的仪式解释，或宗教信仰作一般说明；(5) 指出基本主题。—— 要想读懂一首诗歌甚至一句诗词并从中获益，就必须好好参考所有这些注释。——标题右边的括号中标注了：(1) 该诗歌在《诗经》中的章节序号；(2) 该诗歌在顾赛芬译本中的页码（如 C.10）；(3) 该诗歌在理雅各译本中的页码（如 L.12)。本书最后附有所有诗歌的注解索引表。—— 标有星号的诗句是描写性助词（auxiliaire descriptif）。

② 为更好地体会葛兰言对《诗经》文本的理解和阐释，我们对其列举的每首诗歌均列出其法文翻译，同时对照法文参照金启华和杨任之的诗经译本作了中文翻译。——译注

女子就要出嫁：

4. 宜其室家。

il faut qu'on soit femme et mari!

和顺美满夫妇相随！

*5. 桃之夭夭，

Le pêcher, comme il pousse bien!

桃树，它长得多么繁茂呀！

6. 有蕡其实。

qu'ils ont d'abondance, ses fruits!

果实丰硕满树！

7. 之子于归，

La fille va se marier:

女子就要出嫁。

8. 宜其家室。

il faut qu'on soit mari et femme!

和顺美满夫妇相随！

*9. 桃之夭夭，

Le pêcher, comme il pousse bien!

桃树，它长得多么繁茂呀！

*10. 其叶蓁蓁。

son feuillage, quelle richesse!

树叶浓密遮枝！

11. 之子于归，

La fille va se marier:

女子就要出嫁。

12. 宜其家人。

il faut que l’on soit un ménage!

和睦美满一家人！

《诗序》曰：“《桃夭》，后妃之所致也。不妒忌则男女以正，婚姻以时，国无鳏也。”[①]（后妃，言文王之妃太姒。）

1 和 2 句，《毛传》和《郑笺》都作为“兴”：“夭夭”（描写助词）描写桃树的“少壮”，通过比喻，说明桃树象征的年轻女孩到了结婚年龄。参阅顾译本，I.《礼记·曲礼上》第 8 页“三十曰壮，有室”，即男人到了三十岁，体力已壮，可以结婚成家室；而对于女人，二十岁已为“壮”。“灼灼”（描写助词），形容花繁盛貌。《毛传》喻为少女的美貌，“有花色”。《郑笺》解为“年时俱当”，即结婚的季节和年龄均适宜。（郑玄认为仲春是嫁娶之期。）

3. 于，往也。

4. 宜，应该，适合：指的是适合嫁娶，因为年龄（《毛传》，“无逾时”）或者年龄和季节（《郑笺》）恰为礼仪所规

① 此处葛兰言原文引用有漏，应为“国无鳏民也”。——译注

定。室家，即有室家，男娶妻，女嫁夫。

20 6.《毛传》解，“实”象征女子的美德，即“有妇德”。《郑笺》已对“华”作了解释，因而此处未加批注。

8. 家室，犹室家也。

10. 蓁蓁（描写助词，貌），《毛传》解：象征少女“形体至盛”。

12. 家人，《毛传》解“一家之人”。《郑笺》解“犹室家”，与 4、8 句结尾词同义。

《皇清经解续编》：“治国在齐其家……又（文王施善政）必一国之女皆能宜室。”参阅顾译本，II.《礼记·大学》第 626 页。

“桃华”，根据历法记载，指二月。参阅顾译本，I.《礼记·月令》第 340 页。关于桃树，参阅高延，《厦门节庆》，第 88、480 页。

考异（《皇清经解续编》卷 1171）：枖枖、芺芺、溱溱，皆为描写助词。

婚嫁歌。主题为植物生长。

我遵循那些注释者的解释，但是我避免在我的文章中引用他们的注疏，因为在我们留心阅读的时候，我们会感到，即便是一首非常简单的诗歌，象征性解释也会引起不少困难。

由于文王的功绩，婚娶变得有章可循。但是，诗歌当中象征性所指的具体婚姻规则是什么呢？

我们首先想到的是夫妻的年龄。夫妻年龄不宜过长，因此人们将其比喻成一株开花的桃树，生长旺盛。[①] 更确切地说，人们相信这株桃树象征一位少女，年龄在 15—19 岁。但是，既然是比喻，为什么寓意就此打住了呢？桃花代表少女的美貌；果实代表妻子的品德；树叶代表少女体态健康完美。

婚娶不仅要在一定的年龄内完成，而且要在一年当中固 21
定的时节完成。一些作者认为，这个时节就是春季，在春季桃花盛开，因此这可能是另一个象征意义。[②] 的确，在谈到桃花之后，人们谈到了果实，那么在桃子成熟之时是否还有婚嫁？关于这个问题，最好不要深究，我们只要愉快地知道，文王能够成功地让适龄的少女们在适宜的季节出嫁就好了。

这样很好，古代的那些注释者们很满意，但是近代注释者们[③] 更加深入，因为人们在教授古典文本的时候，不会过于遵守道德规范。

每一章的第四句诗都表达了适合婚娶的意思。为此诗歌总是使用“宜”（应该，合适）这个字，而且每一章都用不同的主题来代表夫妻。在第一章中，“宜其室家”用“室”（卧室）来代“妻子”，用“家”（家庭，住宅）来代“丈夫”。在

① 《桃夭》第 1—2 句。

② 《桃夭》第 1—2 句。

③ 《皇清经解续编》。

第二章中，所使用的词是相同的，只是顺序颠倒。在第三章中，出现一个新的表达方法："家人"，也就是夫妇。人们是否会认为这三句诗只是韵脚上的区别？在这里，也许最有用的是要说明一下王室美德泽被黎民的效果。这一点很容易做到：只需要将具体的字面意思"室"解释为"妻子"，"家"解释为"丈夫"，将"宜"进一步解释为"建立适宜的秩序"就好了。因此，受文王德化的少女能够在她们的家中建立适宜的秩序，也能够在她们的家人当中建立适宜的秩序。这也是清朝编撰者们的意愿，这也促使顾赛芬将其翻译成："少女们将要庆祝她们的婚礼，她们将闺房和房屋收拾得整齐有序。"

22 这就是象征主义对其中一首诗歌的解释，这还是其中一首曲解情况不严重的诗歌。暂且让我们先放下这些象征符号来看一下一些简单的批注：在这首婚娶诗歌当中，婚嫁的思想与植物的生长结合在一起，尤其与幼小桃树的蓬勃生长联系在一起；这首诗歌包含三章，每一章几乎相同；只有每章的第二句和第四句稍微有所变化；在韵律上，第一章中"华"与"家"相对，第二章中"实"与"室"相对，第三章的表达稍显模糊，指的是夫妇。

现在让我们来看另一首诗歌。当我们阅读顾译本的《诗经》时，我们会很吃惊地看到，在《隰有苌楚》中有这样两句："(小树)，我庆幸你无感情。""(小树)，我庆幸你无家室。”据毛苌的注释，桧侯堕落，其国民深受其害：为减少痛苦，他们希望能够如羊桃一般无感知……

而且，羊桃还有其他幸运之处：首先，它年轻健壮，就像我们前面看到的桃树一样；另外，它有“枝”，有“华”，有“实”，人们可以称颂其荣耀；甚至，奇怪的是，表达这种颂扬之意的词（猗傩）与用来形容妻子首要美德的词“柔顺”是同义词。[1] 如果人们对此加以深入思考的话，就不会感到惊讶：因为这首诗以羊桃为象征物，祝贺的是那些无家室的人。不希望有自己的家庭！这是多么奇特的情感呀！持有这种感情的人，该是生活在多么邪恶的君王统治之下呀！的确，要承受这些不幸和困苦，最好是既无感知又无家庭之累……可是，在思考这首《隰有苌楚》之后，到底是什么样的君王能有如此邪恶的灵魂，将其臣民推向如此绝望之境？ 23
这就是象征主义诗人在写这首《隰有苌楚》时所体现的巧妙的文学意图。

我们还是先尝试逐字逐句来翻译这首诗歌。

II.— Le Carambolier 隰有苌楚（《桧风》3，— C.154 — L.217）

1. 隰有苌楚，

Au val est un carambolier;

① 《隰有苌楚》第 1—2 句。

洼地里面的羊桃，

2. 猗傩其枝。

douce est la grâce de ses branches!

枝儿长得多美好！

*3. 夭之沃沃，

Que sa jeunesse a de vigueur!

多么蓬勃茁壮！

4. 乐子之无知。

quelle joie que tu n'aies pas de connaissance!

多么羡慕你无知己！

5. 隰有苌楚，

Au val est un carambolier;

洼地里面的羊桃，

6. 猗傩其华。

douce est la grâce de ses fleurs!

花儿开得多娇娆！

*7. 夭之沃沃，

Que sa jeunesse a de vigueur!

多么蓬勃茁壮！

8. 乐子之无家。

quelle joie que tu n'aies pas de mari!

多么羡慕你没有丈夫！

9. 隰有苌楚,

Au val est un carambolier;

洼地里面的羊桃,

10. 猗傩其实。

douce est la grâce de ses fruits!

果儿结得多饱满!

*11. 夭之沃沃,

Que sa jeunesse a de vigueur!

多么蓬勃茁壮!

12. 乐子之无室。

quelle joie que tu n'aies pas de femme!

多么羡慕你没有妻子!

《诗序》曰:"隰有苌楚,疾恣也。国人疾其君之淫恣,而思无情欲者。"借苌楚表达因世道荒乱而产生的忧苦。因其君王荒淫妄为而其国民备受煎熬;他们羡慕那些无知无觉、无所欲望的草木。

1和2句,《毛传》看作"兴"。"猗傩",柔顺也,这两个词指的是女子的美德;也可以指女性。参阅顾译本,词典,"柔"条。

《郑笺》解:羊桃笔直成长,枝条柔顺,象征一个人年轻,品行端正,心思淳朴简单(端悫),随着年龄的增长,却没有丝毫的“情欲”（只有“顺”意）。

24 3. 沃沃（描写助词），形容壮佼。夭，少也。

4.《郑笺》解：“知，匹也。”匹之意，即为配偶，伴侣。《郑笺》有云：“疾君之恣，故于人年少沃沃之时，乐其无妃匹之意。”

8.《郑笺》解：“无家，谓无夫妇室家之道。”

朱熹把“知”解作感情：人们羡慕“草木之无知而无忧也”。

在清代版本中，“知”也解为感情：“闻以未有室家为苦矣，未闻以无室家为乐也。苌楚之民，乐无室家，困之至矣。”

朱熹和清本对“知”的解释似乎与《诗序》的意思很相近。因为《诗序》中的解释不是很清晰，因此郑玄为了顺应《诗序》的意思给出“知”一个准确的含义，提出了另外一种寓意，他认为：人们以苌楚为象征，为一国之君提供了一种行为模式。

第二句的前两个异体字“猗傩”无须过多解释。

订婚的诗歌。主题为植物的生长以及在山谷中的邂逅。

这首诗歌的构成与《桃夭》有惊人的相似之处。两首诗都描写了一棵茁壮生长的树，诗句似乎谈论的也都是婚娶问题。其中的一章里，“华”与“家”对韵，另一章里，“实”与“室”对韵。那么是否有可能，在剩下的一章里，第四句中结尾的那个字（知）也可能以模糊的方式指代夫妇，或者以中性方式指代配偶呢？如果是这样的话，那么我们就可以省去象征意义来理解这首诗。它根本不是关于淫恣的桧君诗歌，而是一首订婚的诗歌。在第一章中，年轻姑娘歌唱着自己的喜悦，看到自己的情郎没有其他婚约。少年也是如此。两个人都可以歌唱第一章，也许他们可以一起歌唱："多么高兴看到你没有其他相知！"

我希望读者不要指责我在翻译这篇中文诗歌时用了不准 25
确的法语文字游戏。即使我们翻译得不准确，但至少也应该是严肃认真的，对于我们法国人来说，称自己的男女"朋友"为"知"是一种平庸措辞。而在汉语当中，"知"却是高雅庄重的措辞，翻译出来，是否仍不失其高雅的文风？

而且，在顾赛芬的词语解释当中，"知"即为"知道(savoir)，感知（sentiment)，相识（connaissance)"，其意常为"朋友"，而且经常出现在比较严肃的文本当中。这一点没有什么奇怪的。但这还不够，因为这个"朋友"之意，是否在这首诗歌中有明确的体现？到底是我自己误解了诗意，采用了双关语的文字游戏来翻译，还是那些象征主义的阐释者们误读了诗歌？

毛苌对这个"知"字没有作任何阐释，但是在其《诗序》中的表述却很明确："国人……思无情欲者。"这篇《诗序》为孔子的弟子子夏所作，这样看来，该是我错了。然而，我们再来看一下郑康成[①]的注疏："知（意指配偶，伴侣），匹也。"郑玄是否会赞同我的说法？并非如此：因为这样会破坏道德阐释。因此，他随后补充道："乐其无……"——到底乐其无什么？是配偶还是感知？因为在诗篇当中再没有其他提示……但是，这并非郑玄所言之意，他说的是："乐其无妃匹之意。"意思是说，人们恭喜他（我猜想应该指的是苌楚）没有那么轻率地在如此苛政之下去承担照顾妻子的重负。这就是根据《诗序》的阐释，他无情欲的原因。这样一来，一切都顺理成章：每个词都有了它准确的意思，不会误读；道德也变得有章可循，应该遵守；"知"，解为"友"，而不是"感知"的意
26 思，而我的理解也是正确的。但是，《隰有苌楚》依然是一首讽刺邪恶牧羊人的诗歌，孔子的弟子子夏说得也很正确。郑康成[②]非常聪明，他在不诋毁诗歌教化意义的同时避免了对诗歌拙劣的误解。只对这段文字小心地下了一番功夫，就巧妙地将他的训诂学家的觉悟和正统道德家的严谨结合了起来。

同时，他也向我们揭示了系统研究《诗经》的一个重要事实，那就是：在细节上，注释者的训诂学与他们的道德观念无关。在《诗序》中指出诗歌有教化之意是一回事，而仔细阅读诗文又是另一回事。有在学堂和劝谏中解释和引用的

---

① 《隰有苌楚》第 4 句。

② 郑康成（127—200 年），（一般指郑玄，字康成。——译注）著名的经学注疏者，学识渊博，精通古语。

《诗经》，也有作为艺术和古典文化爱好者加以鉴赏和分析的《诗经》。我不明白郑康成如何能够剥去这些古老诗歌中那层官方道德的外衣。我也无法说明像他这样一位敏锐细致的文人，一位通达世事的人怎么能够任由传统注释那种难以忍受的象征主义所左右。以郑氏的睿智，他是不会与社会循规蹈矩的价值观相抗争的，他对《诗经》的注释，都是顺性而为，包括那些解释性故事和《序》。他借助那些道德训诫尽可能地阐明几点历史或法规问题。他同时借助事物中的寓意，以其无人媲比的学识，明确指出古词句或专业词语的含义。遇到某种过分曲解某些诗句表达的象征性解释，他会仔细地加以更正，这样可以避免细心的读者误读，同时也保全了诗歌的道德观念。

在阅读《诗经》，尤其是《国风》的时候，我们会遵循以 27
下规则：

1. 我们不会考虑传统解释，也不会考虑据此保留下来的各种异本。只有当我们想要找出那些源于《诗经》的仪式使用时，我们才会参考这些解释。但如果要深入了解这些诗歌的本来意思，就不要使用这些解释了。

2. 我们完全摒弃了代表良好风尚的诗歌和代表风尚败坏的诗歌之间的区别。在《诗经》当中可能存在一些讽刺诗[1]，

---

① 《宛丘》也许是个例子。

但是在像《隰有苌楚》这样的诗歌中看到象征性讽刺意义，这完全是误解。

3. 相应地，我们也不会对《国风》的前两部分和其他部分作出区别。我们将会毫不犹豫地比较被编入不同部分的诗歌。[①] 我们也已经看到，这样的对比非常有用。这种方法可以让我们在所谓的政治讽刺诗歌中重新发现单纯的婚娶诗。

4. 我们摒弃所有象征性解释或者赋予诗人某一高雅性写作技巧的说法。

5. 对于那些用以证明象征性解释的历史或风俗信息，我们会精心收集，但只作为独立资料来看待。比如，我们注意到毛苌指出少女应该在二十岁之前结婚，少男应该在三十岁之前结婚；我们还注意到郑玄指出婚娶应该在春季举行。但我们不会用这些资料来阐释《桃夭》。

6. 在区别文法准确性的注释和论证传统阐释的注释的同
28 时，我们会接受关于词语或句法结构的各种注释。这一规则很难处理，要严格遵守这一规则就需要：(1) 非常专注细致地阅读所有注疏；(2) 对要研究的文本的每个注释者的态度形成一个确切的概念；(3) 熟悉每个训诂学派的独特考据理论；(4) 最后，要首先对所研究的诗歌整体大意有一个正确的情感把握。只有通过长期的实践，并严格遵循以下两条规则，

① 我采用的分类法与官方正式的分类无关。

才能获得好的结果。

7. 我们会十分关注诗歌的韵律。经验告诉我们，韵律反映了措辞之间的一致性，这与事物之间的关联性有关①，同时也阐明了词语的特殊意义和诗篇的整体意思。因此，在翻译当中，我们尽量保留诗歌原来的韵律；严格地逐句翻译，以求展现诗歌那种复沓或者排比修辞手法②。

8. 我们通过对比其他类似诗篇来确定每一篇诗歌的意思。即使不可能准确理解一首诗歌的整体大意，至少这种方法能够帮助我们扩大相应资料的收集，这样我们也可以构建一系列的诗歌主题。

9.《诗经》中的诗歌讲述了一些原始事实，但经验证明，
依据学术宗教思想或虔诚的训诂学家构建的礼仪规则来翻译
这些诗歌是十分危险的。我们将尽量以《诗经》来阐释《诗 29
经》：我们宁可决定只知道存在这些原始事实，也不会冒险将
这些事实与经过演变而成或者独立而成的思想或规则直接联
系起来。

10. 如果需要借助外部资源的话，我们更倾向于选用那些能够为我们提供民俗事实的资料（尽可能是古老的民俗，实

① 我在后面会详细考察什么是相关性手法。

② 遵循这一方法规则促使我在翻译这些诗歌的时候采用逐字直译的方法：有时我不得不打乱中文的顺序，在这种情况下，我尽量在我的译文中，使中文诗句中相互对应的词能够继续相互一一对应。

在不行，也可以是现代民俗，必要时，可以借用远东文明的一些民俗事实），而不是那些经典文本。因为前者受法律或宗教思想作用而发生的改变较小。

11.《诗经》是一部人为编写的诗集，其中的诗篇有多种出处，出自不同的地方、不同的时间、不同的作者。在使用当中，我们意识到，人们实际上根本没有考虑地域的多样性，甚至，对《诗经》的研究让人产生一种强烈的中国统一性的印象。[1] 相反，如果在诗集中不作预想，甚至在《国风》中发现一些晚期的或者带有高深造诣的诗篇[2] 的话，这也将是十分危险的。

12. 这些诗歌，当人们将其用笔记录下来的时候，可能遭到改动[3]，这不是不可能的：应该想到这些诗歌可能是后来组稿形成的，而主题才是最初形成的模式。

13. 原始的主题一定与情感状态有关，可能出现在能够表达类似情感的诗篇当中，为此，这些诗篇的实质内容不一定
30 与主题原初意思有关联[4]。

14. 一些主题，甚至是整篇诗歌，在特定时期，可以不加

---

① 至少在“中国”或 Confédération chinoise（中国联盟）当中含有中国统一性之意。

② 参阅《何彼襛矣》和《小星》（尤其是第三章）。

③ 参阅《候人》和《唐风 · 扬之水》。比如可以注意晨曲的演变。对比《齐风 · 鸡鸣》（顾译本第 103 页）和《小雅 · 庭燎》（顾译本第 212 页）。

④ 见边码第 140 页。

修改或者稍加改动就可以有新的仪式或实际用法，这一新用法反过来又赋予主题或诗歌以新的价值或意义[①]。

15. 尤其是那些爱情诗歌和主题可以被赋予新的寓意：或者出自婚姻制度在不同时期的变化，或者出自这些制度从一个社会阶级到另一个社会阶级转变的过程中改变了其原有的价值观[②]。

16. 从另一方面说，一些主题和诗歌即使没有经过显著的改编，也可以用以劝谏或者间接讥讽之用，符合我们前面提到的劝谏和训诫习惯。[③]这种用法通过以下几点变得方便起来：(1) 一些指代朋友（友）或战友（伍）的字也可以用于爱情语言当中[④]；(2) 妻子称丈夫，或者少女称情郎都会用“子”或“君子”，这些一般是对封臣的称呼；(3) 一般来说，诗歌中没有指明性别，因此很难识别说话者是男人还是女人；这样一来，弃妇的怨言指责（除了富有情感的特征以外）就可能被看作是臣僚或者朋友的告诫。能够产生这样的模糊性本身就是一个重要的事实，它反映了不同社会关系的相似性，这些关系可以相互混淆。

---

① 对比《郑风·扬之水》和《王风·扬之水》（顾译本第 128 页）。

② 参阅《关雎》和《草虫》的阐释。同时参阅葛兰言：《中国古代婚俗考》，载《通报》第十三卷，第 553 页。

③ 对比马达加斯加歌谣习俗，参阅让－鲍尔汉（Jean Paulhan）：《梅里纳人诗集》（*Les Hainteny Merinas*），1913，序言。另见本书附录Ⅰ。

④ 见边码第 207—208 页。

31 在采取所有谨慎态度之后，我们对《诗经》的主题，尤其是对爱情诗歌主题的阐释，实际上应该是明确的了。但无论如何，对诗歌本身的阐释却不确定。这种局限对我们的研究来说并不十分重要，因为我们不是在研究每一篇诗歌的文学价值，而是要点明某一类诗歌的基本要素。从这一点看，主题比诗歌本身更值得我们关注。

在我认为是爱情诗歌的那些《诗经》篇章中，我翻译的那些诗歌是最重要的。我将它们按照顺序排列，使得一首诗歌能够用另一首诗歌更好地来解释。根据它们的基本主题将其分成三组，每一组后面都有相应的评述。

人们首先阅读的这组诗歌是描写自然主题的诗歌。在古代历法当中我们可以找到类似的描述。对这些“乡野主题”诗歌的研究会让我们发现，诗歌的诗意与季节习俗有关。人们可能会思考它是否具有礼仪性的起源。

第二组包含那些描写乡村爱情的诗歌。这种乡村诗是否具有深奥的起源和道德目的？如果人们同意这种说法的话，我会指出，这仅仅是为《诗经》的教化之用提供合理说辞而已。然而，人们之所以支持这种说法，那是因为道德的正统观念阻碍人们去理解古老的农村习俗。但恰恰是这些习俗让我们知道这些诗歌出自何地。另外还要研究这种乡村诗的内容和方法技巧，这些只有诗歌出自歌舞合唱时才能得以阐释。

最后一组诗歌是山水漫步的主题。从这些诗歌当中，32
我们可以看到爱情诗歌、带有诗意的爱情是如何诞生于节庆的仪式当中的。最后在结尾之处，我会简单指出，爱情诗，即使变成具有个性的爱情诗，依然会保留歌谣中原始艺术的内容。

乡野主题

III. —Les mûriers du Val 隰桑（《小雅》八 · 4，—C. 310—L. 414）

1. 隰桑有阿，

Les mûriers du val, quelle force!

洼地桑树，多么蓬勃茂盛！

2. 其叶有难。

leur feuillage, quelle beauté!

桑树叶，多么美丽多姿！

3. 既见君子，

Sitôt que je vois mon seigneur,

一看见我的君子，

4. 其乐如何。

ma joie, quelle n'est-elle pas!

我是多么快乐呀！

5. 隰桑有阿，

Les mûriers du val, quelle force!

洼地桑树，多么蓬勃茂盛！

6. 其叶有沃。

leur feuillage, quelle douceur!

桑树叶，多么柔美光滑！

7. 既见君子，

Sitôt que je vois mon seigneur,

一看见我的君子，

8. 云何不乐。

Allons! quelle n'est pas ma joie!

我怎能不快乐！

9. 隰桑有阿，

Les mûriers du val, quelle force!

洼地桑树，多么蓬勃茂盛！

10. 其叶有幽。

Leur feuillage, quel vert profond!

桑树叶，多么绿油油！

11. 既见君子，

Sitôt que je vois mon seigneur,

一看见我的君子，

12. 德音孔胶。

son prestige, qu'il agit fort!

他的魅力，有多么强大呀！

13. 心乎爱矣，

Celui donc que dans mon cœur j'aime,

我心中所爱的人，

14. 遐不谓矣。

Est-il trop loin pour y songer?

难道会因为过于遥远而想不起来吗?

15. 中心藏之，

Lui, que du fond du cœur j'estime,

他，是我内心珍重的人，

16. 何日忘之。

lui, quand pourrais-je l'oublier?

他，我何时能够忘记呢?

33 《诗序》曰:"《隰桑》，刺幽王也。小人在位，君子在野，思见君子，尽心以事君。"(意思是说，王侯懂得感激君子的功劳。)

1 和 2 句是兴。"阿"：描写助词(非叠韵)(《郑笺》以叠韵"阿阿然"作解)，描写树木之美态。

6. 沃，柔也。(《毛传》)

10. 幽，黑色也。(《毛传》)

12. 胶，固也。(《毛传》)

14. 遐，远。(《郑笺》)

15.《郑笺》释"藏"为"善"。

13 句和 14 句之间以结尾虚词“矣”构成对应关系。15 句和 16 句之间以结尾虚词“之”构成对应关系。

考异：遐,《齐诗》作“瑕”。参阅《礼记·表记》(顾译本，II，第 504 页)

“君子”一词也作“贤人”解。忠贞和德音的主题，解释了为什么在田野中寻找恋人最后转变为寻找归隐乡间不被重用的贤士。

主题为植物的生长。

副主题为山谷中的邂逅，德音(12)，远离(14)，忠贞(16)。

IV. — Les peupliers de la porte 东门之杨(《陈风》5, — C. 148 — L. 209)

1. 东门之杨，

Porte de l’est sont les peupliers!

东门的白杨树!

2. 其叶牂牂。

qu’il est superbe leur feuillage!

它们的叶子多么漂亮!

3. 昏以为期，

Au crépuscule on doit s’attendre!

我们相约黄昏时分见面!

4. 明星煌煌。

qu'il est vif l'éclat des étoiles!

天上的星光多么明亮!

《诗序》曰:"《东门之杨》,刺时也。婚姻失时,男女多违。迎亲,女犹有不至者也。"

1 和 2 句,《毛传》作兴:"牂牂"(描写助词)。"男女失时,不逮秋冬。"

34 《郑笺》曰:"杨叶牂牂,三月中也。兴者喻时晚也,失仲春之月。"

3 和 4 句,《郑笺》解:"亲迎之礼以昏时,女留他色,不肯时行,乃至大星煌煌然。"

煌煌,描写助词。

第二章与第一章的区别仅在描写助词上的变化。

6. 肺肺,犹牂牂。(《毛传》)

8. 晢晢,犹煌煌。(《毛传》)

按郑注(也许《诗序》也是这样),诗中的讽刺具有双重含义:婚礼既没有在一年当中的适宜季节举行,也没有在一天中的恰当时刻举行。按照《仪礼·士昏礼》的规定,婚礼应该在黄昏时分进行。毛氏认为,婚礼举行得太早(此时是春季或夏季),因为在他看来,婚期适宜的季节应该是在秋季和冬季。而郑氏认为,婚礼举行得太晚,对他来说,唯一适合婚娶的月份是仲春之月（春分）。

朱熹把这首诗解作男女幽会。

“期”在婚姻用语中指婚礼仪式之日（“请期”）。在诗歌中则指幽会之日或幽会。参阅《桑中》第5句，《采绿》第7句，《氓》第7句和第10句。

主题为植物的生长，幽会，城东树荫茂密之地。

V. — La belle fleur 何彼襛矣（《召南》13，— C. 27 — L. 35）

1. 何彼襛矣，

N'est-ce pas une belle fleur,

那难道不是一朵美丽的花，

2. 唐棣之华。

la fleur du cerisier sauvage?

野樱桃之花吗？

3. 曷不肃雝，

Ne sent-on pas sa modestie

难道没有感到它的素雅，

4. 王姬之车。

à voir le char de la Princesse?

看到王姬所乘之车时？

这是描写庆典的一首诗歌的前四句，是“王姬下嫁于诸侯”的婚礼庆典。因为是“下嫁”，她要表现出“肃雝”的风德。参阅尧以二女妻舜的故事，《史记·五帝本纪》（司马迁《史记》，沙畹译，I.，第 53 页）。

1. 襛，戎。（《毛传》）

2. 唐棣，移。（《毛传》）

3. 肃，敬。（《毛传》）参阅《召南·小星》第 3 句；雝，和。（《毛传》）参阅《匏有苦叶》第 8 句。

男女求爱的诗歌。主题为花开时节。

35 **VI. — Sauterelles ailées 螽斯（《周南》5，— C. 10 — L. 11）**

1. 螽斯羽，

Sauterelles ailées,

长翅膀的蚱蜢，

*2. 诜诜兮。

que vous voilà nombreuses!

你们如此密集众多！

3. 宜尔子孙，

Puissent vos descendants,

但愿你们的子孙，

*4. 振振兮。

avoir grandes vertus!

将有高尚的美德!

《诗序》曰:“《螽斯》,后妃子孙众多也,言若螽斯。不妒忌,则子孙众多也。”

1 和 2 句,螽斯,蚣蝑也。(《毛传》)

诜诜,描写助词,形容数量众多。(《毛传》)《郑笺》曰:“凡物有阴阳欲者,无不妒忌,维蚣蝑不耳,各得受气而生子,故能诜诜然众多。后妃之德能如是,则宜然。”

因后妃不存妒忌之心,是以后宫众妾皆能受君宠(参阅《关雎·序》),因此能为其君(和她自己)生育众多子孙。

3 和 4 句,振振,描写助词,“仁厚也”。参阅《周南·麟之趾》第 2 句和《召南·殷其靁》第 5 句。

《郑笺》解:“后妃之德,宽容不嫉妒,则宜女之子孙,使其无不仁厚。”

第二章与第三章的区别仅在描写助词上的变化。

6. 薨薨,众多也。(《毛传》)

8. 绳绳,戒慎也。(《毛传》)

10. 揖揖,会聚也。(《毛传》)

12. 蛰蛰,和集也。(《毛传》)

考异:“斯”同“蜇”和“蜇”。

描写助词考异:“诜”同“莘”,“绳”同“憴”。《皇清经解续编》卷1171，第6页。比较《草虫》第1和2句，螽与两性结合的观念有关。

主题为动物交配。

很难避开这样的想法，即这些诗句包含祝愿和咒语的特性，目的是增强个体物种（人和动物）的繁衍。

36 **VII. —Les cailles 鹑之奔奔（《鄘风》5，— C. 56 — L. 80）**

*1. 鹑之奔奔，

Les cailles vont par couples

鹌鹑成双成对，

*2. 鹊之疆疆。

et les pies vont par paires...

喜鹊也比翼飞翔……

3. 人之无良，

D'un homme sans bonté

对于一个无善行的人，

4. 我以为兄。

vais-je faire mon frère?

我怎么可以把他当作我的兄长呢？

*5. 鹊之疆疆，

Les pies s'en vont par paires

喜鹊比翼飞翔，

*6. 鹑之奔奔。

et les cailles par couples...

鹌鹑成双成对离去……

7. 人之无良，

D'un homme sans bonté

对于一个无善行的人，

8. 我以为君。

ferais-je mon seigneur?

我们怎么可以把他当作我的君子呢？

《诗序》曰："《鹑之奔奔》，刺卫宣姜［姜姓王姬，卫宣公（公元前 718—前 699 年）之妃，参阅司马迁《史记》，沙畹译，IV，第 196 及后章］也。卫人以为宣姜（之所为）鹑鹊不若也。"

《郑笺》解："宣姜者（宣公的第二个妻子）……与公子顽（宣公之子）为淫乱，行不如禽鸟。"（参阅孔颖达，《毛诗正义》第 3、4 句注疏："宣姜失其常匹，曾鹑鹊之不如矣。"）

1 和 2 句，奔奔，彊彊：描写助词。《毛传》[①] 解："奔奔、彊彊，言其居有常匹，［孔颖达疏：'不乱其类。'（类：德：姓，参阅《国语·晋语四》），即近亲不婚。］飞则相随之貌。"（这两个描写助词描述了鹑鹊飞则相随之貌），参阅《关雎》第 1、

① 此为《郑笺》解，误为《毛传》。——译注

2 句。

4. 兄，兄长;《毛传》和《郑笺》注:“惠公（公元前 699—前 668 年，宣公的继位者）之兄。”“兄”这个词亦指情人或者丈夫，见《郑风 · 扬之水》第三句和《邶风 · 谷风》第二章末。

5. 君，国小君（即王妃，非指国君）。《毛传》注:“小君谓宣姜。”

考异：之，而。

描写助词考异：奔，贲；疆，姜。《皇清经解续编》卷 1171，第 46 页。

政治性解释依据“兄”字严格的字面意思作解;“君”取其政治意义。

主题为动物交配，反讽之意。

37 **VIII. — Les monts de l’est 东山（《豳风》3, — C. 167 — L. 235）**

41. 仓庚于飞，

Le loriot qui prend son vol

黄鹂来回飞舞，

*42. 熠耀[1]其羽。

① 原文为“熠熠”，实为误。——译注

comme sont brillantes ses ailes!

它的羽毛多么鲜亮美丽!

43. 之子于归,

Cette fille qui se marie,

那位要出嫁的姑娘,

44. 皇驳其马。

tachés de roux sont ses chevaux!

她的马儿红透黄!

征役悲歌片段。

41. “仓庚鸣”,历法主题。《夏小正》二月,《礼记·月令》,仲春之月。(顾译本,第340页)。

44. 主题为婚礼迎亲之马,参阅《周南·汉广》。

IX. — Le nid de pie 鹊巢(《召南》1,— C. 16 — L. 20)

1. 维鹊有巢,

C’est la pie qui a fait son nid:

是喜鹊筑好了窠巢,

2. 维鸠居之。

ce sont ramiers qui logent là!

却是斑鸠住了进来!

3. 之子于归,

Cette fille qui se marie,

那位要出嫁的姑娘，

4. 百两御之。

avec cent chars accueillez-la!

您要用百辆车子迎接她！

5. 维鹊有巢，

C’est la pie qui a fait un nid:

是喜鹊筑好了窠巢，

6. 维鸠方之。

ce sont ramiers qui gîtent là!

却是斑鸠占居进来！

7. 之子于归，

Cette fille qui se marie,

那位要出嫁的姑娘，

8. 百两将之。

avec cent chars escortez-la!

您要用百辆车子迎娶她！

9. 维鹊有巢，

C’est la pie qui a fait un nid:

是喜鹊筑好了窠巢，

10. 维鸠盈之。

ce sont ramiers plein ce nid-là!

却是斑鸠住满了窠巢！

11. 之子于归，

Cette fille qui se marie,

那位要出嫁的姑娘，

12. 百两成之。

de cent chars d'honneur comblez-la!

您要用百辆车子来满足她的荣耀！

《诗序》曰："《鹊巢》，夫人之德也。国君积行累功以致 38
爵位，夫人起家而居有之，德如鸤鸠，乃可以配焉。"

1 和 2 句，《毛传》作兴：鹊象征国君，鸠象征后妃。

4. 百两，百乘也。《毛传》曰："诸侯之子嫁于诸侯，送御皆百乘。"

御，迎也。按《郑笺》注：在《仪礼 · 士昏礼》中，新郎的随从称为"御"。

6. 方，有。(《毛传》)

8. 将，送。(《毛传》) 注：在《仪礼 · 士昏礼》中，新娘之随嫁者称"媵"，我们翻译为"送"之意。

10. 盈，满也。(《毛传》)《郑笺》解为："满者，言众媵姪娣之多"，住满房屋。"诸侯一娶九女"，即一个正妻的娣妹（表妹），一个正妻的侄女（姪，晚正妻一辈者），另外还有同姓的两国也要出陪嫁，每国选三女，组成两组，同样的构成

（每组正室为“媵”，其他二女为正室的娣妹和侄女）。[1]

12. 成，译为“填满”，意思是说“能成百两之礼也。”（《毛传》）——与第10句“盈”相对应。

百指全部。参阅“百物”的说法，即所有事物。

鹊是预示好兆头的鸟，便称“喜鹊”，通常与成婚之意联系在一起。见其在《牛郎织女》故事中的角色（参阅高延，《厦门节庆》，第439—440页及本书卷末）。鹊象征夫妻忠诚。参阅《鹑之奔奔》和《礼记·表记》（顾译本，II，第507页）。“季冬之月，……鹊始巢。”（《礼记·月令》，顾译本，I，第405页。）

野鸽或者斑鸠，《礼记·月令》曰：“季春之月，……鸣鸠拂其羽。”（顾译本，I，第350页），往往与采桑之事联系在一起，使歌谣具有春天的主题。参阅《周南·汉广》第23、24句。“仲春之月，……鹰化为鸠。”（《礼记·月令》，顾译本，I，第340页。）见《大戴礼记·夏小正·正月》；“（仲秋）八月，鸠化为鹰。”见《礼记·王制》（顾译本，I，第283页）。

考异：鵲，鹊；御，讶和迓。《皇清经解续编》卷1171，

---

① 主要参阅：《左传·隐公元年》（理雅各译，第3页）；杜预，公羊，何休，谷梁的注疏。——《春秋·成公八年》（理雅各译，I，第366页）；杜预注，《春秋左氏传集解》；杜预，公羊的注疏。——《春秋·成公鸠年》（理雅各译，第370页）；杜预，公羊，何休的注疏。——《春秋·庄公十九年》（理雅各译，第98页）。公羊，何休的注疏。——《仪礼·士昏礼》。——《诗经·唐风·绸缪》和《诗经·召南·采蘩》；顾译本，第25页。

第 10 页。

注：韵律极为简单，从虚词的重复出现，如每章前两句的“维”，3、4 句的“之”，以及词的对仗，如第 10 句和 12 句中的“盈”“成”可以体现出来。

传统的解释虽然接近诗的真正意思，但仍有曲解之意。 39
诗句格式上的对称在喜鹊与新娘、斑鸠和众媵娣（所乘马车）之间建立了对应关系。郑氏和毛氏都承认，第三章中的“鸠”象征着媵娣，但是他们并不认为前两章的“鸠”也有此意，其目的正如《诗序》所言，就是要阐明妻子对丈夫的依赖。

结婚诗歌。主题为鸟，新娘的马车。

X. — Les liserons 野有蔓草（《郑风》20，— C. 101 — L. 147）

1. 野有蔓草，

Aux champs sont liserons

田野长满蔓草，

2. 零露漙兮。

tout chargés de rosée!

草上挂满露珠！

3. 有美一人，

Il est belle personne

他是一个俊朗青年，

4. 清扬婉兮。

avec de jolis yeux!

眉目清秀!

5. 邂逅相遇,

J'en ai fait la rencontre:

我与他不期而遇,

6. 适我愿兮。

elle est selon mes vœux!

这正合我的心愿。

7. 野有蔓草,

Aux champs sont liserons

田野长满蔓草,

*8. 零露瀼瀼。

tout couverts de rosée!

草上沾满露珠!

9. 有美一人,

Il est belle personne

他是一个俊朗青年,

10. 婉如清扬。

avec de jolis yeux!

眉目清秀!

11. 邂逅相遇,

J'en ai fait la rencontre:

我与他不期而遇，

12. 与子偕臧。

avec toi tout est bien!

和你在一起，一切尽美。

《诗序》曰:“《野有蔓草》，思遇时也。君之泽不下流，民穷于兵革。男女失时，思不期而会焉。”参见《周礼·地官·媒氏》(《郑笺》:“不相与期而自俱会。”)

1 和 2 句：漙，盛多。《毛传》作兴：上天恩降之露洒落在蔓草之上，犹如君王之影响恩泽百姓。

《郑笺》认为：这句表明时间，“谓仲春之时，草始生，霜为露也”。(参见《蒹葭》，在秋天相应的时期，这些事情也随之相反。)引《周礼》可证:“仲春之月，令会男女之无夫家者。”即此为婚姻聚会之时。(《毛传》：失时意为超龄。《郑 40
笺》：失时意为错过了合适的仲春之月。)

4. 清扬，双目之间。婉，美。(《毛传》)

5. 邂逅，相遇，指的是他们在习俗规定的大型聚会上相逢，事先并没有相互约定。(《毛传》)

6.《毛传》,“适其时(适龄而婚)愿。”

8. 瀼瀼，描写助词，“露多貌”。

12. 臧，善。(《毛传》)

朱熹：男女相遇于田野草露之间。

考异：漙，团和專；零，霝；婉，畹；扬，阳；逅，遘和觏。（参见《草虫》第6句和《车舝》第23、29句。）《皇清经解续编》卷1172，第11—12页。

重要的注释：这说明在中国学者看来，所谓伤风败俗的事情不在于（《周礼》规定的）乡村男女集会之上，而在于在乱世，这些集会为个别约会提供了机会。参见本书末的“竞赛”一节。

主题为露水，春天的邂逅。对比《蒹葭》（《行露》，第12、13、14句；见附录Ⅰ）。

XI. — La rosée des chemins 行露（《召南》6，— C. 20 — L. 27）

1. 厌浥行露，

Les chemins ont de la rosée!

道路上覆满露水，

2. 岂不夙夜。

pourquoi donc ni matin ni soir?

为什么不是在早晨也不是在傍晚？

3. 谓行多露。

Les chemins ont trop de rosée!

道路上的露水太浓！

（《行露》全篇及评注见附录Ⅰ。）

XII. — Le vent du nord 北风（《邶风》16，— C. 48 — L. 67）

1. 北风其凉，

Le vent du nord, quelle froidure!

北风多么寒冷呀！

2. 雨雪其雱。

pluie et neige, quelles bourrasques!

雨雪多么猛烈呀！

3. 惠而好我，

Trendrement, oh! si vous m’aimez,

啊，如果您爱我，就请温柔地，

4. 携手同行。

les mains jointes, allons ensemble,

与我携手同行。

5. 其虚其邪。

Pourquoi rester? Pourquoi tarder?

为什么要停留？为什么要延迟？

6. 既亟只且。

le temps est venu! oui，vraiment!

时间到了！是的，真的到了！

7. 北风其喈， 41

Le vent du nord, quelle tempête!

北风多么狂暴呀！

8. 雨雪其霏。

pluie et neige, quels tourbillons!

雨雪纷飞！

9. 惠而好我，

Tendrement, oh! si vous m'aimez,

啊，如果您爱我，就请温柔地，

10. 携手同归。

les mains jointes, partons ensemble!

与我携手同去。

11. 其虚其邪，

Pourquoi rester? Pourquoi tarder!

为什么要停留？为什么要延迟？

12. 既亟只且。

le temps est venu! oui，vraiment!

时间到了！是的，真的到了！

13. 莫赤匪狐，

Rien n'est fauve comme un renard!

没有什么像狐狸一样棕红！

14. 莫黑匪乌。

rien n'est noir comme une corneille!

没有什么像乌鸦一样乌黑！

15. 惠而好我，

Tendrement, oh! si vous m'aimez!

啊，如果您爱我，就请温柔地，

16. 携手同车。

les mains jointes, montons en char!

与我携手同乘车！

17. 其虚其邪，

Pourquoi rester? Pourquoi tarder?

为什么要停留？为什么要延迟？

18. 既亟只且。

le temps est venu! oui, vraiment!

时间到了！是的，真的到了！

《诗序》曰："《北风》，刺虐也。卫国并为威虐，百姓不亲，莫不相携而去也。"

1 和 2 句，雱，风雨之貌。

《郑笺》作兴：恶劣的天气象征暴政。参见《野有蔓草》序言和第 1、2 句。

5. 虚，虚也。(《毛传》) 邪读如徐。(《郑笺》)

6. 亟，急也。(《毛传》)

7. 喈，《毛传》解为风疾之貌。参见《风雨》第 2 句。

8. 霏，《毛传》解同"雱"。

13 和 14 句，按《郑笺》，应译为：

那些狐狸，它们都是棕红色的，

那些乌鸦，它们都是黑色的。

这是寓喻君王和臣子（后者受君王坏的影响）都是一样的坏。

主题为天气，邀请劝说：指出击掌的作用。参阅《邶风·击鼓》第15句。

XIII. — Vent et pluie 风雨（《郑风》16，— C. 98 — L. 143）

*1. 风雨凄凄，

Vent et pluie! oh! qu'ils font rage!

风和雨！啊！它们多么猛烈！

*2. 鸡鸣喈喈。

voici que chante le coq!

鸡鸣声不息！

42 3. 既见君子，

Sitôt que je vois mon seigneur,

一见到我的君子，

4. 云胡不夷。

allons! ne suis-je pas tranquille!

啊！我怎能心情平静呢！

《诗序》曰:"《风雨》，思君子也。乱世则也思君子，不改其度焉（不像其他人那样放纵无度）。”

1. 凄凄，描写助词，叙风雨之貌。

2. 喈喈，描写助词，鸡鸣声。参见《北风》第 7 句。

1 和 2 句，按《毛传》和《郑笺》注：“风且雨凄凄然，鸡犹守时而鸣……君子虽居乱世，不变改其节度。”

4. 胡，何；夷，说。(《毛传》) 参见《草虫》第 21 句。

第二章和三章除韵脚外，皆与第一章相同。

5. 潇潇，描写助词，叙风雨之貌。

6. 胶胶，描写助词，鸡鸣声。

朱熹注：“淫奔之女，言当此之时，见其所期之人，而心悦也。”

主题为天气，幽会。

XIV. — Le tonnerre 殷其靁（《召南》8，— C. 23 — L. 29）

1. 殷其靁，

Voici que gronde le tonnerre

雷声隆隆，

2. 在南山之阳。

à l'adret des monts du midi!

就在南山的向阳山坡上！

3. 何斯违斯，

Pourquoi donc reste-t-il au loin?

他为什么离得那么远？

4. 莫敢或遑。

n’ose-t-il prendre du loisir?

难道他不敢偷闲吗？

*5. 振振君子，

O mon bon, o mon bon seigneur,

啊，我的，我的好君子，

6. 归哉归哉。

oh! viens-t’en donc! oh! viens-t’en donc!

啊，回来吧！啊，回来吧！

《诗序》曰：“《殷其靁》，（以臣子对君王承担的义务）劝以义也。召南之夫人，远行（到他国）从政，不遑宁处，其室家能闵其勤劳，劝以义也。”

1. 殷，雷声也。（《毛传》）

2. 山南曰阳。《毛传》注：“山出云雨以润天下。”

43 《郑笺》作兴：“召南大夫以王命施号令于四方，犹雷殷殷然发声于山之阳。”

3. 斯，此。（《毛传》）违，去（《毛传》），远（《郑笺》）。

4. 遑，暇。（《毛传》）

5. 振振，描写助词，“信厚也”。（《毛传》）参见《螽斯》第 4 句及《周南 · 麟之趾》第 2 句。

第二章和第三章的不同仅在于第二句和第四句的韵脚之异。

考异：殷，隐；靁，雷；遑，偟。《皇清经解续编》卷1171，第17页。

主题为远离，天气。

XV. — Les feuilles flétries 萚兮（《郑风》11，— C. 95 — L. 138）

1. 萚兮萚兮，

Feuilles flétries! feuilles flétries!

枯叶，枯叶！

2. 风其吹女。

le vent vient à souffler sur vous!

风来将你吹起！

3. 叔兮伯兮，

Allons, messieurs! allons, messieurs!

叔呀，伯呀！

4. 倡予和女。

chantez! nous nous joindrons à vous

歌唱吧！我们会与你们同唱！

5. 萚兮萚兮，

Feuilles flétries! feuilles flétries!

枯叶，枯叶！

6. 风其漂女。

le vent vient à souffler sur vous!

风来将你吹起！

7. 叔兮伯兮，

Allons, messieurs! allons, messieurs!

叔呀，伯呀！

8. 倡予要女。

chantez! et puis nous après vous!

歌唱吧！我们随后与你们同唱。

《诗序》曰："《萚兮》，刺忽（郑昭公，公元前696—前695年在位）也。君弱臣强，不倡而和也。"（《郑笺》注："君臣各失其礼，不相倡和。"）

1和2句为兴：木叶虽槁，待风吹而后落，故以喻人臣待君倡而后和（《毛传》,《郑笺》)。

3.《毛传》解："言群臣长幼也。"参见《郑风·丰》第9句和第13句。

4."君倡（只有这时候）臣和也。"

"和"指的是对"倡"的应答，即唱和歌中的答歌。

8. 要，成。使开始的唱和完美结束。

考异：倡，唱；漂，飘。《皇清经解续编》卷1172，第

6页。

参阅《郑风·丰》序："阳（男）倡而阴（女）不和。"

象征主义的解释依据的思想是，如同月对日、阴对阳、 44
妻对夫，臣子相对君王而言，也应处于卑贱之位。由此可见主题的转换。

主题为枯叶，表明秋季（十月）的唱和。（参见《豳风·七月》和《卫风·氓》第31句。）

XVI. — L'arc-en-ciel 蝃蝀（《鄘风》7，— C. 58 — L. 83）

1. 蝃蝀在东，

L'arc-en-ciel est à l'orient!

彩虹出现在东方！

2. 莫之敢指。

personne ne l'ose montrer!

没有人敢指着它！

3. 女子有行，

La fille pour se marier,

姑娘要出嫁，

4. 远父母兄弟。

laisse au loin frères et parents!

远离兄弟和父母！

5. 朝隮于西，

Vapeur matinale au couchant!

晨雾升于西方！

6. 崇朝其雨。

c’est la pluie pour la matinée!

那是清晨的雨水！

7. 女子有行，

La fille pour se marier,

姑娘要出嫁，

8. 远兄弟父母。

laisse au loin frères et parents!

远离兄弟和父母！

9. 乃如之人也，

Or la fille que vous voyez

然而，您看到的这位姑娘，

10. 怀昏姻也。

Rêve d’aller se marier

正梦见要结婚。

11. 大无信也，

Sans plus garder la chasteté

不再保守自己的贞洁，

12. 不知命也。

Et avant qu'on l'ait ordonné!

就在定下婚事之前。

《诗序》曰:"《蝃蝀》,止奔也。卫文公(公元前650—前634年,参阅司马迁《史记》,沙畹译,IV,第200页)能以道化其民,淫奔之耻,国人不齿('不齿'字面的意思是,不与他们按照年龄长幼来定尊卑秩序)也。"

1和2句,《毛传》曰:"夫妇过礼,则虹气盛,君子见戒,而惧讳之,莫之敢指。"

《郑笺》曰:"虹,天气之戒,尚无敢指者,况淫奔之女,谁敢视之。"

3和4句,"妇人生而有适人之道(于理当嫁者,孔颖达 45
注疏),何忧于不嫁而为淫奔之过乎,恶之甚"。

5. 隮,升。(《毛传》)

6. 崇,终。"从旦至食时为终朝。"(《毛传》)

5和6句,《郑笺》曰:"朝有升气于西方,终其朝则雨。气应自然,以言妇人生而有适人之道,亦性自然。"(即郑氏对第3、4句的解释)

9和10句,《郑笺》曰:"思婚姻之事乎,言其淫奔之过恶之大。"

11和12句,《毛传》解:此女"不待命"。

《郑笺》曰:"淫奔之女,大无贞洁之信,又不知婚姻当待父母之命。”参见《仪礼·士昏礼》。

考异：蝃，蝀；隮，跻；也，兮。《皇清经解续编》卷1171，第47页。

注：最后一章的韵律很独特，以“也”结尾。

主题为雨和彩虹，舍弃父母（族外婚的规则）。

也可能是（派生意义）结婚歌：对新娘不守礼教的谴责。

参见附录Ⅱ对《蝃蝀》的注释。

XVII. — Les piqueurs 候人（《曹风》2，— C. 156 — L. 222）

13. 荟兮蔚兮，

Oh! les petites! oh! les faibles

啊！多么细微！啊！多么稀薄！

14. 南山朝隮。

vapeurs de l'aube aux monts du Sud!

弥漫在南山上的晨雾！

15. 婉兮娈兮，

Oh! les jolies! oh! les charmantes

啊！多么美丽！啊！多么迷人！

16. 季女斯饥。

jeunes filles, qui ont si faim!

年轻的姑娘们，多么饥饿！

这首诗歌的最后一章定是曲解过甚，难以阐释。 46

13 和 15 句。注：每句最后一个字构成对句。

14. 主题为山上的薄雾。参见《蝃蝀》第 5 句。

16. 主题为饥饿。参见《汝坟》第 4 句。比较附录Ⅲ《客家山歌》VI。

XVIII. — Les cueillettes 采葛（《王风》8，— C. 82 — L. 120）

1. 彼采葛兮，

Il cueille le dolic!

他在采集葛草！

2. 一日不见，

Un jour sans le voir

我一天没有看见他，

3. 如三月兮。

me semble trois mois.

好像隔了三个月呀！

4. 彼采萧兮，

Il cueille l'armoise!

他在采集荻蒿！

5. 一日不见，

Un jour sans le voir

我一天没有看见他，

6. 如三秋兮。

me semble trois automnes!

好像隔了三个秋天呀！

7. 彼采艾兮，

Il cueille l'absinthe!

他在采集苦艾！

8. 一日不见，

Un jour sans le voir

我一天没有看见他，

9. 如三岁兮。

me semble trois ans!

好像隔了三年呀！

这首诗歌十分简单，主题为采摘和分离。参见《郑风·子衿》第11句。

XIX. —Le plantain 芣苢（《周南》8，— C. 12 — L. 14）

1. 采采芣苢，

Cueillons! Cueillons le plantain!

我们来采摘吧！采摘车前草！

2. 薄言采之。

et allons! recueillons-en

来吧！我们来采集吧！

3. 采采芣苢，

Cueillons! cueillons le plantain!

我们来采摘吧！采摘车前草！

4. 薄言有之。

et allons, ramassons-en!

来吧，我们来拾集吧！

《诗序》曰：“《芣苢》，后妃之美也。（她们治理）和平则妇人乐有子矣。”

1和2句，芣苢“宜怀妊”（《毛传》），“治妇人难产”。（孔颖达）

4、6、8句，有，掇，捋，均表示“采集”之意。

10和12句，袺，襭，词义更为精确，指的是以衣贮物而执其衣襟或将衣襟纳入腰带之中。

除了以上这些词的变化外，诗歌的三个章节都是一样的。

考异：苢，苡（苡字出现在很多表示植物和种子的复合词。禹母吞薏苡而生禹。）

关于襭，参见《皇清经解续编》卷1171，第7、8页。 47

注：此诗在写作手法上的单一性。

采集的歌谣。采草药。

XX. — Je cueille les roseaux　采绿（《小雅》2，— C. 307 — L. 411）

1. 终朝采绿，

Je cueille les roseaux tout le matin

我整个早晨都在采摘芦苇，

2. 不盈一匊。

sans emplir le creux de mes mains!

却填不满一捧！

3. 予发曲局，

Voilà, mes cheveux tout défaits!

看，我的头发都散乱了！

4. 薄言归沐。

allons! retournons les laver!

走吧！我们回家洗洗！

5. 终朝采蓝，

Je cueille l'indigo tout le matin

我整个早晨都在采摘蓝草，

6. 不盈一襜。

sans emplir le creux de mes jupes!

却装不满我的裙兜！

7. 五日为期，

Le cinquième jour était le terme:

他约定五日为期！

8. 六日不詹。

au sixième, il ne paraît pas!

第六天了，他还没有出现！

9. 之子于狩，

Lorsque tu iras à la chasse,

如果你去打猎，

10. 言韔其弓。

je mettrai ton arc dans l'étui!

我会把你的弓放进弓袋里！

11. 之子于钓，

Lorsque tu iras à la pêche,

如果你去钓鱼，

12. 言纶其绳。

je ferai la corde de ta ligne!

我会理好你的钓绳！

13. 其钓维何，

Qu'est-ce que tu as pris à la pêche?

你钓到了什么？

14. 维鲂及鲊。

ce sont des brèmes et des perches!

是鲂鱼和鲢鱼！

15. 维鲂及鲊，

Ce sont des brèmes et des perches!

是鲂鱼和鲢鱼！

16. 薄言观者。

allons! allons! qu’il y en a!

看呀！看呀！有那么多！

《诗序》曰：“《采绿》，刺怨旷也。幽王之时，多怨旷者也。”

1 和 2 句，兴：指夫妻长久分离，而造成劳动中的“不专于事”。

3 和 4 句，《毛传》曰：“妇人，夫不在，则不容饰。”尤其是郑氏特别指出，妇人不梳理头发。参阅《礼记・内则》（顾译本，I，第 661 页），《卫风・伯兮》（顾译本，第 73 页，XXB）。

48 **XXB :《卫风・伯兮》**

伯兮朅兮，　　哥儿呀，勇武啊！
邦之桀兮。　　国内无人能比！
伯也执殳，　　哥呀拿着长殳杖，
为王前驱。　　为那王侯打头仗！

自伯之东，　　自从哥儿去东方，

首如飞蓬。　　我的头发像飞蓬！
岂无膏沐，　　难道没有脂和油？
谁适为容。　　为谁修饰我容颜？（对比《唐风·葛生》第4、8、12句）

其雨其雨，　　下雨呀！下雨呀！
杲杲日出，　　一轮红日高高出！
愿言思伯，　　一心把我的哥儿想，
甘心首疾。　　头脑发病甘受害！

焉得谖草，　　哪儿找到忘忧草？
言树之背，　　北堂阶下来栽好。
愿言思伯，　　一心把我的哥儿想，
使我心痗。　　使我心痛又悲伤。

7和8句，《毛传》曰：妇人应“五日一御”。参见《礼记·内则》（顾译本，I，第661页）。《郑氏》解：“五日、六日者，五月之日、六月之日也。归期已过犹未到也。”第五口为五月整月，第六日为六月整月，意思是说，该回来的正常时期已经过了。

9至16句，比较《郑风·女曰鸡鸣》第5—12句。主题为夫妻交流。

主题为采集，渔猎（分离），会餐。

XXI. — Le septième mois 七月（《豳风》2，— C. 160 — L. 226）

14. 春日载阳，

Au printemps quand les jours tiédissent

春天天气变暖，

15. 有鸣仓庚。

voice que chante le loriot,

黄鹂鸟在歌唱。

16. 女执懿筐，

les filles tenant leur corbeille,

姑娘们提着篮筐，

17. 遵彼微行，

vont le long des petits sentiers,

沿着小道走，

18. 爰求柔桑。

prendre aux mûriers la feuille tendre.

去采嫩桑叶。

*19. 春日迟迟，

Au printemps quand les jours s'allongent

春天白昼渐渐延长，

*20. 采蘩祁祁。

on va cueillir l'armoise en bande;

人们成群结队去采蒿；

21. 女心伤悲，

le cœur des filles est dans l'angoisse:

姑娘们心中悲伤，

22. 殆及公子同归。

le temps vient pour elles d'aller avec le jeune seigneur.

时间到了，她们该和年轻君王同归。

这是一首长诗的第二章，题材为“劳作与时光”，被认
为是周公（约公元前1144年）所作；据说，他作此诗是向 49
成王进言，希望能够说服成王施以王化，使人事与自然秩序
相符合。

15. 主题为黄鹂。参见《豳风·东山》第41句，以及《礼记·月令》中仲春二月。详阅“乡野主题”的评注。

19. 迟迟：描写助词。

20. 祁祁：描写助词。

21.《毛传》曰：“春女悲，秋士悲，感其物化也。”《郑笺》曰：“春女感阳气而思男，秋士感阴气而思女，是其物化，所以悲也。”

XXII. — Les prunes 摽有梅（《召南》9，— C. 24 — L. 30）

1. 摽有梅，

Voici que tombent les prunes!

梅子掉落下来！

2. 其实七兮。

il n’en reste plus que sept!

只剩下七个！

3. 求我庶士，

Demandez-nous, jeunes hommes!

年轻的男子，向我们求婚吧！

4. 迨其吉兮。

c’est l’époque consacrée!

这正是吉利的时候！

5. 摽有梅，

Voici que tombent les prunes!

梅子掉落下来！

6. 其实三兮。

il n’en reste plus que trois!

只剩下三个！

7. 求我庶士，

Demandez-nous, jeunes hommes!

年轻的男子，向我们求婚吧！

8. 迨其今兮。

c'est l'époque, maintenant!

现在正是好时候!

9. 摽有梅,

Voici que tombent les prunes!

梅子掉落下来!

10. 顷筐塈之。

Les paniers emplissez-en!

拿筐来装满吧!

11. 求我庶士,

Demandez-nous, jeunes hommes!

年轻的男子,向我们求婚吧!

12. 迨其谓之。

c'est l'époque, parlez-en!

这正是开口的好时候!

《诗序》曰:"《摽有梅》,男女及时(而婚)也。召南之 50
国,被文王之化,男女得以及时也。"

"时"的用法,既指结婚合适的年龄,也指结婚合适的季节。关于结婚的年龄和季节的考据分歧颇多,因此对这首诗的象征性解释很复杂,众说纷纭。我扼要概述如下:

a. 结婚的合适年龄,男子为 25 到 30 岁,女子为 15 到 20

岁。快要成熟的梅子（根据梅子的成熟程度看掉落多少）象征配偶的年龄。在诗歌的第一章，还剩下七个，意思是还剩下十分之七，有十分之三的梅子掉落。依据这个成熟度，梅子象征26、27岁的男子，16、17岁的女子。在第二章中，还剩下三个，即十分之三，象征28、29岁的男子，18、19岁的女子。在第三章中，梅子已经不剩下了，所有的梅子都已成熟，即男子30岁，女子20岁。(《毛传》)

b. 规定的结婚年龄，女子为20岁，男子为30岁。在这个年龄，没有象征性应用。

c. 适婚的季节为春节：梅子季节一到就可以结婚的男女，等到来年春天，届时人们就可以按规矩为他们举行婚礼，不需要任何仪式，以繁衍国家的人口。(《郑笺》，参阅《周礼・地官・媒氏》)

d. 适婚的季节为秋冬季。梅子全落的时候，正值夏季的最后一个月，这是求婚的好时候。

4. 吉，善。(《毛传》) 迨，及。(《郑笺》)

考异：摽，標；莩，蔈及莩；梅，楳；倾，顷；塈，塈。

注："楳"与"媒"谐音。据波尼法西上校（Colonel Bonifacy）说，在蛮人（Man）的诗歌中，梅树（或者梅树花）象征童贞。详见附录Ⅲ。

注："求"的用法。参见《周南・汉广》第4句及《周南・关雎》第8、9句。对比《召南・野有死麇》第4句。在

春季里订下婚约；在秋季要完成仪式，特别是请媒人出面。

采集的诗歌。主题为邀请。

我们从以上各例可以看到，《诗经》中歌谣的描写往往是生动而简洁的，其主题源于大自然。这是一些不太变化的主题，我称之为“乡野主题”。诗人不时向我们展示郁郁葱葱的树木，当他赞美鲜花、硕果、青枝、绿叶时，看来是要把草木的繁茂与人心的复苏加以比照[1]；时而又让我们看到原野上鸣叫、求欢的动物，或向我们描绘成群结队远飞的鸟儿，它们一边合唱着，或彼此应和着，相会于更加茂密的丛林中，或者隐藏到无人的沙洲[2]：看起来动物之爱和人类的爱情异常 51
相似。时序的更迭、雷鸣、飞雪、微风、朝露、雨水、彩虹，还有收获与果实药草的采集，也为人们感情的抒发提供了一种背景和契机。

诗人们在倾诉人的感情时，常常借助于大自然中的形象描绘，这一点我们已经非常熟悉；如果表现爱情，似乎必须要以景色作为背景，传统的做法要求田园诗从田野上撷取最美的风光。那么，《诗经》的作者在其歌谣中所描绘的田园题材是否只是作为一种修饰点缀呢？

---

① 参见《桃夭》《隰有苌楚》《隰桑》。

② 参见《螽斯》《鹑之奔奔》；还有《匏有苦叶》第 9 句；《关雎》；《草虫》第 1—2 句；《车舝》第 8 句。

中国人似乎相信这点。[①]因为按他们的理解，这些题材还只是“兴”和“比”，也就是表达诗情的技巧和手法而已。果真是这样的话，那么诗人的创造精神就极其贫乏了！这些形象是多么单调啊！即使是为了修饰，形象选择的本身也难以解释得通：因为诗中鲜花的描写极为少见，远不如树木形象出现得频繁，而且描写花的主题通常是居于从属地位，而当它处于独立地位时，一般又不是出现在常见的爱情诗的类型里。[②]由此看来，这些形象的选择并非是一种情趣所致。但是，如果要了解究竟哪些形象是古代诗人心目中最优美的形象，我们在这方面却是个不高明的鉴赏家，因此，我们不会固守自己的看法，虽然这种看法或许是有益的。一旦我们要这样做，那总要认真考虑一下：
52 《诗经》中的乡野主题是否只有修饰性的价值而没有别的价值了呢？

我们应当注意到，当中国作者谈到“比”和“兴”的时候，更多地标示着道德家的意图，而很少指文学家采用的手段。形象的表现并不单单是为了让读者更容易、更赏心悦目地理解作品的思想，它本身就具有一种道德的价值。这一点在某些题材中表现得十分清楚。比如，一对飞离的鸟儿的形象，本身就是鼓励人们要忠诚相待。因此，诗人选择自然形

① 参见《诗序》：参阅顾赛芬的《序》和理雅各的《绪论》。

② 参见《何彼襛矣》。周王姬下嫁齐侯的仪式歌。

象来表达感情时，并不真是如此感到大自然的美，确切地说是由于他觉得与自然相吻合才是道德的缘故。使人们首先产生一种艺术创造的意图时，可能也有一种道德的意向产生。以这种新的观点看，我们就会明白，为什么乡野的主题如此重要而又很少变化。

不难发现，有些评论诗歌主题的文字，往往明显地带有说教意味，而另一些评论则又限于指明写作年代。比如，人们在评析一首描写桃花的诗[①]时，指出诗中的场面发生在春天，并把某种寓意赋予桃花。我们以为这两种解释没有多大差别，谁要遵循大自然的规律，谁就得模仿自然，还要像大自然一样，让万事万物适逢其时。成双配对的飞鸟，藏匿到林中结合，这就教给了世人夫妇生活的规律；而且它们寻找的时期也同样指明了适宜结合的季节。

文人学士把“乡野主题”视为时令谚语格言，这毫不奇
怪，因为这种设想特别有利于对歌谣进行道德上的解释。我 53
们不是看到一对情侣在朝露满野之际邂逅相逢[②]吗？这表明春天已经过去，婚配之时已经结束，而青年男女依然在相会，说明他们国家的君王再也不能维系着美好的风俗了。相反，年轻的姑娘不是不愿在早晨或晚上，踏着露水湿透的道路去

① 参见《桃夭》的第 1—2 句。

② 参见《野有蔓草》。

约会[①]吗？这表明君王的道德[②]以及这类题材的道德含义是符合自然之道的。

当然不需要完全遵奉评注家过细的注释，但也不要轻率地认为他们所运用的象征主义毫无依据。显而易见，“乡野主题”若源出于无可名状的大自然的诗情，这种象征就没有根据；若来自季节的礼仪习俗，象征主义才有某种依凭。

实际上，在中国农历书中存有一些以时令分类，且和谚
语极为相似的乡村主题。我们知道有好几部古历，主要的有
四部，非常便于作比较。最古老的《夏小正》[③]，保存在《大
戴礼》里；《月令》[④]，《礼记》中的一章，在别的作品里也有类
54 似的记载；另一部历书介入《管子》第三章里[⑤]；最后一部出
现在《汲冢周书》[⑥]第六章里。对上述历书的研究可以确立如
下事实：(1) 这四部全都是农村历书，借助于农村谚语标明
一年四季和十二个月的叫法。(2) 每部历书都力图用谚语来
指明天文年代的确切日期。(3) 这种划分用了好几种分类法。

---

① 参见《行露》。

② 关于道德，君王对人和自然的调控能力，参见边码第 194 页及以下内容，以及边码第 79 页注释 1。之所以翻译“道德”这个词，是因为这两个字的使用，尤其在诗歌序言中的使用。

③ 《夏小正》，见《皇清经解续编》卷 573—578 的版本。

④ 顾译本，I，第 331—410 页。

⑤ 《幼官》系《管子》第八篇，作者有误。——译注

⑥ 《汲冢周书》存于《汉魏丛书》。

《管子》把全年分为三十个时期，每个时期十二天（春天八个时期，夏天七个时期，秋天八个时期，冬天七个时期）。《汲冢周书》把全年分为二十四个时期，每个时期为十五天；每个时期又细分为三个时段，每段五天，而这每个时段均由一句乡村格言标明着。《月令》和《夏小正》则限于用月来分期。然而，在《月令》里，每一个月由一到两组的农村谚语组成，在《汲冢周书》里，谚语则是用来作为十五天或五天这一个时期的名称；大部分的谚语在《夏小正》里都可以找到，但散见于每个月的内容里。(4) 所有的谚语在不同的历书里占有不同的位置。比如，《夏小正》把“鹰化为鸠”放在春天的第一个月；而《月令》和《汲冢周书》则把这一谚语放在第二个月。

我们由此就会明白，不同的历书究竟是怎么组成的：它们是受到变化论的思想影响而对劳动进行分类的结果，是人们不断要求对称、准确的结果，是对跟乡村歌谣相似的题材考据、研究的作品。问题也就由此而来：究竟是诗人在自己
的创作中运用了历书的谚语呢，还是历书保留了诗中的一些 55
片段？

人们读《夏小正》，对其奇特的编写不无深刻的印象。它的句子很短，句与句之间没有联系；最长的不过三到四个方块字，很少有例外，而且字与字的排列次序也令人惊异。[①] 因

① 一月雁北乡。二月来降燕乃睇，时有见睇始收。九月遰鸿雁。陟玄鸟蛰。十一月陨麋角。十二月鸣弋。

此，需得注疏家加以注释方能明白。他们指出诗人们是根据外界事物在自己头脑中产生的印象深浅决定词序的，不这样就无法解释民谣中的词序。因此，人们说“鸣弋”[1]，是因为首先听到了叫声，然后才知道是弋。[2]“黄鹂在歌唱”[3]，也是同样的道理。的确，这种表达方法在历书里显得有点奇怪，而在《月令》里实际上写得则更简单：“黄鹂歌唱。”[4]这是散文的风格和句法。《夏小正》则完全相反，是诗化的句子。确实，在《诗经》中也可见到这样的句子，几乎一字不差，它构成了《诗经》中某诗的一句。[5]

既然我们在最古老的历书里发现了诗歌语言的痕迹，那就有理由认为歌谣的乡野主题绝不是诗人从农村历书里借来的谚语，我们倒认为历书是借之于乡村诗歌才编成的。当然不能过于匆忙地得出这样的结论：歌谣的题材和历书里的谚语可能来自同一源头；诗人们像搜集古董一样进行了创作，并以博学者的手法从谚语宝库中汲取了诗情。在这种情况下，
56 《诗经》中的乡野题材就无法得到证明，今日《诗经》的作品不是来自有识之士；这些作品可能出自高雅的文学家和爱好

① 鸣戈，十二月。

② 鸣而后知其戈也。

③ 有鸣仓庚。

④ 《礼记》，顾译本，I，第 340 页，仓庚鸣。

⑤ 顾译本，第 161 页，《七月》第 14 句：这句诗恰好出现在一首节庆的歌谣中，而这首歌谣也只是用诗写成的历书。见后面的注释。

古典者之手。

在孔子筛选过的这部诗集里，有一首叫《七月》的奇特的诗[①]，它在三百篇中最受推崇，相传为圣人周公所作。他要在诗中指出，王者的德政足以使人的劳作和自然的时序和谐一致。这首长诗实际上是用诗句写的历书，而每句诗就是一句农村谚语，表示一年每个月的叫法，因此，这也可以说是一部古代中国的大事月历。

诚然，这部大事月历不是博学者的诗歌游戏，不是包罗万象的民谚集成；整首诗连贯一致，一气呵成，具有统一的格调和一致的思想。这首诗的礼仪价值是确定无疑的。人们在结束一年劳作的收获节庆里唱它。诗歌第八章描写了节日的盛况[②]：人们把谷场打扫干净，带来了酒，用羔羊祭祀，用犀牛角酒杯畅饮，互祝健康，吃喝作乐，歌唱过去一年的劳作和时光。

可能，这样的诗歌源出于我们所具有的、多少经过条理化的历书。这就是为什么人们会在历书中发现诗歌语言的原

---

① 顾译本，第 161 页，《豳风 · 七月》。参见本书《七月》选段。

② 顾译本，第 165 页第八章。比较《周颂 · 良耜》（顾译本，第 441 页）以及上一首诗。关于十月节庆，参阅本书第 178 页及以下内容。《周礼 · 春官 · 龠章》中引证了《豳风 · 七月》的礼仪习俗。参阅毕瓯（Biot），II，第 65—66 页。这段文章还指出《豳风 · 东山》中的礼仪习俗用法，《东山》被注释者们当作一首征战的歌谣，里面出现很多时令谚语。同时参阅《唐风 · 蟋蟀》（顾译本，第 120 页）。

57 因。反之，诗歌中有历书的谚语，其原因也许是不难想象的。事实上，我们倒认为：如同《七月》一样，歌谣或多或少是直接来自季节性的节庆。

总之，有一点是确定无疑的：《诗经》中的乡野主题所具有的重要性以及对注疏者的重要性——说到底，即使该诗出自博学者之手，即使注疏者在细节上解释有时会失误——确实表明了季节礼庆的习俗在古代中国人的思想和生活里起着重大的作用。

乡村爱情

XXIII. — Hors de la porte 出其东门（《郑风》19，— C. 100 — L. 146）

1. 出其东门，

Hors de la porte orientale,

走出了东门，

2. 有女如云。

les filles semblent un nuage:

姑娘们多如云彩；

3. 虽则如云，

Bien qu'elles semblent un nuage,

虽然她们多如云彩，

4. 匪我思存。

nulle ne fixe ma pensée!

没有人能牵住我的思绪！

5. 缟衣綦巾，

Robe blanche et bonnet grisâtre,

白色衣裳青色佩巾，

6. 聊乐我员。

voilà qui peut me rendre gai!

那才是让我欢愉的人。

7. 出其闉闍，

Hors du bastion de la porte

走出了城门，

8. 有女如荼。

les filles semblent des fleurs blanches:

姑娘们多如白荼：

9. 虽则如荼，

Bien qu'elles semblent des fleurs blanches,

虽然她们多如白荼，

10. 非我思且。

nulle n'occupe ma pensée!

没有人让我牵挂！

11. 缟衣茹藘，

Robe blanche et bonnet garance,

白色衣裳红色佩巾，

12. 聊可与娱。

voilà ce qui peut me charmer!

那才是让我喜爱的人！

《诗序》曰:“《出其东门》,闵乱也。公子五争[皆发生在郑昭公在位(公元前696—前695年)期间。厉公(突)两次;忽一次;子亹一次;子仪一次。参见《史记·郑世家》],兵革不息,男女相弃,民人思保其室家(以反对常年战乱引起的生活不稳定状况)焉。”对比《郑风·溱洧·序》。 58

2.“如云,众多也。”(《毛传》)郑氏解为被遗弃或离开丈夫的女子(因乱世而遭离散的夫妇)(“有女,谓诸见弃者也。”)。

5.《毛传》曰:“缟衣,白色,男服也。綦巾,苍艾色,女服也。”这句诗象征性地表达了綦巾和缟衣搭配,夫妻不分离的愿望。郑解为缟衣綦巾指代妇人(“以衣巾言之”)。

7.闉,曲城也;闍,城台也。(《毛传》)

8.荼,茅秀。《郑笺》曰:“荼,茅秀,物之轻者,飞行无常。”征“不常”,指反复无常之意。

11.茹藘,茅蒐。(《毛传》)

12.娱,乐。(《毛传》)指欢愉和节庆。

考异:綦,綥;员,云及蒐;娱,虞。

主题为乡村外的聚会。

比较《郑风·东门之墠》(XXIII B)。关于这首诗,《诗序》曰:“《东门之墠》,刺乱也,男女有不待礼而相奔者也。”

XXIIIB

1. 东门之墠，　　东门外的平地上，
2. 茹藘在阪。　　茜草长满土坡。
3. 其室则迩，　　你的屋子就在眼前，
4. 其身甚远。　　你的人儿却远在天边。
5. 东门之栗，　　东门外的栗树下，
6. 有践家室。　　立着些矮屋子！
7. 岂不而思，　　如何能够不想你？
8. 子不我即。　　而你，你却不来寻我。

1 和 2 句，《郑笺》曰："此女欲奔男之辞。"

践，浅。(《郑笺》) 尽管郑氏是这样解释的，但我却认为应该翻译如下：

3. 你的妻子就在附近。

6. 夫妻规规矩矩地在那里。

考异（《皇清经解续编》卷 1172，第 8 页）："践"通"靖"及"静"。参见《豳风 · 伐柯》最后一句。(顾译本，第 171 页)。

注：比较本诗第 7 句和《王风 · 大车》第 7 句。

主题为城门外的聚会，（分离、遗憾或）邀请。

59 注：如果能够接受我们关于第 3 句和第 6 句的翻译的话，那么我们就可以对照诗中的习俗和日本的歌垣习俗。（见附录Ⅲ）

XXIV. — La porte Heng 衡门（《陈风》3，— C. 146 — L. 207）

1. 衡门之下，

Au-dessous de la porte Heng

衡门的下面，

2. 可以栖迟。

l'on peut se reposer tranquille!

可以从容地休息。

*3. 泌之洋洋，

L'eau de la source coule, coule!

清泉的水流呀流！

4. 可以乐饥。

l'on peut s'amuser et manger.

可以玩耍，可以饮用。

5. 岂其食鱼，

Quand l'on veut manger du poisson

想要吃鱼的时候，

6. 必河之鲂。

faut-il avoir brèmes du Fleuve?

是否必须是黄河的鲂鱼？

7. 岂其取妻，

Lorsque l'on veut prendre une femme

想要娶妻的时候，

8. 必齐之姜。

faut-il des princesses de Ts'i?

是否必须是齐国的公主?

9. 岂其食鱼,

Quand l'on veut manger du poisson

想要吃鱼的时候,

10. 必河之鲤。

faut-il avoir carpes du Fleuve?

是否必须是黄河的鲤鱼?

11. 岂其取妻,

Lorsque l'on veut prendre une femme

想要娶妻的时候,

12. 必宋之子。

faut-il des princesses de Song?

是否必须是宋国的公主?

按《诗序》,对安贫乐道之褒扬。

主题为聚餐,城门外和河边相遇。

XXV. — L'éphémère 蜉蝣(《曹风》1, — C. 155 — L. 220)

1. 蜉蝣之羽,

Oh! les ailes de l'éphémère!

啊！蜉蝣的羽翼，

*2. 衣裳楚楚。

oh! le beau! le beau vêtement!

啊！多美呀！多美的衣裳！

3. 心之忧矣，

Dans le cœur que j'ai de tristesse! ...

我心忧虑呀！……

4. 于我归处。

près de moi viens-t'en demeurer!

来吧，来我身旁同住！

5. 蜉蝣之翼， *60*

Oh! les ailes de l'éphémère!

啊！蜉蝣的羽翼，

6. 采采衣服。

oh! le bel habit bigarré!

啊！多么绚丽的衣裳！

7. 心之忧矣，

Dans le cœur que j'ai de tristesse! ...

我心忧虑呀！……

8. 于我归息。

près de moi viens te reposer!

来我身旁休息吧！

9. 蜉蝣掘阅，

Il sort de terre, l'éphémère!

蜉蝣从土中生出，

10. 麻衣如雪。

robe en chanvre blanc comme neige!

麻衣像雪一样洁白！

11. 心之忧矣，

Dans le cœur que j'ai de tristesse! ...

我心忧虑呀！……

12. 于我归说。

près de moi viens te réjouir!

来我身旁共欢乐吧。

历史性解释，没有重要意义。

主题为邀请。

XXVI. — Le sorbier solitaire 有杕之杜（《唐风》10，— C. 129 — L. 185）

1. 有杕之杜，

Il est un sorbier solitaire

这是一棵卓然独立的赤棠树，

2. 生于道左。

qui pousse à gauche du chemin!

屹立在道路的左边。

3. 彼君子兮,

O Seigneur, ô toi que voilà,

我的君子啊,

4. 噬肯适我。

daigne t'en venir avec moi!

请到我这儿来!

5. 中心好之,

Toi, que du fond de mon cœur j'aime,

你是我内心所爱的,

6. 曷饮食之。

toi, ne veux-tu boire et manger?

你不想来同饮同食吗?

7. 有杕之杜,

Il est un sorbier solitaire

这是一棵卓然独立的赤棠树,

8. 生于道周。

qui pousse au tournant du chemin!

生长于道路的转角处。

9. 彼君子兮,

O Seigneur, ô toi que voilà,

我的君子啊，

10. 噬肯来游。

daigne t’en venir promener!

请来与我同游！

11. 中心好之，

Toi, que du fond de mon cœur j’aime,

你是我内心所爱的，

12. 曷饮食之。

toi, ne veux-tu boire et manger?

你不想来同饮同食吗？

按《诗序》，讽刺晋武公“不能亲其宗族”。

主题为相遇，游逛和聚餐。

对比《唐风·杕杜》（顾译本，第 125 页）。

61 **XXVII. — Le chanvre sur le tertre 丘中有麻（《王风》10，— C. 84 — L. 122）**

1. 丘中有麻，

Sur le tertre il y a du chanvre,

小丘上生长着麻，

2. 彼留子嗟。

et c’est là que reste Tseu Tsie!

那是子嗟逗留的地方！

3. 彼留子嗟，

Et c'est là que reste Tseu Tsie!

那是子嗟逗留的地方！

4. 将其来施施。

puisse-t-il s'en venir joyeux!

他会来与我同乐！

5. 丘中有麦，

Sur le tertre il y a du blé,

小丘上生长着麦子，

6. 彼留子国。

et c'est là que reste Tseu Kouo!

那是子国逗留的地方！

7. 彼留子国，

Et c'est là que reste Tseu Kouo!

那是子国逗留的地方！

8. 将其来食。

puisse-t-il s'en venir manger!

他会来与我同食！

9. 丘中有李，

Sur le tertre sont des pruniers,

小丘上生长着李树，

10. 彼留之子。

c'est là que reste ce seigneur!

那是这位君子逗留的地方!

11. 彼留之子,

C'est là que reste ce seigneur!

那是这位君子逗留的地方!

12. 贻我佩玖。

il me fait cadeau de breloques!

他赠我美玉佩饰!

按《诗序》,讽刺不思求“贤”的君王。

主题为在山岗野游;礼物。

XXVIII. — Les coings 木瓜(《卫风》10,— C. 75 — L. 107)

1. 投以我木瓜,

Celui qui me donne des coings,

送给我木瓜的人,

2. 报之以琼琚。

je le paierai de mes breloques;

我以玉佩回报他;

3. 匪报也,

Ce ne sera pas le payer;

这不是什么酬报；

4. 永以为好也。

à tout jamais je l’aimerai!

我会永永远远爱他！

5. 投我以木桃，

Celui qui me donne des pêches,

送给我木桃的人，

6. 报之以琼瑶。

je le paierai de belle pierres.

我以美玉回报他。

7. 匪报也， 62

Ce ne sera pas le payer:

这不是什么酬报；

8. 永以为好也。

à tout jamais je l’aimerai!

我会永永远远爱他！

9. 投我以木李，

Celui qui me donne des prunes,

送给我木李的人，

10. 报之以琼玖。

je le paierai de diamants;

我以宝石回报他；

11. 匪报也，

Ce ne sera pas le payer?

这不是什么酬报，

12. 永以为好也。

à tout jamais je l'aimerai

我会永永远远爱他！

按《诗序》，对相互帮助的封建习俗的赞誉。

主题为礼物。有义务提供回报和厚报。

XXIX. — Les fossés de la porte 东门之池（《陈风》4，— C. 147 — L. 208）

1. 东门之池，

Porte de l'Est, dans les fossés

东门外的水池里，

2. 可以沤麻。

on peut faire rouir le chanvre!

可以沤渍麻！

3. 彼美淑姬，

Avec ma belle et pure dame

与我那美丽贤淑的夫人，

4. 可与晤歌。

on peut s'accorder et chanter!

可以同她相对而歌！

5. 东门之池，

Porte de l'Est, dans les fossés

东门外的水池里，

6. 可以沤纻。

on peut faire rouir l'ortie!

可以沤渍苧麻！

7. 彼美淑姬，

Avec ma belle et pure dame

与我那美丽贤淑的夫人，

8. 可与晤语。

on peut s'accorder et causer!

可以同她相对倾谈！

9. 东门之池，

Porte de l'Est, dans les fossés

东门外的水池里，

10. 可以沤菅。

on peut faire rouir les joncs!

可以沤渍菅茅！

11. 彼美淑姬，

Avec ma belle et pure dame

与我那美丽贤淑的夫人，

12. 可与晤言。

on peut s'accorder et parler!

可以同她心曲互通！

《诗序》曰："疾其君之淫昏，而思贤女以配君子也。"

3. 姬，（周）王族之姓，代表出生尊贵的女子。

8. 语，交谈：指唱和。

主题为城墙外的相会，劳作的歌曲，口头约定。

63 **XXX. — Le rusé garçon 狡童（《郑风》12，— C. 95 — L. 208）**

1. 彼狡童兮，

Ô rusé garçon que voilà,

啊，那个狡猾的小伙子，

2. 不与我言兮。

qui avec moi ne veux parler,

不和我交谈，

3. 维子之故，

Est-ce donc qu'à cause de toi

难道是因为你的缘故，

4. 使我不能餐兮。

je ne pourrai plus rien manger?

使我饮食不思吗?

5. 彼狡童兮，

Ô rusé garçon que voilà,

啊，那个狡猾的小伙子，

6. 不与我食兮。

qui avec moi ne veux manger,

不和我共餐，

7. 维子之故，

Est-ce donc qu'à cause de toi

难道是因为你的缘故，

8. 使我不能息兮。

je ne pourrai plus reposer?

使我寝食不安吗?

《诗序》曰:"《狡童》，刺忽（郑昭公，公元前696—前695年在位；参见《史记》第458页及以下）也。不能与贤人图事，权臣擅命也（即祭仲，参见《郑风·褰裳》)。"

2.《郑笺》曰:"不能受之。"

6.《毛传》解：不起用我。字面意思是：不给我"食禄"。

8. 息，休息。

考异：餐，湌。《皇清经解续编》卷 1172，第 7 页。

朱熹曰："淫女见绝，而戏其人之辞。"

主题为讥讽的邀请，公共盛宴。

没有任何佐证，通过制度的移调产生象征性解释，比如情人间的宴会和君臣间的宴会。

XXXI. — Le fou-sou 山有扶苏（《郑风》10，— C. 94 — L. 137）

1. 山有扶苏，

Le fou-sou est sur les monts,

山上有扶苏，

2. 隰有荷华。

les nénuphars aux vallons!

谷里有荷花！

3. 不见子都，

Je n'aperçois pas Tseu T'ou

我没有看见子都，

4. 乃见狂且。

et je ne vois que des fous!

只看见一些狂徒！

64 5. 山有乔松，

Les grands pins sont sur les monts,

山上有参天的松树,

6. 隰有游龙。

la renouée aux vallons!

山谷蓼草重重!

7. 不见子充。

Je n'aperçois pas Tseu Tch'ong

我没有看见子充,

8. 乃见狡童。

mais d'astucieux garçons!

只看见一些狡猾的狂童!

《诗序》曰:“《山有扶苏》,刺忽也。所美非美然。”

1. 扶苏,扶胥,小木。(《毛传》)

1 和 2 句,《毛传》作兴:“高下大小各得其宜也。”意思是说,山坡和山谷都生长着适合其地的植物,同样,忽也应该因地制宜地给德行高的人以高官,德行稍逊的人以次位。

《郑笺》曰:“扶胥之木生于山,喻忽置不正之人于上位也。荷华生于梓阳,喻忽置有美德者于下位。”

3. 子都,世之美好者也。(《毛传》)

4. 且,辞也。(《毛传》)

狂,忽任用的小人。(《郑笺》)

5 和 6 句,《郑笺》作兴:“乔松在山上,喻忽无恩泽于大臣也。红草放纵枝叶于隰中，喻忽听恣小臣。”

7. 子充，良人也。(《毛传》)

8. 狡童，昭公也。(《毛传》) 郑氏曰：“狡童，有貌而无实。”

考异：抹，扶；桥，乔；龙，茏。《皇清经解续编》卷1172，第6页。

朱熹曰：“淫女戏其所私者。”

主题为讥讽的邀请，（山上与山谷），植物。

比较《狡童》和《褰裳》。

象征性解释：没有任何佐证，甚至没有尝试识别那些专有人名。

XXXII. — Le long de la grande route 遵大路（《郑风》7，— C. 92 — L. 133）

1. 遵大路兮，

Le long de la grande route

沿着大路走吧，

2. 执子之祛兮。

je te prends par la manche!

我挽着你的衣袖！

3. 无我恶兮，

Ne me maltraite pas,

莫对我无情，

4. 不寁故也。

ne romps pas d'un coup avec notre passé!

不要离弃故旧!

5. 遵大路兮, 65

Le long de la grande route

沿着大路走吧!

6. 执子之手兮。

je te prends par la main!

我牵着你的手!

7. 无我魗兮,

Ne me maltraite pas,

莫对我无情,

8. 不寁好也。

ne brise pas d'un coup notre amitié!

不要离弃旧好!

《诗序》曰:"《遵大路》,思君子也。(郑)庄公(公元前743—前701年)失道,君子去之,国人思望焉。"

这首诗被认为是郑国人民真诚地恳求一位贤士,希望他留在他们的国家。

1. 遵,循。(《毛传》)参见《周南·汝坟》第1句。

2. 掺,擥;祛,袂。(《毛传》)

3. 寁，速。(《毛传》)

6. 迷失。参见《邶风·击鼓》第 15 句。参见莫泊蒂（G. Maupetit）:《老挝习俗》，载《巴黎人类学学会简报》1913 年，第 504 页。

朱熹曰:“淫妇为人所弃，故于其去也，揽其袂而留之。”

主题为失和及远游，迷失。

XXXIII. — Le faible courant 扬之水（《郑风》18，— C. 99 — L. 145）

1. 扬之水，

Le faible courant du ruisseau

小溪之水缓缓地流，

2. 不流束楚。

n’entraîne pas fagot d’épines!

载不动一捆荆条!

3. 终鲜兄弟，

Jusqu’au bout vivre comme frères,

像兄弟那样共同生活一生，

4. 维予与女。

seuls nous le pouvons moi et toi!

只有你和我才能做到这样。

5. 无信人之言，

Ne te fie pas aux dires des gens!

不要轻信别人说的话，

6. 人实迋女。

pour sûr ils iront te mentir!

他们实在是对你撒谎。

7. 扬之水，

Le faible courant du ruisseau

小溪之水缓缓地流，

8. 不流束薪。

n'entraîne pas fagot de branches!

载不动一捆树枝。

9. 终鲜兄弟，

Jusqu'au bout vivre comme frères,

像兄弟那样共同生活一生，

10. 维予二人。

seuls nous le pouvons tous les deux!

只有你我两个人。

11. 无信人之言，

Ne te fie pas aux dires des gens!

不要轻信别人说的话，

12. 人实不信。

pour sûr ils sont sans bonne foi!

他们实在是无善意。

《诗序》曰："《扬之水》，闵无臣也。君子闵忽之无忠臣良士，终以死亡而作是诗。"

66 1. 扬，激扬。《毛传》和《郑笺》俱解：比起连一捆薪柴都载不动的小水流，忽的影响更加糟糕，"其政不行于臣下"。

3.《郑笺》解："忽兄弟争国。"

6. 迋，诳。(《毛传》)

10.《毛传》解："二人同心也。"（参见《邶风·谷风》第10句。）

朱熹曰："淫者相谓。"

注意以下表达：像兄弟般相爱，用以指代恋人。对比《鄘风·鹑之奔奔》第4句，尤其是《邶风·谷风》第二章。

宴尔新婚（参阅《卫风·氓》第55和56句，《车舝》第29句）。

如兄如弟（这里兄弟指盟兄弟）。

主题为誓言和忠诚。注意束薪和水岸[或许通过水线高低来推断吉凶，参见赛毕约（P. Sébillot），《凯尔特－拉丁人的现代异教》，第89页]。比较《王风·扬之水》(顾译本，第78页)。

XXXIV. —Les nids sur la digue 防有鹊巢(《陈风》7，— C. 149 — L. 211)

1. 防有鹊巢，

Des nids de pie sont sur la digue,

堤上有鹊巢，

2. 邛有旨苕。

des pois exquis sur le coteau!

丘陵上有精美的苕草!

3. 谁侜予美，

Qui donc trompa celui que j'aime?

谁诱骗了我爱的人?

4. 心焉忉忉。

Ô mon cœur, hélas! quel tourment!

啊，我的内心呀，有多么苦恼!

《诗序》: 没有重要意义的历史性解释。

朱熹曰:"男女之有私。"

主题为山丘上漫步，诽谤之言。比较《唐风·采苓》(顾译本，第131页)。

XXXV. — Le beau seigneur 丰(《郑风》14,— C. 96 — L. 141)

1. 子之丰兮，

Ô toi, Seigneur de belle mine,

你绰约丰满呀，

2. 俟我乎巷，

qui m'as attendue dans la rue! ...

在里巷中等我！……

3. 悔予不送兮。

Hélas! que ne t'ai-je suivi! ...

悔恨呀，没有随你而去！……

67 4. 子之昌兮，

Ô toi, Seigneur de belle taille,

你风度翩翩呀，

5. 俟我乎堂兮，

Qui m'as attendue dans la salle! ...

在大堂中等我！

6. 悔予不将兮。

Hélas! que ne t'ai-je suivi! ...

悔恨呀，没有随你而去！……

7. 衣锦褧衣，

En robe à fleurs, en robe simple,

穿上我的锦衣罩衣，

8. 裳锦褧裳。

en jupe à fleurs, en jupe simple,

穿上我的锦裳罩裳，

9. 叔兮伯兮，

Allons, messieurs! allons, messieurs!

叔呀，伯呀，

10. 驾予与行。

en char menez-moi avec vous!

驾车载我同行!

11. 裳锦褧裳，

En jupe à fleurs, en jupe simple,

穿上我的锦裳罩裳，

12. 衣锦褧衣。

en robe à fleurs, en robe simple,

穿上我的锦衣罩衣

13. 叔兮伯兮，

Allons, messieurs! allons, messieurs!

叔呀，伯呀，

14. 驾予与归。

en char emmenez-moi chez vous!

驾车载我同归。

《诗序》曰:"《丰》，刺乱也。昏姻之道缺，阳（男性，订婚的男子）倡而阴（女性，订婚的女子）不和，男行而女不随。"（参见《仪礼·士昏礼》第六则：亲迎。）

1. 丰，丰满。

2. 巷，门外。(《毛传》) 参见《仪礼 · 士昏礼》。

1、2 和 3 句，新郎亲自前往（女家，赠送野雁的仪式结束之后），出门在外面的巷子里等待新娘。

4. 昌，盛壮貌。(《毛传》)

5. 堂，赠雁仪式举行的接待客厅。比较《齐风 · 著》（顾译本，第 105 页）。

7 和 8 句,《毛传》解：婚服。—— 因为这与《仪礼》中的描述有出入，郑氏补充曰：“庶人之妻嫁服也。”比较《卫风 · 硕人》（顾译本，第 65 页）。同一嫁服被认为是“国君夫人”之服。

9. 可能是对新郎而言（所以用单数）。比较《郑风 · 萚兮》第 3 句以及不同的解释。

考异：乎，于；堂，枨；褧，絅。

朱熹曰：“妇人所期之男子，已俟乎巷，而妇人有异志不从，既则悔之而作是诗。”

主题为乡村的幽会，马车。

68 **XXXVI. — Sur le même char　有女同车（《郑风》9，— C. 93 — L. 136）**

1. 有女同车，

La fille monte au même char，

这一女子和我同车，

2. 颜如舜华。

belle comme fleur de cirier! ...

美丽得如同木槿花！……

3. 将翱将翔，

Flottant au vent, flottant au vent,

行动婀娜如翱如翔，

4. 佩玉琼琚。

ses breloques sont de beaux jades!

身上的佩玉如同琼琚。

5. 彼美孟姜，

La voici, la belle Mong Kiang,

这是美人孟姜呀，

6. 洵美且都。

belle vraiment et comme il faut!

真正美颜落落大方！

7. 有女同行，

La fille suit la même route,

这一女子和我同路，

8. 颜如舜英。

belle comme fleur de cirier! ...

美丽得如同木槿花！……

9. 将翱将翔，

Flottant au vent, flottant au vent!

行动婀娜如翱如翔，

10. 佩玉将将。

ses breloques font un cliquetis!

身上的佩玉玎玎珰珰。

11. 彼美孟姜，

La voici, la belle Mong Kiang!

这是美人孟姜呀，

12. 德音不忘。

son prestige vaincra l'oubli!

她的美名念念不忘！

《诗序》曰："《有女同车》，刺忽也。郑人刺忽之不昏于齐，太子忽尝有功于齐，齐侯请妻之，齐女贤而不取，卒以无大国之助，至于见逐，故国人刺之。"参见司马迁，《史记》（沙畹译，IV，第458页及以下）。

2. 舜华，木槿。（《毛传》）郑氏曰："齐女之美"，"郑人刺忽不娶齐女亲迎"（《仪礼・士昏礼》第六则）。只是（从女方家出来后驱车前行的时候，参见《仪礼・士昏礼》）与之同车（一会儿）。

5. 孟姜，《毛传》解："孟姜，齐之长女。"（姜姓）

4. 形容队伍前进速度很快，衣服和佩坠都在风中飘动。参见《郑风 · 女曰鸡鸣》第 5 句。

6. 都，闲。(《毛传》) 郑氏曰：孟姜“闲习妇礼”。

10. 将将，描写助词，表示佩饰发出的声音。

12.《郑笺》曰：“后世传其道德也。”

考异：舜，蕣；洵，询，恂；将，锵。《皇清经解续编》卷 1172，第 5 页。

主题为马车。

注意以花作兴。 69

孟姜（专有名词，用作象征性解释）：美丽的王姬。孟：年长的姐姐，尊称；姜：诸侯之姓；两个字合在一起，形成一个统称。（参见“姬”的用法。）同时参见《衡门》第 8 句和《桑中》第 4 句注释。

XXXVII. — Le dolic 葛生（《唐风》11，— C. 130 — L. 186）

1. 葛生蒙楚，

Le dolic pousse sur les buissons,

葛藤缠绕着荆树，

2. 蔹蔓于野。

le liseron croît dans les plaines...

蔹草蔓延于郊野。

3. 予美亡此，

Mon bien-aimé est loin d'ici! ...

我的丈夫远离这里！……

4. 谁与独处。

avec qui? ... non, seule! je reste! ...

和谁在一起？……没有人！我只有独居！……

5. 葛生蒙棘，

Le dolic pousse aux jujubiers,

葛藤缠绕着枣树，

6. 蔹蔓于域。

le liseron croît sur les tombes...

蔹草蔓延于墓地。

7. 予美亡此，

Mon bien-aimé est loin d'ici! ...

我的丈夫远离这里！……

8. 谁与独息。

avec qui? ... non seule! je repose! ...

和谁在一起？……没有人！我只有独息！……

9. 角枕粲兮，

Hélas! bel oreiller de corne! ...

啊！多漂亮的角枕！……

10. 锦衾烂兮。

hélas! brillants draps de brocart! ...

啊！多么鲜艳的锦被！……

11. 予美亡此，

Mon bien-aimé est loin d'ici! ...

我的丈夫远离这里！……

12. 谁与独旦。

avec qui? ... non, seule! j'attends l'aube! ...

和谁在一起？……没有人！我独坐待天明！……

13. 夏之日，

Jours de l'été! ...

夏季悠悠的白昼！……

14. 冬之夜。

nuits de l'hiver! ...

冬季漫漫的长夜！……

15. 百岁之后，

Après cent ans passés

一百年以后，

16. 归于其居。

j'irai dans sa demeure!

我会与他同葬！

17. 冬之夜，

Nuits de l'hiver! ...

冬季漫漫的长夜！……

18. 夏之日。

jours de l'été! ...

夏季悠悠的白昼！……

19. 百岁之后，

Après cent ans passés

一百年以后，

20. 归于其室。

j'irai dans sa maison!

我会归到他的圹舍！

《诗序》曰："刺兵革不断。"

第 15—16 句和 19—20 句，参看《大车》第 9 句。

主题为夫妻结合和分离。

70 **XXXVIII. — Le collet bleu 子衿（《郑风》17，— C. 98 — L. 144）**

*1. 青青子衿，

Votre collet est bien bleu

你的衣领青青闪亮，

*2. 悠悠我心。

et mon cœur est bien troublé! ...

我的心悠悠牵挂！……

3. 纵我不往，

Si vers vous je ne vais pas,

纵然我不往你那里去，

4. 子宁不嗣音。

faut-il que vous ne chantiez ?

难道你就不说话了吗?

*5. 青青子佩，

Vos breloques sont bien bleues

你的佩带青青闪亮，

*6. 悠悠我思。

et mes pensées bien troublées!

我的思绪悠悠牵挂！……

7. 纵我不往，

Si vers vous je ne vais pas,

纵然我不往你那里去，

8. 子宁不来。

faut-il que vous ne veniez?

难道你就不来我这里了吗?

9. 挑兮达兮，

Allez! et promenez-vous

快来和我散步，

10. 在城阙兮。

sur le mur et sur la tour!

在那城墙和城阙上！

11. 一日不见，

Un jour où je ne vous vois

一天见不到你，

12. 如三月兮。

me paraît comme trois mois!

仿佛过了三个月！

《诗序》曰："《子衿》，刺学校废也。乱世则学校不修焉。"

1.《毛传》解：青衿，指"学子之所服。"

青青，描写助词，指蓝颜色；青即为蓝。

2. 悠悠，描写助词，指内心忧虑（参见《小雅 · 十月之交》和《邶风 · 雄雉》)，同时也指远离的意思（参见《鄘风 · 载驰》第3句）。

4. 嗣，习。《毛传》曰："古者教以诗（《诗经》）乐。"（郑氏解为"续"）

5.《毛传》解：贵族（士）所穿的青领衣服上都悬挂佩饰。

9. 挑达，往来相见。(《毛传》)《郑笺》曰："国乱，人废学业，但好登高。"

10 和 12 句,《毛传》曰:“言礼乐不可一日而废。”

考异:衿,襟;嗣,诒;悠,攸;挑,岁,兆;达,挞。

朱熹注:“淫奔之诗。”

主题为乡村离别。指出歌谣和幽会。比较附录Ⅲ的台湾恋歌。

XXXIX. — La Vierge sage 静女(《邶风》17, — C. 49 — L. 68) 71

1. 静女其姝,

La Vierge sage, que de grâce!

贞静的姑娘婀娜多姿!

2. 俟我于城隅。

elle m'attend au coin des murs,

约我相见于城隅,

3. 爱而不见,

Je l'aime, et, si je ne la vois,

心里爱她,如见不上,

4. 搔首踟蹰。

je me gratte la tête, éperdu...

我挠着头皮不知所措……

5. 静女其娈,

La Vierge sage, que de charme!

贞静的姑娘貌美迷人！

6. 贻我彤管。

elle me donne un tube rouge!

送我一支红色的笔管！

7. 彤管有炜，

Le tube rouge a de l’éclat:

这支笔管红光闪闪：

8. 说怿女美。

la beauté de la fille enchante!

姑娘的美貌让我欢悦！

9. 自牧归荑，

Plante qui viens des pâturages,

从牧场带回的白茅，

10. 洵美且异。

vraiment belle en ta rareté,

真是鲜美又稀奇，

11. 匪女之为美，

Non, ce n’est pas toi qui es belle:

不，不是你长得鲜美，

12. 美人之贻。

tu es le don d’une beauté!

你是美人之所赠！

《诗序》曰:“《静女》,刺时也。卫君无道(‘道’,君王的统调力),夫人无德(‘德’是‘道’的表征和体现,‘道’表行为,是统调力的实际影响)。”

《郑笺》曰:“以君及夫人无道德,故陈静女遗我以彤管(第6句)之法德(遵守法度)如之,可以易之(夫人)为人君之配。”

1. 姝,美。(《毛传》)

2. 俟,待。(《毛传》)

1和2句,《毛传》解曰:“女德贞静而有法度,乃可说也……城隅,以言高不可逾(即法度)。”

《郑笺》曰:“女能服从待礼而动,自防如(借助)城隅,
故可爱之。”这就是说,她不像淫奔之女那样,而是期待君王 72
遣媒妁来求婚。

3和4句,《毛传》曰:“志往而行正。”(愿意嫁给君王,行为上依然遵循法度。)《郑笺》解:“志往谓踌躇,行正谓爱之而不往见。”(这几句被认为出自静女之口。)

5和6句,《毛传》解曰:“既有静德,又有美色,又能贻我以古人之法,可以配人君也。古者后夫人必有女史(参阅《周礼·天官》)彤管之法,史不记过,其罪杀之。后妃群妾以礼御于君所,女史书其日月,授之以环以进退之。生子月辰,则以金环退之(参阅《礼记·内则》,顾译本,I,第662

页）。当御者，以银环进之，著于左手；既御者，著于右手。事无大小，记以成（彤管之）法。”

《郑笺》解：彤管，即女史记事时手中所执的红管笔。

7.《毛传》解：彤管之所以是红色的，是因为女史“以赤心（尽心尽职）正人（妇女的行为）也”。

8.《郑笺》解：怿作释解。因此郑氏曰：“女史所书之事，成其妃妾之美，我欲易之以为人君之妃。”

9.《毛传》解：牧，田官，即为管理田地之人而非牧场。

9. 荑，茅之始生也。《毛传》曰：“取其有始有终。”像荑生长一样，女子在法则的影响下，才配得上成为君王之伴。参见孔颖达《疏毛诗正义》。

9 和 10 句，《郑笺》解：“茅，洁白之物也（参见《野有死麕》第 2 句），自牧田归荑，其信美而异者，可以供祭祀，犹贞女在窈窕之处（参见《关雎》第 3 句），媒氏达之（君王的旨意）（达：通；参见《仪礼 · 士昏礼》篇首：郑注‘媒氏’），可以配人君。”

73 11 和 12 句，《毛传》曰：“非为荑徒说美色而已，美其人能遗我（彤管之）法则。”孔颖达将 9—12 句解为“兴”：“自牧田之所，归我以茅荑，信美好而且又异者，我则供之以为祭祀之用，进之于君以兴我愿；有人自深宫之所，归我以信贞之女，信美好而又异者，我则进之为人君之妃。”（“女”为姑娘而不是“尔”之意。）

郑氏（按孔颖达的说法）曰："若有人能遗我贞静之女（如同美丽的花朵），我则非此女之为美，言不美此女，乃美此人之遗于我者。"

现代人读"汝"而非"女"。

朱熹曰："此淫奔期会之诗也。"

考异：姝，姆，袾；於，乎；爱，僾，薆；踟蹰，踌跱，踌躇；贻，诒；说，悦；洵，询。《皇清经解续编》卷1171，第39—40页。

乡村幽会之歌。主题为爱情的保证（花）。展示田园生活。

注意"静女"与"淑女"的对比（郑氏对第9句和第10句的注疏）。静女退隐而居，而《关雎》中的"淑女"在成为"君子好逑"之前也曾退隐（窈窕）。同时注意"荑"的宗教意义。

尽管关于这首诗，人们没有找到类似《关雎》《行露》《采蘩》以及《召南·采蘋》的解释，但是它对研究农家订婚女子的观念和规则如何挪用于贵族闺房中的订婚女子具有重要意义。

XL. — Je t'en supplie 将仲子（《郑风》2，— C. 86 — L. 125）

1. 将仲子兮，

Je t'en supplie，ô seigneur Tchong,

求你呀，仲子，

2. 无逾我里。

ne saute pas dans mon village,

不要跳进我的村子里。

3. 无折我树杞，

Ne casse pas mes plants de saule! ...

不要攀折我的柳树！……

4. 岂敢爱之。

comment oserais-je t'aimer? ...

如何敢爱你？……

5. 畏我父母，

J'ai la crainte de mes parents! ...

害怕我的父母。

6. 仲可怀也，

O Tchong, il faut t'aimer, vraiment,

仲子呀，真的应该爱你，

7. 父母之言，

Mais ce que disent mes parents

但父母说的话，

8. 亦可畏也。

il faut le craindre aussi, vraiment!

真的也应该畏惧！

9. 将仲子兮，

Je t'en supplie, ô seigneur Tchong,

求你呀，仲子，

10. 无逾我墙。

Ne saute pas sur ma muraille,

不要跳进我的墙里。

11. 无折我树桑，

Ne casse pas mes plants de mûriers! ...

不要攀折我的桑树！……

12. 岂敢爱之。

Comment oserais-je t'aimer? ...

如何敢爱你？……

13. 畏我诸兄， *74*

j'ai la crainte de mes cousins! ...

害怕我的兄长。

14. 仲可怀也，

O Tchong, il faut t'aimer, vraiment.

仲子呀，真的应该爱你，

15. 诸兄之言，

Mais ce que disent mes cousins

但兄长说的话，

16. 亦可畏也。

il faut le craindre aussi, vraiment!

真的也应该畏惧!

17. 将仲子兮,

Je t'en supplie, ô seigneur Tchong,

求你呀,仲子,

18. 无逾我园。

ne saute pas dans mon verger,

不要跳进我的园子里。

19. 无折我树檀,

Ne casse pas mes plants de t'an! ...

不要攀折我的檀树!……

20. 岂敢爱之。

Comment oserais-je t'aimer? ...

如何敢爱你?……

21. 畏人之多言,

j'ai la crainte de ces cancans! ...

害怕别人的流言风语!……

22. 仲可怀也,

O Tchong, il faut t'aimer, vraiment,

仲子呀,真的应该爱你,

23. 人之多言,

Mais les cancans que font les gens

但人们的流言风语，

24. 亦可畏也。

il faut les craindre aussi, vraiment!

真的也应该畏惧！

《诗序》曰："《将仲子》，刺庄公也。不胜其母，以害其弟。弟叔失道，而公弗制；祭仲谏而公弗听，小不忍以致大乱焉。"参见《史记》（沙畹译，IV），第453页。

朱熹曰："此淫奔者（女子）之辞。"

1. 将，请。《毛传》解："仲子，祭仲也。"

2. 逾，越。（《毛传》）

3. 折，伤害。

1、2和3句，按《毛传》和《郑笺》解释：祭仲数谏庄公，庄公不能用之，反而象征性地请仲子"无逾越我居之里垣，无损折我所树之杞木（即指无伤害我之兄弟）"。对比《齐风·东方未明》第二章（顾译本，第107页）。

4. 爱之：《毛传》和《郑笺》指段（恶弟）。

5. 父母，父亲和母亲，这里只是表示母亲，即段的保护者。（《郑笺》）

6和7句，意思是："仲子之言，可私怀也。我迫于父母有言，不得从也。"（《郑笺》）

8. 墙，垣。

13. 诸兄，公族（他们疼爱段）。（《毛传》）

主题为幽会（在女子的村落里，但女子担心她的父母：因为那时在订婚期间）。

75 里：村落。25 家为一里。歌谣表明这个村落住的都是女子所在的家族的族人；家族单位也是地域单位，即地方集团。注意篱笆和围墙。爱人来自外面，来自另一个村落，即外婚制。对比《齐风·东方未明》（顾译本，第 106 页）。

这是用民谣作为谏言的一个极好例子。

专有名词（仲，很普遍的）是这种用法的支点。

XLI. — Soleil à l'orient 东方之日（《齐风》4，— C. 106 — L. 153）

1. 东方之日兮，

Soleil à l'orient!

太阳就在东方！

2. 彼姝者子。

C'est une belle fille

她是一位美丽的女子，

3. 在我室兮，

qui est dans ma maison! ...

在我的家里！……

4. 在我室兮，

Elle est dans ma maison!

在我的家里！……

5. 履我即兮。

à ma suite elle y vient!

跟着我进来！

6. 东方之月兮，

Lune vers l'Orient!

月亮就在东方！

7. 彼姝者子。

C'est une belle fille

她是一位美丽的女子，

8. 在我闼兮，

qui est près de ma porte! ...

在我的门旁！……

9. 在我闼兮，

Elle est près de ma porte!

在我的门旁！……

10. 履我发兮。

à ma suite elle en sort!

跟着我出门！

《诗序》：刺齐王。"君臣失道，男女淫奔，不能以礼化。"

朱熹曰："淫奔之诗。"

主题为乡村幽会。比较《陈风·月出》（顾译本，第150页）。

XLII. — Le chant du coq 女曰鸡鸣（《郑风》8，— C. 92 — L. 134）

1. 女曰鸡鸣，

Le coq a chanté! dit la fille,

女子说："鸡叫了！"

2. 士曰昧旦。

Le jour paraît! dit le garçon,

男子说："天刚刚亮！"

76 3. 子兴视夜，

Lève-toi! Regarde la nuit!

你起来看看夜色吧！

4. 明星有烂。

Est-il des étoiles qui brillent?

那不是明星还在闪烁吗？

5. 将翱将翔，

Vite, va-t'en! Vite，va-t'en

快去吧！快去吧！

6. 弋凫与雁。

Chasser canards et oies sauvages!

去猎杀野鸭和大雁。

7. 弋言加之，

Si tu en tues, je les prépare

你猎来野鸭和大雁，我就准备烹煮，

8. 与子宜之。

Pour faire un repas avec toi!

我和你一起享用！

9. 宜言饮酒，

Au repas nous boirons du vin!

我们一起饮酒享用！

10. 与子偕老。

Puisse-je vieillir avec toi!

但愿与你同偕到老！

11. 琴瑟在御，

Près de nous sont luths et guitares!

琴瑟在侧，

12. 莫不静好。

Tout rend paisible notre amour!

一切让我们的爱情安静和好！

13. 知子之来之，

Si j'étais sûre de ta venue,

知道你要来，

14. 杂佩以赠之。

Mes breloques je te donnerais!

我将我的佩饰赠予你！

15. 知子之顺之，

Si j'étais sûre de ta faveur,

知道你的宠爱，

16. 杂佩以问之。

Mes breloques je t'enverrais!

我将我的佩饰送与你！

17. 知子之好之，

Si j'étais sûre de ton amour,

知道你的爱情，

18. 杂佩以报之。

Mes breloques te le paieraient!

我将报之以我的佩饰！

《诗序》:"《女曰鸡鸣》，刺不说德也。陈古义以刺今，不说德而好色也。"

《郑笺》疏（解释第二章和第三章）:"德谓士大夫宾客有德者。"

1 和 2 句，《郑笺》曰:"此夫妇相警觉以夙兴，言不留色也。"

3 和 4 句，《毛传》曰:"明星有烂，言小星已不见也。"

《郑笺》云:“明星尚烂烂然,早于别色时。”

5. 这句诗指的是疾步行走时,衣服掀动状。参见《有女同车》第 3 句。

6.《郑笺》曰:“言无事则往弋射凫雁,以待宾客为燕具。”

8. 宜,肴。(《毛传》)子,谓宾客。(《郑笺》)

10.《郑笺》解为对宾客的友爱之言。参见《邶风 · 击鼓》第 16 句,《卫风 · 氓》第 51 句,《鄘风 · 君子偕老》第 1 句。

11. 飨客之乐(《郑笺》)。比较《小雅 · 车舝》第 28 句和《小雅 · 鹿鸣》第 7 章(顾译本,第 180 页)。

12. 静,安。(《郑笺》)

13—18 句,赠送给宾客的礼物。(《郑笺》)

朱熹曰:“贤夫妇相警戒之辞。”

主题为黎明;(订婚男女共同过夜后)黎明的离别;打 77
猎,飨宴,和睦融洽(11 和 12 句),礼物和爱情信物;海誓山盟(第 10 句)。

比较附录中客家歌谣第 11 首。参阅莫泊蒂:《老挝习俗》,载《巴黎人类学学会简报》,1913 年,第 510 页。

比较《齐风 · 鸡鸣》和《东方未明》以及《小雅 · 皇皇者华》第 8 句(黎明主题的变化)。对《女曰鸡鸣》本义的解释是根据其变化而产生的。

XLIII. — Le char du seigneur 大车（《王风》9，— C. 83 — L. 121）

1. 大车槛槛，

Le char du Seigneur, comme il roule!

大夫乘车车身隆隆，

2. 毳衣如菼。

sa robe a la couleur des joucs!

他的锦袍像苇荻一样青！

3. 岂不尔思，

À toi comment ne penserais-je?…

我如何能不想你呀？……

4. 畏子不敢。

j'ai peur de lui et n'ose pas…

我害怕他而不敢……

5. 大车哼哼，

Le char du Seigneur, comme il roule!

大夫乘车车身隆隆，

6. 毳衣如璊。

sa robe est couleur de rubis!

他的锦袍像赤玉一样红！

7. 岂不尔思，

À toi comment ne penserais-je? ...

我如何能不想你呀？……

8. 畏子不奔。

j’ai peur de lui pour aller aux champs...

我害怕他而不敢同你私奔……

9. 穀则异室，

Vivants, nos chambres sont distinctes,

生时我们各居一室，

10. 死则同穴。

morts, commun sera le tombeau!

死后愿在一穴同眠。

11. 谓予不信，

Si tu ne me crois pas fidèle,

要是你不相信我的忠贞，

12. 有如皦日。

je t’atteste, ô jour lumineux!

看着当空白日作证！

《诗序》：“刺周大夫也。礼义陵迟，男女淫奔，故陈古以刺今，大夫不能听男女之讼焉。”

1. 大车，大夫之车。（《毛传》）槛槛，描写助词。

2. 毳衣，大夫之服。（《毛传》）

4. 按《郑笺》解：这两句是“古之欲淫奔者之辞”，但

“畏子大夫来听讼，将罪我，故不敢也”。

5. 哼哼，描写助词。

78 9. 毂，生。

9 和 10 句，《毛传》曰：“（妇）生在于室，则外（夫）内（妇）异，死则神合同为一也。”

《郑笺》解：“古之大夫，听讼之政，非但不敢淫奔，乃使夫妇之礼有别。”

12. 誓约的惯用语。

注意《诗序》中“讼”字的使用。参阅附录Ⅰ。

主题为田野相会，乡村离别，忠贞和誓约。副主题为马车和节庆的华服。

如果仅仅根据乡野主题的研究，我们确实不敢轻易下结论，认为《诗经》中的诗就是农民的诗，而看到上面列举的诗篇，我们似乎就可以这样认为了。事实上，这些歌谣不是表现乡村爱情，那描写的又是什么？

确实，这样的艺术提炼，可以使人选择乡野的景物，或借鉴古代谚语，也可以使人在描写爱情的场面时，引入乡村背景，渲染村民服饰。殊不知最优美的艺术不总是喜欢自然美，喜欢朴实、典雅吗？那么，对这些歌谣的历史我们有何了解呢？这些歌谣是宫廷里的人所喜欢的，是他们加以研究、分类，然后再传给后世的；是由宫廷乐师保留，并在宫廷仪式中赋唱的诗。那这些歌谣为什么不是官方诗人的作品呢？为什么不是一种宫廷诗作呢？传统的看法就是这样的，并且给予充足的依据。

封建主负有统治全体农民的责任，他们的统治既要确保 79
风化的纯正，又要确保劳作的适时。大自然的繁荣，人民的幸福，正是君王的最大幸运；物足人安，才能保证他们政权的合法性；土地的丰产是他们强大的标志，诸侯的美德是衡量君王德行的标尺[①]。有什么样的君王就有什么样的国家，有什么样的君王就有什么样的农民。“彼茁者葭”，这是由于君王贤明之故[②]；庄稼汉的过分粗鲁，是君王施行暴力的结果[③]。夫妇生活是否和谐可看出内宫是否秩序井然[④]；受君王的影响，

---

① 这是君王统制力的官方教义，在《诗序》中一再提到。《鲁颂·駉》（顾译本，第445页）很好地描写了王化对事物这种立竿见影的直接影响：

思无疆，　　王公的思虑没有限量，
思马思臧。　他惦念着马匹，它们都很强壮。
…………
思无疆，　　王公德思虑没有穷期，
思马斯作。　他惦念着马匹，它们奋蹄腾跃。
…………
思无邪，　　王公的思虑没有邪曲，
思马斯徂。　他惦念着马匹，它们勇往直前。

对比《唐风·椒聊》（顾译本，第124页）。

② 《召南·驺虞》（顾译本，第28页）。

③ 《行露》和《桑中》的《序》，还有《汉广》的《序》。

④ 《关雎》和《周南》的大部分诗歌。

他的夫人是否具绵延子孙的美德？这样，这个国家的妇女都渴望生儿育女[①]。表彰后妃之美德，只需要描写一下正在采集有利于怀妊的车前子的农妇就可以了，而那首应和着采摘节拍的歌谣本身就是一首颂词。还有比这更优美、更有力、更
80 精妙，因而也是更直接的手法吗？因此为了歌颂一位王后，并不需要宫廷诗人把她变为牧羊女，也不要作一些寓意性的描写——彼此的联系就在事物的本身之中：只要一幅真正的乡村生活图画就足够了。因此，当我们读到这些歌谣，不管印象如何真实，不管对农民的风俗描绘如何贴切，但却没有任何迹象表明这些歌谣不是博学者、士大夫的作品。

诗人在田野主题上表现他的忠君思想，因为道德的教诲来自乡野主题，所以诗人以此帮助自己的主人坚持正确的道路。然而，君王并不个个贤良；而后妃又常常是堕落的美人[②]；忠实于诸侯的诗人，难道就没有义务描绘下层阶级的伤风败俗的习气，并以一种惩罚的手法创作出农村歌谣的色情图画吗？——那么，为什么人们要赞美孔夫子删《诗经》呢？为什么注疏家认为《诗经》中只有为数不多的爱情诗呢？

毋庸置疑，《诗经》的注疏家一旦注解了源于官方，具有很高伦理价值的《周南》《召南》后，人们就会发现，他们的

① 《芣苢》的《序》。对比顾译本，第 11 页《周南·兔罝》的解释（在那首诗里说明后妃之美德能保证众多忠心耿耿的臣民。）

② 参阅司马迁《史记》中褒姒的典型故事。（沙畹译，t. I，第 292 页）。

注释将面临一种巨大的困境。

司马迁[①]提及季札于公元前 544 年走访鲁国国君的事：为了欢迎季札，鲁君请他听周乐，也就是今天收在《诗经》中的那些歌词；季札表示非常赞赏，然而他对郑乐、陈乐印象极坏，并预测到二国将要毁灭。孔夫子在《论语》[②]中同样声称，郑乐是有害的。他的弟子子夏把它们斥为像宋乐、齐乐和卫乐一样有害，而后三者都是季札所欣赏的。[③]令人奇怪的是，圣贤之间竟有这样的分歧；还有，季札、孔子和子夏
都不约而同地认为郑乐是有害的。只要看看子夏为郑乐写的 81
序，就会发现他们的目的是要以诗载道；既然孔子把郑乐收进《诗经》，子夏只好这么做了。

《郑风》一共二十一首，其中十六首是确定无疑的爱情诗。[④]这是宋朝通儒朱熹的意见，他虽保守却具卓识。在他看来，《郑风》中除了一首之外[⑤]，其余都是淫奔之诗，描写的是男女非礼的爱情。然而，如果我们相信《郑风·序》——因为

---

① 参阅司马迁《史记》t. IV，第 8 页以下；《左传·襄公二十九年》。

② 《论语·卫灵公》：颜渊问为邦。子曰："行夏之时，乘殷之辂，服周之冕，乐则《韶》《舞》放郑声，远佞人。郑声淫，佞人殆。"

③ 参阅司马迁《史记》（沙畹译，t. III，第 275 页），以及《礼记·乐记》（顾译本，II，第 49 和 90 页）。

④ 《郑风·将仲子》《遵大路》《女曰鸡鸣》《有女同车》《山有扶苏》《萚兮》《狡童》《褰裳》《蜉蝣》《东门之墠》《风雨》《子衿》《郑风·扬之水》《出其东门》《野有蔓草》《溱洧》。

⑤ 《女曰鸡鸣》。

人们认为这是子夏所写，所以就具有很大权威性——这十六首中有九首，差不多三分之二，是很精彩的政治讽刺诗，诗中描写的只是男人；二十一首中有十四首根本谈不上是爱情诗。可是，子夏却确认《郑风》是有害于道德的诗。剩下的七首确实是爱情诗，但其中两首①着意渲染了美好风俗，描绘美德以便把昏君引上正道，因此，这是勇敢而有益的谴责。有五首诗②揭示了可恶的风俗，序言声称，这五首中的三首③——对另两首却不很明确——也是批评政治的：政治上的混乱导致军事上的混乱和风俗的败坏；表现败坏的风俗，就是刺乱，能使君王远思。总之，《郑风》之作是善意的启迪。

82 朱熹不甚相信作者的意图符合道德之说，特别是他所首倡认为的爱情诗歌，被他说成是郑国农民在淫荡的气氛中创作的。比如，他是这样解释《丰》这首诗的：“妇人所期之男子，已俟乎巷，而妇人以有异志不从，既则悔而作是诗。”④

中国传统对此诗的说法是多么犹疑不定。这是因为，《诗经》自从被作为言语教本⑤，特别是在它成为经典著作和教育材料后，人们就任自把此教材赋予与其他原有用途无关的道

① 《女曰鸡鸣》《有女同车》，可能《野有蔓草》也算。

② 《蜉蝣》《东门之墠》《出其东门》《野有蔓草》《溱洧》。

③ 《蜉蝣》《东门之墠》《溱洧》。

④ 参见《丰》。朱熹视之为“淫奔之辞”。

⑤ 子曰：“不学诗无以言。”此似指此。——译注

德价值。[①] 人们用这些歌谣作为教育工具，他们相信这些诗是为教育人而作的，是用来扬善的，因此，他们认为每篇诗都是专门颂扬道德的。于是，便去揣摩《诗经》作者的意图，而越想尽其微妙，在诗中发掘恰如其愿的道德伦理，就越显其作品技巧的精妙。最后，他们相信，用于教育目的的《诗经》是封建宫廷博学师傅们的作品。

有关《诗经》起源的这种理论，既不符合歌谣显而易见的含义，也不符合其表现地方风俗的传统。致使人们设想，宫廷诗人，根据公认君王为人和物的调节者这一理论，赋予自己的作品以乡村歌谣的真正格调，并且也采用了与村歌相 83
同的素材。这样，他们就可毫无困难地划定范围，因为传统看法认为这些诗是有害的。对于道德教育来说，许多歌谣显得过于自由了。我们感到他们并不怎么为之辩护，说诗中说的丑恶可使人向善，幸而一般认为圣人删过《诗经》，这样就可以依据《诗经》无淫词的官方说法对《诗经》中不少篇章进行诠释，消除一切有害的影响，甚至把一些诗篇的爱情主题也剥除殆尽了。但是，这种清除工作不可能篇篇彻底，应该承认这部经典依然包含有一些浮荡的诗篇。

在某种情况下，通过古籍的考据，勉强还能把情歌道德化。[②] 如果有这么一首诗表现女子热情邀请年轻小伙子向她们

① 见《诗序》:“先王以是经夫妇，成孝敬，厚人伦，美教化，移风俗。”

② 见《诗序》:“怀其旧俗”。

“求爱”[1]，人们就会把这种不怕羞的挑逗行为略而不提，而同意姑娘们的愿望：在青梅季节结婚的说法。因为在他们眼中，这正是结婚最好的时机。如果还有一首诗[2]，说一个年轻女子后悔自己失约，人们就会认为她没有跟未婚夫去参加一个婚礼，是因为感到羞愧，这种后悔除了足以使诗歌富有教化意义之外，他们还可借机大讲古代风俗。我们不是看到一个女孩子跟她的情人同乘一车[3]吗？这本来是女子离开娘家时，未婚夫在她的车上待了一会儿。诗歌给我们描绘了这个场面，当然这首诗（在解释者的眼里）一定是在告诫王侯不要错过机会，放弃一个送上门来的具有政治意义的婚事。我们不是
84 看到恋人在清晨分手的情景[4]吗？但有人却说他们是正式夫妇，他们之所以要急于分开，正表明了对淫荡的轻蔑。由于是女子催促她的情人离开，所以人们就夸奖她是个有德行的妇人，不愿把丈夫留在身边留得太久。这些诗篇经过渊博的诠释后，被承认为合乎道德教化，于是人们便认为作者是有道德有学问的人。

有时实在无法在歌谣中找到正统的道德影子，因为这些歌谣纯朴地表现了田野上的男女群欢！这种风俗真难以想

---

① 《摽有梅》。

② 《丰》。

③ 《有女同车》。

④ 《宛丘》。

象！虽然人们可以惊呼这是极坏的统治结果，但却不能冲淡诗歌所造成的淫荡印象。为了符合教化理论，他们硬说这种诗只是一种讽喻，是一个忠良的臣仆为批评他的君王而作的，但对出自博学者之手这一论点就不很强调了，在具体评论的时候，他们觉得对一些显而易见的细节必须一带而过。既然对一首诗用不着细致地解释，为什么要设想作者是一位细腻的诗人呢？

因此，当他们从道德的需要来评价《诗经》时，就必然看到两类歌谣，在这些歌谣中我们还能辨认出一些恋歌。一类是诗里寓有传统道德观者，他们便把这些作品归之于注释家认为的适如其类的作者。另一类是发现诗中有大逆不道之处，他们就不坚持其是严肃诗人之作。然而，他们对权威充满了宗教般的敬意，这一点从他们对《诗经》的区分可以得到说明：对廉正的君王，献上的总是优美动听的歌，且都出自纯正、忠良的诗人之手，献给君王的诗更是如此！《周南》《召南》乃至《王风》，全是含有道德教化，出自大师之手的作品，且诗篇都采自王畿境内。因此，他们认为这些歌谣先在宫廷里创造出来，后来出于道德教化的目的，才在乡村歌
唱起来。但是，他们始终犹豫不决，不敢断言从侯国封地搜 85
集的歌谣是圣人之作。至少从政治上来说，《诗经》中的道德寓意就这样得到了解说，尽管论点本身互相矛盾，细致解释上存在困难。

总之，如果中国人相信《诗经》来源于博学者之手，是因为他们把《诗经》加以渊博解释的缘故。他们之所以非得作这样微妙的解释，是要从中得出一个合乎正统道德的教诲。须知，歌谣始于博学者之手的论调是和教育的方式相关联的。如果有时文人对《诗经》的道德价值和博学起源论将信将疑的话，他们便说这是由于在《诗经》中看到的风俗描绘与他们重视的道德风尚相距太远。说到底，他们的注释之所以棘手，是因为他们相信道德原则是一成不变的。

但是，只要人们不坚持把《诗经》尊为经典，不把儒家的标准作为衡量价值的首要标准，那就没有任何理由一定要说哪一首诗描绘了恶习，哪一篇歌颂了德行；没有任何东西一定能证明，只有受到王政影响的地方，风尚才会纯正。这样一来，问题就简单多了，人们就会更有把握地推定，所有的歌谣都表现了往昔正常的风尚习俗。

这些歌谣十分简约地向我们表现了乡村的爱情。青年男女在田野[①]相识，在城门外[②]空旷处相会：时而在桑林[③]，时而在山谷，时而又在山丘或飞溅的泉水旁[④]；他们沿着大路前

① 《大车》第 8 句以及《野有蔓草》。

② 《出其东门》《东门之墠》《衡门》《东门之池》；也见《东门之枌》《氓》《鹊巢》。

③ 《野有死麕》。

④ 《丘中有麻》《山有扶苏》《防有鹊巢》；参阅《桃夭》《隰有苌楚》。

往[1]，常常同搭一辆车[2]，“携手同行”[3]。聚集场所如此之多[4]；姑 86
娘们多如白云，她们细心加以打扮。人们欣赏她们的华丽服饰[5]——花绸裙[6]，灰色或茜红色的头饰[7]，她们真是太美了；诗人把她们比作白花，如木槿花[8]和一切惹人喜爱的花。他们互相挑选，然后互相接近攀谈；往往是姑娘们采取主动，邀请小伙子[9]；有时她们装得很矜持的样子，倨傲地对待发疯的小伙子[10]，接着又后悔万分。[11]小伙子们十分狡黠地向姑娘们献殷勤，互邀聚饮[12]，不胜其乐。于是便互赠礼品，互换信物[13]，相约偕老，山盟海誓[14]。这样互定终身后，各人都要回到自己的家去，彼此相隔遥远，在自己的村子里生活着，直到下一

① 《遵大路》。

② 《有女同车》和《北风》。

③ 《遵大路》和《北风》。

④ 《出其东门》。

⑤ 《蜉蝣》。

⑥ 《丰》和《东门之枌》。

⑦ 《出其东门》。

⑧ 《有女同车》。

⑨ 《丰》《蜉蝣》《有杕之杜》。

⑩ 《狡童》《山有扶苏》。

⑪ 《丰》。

⑫ 《衡门》《蜉蝣》《有杕之杜》《丘中有麻》。

⑬ 《静女》《丘中有麻》《木瓜》。

⑭ 《木瓜》《郑风·扬之水》《大车》。

次会面。也有一些不坚定的人拒绝重结旧好[1]，因此也就有恳求和强求的人，有时也有讽刺吃醋的人[2]。对相爱夫妇的流言，真是满天飞[3]。多少女人因为受诽谤而诉苦叫屈，有的为失恋而哭诉，但农民的纯朴天真却是歌谣中的主调："岂其取妻必宋之子？"[4]

87 在乡村似乎自由不多，分别的日子实在难熬。人们一边劳动一边思念离去的恋人，将思念就寄托在劳动歌谣里了。[5]因此，他们想方设法见面，互定约会，而黄昏是最合适的时刻[6]，于是在街头[7]或在城隅[8]等待。如果等不到对方，就盼着听到心上人的声音，或者在墙头上看他衣冠楚楚地走过。[9]有时他们在夜晚相会，过于大胆的小伙子使女方担惊受怕，担心人言，害怕父兄[10]，然而她们还是倾心呼唤情人。要是男方成功地越过女方家的墙头和篱笆，得以相会，一到鸡唱天明女方就催促男方赶快离开，于是他们就只能舍弃自己的

① 《遵大路》《北风》。

② 《狡童》。

③ 《郑风·扬之水》《防有鹊巢》。

④ 《衡门》。

⑤ 《东门之墠》《采葛》《采绿》《七月》。

⑥ 《东门之杨》《东方之日》。

⑦ 《丰》。

⑧ 《静女》。

⑨ 《子衿》。

⑩ 《将仲子》。

情人。[①]

如果不是学究，在这些纯朴乡野习俗中是看不到伤风败俗的场面的。为了赞美正统道德，他们设想古代中国农民生来就遵从封建主的生活规则，这些规则经文人之手变为最普遍的法则[②]：这种看法是缺乏批评标准的。他们不是说过礼不下庶人[③]吗？庶人是不准立庙祭祀祖先的[④]。那么，当他们的女儿到了及笄之年，又怎能让她们醴之称字，教于公宫[⑤]呢？在 88
周朝，力图使风俗一致是可能的：诗《大车》如果不是简单地讲述失意的爱情，就可能是描述一个负有使命的官员，他的到来是为了让人民尊重男女有别的规定，贵族是这样理解的；但从这首诗看来这样的规定多么叫人难受。到城外寻伴求友，在乡村互定约会，那时候的农村少女违反的并非为她们而立的定规。她们遵从古老的习俗：在田野先私订终身[⑥]。接着是别离，在这个时期，年轻的姑娘只能瞒着自己的双亲去和情人幽会：这就是订婚的时节。相见时的兴奋，别离时

① 《女曰鸡鸣》。

② 关于贵族的道德义务，见我希望很快出版的《封建时期中国家庭》(*La Famille chinoise des temps féodaux*, chap. VII)。贵族的生活准则多见于《礼记·内则》。

③ 《礼记·曲礼》(顾译本, I, 第 53 页)。

④ 《礼记·王制》三（顾译本, I, 第 289 页)。

⑤ 《仪礼·士昏礼》记："教于宗室。"

⑥ 见葛兰言：《古代中国婚姻习俗》，载《通报》第 13 期，第 513 页。更多了解，见边码第 135 页。

的烦忧，这就是歌谣所表达的感情。自然，从中不易得出儒家教诲的观点，而那种认为非道德的看法，肯定是缺乏历史常识的。这些古老的民歌有其特有的道德：表达了古老的道德的一面。只是这种表达还不是有意而为：它们不是伦理家的作品，它们一点不像深思熟虑后的作品，也不是出自后来那些“喜诗”的高雅之士之手。谁相信《诗经》是文人之作，那就让他相信吧！

89　从其乡野的主题和描绘的风俗看来，《诗经》中的歌谣似乎是农民的作品。这些歌谣是怎么创作的呢？本书中《诗经》作品的研究，为了解作品的源头，即可提供一些实例。

令人深以为奇的是，从这些古老的歌谣里边看不到任何个人的感情。这当然不是说，《诗经》中缺乏个人的诗篇，稍后我们就会看到这方面的一个例子。不过本书所研究的并不是个人的诗作。诗歌中的恋人仿佛都相似，他们同样都表达了自己的感情。没有个人特点的描绘：一个代词“君子”，一些固定的词组，如美人[①]、淑女[②]、所想念的那个静女[③]、淑姬[④]，就足以代表所爱的人，几乎没有例外。如果与第二人称谈话，第二人称单数几乎都可理解为复数。而往往运用指代不明确

① 参见《野有蔓草》第 3 句，《泽陂》第 3 句。

② 参见《关雎》第 3 句。

③ 参见《静女》第 1 句。

④ 参见《东门有池》第 3 句。

的词组，姑娘、小伙子无疑也是集体名词的说法。谁也没说出他（她）所爱的对方具有什么样的品质：很少提起他的德音[①]，提起她的美丽的衣裳[②]，她的美丽的眼睛[③]也只是一笔带过。有些地方，诗人把少女比成白花[④]，但这样的比喻极为罕见；隐喻的使用适用于一切女性，但并不选择特定隐喻专门
描绘一个女性。跟情人同登一车的洵美且都的孟姜[⑤]，诗人说 90
她美如舜华，这是诗中形象描写最明确的一个。而这个美孟姜并没什么特点，这样的人物（在诗中）数见不鲜，如果她真有个名字的话，那便是“美丽公主”的通称。

这些缺乏个性的恋人，表现的当然只是非个人的感情。说真的，我们在诗中所看到的，与其说是感情的抒发，不如说是爱情主题：相遇，定情，失和与别离。在这些相同的情境下所有的男女主人公感受都是一样的：内心深处没有任何独特的感情波澜；没有特别的主题，他们爱之不奇苦亦不深。一切个性的表现都付之阙如，诗人希图的只是用最普通的手法来述说事物。

诗的外在景象也是如此，极少变化，都是由乡野题材所

---

① “德音”，参见《有女同车》第 12 句，及《车舝》第 4 句；参见《车舝》第 10 句“令德”。

② 《蜉蝣》。

③ 严格意义上说，赞美的是弯弯的眉毛。

④ 《出其东门》第 8 句。

⑤ 《有杕之杜》。

提供的。毫无疑问，主题是非常具体的。其实这些主题，只是引进歌谣中的约定俗成的程式而已。这是一种必有其景的诗体，如果和表现的感情相联系，并非特意为之，而实在正如以上所述，是为了附和一般习俗惯例而已。[①]

诗人并不关注独特个性的描绘，这首先表明为什么歌谣诗句之间可以互相借用[②]，因此我们也会明白，随意解诗以符己意是何等容易！而尤其明白的是，切勿在诗中探求诗人的个性特点。歌谣中这些普普通通的恋人以及他们表露的千篇一律的爱情并不是诗人的想象之作。这种诗歌的非个性化不
91 能不使我们设想它不是产自一人之手。

在这种歌谣中，我们看不到可以显示一个作者的艺术才能的文学手法。艺术在这儿都是自发的：诗人不注重语言技巧的运用。至于隐喻和比较，可以说很缺乏[③]：对事物的描绘常常是平铺直叙。当然，简洁形象的运用和纯真感情的抒发给作品添了诗歌魅力，但这种手法不是艺术效果，不是有心地建立起来的，缺乏一种自觉性，它只不过是事物本身的结果而已，可谓“缘事入诗一成不变”。人们无法觉察相近词组的牵引线索，是句型、词序、反语使读者感到事物的关键所

---

① 见“乡野主题”。

② 比较《小雅·桃夭》第 8 句(顾译本，第 187 页，第 5—6 章)和《卷耳》以及《七月》。

③ 这里有三个单独的例子：《出其东门》第 2 句“有女如云（荼）”；《野有死麕》第 8 句“有女如玉”；《东门之枌》“视尔如荍”。

在，我们并不觉得这是有意而为的句子。有时通过某些虚词
的重复，就达到了对称的效果[①]，这可说是最高的技巧。然而，
这真是技巧吗？那些本来就是自然对应的词句，难道就不应
该自然而然地出现在诗句中吗？两种很相似的思想本应用在
平行句型中：词组的平衡，自然产生于事物的对称；形象的
两两组合无疑产生字句的平行。而作者舍弃刻意求工，往往
倒是最精美的艺术证明。我们已有非常充足的理由认为，这
些歌谣不是出自博学家之手，但我们也不至于相信其艺术手 92
法是完全原始的。此甚至早于隐喻之法。诗中的联想很少讲
求技巧，都来自一种自然的和谐，运用的是最基本的手法，
即对称的手法。

对称是歌谣写作最基本的方法。其形式一般十分简单，由数段组成，通常每段都有一定数量的诗句，一般是四句或六句，大多数是三句或四句一首。这些诗句中的某几句有时又重新回到同一组诗中去。确实，诗里有时会发现叠句，每段诗句通常是奇数句[②]，不变化，但其余的诗句却不是这样，因此翻译的时候不可能把其变化翻译出来。这是总的情况。有时我们会感觉到诗中思想的发展，但思想犹如原地踏步。

---

① 比如《摽有梅》第 10 和 12 句中的“之”。同样，《野有死麇》第 2 和 4 句中的“之”。

② 这里的对句实际上是对偶句，奇数行的诗句构成了一句完整诗句的前半句。参见边码第 227 页。

有些诗篇结构较为复杂，有一些甚至是叙事诗，但是至少在诗段内容的安排上，对称仍然占支配地位。很明显，这样的作品并不出自高手。几乎无主题发挥，词组的反复，诗句的重复，所有这一切不仅说明了这些作品是民间歌谣，而且还说明，人们在歌唱的时候采用合唱的形式，并且无疑有和声与之相应和，这就发生了男女轮唱的情况："叔兮伯兮，倡予和女。"[①] 这些歌唱难道在细节上经过预先雕琢，严密安排吗？主题是一定的[②]，曲调是众所周知的；在合唱的时候，大
93 约有一部分即兴之作。人们把这些巧妙的回答加以变化，赋之以诗句，这是由题材所决定的。于是，新的诗段便这样创造出来了。

这些新诗段是怎么产生的呢？灵感又从何处而来？我们认为，灵感是从节奏中喷涌出来的。在这些简朴的诗篇里，对称似乎是唯一的表达方式，很清楚，节奏就是一切。也许这种节奏不仅来自声音，而且也来自手势。《诗经》歌谣里提供了这方面的证明。人们往往不能说明段与段之间的区别，因为唯一可以区别的特征是经常使用的韵脚[③]。每当评论家想要解释这些重叠的词组时，他们就感到为难。他们好像并不

① 《萚兮》。

② 极有可能是奇数诗句的前半句。

③ 参见本书诗歌注释中保留的异体字，这些异体字几乎都带有重叠的表达方式。一首诗歌采用另一首诗歌的主题时，只有助词发生变化，参见《小雅·出车》(顾译本，第189页)及《草虫》和《七月》。

理解这些词组，因此只是大概地解释，而且含糊其词。人们看到，这些词组有力地表现了事物的面貌，这是强化虚词或副词的手法，或者更确切地说，是描写的辅助性词类。有时人们把这些词类当成象声词，这样的象声词跟一个鸟儿的名字连在一起，鸟名似乎是模仿其叫声。注疏者告诉我们，即使模仿鸟叫的象声词，意思也是十分丰富的："奔奔"表示鹌鹑的叫声[1]，"彊彊"是喜鹊的叫声[2]，"雝雝"是大雁的鸣叫[3]，而"关关"是雎鸠的叫声。[4]根据注疏家的看法，这些词组并不只是鸟儿的叫声，还表示呼唤和应和；当它们成群结队，或成双成对飞离的时候，甚至还表示它们飞翔的姿态。因此， 94
人的声音通过这些叠词不仅仅要模仿声响，还要力求模拟动作。叠词是用声音表现一切敏锐意象的。比如，有的叠词描写树木的茂盛，花朵的缤纷和枝叶的繁茂[5]；有的叠词描绘风和雨的不同[6]；还有的表现内心的活动。[7]值得注意的是，上述所使用的词，本身就具有一种道德含义。同样，叠词（联绵字）中描写颜色的单字，也是常用语中表现色彩的

① 《鹑之奔奔》。

② 《鹑之奔奔》。

③ 《匏有苦叶》第 9 句。

④ 《关雎》第 1 句。

⑤ 《桃夭》《隰有苌楚》。

⑥ 《风雨》。

⑦ 《泽陂》第 12 句；《草虫》第 11 句；《氓》第 55—56 句。

字。这些词义是否来自它们描写的辅助性手法呢？不管怎么说，无须怀疑，《诗经》给人的多样感觉，特别是动作的描绘，都与字音有关联。这种现象，如果不是因为歌唱者的动作帮助了他们发出歌声，那又怎么解释呢？而手势又是歌声的传达。① 那么，难道不应该认为这些歌谣产生于舞蹈的节奏吗？

从其乡野的题材和农村主题看，从其表现的非个性的感情看，从其简朴和直接的艺术、对称的描绘和顿足的姿态看，从其集体轮唱的曲调和载歌载舞表达感情来看，《诗经》中的歌谣，显然是农民的即兴之作。那么，田野上的青年男女是在什么场合下即兴创作的呢？

① 关于手势语、声音和其他言语，以及描写缀词，参见列维-布留尔（Lévy-Bruhl），《低等社会的思维机制》（*Les Fonctions mentales dans les sociétés inférieures*），第 183 页以下。

山水之歌

XLIV. — A Sang-tchong 桑中（《鄘风》4，— C. 55 — L. 95
78）

1. 爰采唐矣，

Où cueille-t-on la cuscute?

在哪里采菟丝子？

2. 沬之乡矣。

c'est dans le pays de Mei!

到沬邑的乡下。

3. 云谁之思，

Savez-vous à qui je pense?

你知道我心里想的是谁？

4. 美孟姜矣。

c'est à la belle Mong Kiang!

是美丽的孟姜姑娘。

5. 期我乎桑中，

Elle m'attend à Sang-tchong,

她在桑中等我，

6. 要我乎上宫，

Elle me veut à Chang-Kong,

她邀我到上宫。

7. 送我乎淇之上矣。

Elle me suit sur la K'i!

她送我到淇水之畔！

8. 爰采麦矣，

Où cueille-t-on le froment?

到哪里去割麦？

9. 沫之北矣。

c'est du côté nord de Mei!

到沫邑的城北。

10. 云谁之思，

Savez-vous à qui je pense?

你知道我心里想的是谁？

11. 美孟弋矣。

c'est à la belle Mong Yi!

是美丽的孟弋姑娘！

12. 期我……（下略）

Elle m'attend à...etc.

她在……等我。

15. 爰采葑矣，

Où cueille-t-on le navet?

到哪里去采蔓菁？

16. 沬之东矣。

c'est du côté est de Mei!

到沬邑的城东。

17. 云谁之思，

Savez-vous à qui je pense?

你知道我心里想的是谁？

18. 美孟庸矣。

c'est à la belle Mong Yong!

是美丽的孟庸姑娘！

19. 期……（下略）

Elle...

她……

《诗序》曰："《桑中》，刺奔也。卫之公室淫乱，男女相奔，
至于世族在位，相窃妻妾，期于幽远，政散民流，而不可止。" 96

《郑笺》曰："谓宣（前718—前699年）、惠（前699—前668年）之世[1]，不待媒氏（仲春之月）以礼会之也。"

① 参阅司马迁，《史记》（IV，第194—198页），尤其是第196页关于鲁惠公娶儿媳的故事。

注意：郑氏认为，孟姜、孟弋、孟庸这些名字解释了《诗序》中关于世族的那句话。（实际上，这些名字都有统称，比如：美人、姬姜。参见《有女同车》注释。）

1. 爰，于。（《毛传》）于何。（《郑笺》）唐，菜名。（《毛传》）

2. 沫，卫邑。（《毛传》）

5. 期，个人幽会，与正当之“会”相对。桑中，桑林之中。参见《十亩之间》（《魏风》5，顾译本，第117页）。主题为采桑叶和邀请。毛注第2句：“男女无别。”（男女不遵守异性隔离的规矩。）

7. 淇，卫之河。邶、鄘、卫传统上联盟的三国年轻人集于岸上：参见《竹竿》《汉广》第5—6句；同时参见《邶风·泉水》《卫风·有狐》，尤其是第9句。

15. 葑，蔓菁。（《毛传》）

主题为河畔幽会，采摘。

XLIVB. —《卫风·有狐》，顾译本，第74页

1. 有狐绥绥，　　有只狐狸孤孤单单，

2. 在彼淇梁。　　走在淇河的堤堰上。

3. 心之忧矣，　　我的心里多么悲伤呀！

4. 之子无裳。　　那个人儿没有衣裳。

1. 绥绥，描写助词，形容孤单慢走（匹行）之貌。参见《齐风・南山》（顾译本，第 107 页）。

4. 正是此男无裳（在下曰裳，所以配衣），也就是“言无室家，若人无衣服”（《毛传》）。

对比《匏有苦叶》第 3、4 句和《褰裳》：卷起衣裳涉河。

主题为河边幽会，邀请。

《诗序》曰：“《有狐》，刺时也。卫之男女失时，丧其妃耦焉。古者国有凶荒，则杀礼（和现有惯例）（参见《野有死麕・序》）而多昏，会男女之无夫家者，所以育人民也。”（参见《周礼・地官・媒氏》）

XLV. — Les tiges de bambou 竹竿（《卫风》5，— C. 97
70 — L. 101）

1. 籊籊竹竿，

Les tiges de bambou si fines

竹竿呀，细又长，

2. 以钓于淇。

c'est pour pêcher dedans la K'i!

抛在淇水上把鱼钓。

3. 岂不尔思，

A toi comment ne penserais-je?

我怎能不把你来想？

4. 远莫致之。

mais au loin on ne peut aller!

但路途遥遥怎能到!

5. 泉源在左,

La source Ts'iuan est à gauche,

泉源在左边,

6. 淇水在右。

à droite la rivière K'i!

淇水在右边。

7. 女子有行,

Pour se marier une fille

姑娘出嫁了,

8. 远兄弟父母。

laisse au loin frères et parents!

远离兄弟和父母!

9. 淇水在右,

La rivière K'i est à droite,

淇水在右边,

10. 泉源在左。

à gauche la source Ts'iuan!

泉源在左边!

11. 巧笑之瑳,

Les dents se montrent dans le rire! ...

笑着露出洁白的牙齿……

12. 佩玉之傩。

les breloques tintent en marchant! ...

走起路来身上的佩玉叮当作响。

13. 淇水滺滺，

La rivière K'i coule! coule!

淇水悠悠地流啊流！

14. 桧楫松舟。

rames de cèdre! ... barques en pin! ...

桧木的橹桨，松木的船舟……

15. 驾言出游，

En char je sors et me promène,

我乘着马车出游，

16. 以写我忧。

c'est pour dissiper mon chagrin! ...

只是为了宣泄我心中的忧愁！

《诗序》曰："《竹竿》，（远嫁的）卫女思归也。"

1 和 2 句作兴：细长的竹竿可用于钓鱼，同样，接受仪礼行为约束的妇人可以出嫁。

4. 远，地理距离的远离；这是外婚制的一个方面。参见

《蝃蝀》第 4、8 句。

5 和 6 作兴：小水有流入大水之道，犹妇人有嫁于君子之礼。(《郑笺》) 见《溱洧》。

13. 滮滮，描写助词。

15. 驾车出游。参见《卷耳》。

参见《邶风 · 泉水》(顾译本, 第 45 页)。

主题为驾车在河畔出游，乘舟游玩；钓鱼；因族外婚而远离。

98 **XLVI. — La Han 汉广（《周南》9，— C. 13 — L. 15）**

1. 南有乔木，

Vers le Midi sont de grands arbres;

在南方生长着高大的树木，

2. 不可休息。

on ne peut sous eux reposer!

人们不能在树下休息！

3. 汉有游女，

Près de la Han sont promeneuses;

在汉水河畔有游玩的女子，

4. 不可求思。

on ne peut pas les demander!

不能去追求她们！

5. 汉之广矣，

La Han est tant large rivière,

汉水这么宽呀，

6. 不可泳思。

on ne peut la passer à gué!

不能涉水过河！

7. 江之永矣，

Le Kiang est tant immense fleuve,

江水这么辽阔呀，

8. 不可方思。

on ne peut en barque y voguer!

不能坐船过江！

9. 翘翘错薪，

Tout au sommet de la broussaille,

丛丛杂乱的荆棘，

10. 言刈其楚。

j'en voudrais cueillir les rameaux!

我要割取它的楚荆！

11. 之子于归，

Cette fille qui se marie,

这个姑娘要出嫁，

12. 言秣其马。

j'en voudrais nourrir les chevaux!

我愿意喂饱她的马儿！

13. 汉……（下略）

La Han est...

汉水……

17. 翘翘错薪，

Tout au sommet de la broussaile,

丛丛杂乱的荆棘，

18. 言刈其蒌。

j'en voudrais cueillir les armoises!

我要割取它的艾蒿！

19. 之子于归，

Cette fille qui se marie

这个姑娘要出嫁，

20. 言秣其驹。

j'en voudrais nourrir les poulais!

我愿意喂饱她的小马驹！

21. 汉……（下略）

La Han est...

汉水……

《诗序》曰："《汉广》，德广所及也。文王之道被于南国，美化行乎江汉之域，无思犯礼，求而不得也。"（参见《关雎》第 9 句"求之不得"。）

郑注曰:“纣时淫风遍于天下,维江汉之域先受文王之 99
教化。”

注意:事实上,南方比北方更好地保留了古代性风俗。参见《法国远东学院学报》(BEFEO)第 VIII 期,第 348 页,见附录Ⅲ。

1 和 4 句,《毛传》作兴。郑解曰:“木以高其枝叶之故,故人不得就而止息也。兴者,喻贤女虽出游流水之上,人无欲求犯礼者。”更何况,可想而知,她们处室时更为贞洁(孔颖达疏:“游女尚不可求,则在室无敢犯礼,可知也。”)

以上“不可求思”的思想出自不要太相信出游的欲求。《礼记·内则二》(顾译本,I,第 675 页)中记:“女子十年不出”,“居内,深宫固门,阍寺守之”(同前,第 660 页)。在文王教化之国,出游是很难为人理解的行为。有些注疏家注意到“贵家之女”和“庶人之女”的区别,指出庶人之女出门是做一些妇人才可以做的事情。

2. 息,休息,参见《葛生》第 8 句,《狡童》第 8 句,《蜉蝣》第 8 句。

3. 游或游,散步,闲逛。参见《竹竿》第 16 句,《有杕之杜》第 10 句。《韩诗(内传)》保留这样的说法,认为游女是水神,即“汉神”(汉水之神)。参见《皇清经解续编》卷 1150,第 11 页及以下,卷 778 第 21 页。水神又被称为“魅服”或“妖服”,是长着孩童模样的小精灵。参见《皇清经解续编》卷 448，第 40 页。

4. 求，请求（恳求姑娘）。参见《摽有梅》第 11 句，《关雎》第 8、9 句。《韩诗外传》第一章以孔子南游的经历来解释这首诗歌。

5—8 句，《郑笺》解为：以汉水之“广永”比喻女子之“贞洁”。

6. 泳，潜行。(《毛传》)

8. 方，泭也。(《毛传》)

9—10 句，《郑笺》解曰：“楚杂薪之中，尤翘翘者，我欲刈取之，以喻众女皆贞洁，我又欲取其尤高洁者……谦不敢斥其适己，于是子之嫁，我愿秣其马，致礼饩。示有意焉。”

9. 翘翘，描写助词，“薪貌”(《毛传》)；《郑笺》解为丛木中最高的荆楚。

12. 秣，养也。(《毛传》)

20. 驹，五尺以上曰驹。

蒌（或蒿）有很多礼仪用法：蒌草焚烧后的香味可召唤神灵降临（参见《小雅・信南山》第 5 章注疏）。妇人即将分娩的房间叫“蒌室”（贾谊，《新书》)。《召南・采蘩 》提到了另一种蒌草。

100 考异：乔，桥；游，遊；泳，漾；方，舫；刈，采；第 2 句中的“息”在第 4、6、8 句结尾被换为“思”字。参见《皇清经解续编》卷 1171，第 8、9 页。

主题为河边散步，渡河，丛林，采薪，婚礼的盛大仪式，男子的羞怯。

注意反复的句子。

“蒌”为“薪”的构成物，人们也许会想到柴薪是用以点燃仪式之火的，是节日之火吗？参见卡拉布里奇（Crabouillet）所著有关罗罗人的习俗［见《天主教传教会》（Les missions catholiques）第Ⅴ卷，第106页，附录Ⅲ］。

XLVII. — Les berges de la Jou 汝坟（《周南》10，— C. 14 — L. 17）

1. 遵彼汝坟，

Le long des berges de la Jou

沿着汝水那条大堤，

2. 伐其条枚。

je coupe rameaux et broussailles!

我砍伐树枝和荆棘！

3. 未见君子，

Tant que je n’ai vu mon seigneur,

没有见到我的君子，

4. 惄如调饥。

mon angoisse est comme la faim du matin!

我忧愁得像清晨缺口粮。

这首诗也许具有政治含义，但却保留了河畔相遇诗歌的风格和主题。我只翻译了第一章的四句。

《诗序》曰："《汝坟》，道化行也。文王之化，行乎汝坟之国，妇人能闵其君子，犹勉之以正也。"

1. 遵，循也。(《毛传》) 参见《遵大路》第 1 句。

坟，大防也。(《毛传》)

4. 惄，饥意也，调，朝也。

郑氏对第 10、11 句的解释为，此时还是殷纣王的统治（公元前 1154—前 1122 年），其夫远役，其妻以寓意想象自己沿着河岸伐薪，而这在善政之国并非女子所做之事。[1]

考异：坟，濆；惄，愵[2]；调，輖或周。参见《皇清经解续编》卷 1171，第 9、10 页。

主题为河畔散步，柴薪，离别，爱人的焦虑。

注意：生动的想象给人一种焦虑和若有所失的印象。

101 **XLVIII. — Le Fleuve 河广（《卫风》7，— C. 72 — L. 104）**

1. 谁谓河广，

Qui dira que le Fleuve est large?

---

① 《郑笺》曰："伐薪于汝水之侧，非妇人之事，以言己之君子，贤者而处勤劳之职，亦非其事。"——译注

② 此处作者有误。——译注

谁说那河面宽又广？

2. 一苇杭之。

sur des roseaux je le passerais!

一束芦苇我就能渡过！

3. 谁谓宋远，

Qui dira que Song est lointain?

谁说宋国遥又远？

4. 跂予望之。

en me dressant je le verrais!

我翘翘脚尖就能望见！

5. 谁谓河广，

Qui dira que le Fleuve est large?

谁说那河面宽又广？

6. 曾不容刀。

pas à contenir un bateau!

还容不下一条船！

7. 谁谓宋远，

Qui dira que Song est lointain?

谁说宋国遥又远？

8. 曾不崇朝。

pas à plus d’une matinée!

还走不上一个上午！

《诗序》解为，毫无意义的历史性解释。

注意第 1、3 和 5、7 中“谁”的对应，第 2、4 句中的“之”的对应。

主题为渡河，族外婚的离别。

XLIX. — Le vent de l’est　谷风（《邶风》10，— C. 39 — L. 55）

33. 就其深矣，

On passe quand l’eau est profonde,

深水时我们渡河，

34. 方之舟之。

soit en radeau，soit en bateau!

或乘木筏或坐船！

35. 就其浅矣，

On passe l’eau quand elle est basse

浅水时我们渡河，

36. 泳之游之。

soit par le gué, soit en nageant!

或涉水而过或游泳而过！

第 33—36 句出自一位新婚悲妇的怨诉，表达了订婚宴会时感伤的情怀。参见《氓》第 5、35、36、53、54 句。

主题为渡河。

L. — La courge 匏有苦叶（《邶风》9，— C. 38 — L. 53）

1. 匏有苦叶，

La courge a des feuilles amères,

匏瓜长有苦叶，

2. 济有深涉。

le gué a de profondes eaux!

河滩有深水！

3. 深则厉， 102

Aux fortes eaux, troussez les jupes!

深水卷裙而过，

4. 浅则揭。

soulevez-les, aux basses eaux!

浅水提起衣裳！

5. 有瀰济盈，

C'est la crue au gué où l'eau monte!

白水茫茫满河流泛，

6. 有鷕雉鸣。

c'est l'appel des perdrix criant!

山鹑在咕咕鸣叫挑逗！

7. 济盈不濡轨，

L’eau monte et l’essieu ne s’y mouille!

河水上涨浸湿车辕，

8. 雉鸣求其牡。

Perdrix crie, son mâle appelant!

雌雉鸣叫志在雄雉。

9. 雍雍鸣雁，

L’appel s’entend des oies sauvages,

雁儿雍雍对鸣，

10. 旭日始旦。

au point du jour, l’aube parue!

旭日东升黎明初现。

11. 士如归妻，

L’homme s’en va chercher sa femme,

男子出发去找妻子，

12. 迨冰未泮。

Quand la glace n’est pas fondue!

封冰还未融化。

13. 招招舟子，

Appelle! appelle! homme à la barque!

召唤！召唤！船上的摆渡人！

14. 人涉卬否。

que d’autres passent! ... Moi, nenni! ...

人已渡河我独等待。

15. 人涉卬否，

que d'autres passent! ... Moi, nenni! ...

人已渡河我独等待，

16. 卬须我友。

moi, j'attendrai le mien ami!

我要等待我的好友！

《诗序》曰："《匏有苦叶》，刺卫宣公（公元前718—前699年）[参见司马迁《史记·卫康书世家》（沙畹译，IV，第194页及以下）]也。公与夫人（指的是宣公的第一个夫人夷姜），并为淫乱。"

1. 匏，兴也。《毛传》曰："匏谓之瓠，瓠叶苦不可食也。"正如苦叶不可食一样，礼法也不可逾越（孔颖达疏："以兴礼有禁法不可越。"）

根据传统，人们利用刳开葫芦来渡河。参阅《法国远东学院学报》（BEFEO）第VIII期，第551页记载的罗罗神话中南瓜在洪水中的重要作用。

葫芦出现在结婚礼仪当中。葫芦一分为二，用以新婚夫妇合卺之用。（参见《仪礼·士昏礼》郑注）。

2. 深涉，《毛传》作兴。据孔颖达疏，"毛以为，匏有苦叶不可食，济有深涉不可渡，以兴礼有禁法不可越"。

郑解指为时节："谓八月（即秋季的第二个月，秋分）之时，阴阳交会，始可以为昏礼，纳采、问名。"（参见《仪礼·士昏礼》）郑氏认为，最后的仪式和完婚（婚礼和成昏）是在春分时举行。

3. 以衣涉水为厉，谓由带以上。(《毛传》)

4. 揭，褰衣也。(《毛传》) 参见《褰裳》。

103 3 和 4，《毛传》作兴："遭时制宜，如遇水深则厉，浅则揭矣，男女之际，安可以无礼义？将无以自济也。"

《郑笺》曰："以水深浅喻男女之才性，贤与不肖及长幼也。各顺其人之宜，为之求妃耦。"

5. 瀰，深；盈，满。《毛传》注：水满貌，"深水人之所难也"。

6. 鷕，雌雉声也，象征夷姜，"夫人有淫佚之志，授人以色，假人以辞，不顾礼义之难（如渡深水之人）"。

7.《毛传》："濡，渍也；由辀以上为轨。"《郑笺》曰："渡深水者必濡其轨，言不濡者，喻夫人犯礼而不自知。"（不幸即将降临）（参见顾译本，第 39 页，他以现代的眼光发展了同样的解释：河水泛滥，人们想要不濡其轨而渡河！）参见《卫风·氓》第 36 句。

8. 牡，雄性（一般指四足动物，各类注疏由此而来。）雌雉以其鸣欲求雄雉，而实际上所唤为四足兽，因而《郑笺》解："雉鸣反求其牡"，喻夫人所求（实际为不幸）非所求（快

感），或者“夫人与公非其耦”。（《郑笺》对第3、4句的注疏）

关于“牡”字，我们还注意到，与其相对的“牝”字往往用于鸟类（顾译本，词典），第8句与第16句对称：“其”与“我”相对，“牡”与“友”相对。少女以歌求友，如同雌雉以其鸣求雄雉。[我决定以“雄”解释“牡”，参见民国元年（1912年）上海出版的《新字典》，意预替代《康熙字典》，该字典对“牡”字的解释，确切地说，将该句中的“牡”的解释为雄鸟。]

比较《小雅·伐木》中“求其友声”一句，说的是鸟儿。

9. 雝雝，描写助词，“雁和声也”（《毛传》）。雌答雄。（参见《萚兮》第4句）雝象征夫妇和谐，妻子顺从。习惯与“肃”字合用构成复合词，指女子温顺的美德。（参见《和彼秾矣》第3句）

10. 雁为礼品，尤其用于婚礼当中（《仪礼·士昏礼》）。其象征性来源主要是因为雁为候鸟，跟随温度而迁移，即
“随阳而处，似妇人从夫”（《郑笺》）。参见《仪礼·士昏礼》 104
郑注：而且，雌雁绝不离弃雄雁，并常随雄雁稍后飞行（忠贞，顺从，谨慎）。“不乘”，参见顾译本，《诗经·郑风·大叔于田》，第88页注释。

在婚礼的前五项仪礼当中（参见郑氏对第2句的注疏），用雁之礼都是在早晨进行，只有最后一道仪式即“亲迎”中，才在黄昏赠雁（参见《仪礼·士昏礼》）。这一点对明确理解

第11句的意思非常重要。

11.《郑笺》曰：“归妻，使之来归於己。”归，一般指亲迎礼（参见《鹊巢》第3句和《汉广》第11句）。按照这样的理解，第11句中的“归”字指的是亲迎礼前的五道仪礼（参见第2句的注释），那是在早晨赠雁的（参见第10句及其注释）。

12. 迨，及。（《毛传》）冰泮为时历用语，解冻为孟春之月（参见《礼记・月令》）。据《郑笺》解，除了最后一道仪礼即亲迎礼在二月举行以外，其他婚礼仪式都应该在二月之前举行（参见《家语・本命解》中相反的解释）。郑氏认为，这里所指的仪礼是第五道仪礼，即请期，应该在一月中旬之前举行。

13. 招招，描写助词，号召之貌。招意味召唤。毛氏与郑氏皆认为舟子即为摆渡之人。

尽管存在另一种更加巧妙的解释，我们还是接受毛郑这种解释。我们也许可以认为，登船的年轻人在做一种叫“招魂续魄”的仪式。参见《韩诗》对《溱洧》的注疏。

《毛传》[①] 注：舟子招招象征媒人之礼，以合未婚男女当嫁者，避免单独幽会。参见《行露》序言和注疏。

---

① 应为《郑笺》：“舟人之子，号召当渡者，犹媒人之会男女无夫家者，使之为妃匹。”——译注

14. 卬[1]，我。(《毛传》)

16.《郑笺》曰：“人皆涉，我友未至，我独待之而不涉，以言室家之道，非得所适，贞女不行；非得礼义，昏姻不成。”

考异：轨，軓；旭，煦，盱；卬，仰；须，鬚。

描写助词考异：雝，噰，雍；嗈，邕。参见《皇清经解续编》卷 1171，第 29—30 页。

主题为渡河，邀请，鸟鸣。

提醒不同的婚姻习俗。

LI. — Jupes troussées **褰裳**（《郑风》13，— C. 96 — L. 140）

1. 子惠思我，

Si tu as pour moi des pensées d’amour,

如果你多情地思念我，

2. 褰裳涉溱。

Je trousse ma jupe et passe la Tchen!

我会提起我的衣裙涉水过溱河。

3. 子不我思， 105

Mais si tu n’as point de pensées pour moi,

如果你不想念我，

---

① 应为“卬”。——译注

4. 岂无他人。

est-ce qu'il n'y a pas d'autres hommes?

难道就没有别人来找我?

5. 狂童之狂也且。

O le plus fou des jeunes fous, vraiment!

傻小子你真傻呀!

6. 子惠思我,

Si tu as pour moi des pensées d'amour,

如果你多情地思念我,

7. 褰裳涉洧。

je trousse ma jupe et passe la Wei!

我会提起我的衣裙涉水过洧河。

8. 子不我思,

Mais si tu n'as point de pensées pour moi,

如果你不想念我,

9. 岂无他士。

est-ce qu'il n'y a pas d'autres garçons?

难道就没有别的少年郎?

10. 狂童之狂也且。

O le plus fou des jeunes fous, vraiment!

傻小子你真傻呀!

《诗序》曰:“《褰裳》,思见正也。狂童恣行,国人思大国之正己也。”

该篇可能是影射郑昭公(前696—前695年)与其弟突争国,致使郑国陷入混乱。参见司马迁,《史记·郑世家》,第458页及以下。

朱熹:“淫女语其所私者。”

1. 惠,爱。(《毛传》)

郑氏认为,“子惠思我”之“子”指大国之卿。

2.《郑笺》解:“言他人者,先乡齐、晋、宋、卫,后之荆楚。”

5.“狂童”指的是公子突。最后一句解释了“国人思大国”之原因。(《郑笺》)

9. 他士,犹他人。(《郑笺》)

溱、洧,郑国的两条河水。参见《溱洧》。

考异:褰,攐,蹇,搴;洧,潧;童,僮。参见《皇清经解续编》卷1172,第7页。

主题为渡河,褰裳,戏谑式邀请。

狂童,参见《狡童》和《山有扶苏》。

LII. — La Tchen 溱洧(《郑风》21,— C. 101 — L. 148)

1. 溱与洧,

La Tchen avec la Wei

溱水与洧水，

*2. 方涣涣兮。

viennent à déborder!

河水泛滥上涨！

3. 士与女，

Les gars avec les filles

少年和姑娘们，

4. 方秉兰兮。

viennent aux orchidées!

来采兰草！

106 5. 女曰观乎，

Les filles les invitent:

姑娘邀请少年说：

— là-bas si nous allions?

“我们一起去那里？”

6. 士曰既且。

et les gars de répondre:

少年答道：

— déjà nous en venons?

“我们已经去过了？”

7. 且往观乎。

— Voire donc mais encore

即便去过，

là-bas si nous allions,

我们再去一次吧，

8. 洧之外，

car, la Wei traversée,

因为，穿过洧水，

9. 洵訏且乐。

s’étend un beau gazon!

有一片美丽迷人的绿草地！

10. 维士与女，

Lors les gars et les filles

于是少年与姑娘，

11. 伊其相谑，

ensemble font leurs jeux;

一起快乐地游玩；

12. 赠之以勺药。

Et puis elles reçoivent

姑娘收到

le gage d’une fleur!

一朵芍药花作为信物！

13. 溱与洧，

La Tchen avec la Wei

溱水与洧水，

14. 浏其清矣。

d'eaux claires sont gonflées!

水深且清！

15. 士与女，

Les gars avec les filles

少年和姑娘们，

16. 殷其盈矣。

nombreux sont assemblés!

满盈盈地聚在一起！

17. 女曰……（下略）

Les filles les...

姑娘邀请少年说：……

《诗序》曰："《溱与洧》，刺乱（郑国淫辟）也。兵革不息，男女相弃，淫风大行，莫之能救。"（参见《褰裳·序》）

朱熹："此诗淫奔者自叙之词。"

2. 涣涣，描写助词，水弥漫之貌。《郑笺》解：时历用语，仲春之时，冰释。

4. 蕑，兰也。（《毛传》）参见《卷耳》第8句。

第3和4句，据《郑笺》云："男女相弃，各无匹偶，感春气并出，托采芬香之草，而为淫泆之行。"

5. 观，去看节庆。

6.《郑笺》云："士曰已观矣，未从之也。"

9.《毛传》："襛，大也。"《郑笺》："洵，信也。"此句可理解为节庆非常盛大，又或者为场面让人非常愉快。郑氏采用后一说法（"女情急，故劝男使往观于洧之外，言其土地信宽大又乐也。于是男则往也。"）。

11. 伊，因；谑，戏。(《郑笺》) 107

12. 勺药，香草。(《毛传》)

《郑笺》："行夫妇之事，其别则送女以勺药，结恩情也。"

13. 浏，深貌。(《毛传》)

16. 殷，众。(《毛传》)

23. 将，大。(《郑笺》)

考异：蕳，兰，菅；讦，盱；洵，询；勺，芍；浏，漻。

描写助词考异：涣，汍，洹。参见《皇清经解续编》卷1172，第12、13、14页。

蕳，据《康熙字典》载："都梁县有山，山下有水清泚，其中生兰草，名都梁香，因山为号。其物可杀虫，毒除不祥。故郑人方春三月，于溱洧之上，士女相与秉蕳而祓除。"

在不同的字形（参见《皇清经解续编》卷1153，第17页以下）解释中，《韩诗》有一个重要的注疏："三月桃花水下之时至盛也，当此盛流之时，众士与女方执兰，祛除邪恶。郑国之俗，三月上巳之辰，于此两水之上，招魂续魄，祛除

不祥。”（载《太平御览》）

考异：“于溱洧之上，招魂续魄，秉执兰草，祛除不祥。”（《宋书》）——祛除氛秽——或祛除岁秽。

关于兰草，见《大戴礼·夏小正》：“五月蓄兰为沐浴。”还可参见《晋书·王羲之》卷80（上海出版社，第2页及以下）中兰亭在“春禊”祭祀中的作用。参见《周礼·春官·女巫》：“掌岁时祓除、衅浴。”（见《郑笺》疏）

作为信物的花，“芍”大概是一种芳香的牡丹花。我认为第12句只是用另一种方式来指代兰花，即都梁香。中国学者认为“勺”通“约”（结合，约定），参见《皇清经解续编》卷423，第32页及以下（同时比较“妁”，媒人的用法）：因此，应该领会到此花是用作信物的。

“药”指的是有魔法效力的药用植物，《晋书卷
108 九十四·夏统传》（上海出版社）提到三月上巳之日水边饮宴、郊外游春之俗节洛市药会。

注意第1和3句，第13和15句由“与”字构成的对偶，第2和4句由“方”字构成的对偶，第14和16句由“其”字（在翻译中以“是”微示）构成对偶。

在翻译这首诗的时候，我不得不把叠句的几个句子拆成两句，因为其含义非常丰富。

主题为渡河，指出对唱的形式。其他主题还有春季涨水的时历，少女的邀请和少年的半推半就，采摘，爱情的信物

（花）。

注意兰草在罗罗人洪水神话中的作用。参见《法国远东学院学报》（BEFEO）第VIII期，第551页，参阅邓明德（Vial），《罗罗人》（*Lolos*），第9页。

LIII. — La belle armoise 菁菁者莪（《小雅·彤弓之什》2，— C. 101 — L. 148）

*1. 菁菁者莪，

O la belle, la belle armoise,

啊，美丽的艾蒿呀，

2. 在彼中阿。

qui est au milieu du coteau!

长在山丘之中！

3. 既见君子，

Sitôt que je vois mon seigneur,

一见到我的君子，

4. 乐且有仪。

quelle joie donc et quel respect!

多么欢乐又彬彬有礼！

*5. 菁菁者莪，

O la belle, la belle armoise,

啊，美丽的艾蒿呀，

6. 在彼中沚。

qui est au milieu de l’îlot!

长在小洲之中!

7. 既见君子,

Sitôt que je vois mon seigneur,

一见到我的君子,

8. 我心则喜。

mon cœur alors a la gaîté!

我喜不自胜!

*9. 菁菁者莪,

O la belle, la belle armoise,

啊，美丽的艾蒿呀,

10. 在彼中陵。

qui est au milieu de la berge!

长在陡坡之中!

11. 既见君子,

Sitôt que je vois mon seigneur,

一见到我的君子,

12. 锡我百朋。

il me donne cent coquillages!

他赠我贝钱百朋!

*13. 汎汎杨舟,

La barque en peuplier vogue! vogue!

杨木之舟流呀流!

14. 载沉载浮。

plongeant tantôt, flottant tantôt!

时沉时浮!

15. 既见君子,

Sitôt que je vois mon seigneur,

一见到我的君子,

16. 我心则休。

mon cœur alors a le repos!

我的心便平静无澜!

《诗序》曰:"《菁菁者莪》,乐育材也。君子能长育人材, 109
则天下喜乐之矣。"赞美君子能吸引培育人材的诗。

1. 菁菁,描写助词。

主题为在河边和泛舟出游。

LIV. — Les roseaux 蒹葭(《秦风》4,— C. 137 — L. 195)

*1. 蒹葭苍苍,

Les roseaux et les joncs verdoient;

芦苇绿郁葱葱;

2. 白露为霜。

la rosée se transforme en givre.

白露凝结成霜。

3. 所谓伊人，

Cette personne à qui je pense,

我所想念的那个人，

4. 在水一方，

dans l’eau se trouve en quelque endroit! ...

远隔在水的那一方！……

5. 溯洄从之，

Contre le courant je vais à elle:

我想逆流而上去追寻她，

6. 道阻且长。

le chemin est rude et fort long!

水道艰险且漫长！

7. 溯游从之，

Suivant le courant je vais à elle:

我想顺流而下去追寻她，

8. 宛在水中央。

la voici, dans l’eau, au milieu!

她仿佛就在那水中央！

*9. 蒹葭凄凄，

Les roseaux est les joncs verdoient;

芦苇绿郁葱葱；

10. 白露未晞。

la rosée n’est pas dissipée.

白露还未干。

11. 所谓伊人，

Cette personne à qui je pense,

我所想念的那个人，

12. 在水之湄，

dans l’eau se trouve, vers les bords! ...

远隔在水岸那边！……

13. 溯洄从之，

Contre le courant je vais à elle:

我想逆流而上去追寻她，

14. 道阻且跻。

le chemin est rude et montant!

水道艰险且攀登难！

15. 溯游从之，

Suivant le courant je vais à elle:

我想顺流而下去追寻她，

16. 宛在水中坻。

la voici, dans l’eau, sur l’écueil!

她仿佛就在那水中石礁上！

*17. 蒹葭采采，

Les roseaux et les joncs verdoient;

芦苇绿郁葱葱；

18. 白露未已。

la rosée n'est pas disparue.

白露还未收。

19. 所谓伊人，

Cette personne à qui je pense,

我所想念的那个人，

20. 在水之涘，

dans l'eau se trouve，vers la digue! ...

远隔在水坝那边！……

21. 溯洄从之，

Contre le courant je vais à elle:

我想逆流而上去追寻她，

22. 道阻且右。

le chemin est rude et ardu!

水道艰险且陡峭！

23. 溯游从之，

Suivant le courant je vais à elle:

我想顺流而下去追寻她，

24. 宛在水中沚。

la voici, dans l'eau, sur un roc!

她仿佛就在那小渚中!

《诗序》解释无历史意义。

1. 苍苍,描写助词。

2. 白露为霜,时历用语,指一年劳作结束。参见《北风》 110
第2和3句。同时参见《礼记·月令·仲秋之月》(顾译本,I,第386页)。

7. 参见附录Ⅲ南诏国习俗。素兴和他的宫娥们经常到河边游乐,玩斗花游戏。

主题为在河畔和河水中寻友。

比较《唐风·扬之水》(顾译本,第123页,LIV B)

LIVB. 扬之水(《唐风》)

扬之水,　　河水缓缓地流,
白石凿凿。　　白石洁又高!
素衣朱襮,　　白衣红领套,
从子于沃。　　我跟随你到曲沃!(参见《氓》第5句)
既见君子,　　一见到我的君子,
云何不乐?　　我怎能不快乐呢!

扬之水,　　河水缓缓地流,

白石皓皓。	白石明皓皓!
素衣朱绣,	白衣红领套,
从子于鹄。	我跟随你到鹄邑!
既见君子,	一见到我的君子,
云何其忧?	我怎能还忧愁呢!

扬之水,	河水缓缓地流,
白石粼粼。	白石晶莹剔透!
我闻有命,	我听说有命令,
不敢以告人。	不敢告诉他人。

利用地理的影射（沃，鹄）调换了《蒹葭》的主题。

LV. — La digue 泽陂（《陈风》10，— C. 151 — L. 213）

1. 彼泽之陂,

Sur la digue de cet étang

在那池塘水边上,

2. 有蒲与荷。

croissent joncs avec nénuphars!

蒲草与荷花交错盛开。

3. 有美一人,

Il est une belle personne! ...

有一个俊美的人儿！……

4. 伤如之何。

comment ferai-je en ma douleur?

我心中悲伤能如何？

5. 寤寐无为，

De jour, de nuit, ne puis rien faire...

日日夜夜无聊赖……

6. 涕泗滂沱。

des yeux, du nez coulent mes pleurs! ...

涕儿泪儿流成河！……

7. 彼泽之陂，

Sur la digue de cet étang

在那池塘水边上，

8. 有蒲与蕑。

croissent joncs avec orchidées!

蒲草与兰花交错盛开。

9. 有美一人，

Il est une belle personne.

有一个俊美的人儿！……

10. 硕大且卷。

haute taille et noble maintien!

身材高大仪表庄严！

11. 寤寐无为，

De jour, de nuit, ne puis rien faire...

日日夜夜无聊赖……

*12. 中心悁悁。

en mon cœur que j'ai de chagrin! ...

内心忧闷郁郁难申！……

111 13. 彼泽之陂，

Sur la digue de cet étang

在那池塘水边上，

14. 有蒲菡萏。

croissent joncs, nénuphars en fleurs!

蒲草与荷花交错盛开。

15. 有美一人，

Il est une belle personne:

有一个俊美的人儿！……

16. 硕大且俨。

haute taille et maintien altier!

身材高大俨正矜庄！

17. 寤寐无为，

De jour, de nuit, ne puis rien faire...

日日夜夜无聊赖……

18. 辗转伏枕。

de-ci, de-là je me tourne sur l'oreiller...

只好在枕上翻来覆去……

《诗序》解：此诗刺历史事件。参见《史记·陈杞世家》（沙畹译，IV，第 233—235 页），主人公是孔子的一个先祖孔宁，陈国君臣淫风炽盛，结果导致“男女相说，忧思感伤”。

5. 参见《蒹葭》第 8 句。

8. 蕳，参见《溱洧》第 4 句。

主题为河畔邂逅，采摘水草，恋爱的焦虑和失眠。

LVI. — Les mouettes 关雎（《周南》1，— C. 5 — L. 1）

*1. 关关雎鸠，

A l'unisson crient les mouettes

关关齐鸣的水鸟，

2. 在河之洲。

dans la rivière sur les rocs!

伫立在水中的沙洲上！

3. 窈窕淑女，

La fille pure fait retraite,

那贞静深居的姑娘，

4. 君子好逑。

compagne assortie du Seigneur!

堪作君子的好配偶！

5. 参差荇菜，

Haute ou basse, la canillée:

那长长短短的荇菜，

6. 左右流之。

à gauche, à droite, cherchons-la!

这边那边来捞它！

7. 窈窕淑女，

La fille pure fait retraite:

那贞静深居的姑娘，

8. 寤寐求之。

De jour, de nuit, demandons-la!

日日夜夜都追求她！

9. 求之不得，

Demandons-la! ... Requête vaine! ...

追求她呀……！追不上！……

10. 寤寐思服。

de jour, de nuit, nous y pensons! ...

日日夜夜想念她！……

11. 悠哉悠哉，

Ah! quelle peine! ... Ah! quelle peine! ...

相思苦呀！……相思苦！……

12. 辗转反侧。

De-ci, de-là, nous nous tournons! ...

翻来覆去睡不着！……

13. 参差荇菜，

Haute ou basse, la canillée:

那长长短短的荇菜，

*14. 左右采之。

à gauche, à droite, prenons-la!

这边那边来采它！

15. 窈窕淑女，

La fille pure fait retraite:

那贞静深居的姑娘，

16. 琴瑟友之。

guitares, luths, accueillez-la!

琴呀瑟呀来迎她！

17. 参差荇菜， 112

Haute et basse, la canillée:

那长长短短的荇菜，

18. 左右芼之。

à gauche, à droite, cueillons-la!

这边那边来摘它！

19. 窈窕淑女，

La fille pure fait retraite:

那贞静深居的姑娘，

20. 钟鼓乐之。

cloches et tambours, fêtez-la!

钟呀鼓呀来娱乐她！

《诗序》曰："《关雎》，后妃之德也……是以《关雎》乐得淑女，以配君子，忧在进贤，不淫其色，哀（郑解：'哀'盖字之误也，当为'衷'）窈窕，思贤才，而无伤善之心焉。是《关雎》之义也。"

（另解为：闺房诗歌，失君宠而无嫉妒之心的有德之妃所作的诗歌。注意：淑女被想象为情敌的时候，被称为"窈窕"之女的却是后妃。）

1和2句，《毛传》云：兴也。关关，描写助词，描写雌雄雎鸠相互交替鸣叫，"和声也"。"鸟挚而有别。（《郑笺》疏：挚之言至也，谓王雎之鸟雌雄情意至然而有别。）水中可居者曰洲。（孔颖达疏：退在河中之洲，不乘匹而相随也。）后妃说乐君子之德，无不和谐，又不淫其色，慎固幽深，若关雎之有别焉，然后可以风化天下。夫妇有别则父子亲，父子亲则君臣敬，君臣敬则朝廷正，朝廷正则王化成。"

113 3和4句，窈窕，幽闲也；淑，善；逑，匹也。（《毛传》）

《毛传》云："言后妃有关雎之德，是幽闲贞专之善女，宜为君子之好匹。” 郑氏附言曰：“能为君子和好众妾之怨者，言皆化后妃之德，不嫉妬。”（因此并不阻止能为君子好匹的众妾接近君子，可共以事夫。）

注意：毛郑二人之所以作如此复杂的解释，其目的是要说明后妃和淑女并非同一个人，后妃既有是德（关雎之德），当退居深宫；然而人们所说的窈窕然处幽闲乃淑女（第3句），那是因为她如其他众妾一样仿效后妃之德。

5和6句，荇，接余也；流，求也。(《毛传》) 参差然，不齐（孔颖达）。《毛传》云：“后妃有关雎之德，乃能共荇菜，备庶物，以事宗庙也。”

《郑笺》云：“左右，助也。……言三夫人、九嫔以下，皆乐后妃之事。”

注意：相互仿效采集水草是有仪礼目的的。荇菜是鸭子和雎鸠爱吃的水草。

7和8句，寤，觉；寐，寝也。(《毛传》)

《郑笺》云：“言后妃觉寐则常求此贤女，欲与之共己职也。”

8和9句，“求之”，通过比较《汉广》第4句和《摽有梅》第3句来确定该词的意思，应为男子吸引女子注意，试图赢得其芳心。

10. 服，思之也。(《毛传》)

《郑笺》云：“求贤女而不得，觉寐则思己职事当谁与共之乎！”

11. 悠，思也。(《毛传》)

《郑笺》云:“思之哉！思之哉！”

12. 卧而不周曰辗。参见《泽陂》第18句，描写失眠烦躁不安之状。

16. “友之”，翻译成“迎她”其实是不确切的；确切的译法应该是“以她为友”。郑氏曰:“同志为友”。音乐给予所有人以同样的感受。

18. 芼，择也。(《毛传》)

19. 《毛传》曰:“德盛者，宜有钟鼓乐。”

我们可以这样总结一下古典解释：文王的德妃太姒不知嫉妒，她可以甘心退居深宫，选派有德之善女代己以配文王。在太姒德化所及的后宫中，无人存嫉妒之心，众妾皆窈窕然处休闲，努力为共同的君王寻找佳偶，共奉君王和宗庙。

114 《皇清经解续编》卷1423(《昏礼重别论对驳义》)第17页及以下对此的解释截然不同。这首诗与《草虫》和《采蘩》(以及《召南·采蘋》)相似。这些诗歌都与婚后第三个月的奠菜仪式有关。根据某种论说，只有经过三个月的祭祀后婚礼才算正式完成。因此才会产生第3、7、8、9句诗句。这个奠菜仪式(仪式上要奏乐)标志着婚后禁忌的解除，从而产生第三章的意义。这一传统非常值得我们关注，因为它让我们看到民间习俗如何过渡成为贵族习俗：订婚的禁忌以及与此相关的诗歌与婚后禁忌相对应，随后才出现与婚后禁忌相关的歌谣。(参见《如何阅读古代经典》第15条;葛兰言,《中国古代婚俗考》,载《通报》第十三卷,第553页及以下)。

《韩诗外传》(卷五,开篇)在孔子与子夏的对答中,说明《关雎》为《诗经》开篇的原因。其缘由与毛氏所述理由(1和2句)相似,只是以玄奥抽象的词汇表达出来,夫妇之德是社会秩序和自然秩序的基础,即子夏所言:"天地之基也。"

《韩诗外传》与《毛传》一样,也把1和2句解作兴:"故人君退朝入于私宫,后妃御见。"(参见《韩诗遗说考》,见《皇清经解续编》卷1150,第2页)。该文指出,因此本诗可看作是对过度淫乐的讽刺。参见《后汉书·本纪·显宗孝明帝纪》(孝明帝八年):"昔应门失守,《关雎》刺世。"应门(古为君王听政之处)守卫不严(而有好色纵欲之心),故咏《关雎》以讽刺当时的做法。

考异:逑,仇和求;荇,莕和荞;辗,展;芼,覒。第20句"钟鼓乐之"亦作"鼓钟乐之"。参见《皇清经解续编》卷1171,第1—2页。

主题为河畔邂逅,采摘集会,担忧,离别与少女的幽处,失眠,和谐与音乐。注意诗句的反复和连句,使诗歌具有马来诗体的特征。参见斯基特(Skeat),《马来魔法》(*Malay Magic*),第483页。

LVII. — Le faucon 晨风（《秦风》7，— C. 141 — L. 200）

1. 鴥彼晨风，

Rapide le faucon s’envole!

鹯鸟如箭疾飞行；

2. 郁彼北林。

épaisse est la forêt du nord!

飞入北边茂密林！

3. 未见君子，

Tant que je n’ai vu mon seigneur,

没有看见我的君子，

115 *4. 忧心钦钦。

mon cœur inquiet, qu’il se tourmente!

我忧心忡忡情难平！

5. 如何如何，

Ah! comment faire! ah! comment faire! ...

怎么办呀怎么办？……

6. 忘我实多。

il m’oublie vraiment beaucoup trop...

他把我忘得实在太多了……

7. 山有苞栎，

Le mont a des massifs de chênes,

山坡上丛丛生长着栎树，

8. 隰有六驳。

le val des ormes tachetés!

山谷里梓榆斑驳茂盛！

9. 未见君子，

Tant que je n’ai vu mon seigneur,

没有看见我的君子，

10. 忧心靡乐。

mon cœur inquiet n’a point de joie!

我忧心忡忡难快乐！

11. 如何如何，

Ah! comment faire! ah! comment faire! ...

怎么办呀怎么办？……

12. 忘我实多。

il m’oublie vraiment beaucoup trop...

他把我忘得实在太多了……

13. 山有苞棣，

Le mont a des bois de pruniers,

山坡上丛丛生长着唐棣，

14. 隰有树檖。

le val de grands poiriers sauvages!

山谷里挺立着野山梨！

15. 未见君子，

Tant que je n’ai vu mon seigneur,

没有看见我的君子，

16. 忧心如醉。

mon cœur inquiet est comme ivre!

我忧心忡忡似醉迷。

17. 如何如何，

Ah! comment faire! ah! comment faire! ...

怎么办呀怎么办？……

18. 忘我实多。

il m’oublie vraiment beaucoup trop...

他把我忘得实在太多了……

《诗序》:“刺秦康公弃其贤臣。”

4. 钦钦，描写助词。

主题为分离，树木繁茂的山坡和山谷。

LVIII. — La bardane 卷耳（《周南》3，— C. 8 — L. 8）

*1. 采采卷耳，

Je cueille, cueille la bardane!

采呀采那卷耳菜！

2. 不盈顷筐。

je n'en emplis pas un panier,

装不满斜口竹筐。

3. 嗟我怀人，

— Hélas! je rêve de cet homme!

我心中想念那个人儿，

4. 置彼周行。

et le laisse sur le sentier!

把筐儿放在小路上。

5. 陟彼崔嵬，

Je gravis ce mont plein de roches:

登上那满是岩石的山巅，

6. 我马虺隤。

mes chevaux en sont éreintés! ...

我的马儿已疲倦！……

7. 我姑酌彼金罍，

Je me vers à boire de ce vase d'or

我姑且酌饮那金罍，

8. 维以不永伤。

afin de ne plus rêver sans trève! ...

以慰藉心中绵绵不绝的思念！……

9. 陟彼高冈，

Je gravis cette haute colline:

登上那高高的山冈，

10. 我马玄黄。

mes chevaux en perdent leur lustre! ...

我的马儿毛色已黑黄斑驳！……

116 11. 我姑酌彼兕觥，

Je me verse à boire dans la corne de rhinocéros

我姑且酌饮那牛角杯，

12. 维以不永怀。

afin de ne plus souffrir sans trêve! ...

以免除我心中长久不散的悲伤！……

13. 陟彼砠矣，

Je gravis ce mont plein de sables:

登上那边沙丘，

14. 我马瘏矣。

mes chevaux en sont tout fourbus! ...

我的马儿已疲惫不堪无法前行！……

15. 我仆痡矣，

Mon conducteur en est malade! ...

我的马夫也筋疲力尽不能行路！……

16. 云何吁矣。

Hélas! hélas! que je gémis!

奈何我长吁短叹又能如何！

《诗序》:“《卷耳》，后妃之志也，(除了《关雎》和《葛覃》所表达的其他志愿以外)又当辅佐君子，求贤审官，知臣下之勤劳。内有进贤之志，而无险诐私谒之心，朝夕思念，至于忧勤也。”

1 和 2 句，《毛传》：兴，指忧念之深。

卷耳，苓耳也。(《毛传》)

3 和 4 句，寘，置。毛郑认为：这里比喻周官以德列位。

5. 陟，升。(《毛传》)

6. 虺隤，病也。(《毛传》)

7. 姑，且也。(《毛传》) 金罍为君王所用。

8. 永，长也。(《毛传》)

15. 痡，忧也。(《毛传》)

考异：顷，倾；虺隤，瘣颓和虺隤；姑，孕；罍，罍；冈，岗；兕，兕；砠，岨；瘏，屠；痡，铺。参见《皇清经解续编》卷 1171，第 4—5 页。

主题为山猎，采摘，担忧，饮酒作乐。

注意犀角。参见《豳风 · 七月》。

也有可能是指赛马。

在象征性解释当中，对恋人的追求如同寻求贤人一般。《周南》基本上是歌颂太姒的诗歌，而这首诗放在《周南》这一部分，所以人们认为这首诗是由一位妇女歌唱的。

117 **LIX. — Sauterelles des prés 草虫（《召南》3, — C. 18 — L. 23）**

*1. 喓喓草虫，

La sauterelle des prés crie

喓喓叫的草虫，

*2. 趯趯阜螽。

et celle des coteaux sautille!

蹦蹦跳的蚱蜢！

3. 未见君子，

Tant que je n'ai vu mon seigneur,

没有看见我的君子，

*4. 忧心忡忡。

mon cœur inquiet, oh! qu'il s'agite!

我心忧愁真烦躁！

5. 亦既见止，

Mais sitôt que je le verrai,

只有等我见到他，

6. 亦既觏止，

sitôt qu'à lui je m'unirai,

只有等我依偎他，

7. 我心则降。

mon cœur alors aura la paix!

我的心儿才放下！

8. 陟彼南山，

Je gravis ce mont du midi

登上那南山，

9. 言采其蕨。

et vais y cueillir la fougère!

去采摘那里鲜嫩蕨菜叶！

10. 未见君子，

Tant que je n'ai vu mon seigneur,

没有看见我的君子，

*11. 忧心惙惙。

mon cœur inquiet, qu'il se tourmente!

我心忧愁难安！

12. 亦既见止，

Mais sitôt que je le verrai,

只有等我见到他，

13. 亦既觏止，

sitôt qu'à lui je m'unirai,

只有等我依偎他，

14. 我心则说。

mon cœur alors deviendra gai!

我的心儿才欢悦！

15. 陟彼南山，

Je gravis ce mont du midi

登上那南山，

16. 言采其薇。

et vais y cueillir la fougère!

去采摘那里鲜嫩薇菜苗！

17. 未见君子，

Tant que je n'ai vu mon seigneur,

没有看见我的君子，

18. 我心伤悲。

mon cœur, qu'il se peine et chagrine!

我心凄切又悲伤！

19. 亦既见止，

Mais sitôt que je le verrai,

只有等我见到他，

20. 亦既覯止，

sitôt qu'à lui je m'unirai,

只有等我依偎他，

21. 我心则夷。

mon cœur alors sera calmé!

我的心儿才平静！

《诗序》:“《草虫》,大夫妻能以礼自防也。”

1. 喓喓,描写助词,“声也”。(《毛传》)

2. 趯趯,描写助词,“跃也”。(《毛传》)

《毛传》:“兴也。……卿大夫之妻,待礼而行,随从君子。”

《郑笺》云:“草虫鸣,阜螽跃而从之,异种同类,犹男女 118
嘉时以礼相求呼。”我们会注意到这是对族外婚制的影射。同时注意“求”的用法(参见《摽有梅》第2句;《汉广》第4句;《关雎》第8、9句)。

关于螽与性的关系思想,参见《螽斯》。

4. 忡忡,描写助词。《毛传》:“忡忡,犹冲冲也。”《郑笺》:“忡,有苦恼之义。”参见《小星》第8句。

《毛传》:“妇人虽适人,有归宗之义(访亲、离婚或守寡无子时都要返回娘家)。”

《郑笺》:“未见君子者,谓在涂(婚礼)时也。在涂而忧,忧不当君子,无义宁(归宁,参见《召南·采蘩》[1],顾译本,第7页)父母,故心冲冲然,是其不自绝于其族之情。”

6. 覯,遇。(《毛传》)郑玄引《易经》(“男女覯精,万物化生”)认为:“覯,合也。男女以阴阳合其精气。”参见《车舝》第24、25句以及《野有蔓草》第5句。《郑笺》:“既见,谓已同牢而食也;既覯,谓已昏也。始者忧于不当,今君子

① 此处作者有误,应为《周南·葛覃》。——译注

待己以礼，庶自此可以宁父母，故心下也。”

9. 蕨，鳖也。(《毛传》) 参见《鄘风 · 载驰》第三章，顾译本，第 62 页。

《郑笺》:“在涂而见采鳖，采者得其所欲得，犹已今之行者欲得礼以自喻也。”

11. 惙惙，描写助词，“忧也。”(《毛传》)(惙的普通含义。)

14. 说，服也。(《毛传》)

16. 薇，菜也。(《毛传》)

18. 以表忧愁的双音词结尾，而不是像第 4 和 11 句那样以叠音字结尾。

《毛传》引《礼记 · 曾子问》(顾译本，第 429 页）借孔子之说作解:“嫁女之家，三夜不息烛，思相离也。”(我们注意到，在该文中同时提道:“三月而庙见，称来妇也。择日而祭于祢，成妇之义也。”)

21. 夷，平也。(《毛传》)

《小雅 · 出车》(顾译本，第 189 页）第 33—38 句重新引用了本诗的第 1—7 句。

某一学派将本诗与《蒹葭》《召南 · 采蘩》以及《召
119 南 · 采蘋》(参见《皇清经解续编》第 12 页及以下）进行类比。它反映了婚礼后第三个月的奠菜仪式，只有经过这一祭祀之后婚礼才算正式完成。所采摘的是祭祀所用的菜。新妇自嫁三月以来还未见其夫，更未与其合（同房）。这一学派的思想与郑玄意见相左，不认为这些诗句与婚礼有关，因为这样一来势必要求对采摘之物进行过分细致繁琐的考察。但这一学派同意郑玄的解释，就是通过回娘家探问双亲的习俗来解释妇人忧伤的心情。探问双亲被看作像是第三个月举行的对应的致女仪式（参见《左传·成公九年》，理雅各，第369页）。（比较丈夫在第三个月去拜访岳父母，参见《仪礼·士昏礼》）。

这一传统对解释民间习俗转变成贵族规定这一过程非常重要。

我们也注意到，郑氏认为草螽的聚集象征着两性的节庆；另外，他还坚信婚礼的规定是在春季举行。然而，他本人也指出，螽鸣标志着秋末。《毛诗正义》疏《小雅·出车》第36—38句（即重复《草虫》第一章）时曰："笺：'草虫鸣，晚秋之时。'"但是，我们无从证明郑玄不知秋季两性节庆的存在。参见他对《匏有苦叶》第1和2句的注疏。

考异：阜，螽；覯，遘；夷，恞。

描写助词考异：忡，冲和爞。

主题为山上散步，动物性爱，采摘，恋爱的焦虑，安慰的话。

注意在第7、14、21句中，"则"表示情感的突然过渡。

LX. — Les essieux du char 车舝（《小雅·桑扈之什》4，— C. 293 — L. 391）

1. 间关车之舝兮，

A grands coups j'ai fixé les essieux de mon char:

车轮转动车辖响，

2. 思娈季女逝兮。

Je vais chercher la belle jeune fille de mes rêves!

我去迎接梦中美丽的姑娘！

3. 匪饥匪渴，

Qu'importe la faim! Qu'importe la soif!

无论多么饥渴，

4. 德音来括。

Avec son prestige elle s'en vient vers moi!

她满显魅力来相会！

5. 虽无好友，

Bien que je n'aie pas de bons amis,

虽然我没有好朋友，

6. 式燕且喜。

Or ça! banquetons et faisons fête!

宴饮相庆自快乐！

7. 依彼平林，

Dans cette épaisse forêt de la plaine,

在那平原的茂密丛林中，

8. 有集维鷮。

Voilà que les faisans se réunissent!

长尾锦鸡相聚会！

9. 辰彼硕女， 120

A l'époque voulue, cette noble fille

恰时前来的高贵端庄少女，

10. 令德来教。

Avec sa grande Vertu vient m'aider!

以她的美德来相助！

11. 式燕且誉，

Or ça! banquetons, chantons ses louanges!

宴饮歌唱来赞美她！

12. 好尔无射。

Je t'aimerai sans me lasser!

爱你永远不相厌！

13. 虽无旨酒，

Bien que je n'aie pas de liqueurs exquises,

虽然没有好酒，

14. 式饮庶几。

Or ça! buvons, je t'y invite!

聊以畅饮！

15. 虽无嘉肴，

Bien que je n’aie pas de mets délectables,

虽然没有佳肴，

16. 式食庶几。

Or ça! mangeons, je t’y invite!

聊以果腹！

17. 虽无德与女，

Bien qu’en Vertu je ne te vaille pas,

虽然德望上我无以与你媲比，

18. 式歌且舞。

Or ça! chantons et puis dansons!

载歌载舞以相乐。

19. 陟彼高冈，

Je suis monté sur la haute colline

登上那高冈，

20. 析[①]其柞薪。

Et j’y ai coupé des fagots de chêne!

砍伐那柞木！

21. 析其柞薪，

Et j’y ai coupé des fagots de chêne!

① 原文为“折”，此为作者误。——译注

砍伐那柞木！

22. 其叶湑兮。

Comme le feuillage en est verdoyant!

柞叶青绿茂盛！

23. 鲜我觏尔，

Quel bonheur pour moi! Je m'unis à toi!

多么幸运呀！我与你婚配！

24. 我心写兮。

Ah! comme mon cœur en est soulagé!

心中烦恼全消除！

25. 高山仰止，

On peut admirer les hautes montagnes!

可以仰望到高山！

26. 景行行止。

On peut cheminer sur les grands chemins!

可以纵驰在大道上！

27. 四牡騑騑，

Mes quatre chevaux, oh! qu'ils sont dociles!

四匹良驹多温顺！

28. 六辔如琴。

A voir leurs six rênes on dirait un luth!

六条缰辔像弦琴！

29. 觏尔新婚，

Je m'unis à toi, nouvelle épousée,

我今日与你婚配，新娘子，

30. 以慰我心。

Et je mets ainsi la paix dans mon cœur!

我心欢喜得慰藉！

《诗序》:“《车舝》，大夫刺幽王也。（参见沙畹译司马迁《史记·周本纪》，第 280 页及以下）褒姒嫉妒无道……周人思得贤女以配君子，故作是诗也。”

4. 德音，声望。

9. 辰，时也。

23 和 29 句，觏，两性结合。参见《草虫》及《郑笺》。

主题为马车，德音，宴饮，鸟，庆典时刻，歌舞，攀登，束薪，夫妇会合。

121 **LXI. — Les fagots 绸缪（《唐风》5，— C. 124 — L. 179）**

1. 绸缪束薪，

En fagots j'ai lié les branches!

我紧紧地捆扎薪柴，

2. 三星在天。

les trois étoiles sont au ciel!

三星正挂天上！

3. 今夕何夕，

Ah! quelle soirée que ce soir

今晚是多么美妙的夜晚，

4. 见此良人。

où voilà que je vois ma femme!

我遇到了我的妻子！

5. 子兮子兮，

Hélas de toi! Hélas de toi!

你啊！你啊！

6. 如此良人。

avec ma femme, comment faire!

这么好的妻子，叫我怎么办？

《诗序》:“《绸缪》，刺晋乱也。国乱则婚姻不得其时焉。”

1. 主题为束薪：象征男女待礼成婚，缠绵束之。(《毛传》)

2. 三星，即天蝎宫[①]星座的星星。黄昏时三星现，因此注疏家据此得出婚姻失于正时之说。《郑笺》曰：昏而火星始见东方，三月之末，四月之中也。

3 和 4 句，良人，美室也。《郑笺》解：及夜见良人，才

① “三星者，参也。”参星，西方天文学中属猎户座，此处疑为作者误。——译注

发现婚姻不得其月。(云：今夕是何月之夕，而汝见此良人！言晚矣，失其时，不可以为婚也。)

8.《郑笺》:“心星在隅，谓四月之末，五月之中。”

10. 邂逅，相遇，节庆上所遇到的女子。参见《野有蔓草》第5句。

14.《郑笺》:“心星在户，谓五月之末，六月之中。”《毛传》:“参星正月中直户也。”

16. 粲，指的是同时婚娶的三个女子：“三女为粲，大夫一妻二妾。”(《毛传》)参见《国语·周语·密康公母论小丑备物终必亡》以及沙畹译司马迁《史记·周本纪》第265—266页。

主题为束薪，婚姻的担忧，相会。

LXII. — Le tertre Yuan 宛丘(《陈风》1，— C. 145 — L. 205)

1. 子之汤兮，

O vous qui allez vous ébattre

你这样的轻摇慢舞，

2. 宛丘之上。

au sommet du tertre Yuan,

在那宛丘的高处。

3. 洵有情兮，

Quelle animation est la vôtre!

我对你真是多情啊！

4. 而无望兮。

ce n’est pas un spectacle à voir!

却不敢存有奢望！

5. 坎其击鼓， *122*

Au son des tambours que l’on frappe

敲起鼓儿咚咚响，

6. 宛丘之下。

au-dessous du tertre Yuan,

在那宛丘山脚下。

7. 无冬无夏，

Qu’importe, hiver! été, qu’importe!

不分冬来不分夏！

8. 值其鹭羽。

vous tenez des plumes d’aigrette!

洁白鹭羽手中扬！

9. 坎其击缶，

Au son des tambourins d’argile,

敲起瓦缶当当响，

10. 宛丘之道。

sur le chemin du tertre Yuan,

在那宛丘路中央。

11. 无冬无夏，

Qu'importe, hiver! été, qu'importe!

不分冬来不分夏!

12. 值其鹭翿。

vous tenez l'éventail d'aigrette!

鹭羽饰物戴头上!

123 《诗序》:“《宛丘》，刺幽公也。淫荒昏乱，游荡无度焉。”

1. 子，大夫也。(《毛传》)

3. 洵，信也。《郑笺》云:“此君信有淫荒之情，其威仪无可观望而则傚。”

参见《周礼·地官·鼓人》(毕瓯译, I, 第 266—269 页)。

主题为高地，闲游，哑剧式舞蹈。

LXIII. — Les ormeaux 东门之枌(《陈风》2，— C. 145 — L. 206)

1. 东门之枌，

Porte de l'Est, les ormeaux,

东门之外长着白榆树，

2. 宛丘之栩。

sur le tertre Yuan, les chênes:

宛丘之上长着栎树。

3. 子仲之子，

C’est la fille de Tseu Tchong

这是子仲家的姑娘，

4. 婆娑其下。

qui danse, danse à leur ombre!

在树荫下翩翩起舞！

5. 縠旦于差，

Un beau matin l’on se cherche

在一个美丽的早晨，

6. 南方之原。

dans la plaine du midi!

相会在那南边平原上！

7. 不绩其麻，

Qu’on ne file plus son chanvre!

不要再绩麻了，

8. 市也婆娑。

au marché, va! danse, dansc!

到集市上跳舞吧，跳舞吧！

9. 縠旦于逝，

Un beau matin l’on promène

在一个美丽的早晨，

10. 越以鬷迈。

Et l'on s'en va tous en bande!

我们一道儿行!

11. 视尔如荍,

— A mes yeux tu es la mauve!

我看你像朵荆葵花,

12. 贻我握椒。

— Donne-moi ces aromates!

你送我花椒一把!

《诗序》:"《东门之枌》,疾乱也。幽公淫荒,风化之所行,男女弃其旧业,亟会于道路,歌舞于市井尔。"

1. 枌,榆。《毛传》:"国之交会,男女之所聚。"

2.《毛传》:"子仲,陈大夫氏。"《郑笺》:"之子,男子也。"现代注疏认为,这是指贵族之女。

5. 穀,善也。(《毛传》)

5. "于差",参见第9句的"于逝"。现代学者将"于差"解为"吁嗟",指古人为祈雨而举行的祭祀(雩祭)时的祷告声。(参见《皇清经解续编》卷428,第42页)

6. 原,《毛传》:大夫氏。《郑笺》:南方原氏之女。现代注释认为"原"为"平原"之义。

7. 不复绩麻于市。

9. 逝，往。

10. 榖，数；迈，行。

11. 荍，芘芣，类似于车前子。参见《芣苢》。

11 和 12 句,《郑笺》:“男女交会而相说，曰:‘我视女之颜色美如芘芣之华然，女乃遗我一握之椒，交情好也。’”参见《溱洧》第 12 句。此诗中第 11 句为男子说的，第 12 句为女子说的。

12. 关于椒及其用途，参见顾译本,《诗经》第 420 页和第 124 页。同时参阅《皇清经解续编》卷 428，第 5 页；巫师们用以敬神仪式之用（“以事神”)。

12. 此句确切的译法为：送我一把香料。

主题为在树木茂密的高地闲游，追求，劳作结束，舞蹈，赠花，还有轮唱的迹象。

LXIV. — La biche morte 野有死麕（《召南》12，— C. 26 — L. 34）

1. 野有死麕，

Dans la plaine est la biche morte;

田野上有一头死鹿，

2. 白茅包之。

d'herbe blanche enveloppez-la!

用白茅草把它包起。

3. 有女怀春，

Elle rêve au printemps, la fille;

那个姑娘正思春，

4. 吉士诱之。

bon jeune homme, demandez-la!

美少年来追求她。

5. 林有朴樕，

Dans la forêt sont les arbustes!

树林里生长着小矮树，

6. 野有死鹿。

et dans la plaine est le faon mort!

田野上有一头死幼鹿。

124 7. 白茅纯束，

Enveloppez-le d'herbe blanche!

用白茅草把它包起，

8. 有女如玉。

la fille est telle un diamant!

那个姑娘如玉一般洁白。

9. 舒而脱脱兮，

Tout doux, tout doux, point ne me presse!

轻轻地慢慢地不催促，

10. 无感我帨兮，

Ma ceinture, n'y touche pas!

不碰到我的佩巾，

11. 无使尨也吠。

Ne t'en va pas faire de sorte, surtout, que mon lévrier aboie!

走的时候不要惹我的猎兔狗儿叫。

《诗序》:“《野有死麕》，恶无礼也。天下大乱，强暴相陵，遂成淫风。被文王之化，虽当乱世，犹恶无礼也。”

《郑笺》:“无礼者，为不由媒妁，雁币不至，劫胁以成昏。”

1 和 2 句，包，裹。(《毛传》) 麕，受惊的牝鹿。“凶荒则杀礼，谓减杀其礼。故贞女之情，欲令人以白茅裹束野中田者所分麕肉（非为纳徵所应用的鹿皮，参见《仪礼·士昏礼》）为礼而来。”(《毛传》,《郑笺》) 同时参见《周礼·大司徒》，毕瓯译，I，第 208 页。

该麕肉必须放在苞苴（《礼记·曲礼上第一》，苞苴，顾译本，I，第 45 页）上。必用白茅包之，是因其纯洁，“取其絜清也”。参见《易经》:“藉用白茅。”

3. 怀，思也；诱，道也。(《毛传》) 参见“求”解，《摽有梅》第 3 句以及《关雎》第 8、9 句。

3 和 4 句，贞女思春，不暇待秋。(毛氏认为此女年二十，期已尽，已为婚期的极限年龄。) 她不能等待秋冬（《毛传》

以秋冬为正昏）；此女思春（乃仲春），此季节婚礼只能草草进行（“仲春三月，奔者不禁”），仪礼（和赠礼）都可以免去（“若仲春，则不待礼会而行之”）。

《郑笺》以仲春为昏时，故知贞女思仲春之月以礼与男会也。但也需“令吉士使媒人导达成昏礼也”（第 4 句）；郑玄认为，最初的订婚礼应在秋季举行。参见《匏有苦叶》第 1、2 句。

5. 朴樕，小木也。(《毛传》)

6. 束，包。(《毛传》)

5 和 6 句，《郑笺》云：“朴樕之中及野有死鹿，皆可以白茅包裹束以为礼（即使凶荒则杀礼，犹有以将之）。”

125 8. 玉，德如玉。《毛传》：白玉坚而洁白，象征女子的德行。我在翻译的时候取用了一个对等之词（diamond，钻石）。

9. 舒，徐也。(《毛传》)

脱脱，描写助词，舒迟无强暴之貌。

10. 感，动也。(《毛传》)

帨，佩巾。《毛传》：佩挂在腰带上的巾帕。我在翻译的时候取用了一个对等之词（ceinture，腰带）。这块佩巾是女性服饰中重要的物件。女孩出生时，要在门上悬帨（“子生……女子设帨于门右。”见《礼记·内则》，顾译本，I，第 663 页）。女儿成婚前，母亲要给出嫁的女儿身上系上帨巾（即结缡，见《诗经·豳风·东山》，顾译本，第 167 页），并训导礼辞

(《仪礼·士昏礼》)。在成婚当夜，新娘在室内脱下礼服后，姆将帨巾还与新娘(《仪礼·士昏礼》)，新娘用以净手(《仪礼·士昏礼》郑注)。“感我帨”意味着“成昏”。

11. 尨，狗。《毛传》：特指奔跑于草丛中的大猎狗。

《毛传》：非礼相陵则狗吠。

关于这一细节，比较附录Ⅲ《客家歌谣》第12首。

考异：包，苞；樕，樕；纯，屯；感，撼。

主题为邀请和半推半就，束薪，狩猎。

LXV. — Le manche de hache 伐柯(《豳风》5，— C. 170 — L. 240)

1. 伐柯如何，

Comment faire un manche de hache?

怎样砍那斧柄?

2. 匪斧不克。

sans hache, on n’y réussit pas!

没有斧头不成!

3. 取妻如何，

Comment faire pour prendre femme?

怎样娶个妻子?

4. 匪媒不得。

sans marieur, on ne peut pas!

没有媒人不成！

以诘问推理的方式赞美周公的美德（其德足以使人向善）。《郑笺》："伐柯之道，唯斧能为之，以类求其类也。"

1. 柯，斧柄。（《毛传》）

2. 克，能。（《郑笺》）

3 和 4 句，《毛传》："媒所以用礼。"

《郑笺》："媒者，能通二姓之言。"

126 我以《豳风 · 伐柯》这第一章节诗歌为例，说明有关媒者思想与伐薪的斧子思想之间存在的传统联系。

比较《齐风 · 南山》（LXV B，顾译本，第 107 页）第 13—15 句和 19—22 句：

13. 蓺麻如之何， 怎样种大麻？
14. 衡从其亩。 要纵横（从东到西，从北到南）犁沟呀！
15. 取妻如之何， 怎样娶个妻子？
16. 必告父母。 一定先告诉自己的爹娘！
19. 析薪如之何， 怎样伐柴？
20. 匪斧不克。 没有斧头不成！
21. 取妻如之何， 怎样娶个妻？
22. 匪媒不得。 没有媒人不成！

16. 告，告知。《郑笺》："议于生者，卜于死者。"

秋季是成家和男女双方家庭交涉的季节，如果采薪是秋天一项重要的活动的话，那么我们就可以理解将两者之间联系起来的观念了（参见《车舝》第 20、21 句;《绸缪》;《氓》第 7、10 句以及《摽有梅》和《氓》第 4 句)。《野有死麕》第 5 句表明柴薪也可以作为仪礼赠物。比较《汉广》第 9—12 句和 17—20 句。

我猜想，“衡从其亩”象征两个异性家庭的融合（异族通婚)。比较两条河流会合的形象比喻。参见《溱洧》和《竹竿》。

LXVI. — Le paysan 氓（《卫风》4，— C. 67 — L. 97）

*1. 氓之蚩蚩，

Paysan, qui semblais tout simple,

那个农民看起来敦厚老实，

2. 抱布贸丝。

troquant tes toiles pour du fil,

怀抱布匹来换丝。

3. 匪来贸丝，

Tu nc venais pas prendre du fil:

其实不是真的来换丝：

4. 来即我谋。

Tu venais vers moi pour m’enjôler!

就是来打我主意！

5. 送子涉淇，

Je te suivis et passai la K'i!

我随你渡淇水！

6. 至于顿丘。

Et j'allai jusqu'au tertre Touen...

一直走到顿丘……

7. 匪我愆期，

« — Je ne veux pas, moi, passer le terme;

不是我有意推迟婚期，

8. 子无良媒。

Toi, tu viens sans marieur honorable. »

是你没有找好媒人。

9. 将子无怒，

« — Je t'en prie，ne te fâche pas!

请你不要生气！

10. 秋以为期。

Que l'automne soit notre terme!»

秋天到了来迎娶！

11. 乘彼垝垣，

Je montai sur ce mur croulant

登上那颓墙，

12. 以望复关。

Pour regarder vers Fou Kouan! ...

遥望那复关。

13. 不见复关， 127

Je ne vis rien vers Fou Kouan...

复关那边见不到人，

14. 涕泗涟涟。

Et je pleurai toutes mes larmes! ...

眼泪簌簌掉下来。

15. 既见复关，

Quand je te vis vers Fou Kouan

见你从复关来，

16. 载笑载言。

Alors de rire! et de parler!

又说又笑喜洋洋！

17. 尔卜尔筮，

« — Ni la tortue, ni l'achillée,

你用龟卜耆草筮，

18. 体无咎言。

Ne m'ont rien prédit de mauvais! »

没有说不吉利的话！

19. 以尔车来，

« — Viens-t'en donc avec ta voiture

驾着你的车来,

20. 以我贿迁。

Qu’on y emporte mon trousseau! »

搬走我的嫁妆!

21. 桑之未落,

Quand le mûrier garde ses feuilles,

桑树还没落叶的时候,

22. 其叶沃若。

Elles sont douces au toucher! ...

它的叶子多润柔! ……

23. 于嗟鸠兮,

Hélas! hélas! ô tourterelle,

唉! 唉! 那斑鸠呀,

24. 无食桑葚。

Ne t’en va pas manger les mûres!

不要吃那桑葚!

25. 于嗟女兮,

Hélas! hélas! ô jeune fille,

唉! 唉! 那年轻的姑娘呀,

26. 无与士耽。

Des garçons ne prends point plaisir!

不要沉溺在与男子的情爱中!

27. 士之耽兮，

Qu’un garçon prenne du plaisir,

男子沉溺在情乐中，

28. 犹可说也。

Encore s’en peut-il parler!

他还有的说；

29. 女之耽兮，

Qu’une fille prenne du plaisir,

女子沉溺在情乐中，

30. 不可说也。

Pour sûr il ne s’en peut parler!

她可就没的说了！

31. 桑之落兮，

Lorsque le mûrier perd ses feuilles,

桑树落叶的时候，

32. 且黄而陨。

Elles tombent, déjà jaunies...

叶子枯黄纷纷掉落……

33. 自我徂尔，

Depuis que je m’en fus chez toi,

自从我嫁到你家，

34. 三岁食贫。

Trois ans j'ai vécu de misère...

三年来我忍受贫苦的生活……

*35. 淇水汤汤，

Comme la K'i s'en venait haute,

淇水波涛滚滚，

36. 渐车帷裳。

Mouillant les tentures du char! ...

水花打湿了车上的布幔！……

37. 女也不爽，

La fille, vrai, n'a pas menti!

姑娘真的没有违背誓言！

38. 士贰其行。

Le garçon eut double conduite!

男子行为却前后不一致！

39. 士也罔极，

Le garçon, vrai, fut sans droiture

男子真的不诚实，

40. 二三其德。

Et changea deux, trois fois de cœur!

三心二意没定准！

41. 三岁为妇，

Ta femme, pendant trois années,

三年做你妻,
42. 靡室劳矣。
Du ménage jamais lassée,
繁重家务不懈怠,
43. 夙兴夜寐,
Matin levée et tard couchée,
早起又晚睡,
44. 靡有朝矣。
Je n'eus jamais ma matinée…
朝朝如此。
45. 言既遂矣, 128
Et, autant que cela dura,
这也就算了,
46. 至于暴矣。
Cruellement tu m'as traitée…
你待我如此凶暴……
47. 兄弟不知,
Mes frères ne le sauront pas!
兄弟们不知我的遭遇,
48. 咥其笑矣。
Ils s'en riraient et moqueraient…
见面时都讥笑我……

49. 静言思之，

J'y veux songer dans ma retraite,

静下心来细细想，

50. 躬自悼矣。

Gardant tout mon chagrin pour moi...

只能独自伤心……

51. 及尔偕老，

Avec toi je voulais vieillir,

我曾想与你一同过到老，

52. 老使我怨。

Et, vieille, tu m'as fait souffrir…

偕老之说已使我痛苦了……

53. 淇则有岸，

Et pourtant la K'i a des berges! ...

淇水滔滔终有岸！……

54. 隰则有泮。

Et pourtant le val a des digues! ...

沼泽虽宽终有边！……

55. 总角之宴，

Coiffée en fille, tu me fêtais! ...

回想少时多欢乐！……

*56. 言笑宴宴。

Ta voix, ton rire me fêtaient!

你的言谈笑容让我欢喜!

*57. 信誓旦旦,

Ton serment fut clair, telle l'aurore!

你的誓言明白如旦!

58. 不思其反。

Je ne pensais pas que tu changerais! ...

哪料到你会违反誓言!……

59. 反是不思,

Que tu changerais! ... Je n'y pensais pas…

你会违反誓言!……我却不曾想到……

60. 亦已焉哉。

Maintenant, c'est fini! ... hélas! ...

唉!既已终结便罢休!……

《诗序》:"《氓》,刺时也。宣公(公元前718—前700年)之时,礼义消亡,淫风大行,男女无别,遂相奔诱。华落色衰,复相弃背。或乃困而自悔,丧其妃耦,故序其事以风焉。美反正,刺淫泆也。"

1. 氓,民。

蚩蚩,描写助词。

2.《郑笺》:"季春始蚕,孟夏卖丝。"对照《东门之枌》

第 7 句。

4. 谋，讨论，特指议婚。对照“媒”（媒人）字。

7 和 8 句，女子之言。良：善。

9 和 10 句，男子之言。将：请。

17 和 18 句，男子之言。

19 和 20 句，女子之言。贿：财。

21.《郑笺》认为，“桑之未落”为仲秋之时。

24. 担心沉醉。

129 25. 注意“于嗟”：吁嗟！参见《东门之枌》第 5 句。

26. 耽，乐。

29.《郑笺》云：“至于妇人无外事，维以贞信为节。”

31.《郑笺》：桑之落矣，谓其时季秋也。

35. 汤汤，描写助词。

36. 帷裳，妇人之车特有的挂幕。参见《泽陂》第 7 句。

40. 德，内在的秉性，性格。

41. 有舅姑曰妇。

55. 结发，未冠笄童女之发束。参见《礼记 · 内则》（顾译本，I，第 624 页）。

55 和 56 句，宴宴，描写助词。“宴”的意思与其描写助词的意思相同。

57. 旦旦，描写助词。旦，黎明。

怨妇之歌。比较《邶风 · 谷风》（顾译本，第 39 页）。

主题为市场，相会，高山河畔漫步，唱和，媒人，秋天登高，卜筮习俗，马车，女子备妆奁习俗，涉水以及订婚男女求爱。

没有美德的君王不得不把人控制在自己麾下。离异的夫妇，旷男怨女，这就是长期征役的结果，是淫荡的原因："淫荒昏乱，游荡无度焉。"[1] 一年四季——无冬无夏[2]——青年男女在田野上欢唱、起舞，无拘无束，尽情寻欢作乐。但是，在太平盛世[3]，也没有闲逛出游、欢聚的节日吗？

根据《诗经》歌谣看来，我相信，当时的习俗是按期在 130
特定场所举行盛大乡野集会。

集会常在水畔或山头举行：水潭湖泊，水滩小流，两河会口，高丘，或者是青丘，深涧，这一切都吸引着无数的游者。有几个国家，我们仍可以看到聚会的地点。在南国[4]，年轻的女郎在江汉之岸的大树下闲游。在郑国，姑娘们与一群为她们着了迷的青年男人在洧溱相交的美丽草地上相逢[5]。陈

① 《宛丘》序。

② 《宛丘》第 7 句。

③ 《汉魏丛书》中《韩诗外传》详细描述了这一"太平盛世"以及这一黄金时代的良好习俗。

④ 《汉广》第 1—2 句的《传》《笺》以及附录Ⅲ，参阅《法国远东学院学报》(BEFEO) 第 VIII 期，第 348 页。

⑤ 《褰裳》《溱洧》。

国的男女常到城东宛丘栎树下嬉戏。①在卫国，美人孟姜、孟弋、孟庸②以及那个庄稼汉迷恋的女人③，陪同她们的情侣来到淇水旁。在转弯处，长着修美的竹林④，旁边就是顿丘，大家不约而往不期而遇。⑤很清楚，由于诗中常常提到山和水，人们通常集会之所大约是在河边高地或潭水清流左右的坡头。而这些地方总有丰饶低矮的草原和美丽茂密的树木，总之，集会都是在草木茂密处举行。

131 他们何时而往？唯有从乡野的题材中才可以略指日期。当然这日期不能像注疏家所说那么确切，他们是引证农村历书的内容来指明日期的。而且，很有可能因国而异。我们觉得春秋时候是聚会盛季，这是水满河宽的季节。在严寒干燥的冬天和潮湿炎热的夏天之外，中国一年之中有两个最美好的时刻：在东亚辽阔的平野上，季节的变化是很快的。冬天，大地仿佛死亡：在黄尘铺盖的广阔的土地上毫无绿意，禽兽不鸣，河水不流，百工歇停。东风吹来了，白昼渐长：猝然

---

① 《宛丘》《东门之枌》。

② 《桑中》。

③ 《氓》。

④ 参阅顾译本，第 63 页；同时参见第 74 页。在卫、邶和鄘三国，卫国的洧水河畔似乎是唯一的闲游地。这几个国家自古就形成一个集团。参见《史记·吴太伯世家》（沙畹译，IV，8，n. 2）；参见《前汉书·地理志》（上海出版社，第 15 页）。

⑤ 《氓》第 6 句。

间，雪消冰融，河水苏醒了，草儿在最疏松的土块里吐出了幼嫩的绿芽，生命开始蠢动，春雨初降，农村劳动的季节开始了。[①]人们想赶快从丰饶小块的土地上得到最大收获。不久西风渐起，彤云密布的夏日即将过去，接着便是晴朗多变、美丽的天空。雨水已近尾声，秋收将毕，河水再度满溢。最后大地寞寂，万物隐形。长叶开花为时不长，枝叶凋零时不我待，飞来飞去的候鸟，春醒冬蛰的昆虫，求欢的动物，雷鸣、彩虹，晨露、白霜，以及那些象征雨季的开始和终结，和那些表明农业年的开始与终结。一切事物都是《诗经》歌谣的乡野题材所描绘的内容，也就是为什么田野的聚会常在 132
冬寒休息的时候举行的原因。《夏小正》里说："二月绥多女士。"《管子》所保存的历书里，节庆定在春末：一共三段时期，每期十二天；在秋天还有三十六天作为相对称的节日。[②]郑康成在他的《毛诗选》里曾多次讲道，节日[③]时，男女以礼相求呼；他说，这是由于为春天所触，于是群集而出。郑属于古文家，认为古人在春天婚配是"顺天时也"。《周礼》一书系后世封建好古者整理珍贵文献之空想之作，倒为郑的主

① 参见《月令》的时历用语。对照《雅歌》第 II 章 10 句以下："因为冬天已往。雨水止住过去了；地上百花开放，百鸟鸣叫的时候已经来到，斑鸠的声音在我们境内也听见了。"

② 十二始卯，合男女。

③ 嘉时，参见《草虫》《野有死麕》的注疏："男女嘉时以礼相求呼"，"有贞女思仲春之月以礼相会"，以及《溱洧》注疏："感春气并出"。

张提供了一个权威性的依据。①书中记，一位官员专门负责男女二月聚会婚配的“媒氏”之职。其他作者②把婚礼的季节定在秋季仲月霜降的时候，但他们承认正式婚娶还是在解冻的
133 时候。郑则相反，他把订婚的第二个仪式定在秋季。③这些考古理论之间，之所以产生分歧，主要在于婚配的复杂的典礼：有时是订婚，有时是婚礼。但都认为，春秋季节是婚配最好的季节，而且从哲学上已作了说明④：春女感阳气思男，秋男感阴气思女。而歌谣也最终明确表现了这点，人们从中会看到聚会便在固定的良辰吉日举行⑤。其中一首这么写道：“士如归妻，迨冰未泮。”⑥另一首描述了一个“怀春”⑦的年轻女郎，而《氓》则描写了两个年轻人在春天相会，秋天婚配。⑧

在这些山清水秀的春秋节日里人们做些什么呢？他们从不同的乡镇、村庄同来相聚，似乎一国只有一个游聚之所。⑨

---

① 《周礼·地官·媒氏》：“仲春之月，令会男女。”（毕瓯译，I，第307页）

② 例如《孔子家语·本命解》及王肃注疏：“霜降而妇功成，嫁娶者行焉，冰泮而农桑起，昏礼始杀于此。”

③ 参见《匏有苦叶》注。

④ 《七月》注：“春女感阳气思男，秋男感阴气思女。”

⑤ 辰，参见《车舝》第9句。

⑥ 《匏有苦叶》第11—12句。

⑦ 《野有死麕》第3句。

⑧ 《氓》第1—2章。

⑨ 鄘、邶、卫三国自古结成一个地方同盟，他们唯一的集会场所似乎就只有在洧水河畔。

青年人去寻求伴侣，成群结队地出发[1]，有车的邀人同驱，有
的彼此邀约同往。[2]一到会聚地点就置身于热闹的气氛之中。[3]
这些地方，不用说有临时的设施，应时摊贩[4]，数不清的车舟，134
渡船的艄公在呼唤着顾客。[5]到处是游者，他们沿着河岸或山
丘漫游，欢愉万分，畅怀欢笑[6]，赞叹着这美妙的景色：树木
的秀美，山岭的壮丽[7]和松舟的豪华……然后游戏开始了：涉
水，爬山。

人们撩衣卷袖同涉水。[8]有时候腰系葫芦浮水过河。[9]水位过高，河水过猛的时候，便驱车涉水[10]，而担心水浸湿了车轴和帷幔。或者租船过河，小船时浮时沉[11]，使人一阵紧张。游人沿着陡峭的河岸、小堤坝、水坝，不停前行，再不然，便脚踏流水，在水中嬉耍，直至沙洲和暗礁。[12]他们钓鱼取

---

① 《东门之枌》第 5 和 9 句。

② 《竹竿》第 15 句，《丰》《有女同车》以及《北风》第 16 句。

③ 《宛丘》第 3 句。

④ 《东门之枌》第 8 句，《宛丘》第 2—3 句。

⑤ 《匏有苦叶》第 13 句，《竹竿》第 14 句。

⑥ 《竹竿》。

⑦ 《竹竿》。

⑧ 《车舝》第 25、11、12、14 句。

⑨ 《谷风》及《匏有苦叶》第 1、2 句。

⑩ 《匏有苦叶》第 7 句，《氓》第 35—36 句。

⑪ 《菁菁者莪》第 13—16 句。

⑫ 《蒹葭》《泽陂》《唐风·扬之水》。

乐[①]，常常采集潮湿处生长起来的野花，或者采集水草，如灯
135 芯草、睡莲、兰花、浮萍、锦葵、香草。[②]

游人常常驱车比赛上山冈，一直跑得马儿疲乏蹄不响。[③]树林里或牧场上，同样是采集花朵的好地方。[④]少不了打猎。[⑤]尤其要砍柴，斧砍橡树枝[⑥]，捡回荆条野草当柴烧。[⑦]

不用说这些活动是一种大竞争，而涉水、爬山、赛跑、采集都为角力、舟战（水戏）提供了许多机会。他们互相邀请对手，进行挑战。[⑧]但是，请放心，这些聚集狂欢的青年决不会混乱无章。角力不是手脚忙乱；挑战不是胡喊吵嚷；动作和喊声均由音乐节奏指挥，他们击鼓、打缶[⑨]，欢聚的男女就这样应和着鼓声的节拍沿着山坡，顺流而下，边唱边舞，列队前行。[⑩]

在欢奏古老乐器、历史久远的佳节里，在开始田间劳作

---

① 《竹竿》；参见《采绿》。

② 《汉广》《溱洧》《菁菁者莪》《泽陂》《关雎》《卷耳》《东门之枌》。

③ 《车舝》第 1、19、25—27 句；《草虫》第 8 句；《卷耳》。对照《齐风 · 还》（顾译本，第 104 页）以及《唐风 · 山有枢》（顾译本，第 123 页）。

④ 参见《女曰鸡鸣》。

⑤ 注意歌谣中关于狩猎和捕鱼的主题。

⑥ 《车舝》第 19—21 句；《草虫》第 9 句。

⑦ 《绸缪》，对照《伐柯》和《南山》。

⑧ 从《溱洧》《褰裳》和《匏有苦叶》中可以清楚地看到这种挑战。

⑨ 《宛丘》。

⑩ 参见边码第 159 页。

或收谷进仓的隆重时期里，在世代聚会的圣地，平常不易见面的男女[1]才能跟邻村的年轻人相会[2]：只有在这样的机遇里，姑娘们才能看到她们亲属之外的小伙子，而小伙子们就可看到他们姐妹之外的女孩子，在她们之中选中自己的婚配对象，被选中的姑娘不久就要丢开自己的父母兄弟[3]，嫁到远方。无 136
疑，除了上述竞赛、角力[4]外，成群的男女之间一定还有歌舞比赛，爱情诗歌也就由此而产生。

他们就这样和着鼓声，排成舞蹈的长列涉水爬山，成群的男女互相唱起撩人的歌曲，跳起挑逗的舞蹈。他们双方便以诗句或轮唱[5]的形式，开始了即兴诗作比赛：这种比赛往往是以戏谑对方开始；这就说明为什么许多歌谣具有揶揄的手法。邻村机灵而狂热的青年男子值得动心[6]吗？可入选的并不少，难道她们就没有机会等到一个意中人[7]吗？诗中女子显得

---

① 参见《大车》和《子衿》。

② 参见《氓》和《将仲子》。在一个国家（“国”）中，每一个村落（“里”）就是一个围廓，在冬季同一氏族的成员（“兄弟”）聚会的场地。

③ 远。参见《蝃蝀》和《竹竿》；同时参见《东门之墠》第4句。“远”字表示异族通婚制度上产生的领土距离。比较罗罗人的《哭嫁歌》，参见附录Ⅲ，第295页。

④ 参见边码第203页。

⑤ 《萚兮》表现了这一点。《女曰鸡鸣》，特别是《溱洧》以及《东门之枌》第11—12句，《氓》第7—10、17—20句，《行露》都有这样的例子。参见附录Ⅰ。

⑥ 《褰裳》，对照《山有扶苏》和《狡童》。

⑦ 《匏有苦叶》，对照《丰》。

高傲与决断，而那些风流的男子倾心于如玉美色，几乎不敢放肆，只能低声攀谈。[1]逗引邀请对方时，是女方采取主动，而男方不敢马上服从。[2]他们即兴而作，诗歌比赛中互相接近，刚刚还是互相戏弄的陌生人，一下便结成了友情，很快就双双成对[3]，于是竞赛就在绵绵的情话、互赠的花束之中[4]彬彬有礼地结束了。

然而，对于结成对儿的年轻人来说，无论是爱情的誓愿，还是订婚的鲜花，都不是真正的结合，现在他们感到急不可
137 待的是要像双双飞往沙洲栖息的水鸟[5]避开人群，像往森林飞去的对对鸟儿[6]，希望深处躲藏。他们在低矮的草原上，大树下或山上繁茂的荒草中行夫妇之事[7]，于是山盟海誓，永誓钟情，到处为她采鲜花，邻村集上购宝石，聚餐畅饮，这一切完成了他们的结合，同时又巩固他们的爱情。[8]最后，节庆是在狂欢狂饮中结束的。这时，人们用世传犀角畅饮，因为这

---

① 《野有死麕》，对照《萚兮》和《摽有梅》。

② 《溱洧》。

③ 《溱洧》。

④ 《溱洧》，《东门之枌》第 11 和 12 句。

⑤ 《关雎》。

⑥ 《车舝》第 8 句。

⑦ 《草虫》第 6 句；《车舝》第 23 句中的“覯”以及《溱洧》第 10—11 句，《郑笺》云：“行夫妇之事。”

⑧ 《溱洧》第 12 句；《静女》第 9—12 句。对比《女曰鸡鸣》第 13—18 句；《丘中有麻》第 12 句；《木瓜》以及《车舝》第 11—12 句。

样的节日是相当神圣的。[①]

根据《诗经》歌谣所描写的内容，依山傍水的欢庆看来就是这样，至少，一般情况是如此。我觉得涉水、采花是春天的欢庆中的主题，而爬山、打柴是秋天的欢庆中的重要项目，然而这些定式在不同的节庆里会重现，因为与之相关的主题在歌谣里显然是混在一起的。最明显的区别是，春季是订婚的时候，秋天是嫁娶时期。当山雉鸣叫求配的时候，姑娘们则在歌舞竞赛中选择自己的配偶。[②]情人们当时相约在秋天节日再相会[③]，而当节庆一过，双方就同居犹如夫妇。春秋两季节日似不能等观，春天无疑是人们主要行乐的时候。

季节性的节庆，对农民生活十分重要。这时通过吸引邻 138
近小村庄男女村民的竞赛活动，男女之间的爱情便产生了，这爱情诞生在乡野聚会之中，诞生在歌舞之中。在这些歌舞中动作和声音足以表达激情，并不需要想象的模拟。感情和表达是同时产生，同时迸发出来的，因此，《诗经》歌谣中的感情是粗犷的，技巧是极少雕琢的。

这些歌谣使我们清楚地看到当时爱情的内涵。首先，我们感到这是内心深处的一种几乎是苦痛的焦虑，奔放的爱表现得很少。诗人描绘的爱是痛苦的，是一种忧虑、强烈的发

① 《宛丘》，尤其是《卷耳》第 10 句。

② 《匏有苦叶》第 6、8、16 句；参见《宛丘》第 7—10 句。

③ 期，参见《宛丘》第 1、2 章。

泄[1]，是一种心灵的煎熬，如大饥大渴，早晨的饥肠。[2]这是一种真正的折磨，使人没精打采，失眠流泪，这就是爱情的烦恼所产生的，于是便借出游以解心头的忧愁。[3]但是，一旦他们在乡村节庆期间结成了配偶，一旦情侣终成眷属时，他们即感内心平安，轻松愉快。[4]注疏家用哲学的观点来解释爱情的烦恼。他们说，春天气盛，女子属阴，即感到阳的力
139 量的影响；同样，在秋天，男子受到与之相对的阴的力量影响。[5]这样说来两性彼此的吸引产生于一种失败和欠缺之中，产生于各自本性不完善的苦恼之中。通过季节的中介，当世间阴阳结合的时候，青年男女也就跟着结合起来，并且达到了他们本质上完全发展的程度。这种理论说得再具体一些就是：如果先是苦恼，而随之便产生了一种平静、饱满的感情，那就是到了爱能达情的境地。它使两个家庭或国家互为不同

① 《泽陂》第5—6句，第11—12句，第17—18句；《关雎》第8—12句；《晨风》第4—7句；《卷耳》第12句；《草虫》第3—4句；《七月》第21句；等等。一般常用的词有“思”“伤悲”等。比较《候人》第16句。

② 《汝坟》第4句。

③ 《竹竿》第16句。参见《泽陂》第5—6句，第11—12句，第17—18句；《关雎》第9—12句。

④ 《草虫》和《车舝》第23—24句，第29—30句。

⑤ 参见《七月》第21句《郑笺》注疏：“春女感阳气而思男，秋男感阴气而思女，是其物化所以悲也。”集会和节庆的时候（春秋分节庆时），阴阳交汇，男女结合。参见郑氏对《野有死麕》第3句的注疏，对照《草螽》第12句的注疏。

的男女相结合，它是以一种竞争方式开始的，而争夺的双方又充满着各种忧虑。男人娶来了一个陌生的女子，这个女子来到了陌生的男人家，好一个陌生人啊！他们在竞赛活动中，面对面地各个经受着考验。感到各自具有的优点，并且互为倾羡。各自品格的不同使彼此动情，他们内心似乎感到此种不同将可变为友情。他们的个性相反，感到结合的需要。要理解这些复杂的激情起了何等巨大作用，先要介绍一下封建中国的农民生活：他们全靠土地为生。[①] 他们在双亲的土地上劳动。男女操作不同，生活各在一方，家庭组合不同，男女有别，是社会组织的基础。[②] 这些情况只有在全国上下共同
的节庆里相会的庄重时刻才会减弱，只有在狂饮的时刻，他 140
们才会忘记简朴和孤寂的生活准则，他们才会意识到要攀亲、定情、婚配，相爱者心中的无名恐怖突然化为最大的安宁。这种恐怖是巨大的，它要求更大的补偿，仅是绵绵情语和奉献的鲜花是远不够永结同心的，需要真正的结合才能满足；通过这种结合，成为一体。如果在同样的歌谣中，中国的注疏者发现了淫荡的风俗，而一些外国人却发现了比现在更可取的旧风俗，这是不足为怪的。因为外国人相信从情人间众多的白首偕老的誓言里，发现了古代一夫一妻制度。事实上，这些相爱的人，在普遍融洽的节庆中一旦结合在一起，他们

① 《周颂·载芟》（顾译本，第 439 页）。

② “男女有别”的原则。

就觉得那是不可分离的了：焦虑和烦恼之后，是彼此的信任和心灵的平静。

和爱情一样，爱情诗的手法也可由各季的节日仪式得到说明。产生于歌舞比赛中的即兴之作的歌谣，即使是咏赞乡村之爱或夫妇之爱，仍然保留了适宜集体轮唱的形式，合于舞蹈的节奏，也保留了动作模拟、伴随歌声的特点以及直接表达感情的乡野题材。我只想强调最后一点，因为它很重要。在《诗经》里有些诗篇比我上边翻译过的更富学理。值得注
141 意的是，这里面颇有一些未经改动的爱情诗句。其中一首[①]讲述了一个将军的业绩，这诗是否表现将军远离妻子的牺牲精神呢？在其诗情的发展中，诗人悄悄地、不加任何改变地连续运用了两个显著的主题。这一点，如不是因为二者是恰可互代的感情主题，而本来又彼此相联，那又如何解释呢？中国诗曾靠原始诗歌题材滋养成长。在《诗经》中，我们可以看到，一个独特的天才是如何运用这种诗歌题材的。我翻译了一首题名《氓》的长篇悲歌，诗中描述了一个遇人不淑妇女的痛苦哀怨，这个被遗弃的女人，以六章，每章十句的诗篇讲述了自己可怜的遭遇。故事普通，人物平凡，然而在这

① 参见《小雅·出车》(顾译本，第 189 页)，其中含有《草虫》的第 1—6 句：“喓喓草虫，趯趯阜螽；未见君子，忧心忡忡。既见君子，我心则降。”以及《七月》的第 19—20 句：“赫赫南仲，薄伐西戎。春日迟迟，卉木萋萋。仓庚喈喈，采蘩祁祁。”

长篇叙述中有着个人的独特风格，其语调由激动而高亢。最后，达到爱情的高潮。那么，这首动人的诗是由什么写成的呢？由熟知的题材、谚语，这已足够了，因为这些题材和谚语本身就能唤起人的感情。用责备的口吻追忆旧日爱情，这些现成的表达手法，就足以达情："淇水汤汤，渐车帷裳。"或者像："淇则有岸，隰则有泮。"人们几乎感觉不到，诗人在写这两句诗时是采用诗歌素材：柔叶枯枝，标示春天的初晤和 142
秋天的结合，而且也可在新生的桑叶与斑鸠之间预先作出联想。[①] 在下述对比诗句中，可能有一种人格化的比较和创造性的联想，而这一点，只能由节奏加以说明：

于嗟鸠兮，无食桑葚！
于嗟女兮，无与士耽！

我觉得诗人在这些诗句中把握住了诗歌艺术手段，由此诗人以独特的手法及传统的题材创造了自己的诗歌。但是另有创作手法与上述之法相反，其主旨在传统的形式上运用新的诗歌内容，以便人为地创造出内在的统一。举一个例子就可明白这点。下面这首诗（《召南·小星》），诗人要诗意般地表现公侯夫人与其他女人的地位不同：夫人独自一人，排场

① 参见《七月》《芣苢》以及《曹风·鸤鸠》（顾译本，第157页），《礼记·月令·季春之月》（顾译本，第350页）。

豪华地跟公侯欢聚；而别的女人则在黄昏时刻悄悄地到公侯处，带上卧具，床帐，因为她们是二人共“侍于君”。

LXVII. — Les petites étoiles 小星（《召南》10，— C. 25 — L. 31）

1. 嘒彼小星，

O humbles petites étoiles!

微弱的小星呀，

2. 三五在东。

Sin et Lieou se montrent à l’Est! ...

心星和柳星出现在东方！

3. 肃肃宵征，

Nous，modestes, passant dans l’ombre,

卑微的我们在夜行，

143 4. 夙夜在公！

Matin, soir, allons au palais! ...

早晚都要去宫中！

5. 寔命不同。

Car les rangs ne sont point pareils! ...

因为彼此地位不同呀！……

6. 嘒彼小星，

O humbles petites étoiles!

微弱的小星呀，

7. 维参与昴。

Seul se voit Chen avec Mao! ...

那是参星河昴星！

8. 肃肃宵征，

Nous, modestes, passant dans l’ombre,

卑微的我们在夜行，

9. 抱衾与裯，

Emportons draps avec rideaux! ...

抱着被衾和床帐！

10. 寔命不犹。

Car les rangs ne sont pas égaux! ...

因为彼此地位不平等！

《诗序》:“《小星》，惠及下也。夫人无妬忌之行，惠及贱妾，进御于君，知其命有贵贱（衣服上的各种标记），能尽其心矣。”

《郑笺》注：妒忌，“以色曰妒，以行曰忌”。

《郑笺》云：“众无名之星，随心（三星星座）（天蝎座）、噣（五星星座）（水蛇座）在天，犹诸妾随夫人以次序进御於君也。”（后妃德化所及众妾，众妾不行妒忌，共享君宠。）参见《绸缪》第2句。

3. 肃肃，描写助词，谦顺之貌。“肃”字本身指的是顺从之意，通常是用来形容妇人。参见《何彼襛矣》第 3 句。

4. 宵，夜；征，行。(《毛传》)

5.《毛传》：寔，是。《郑笺》：命，命之数。

3、4 和 5 句,《郑笺》云:“诸妾肃肃然夜而疾行……或早或夜在於君所……凡妾御於君，不敢当夕。”(“当夕”这个词可参见《礼记·内则》:“妻不在，妾御莫敢当夕。”顾译本，I, 第 661 页，不过用法有所不同。)

7. 参，猎户座；昴，昴星团。

9.《毛传》：衾，被；裯，禅被。《郑笺》：裯，床帐。

8、9 和 10 句,《郑笺》云:“诸妾夜行，抱衾与床帐，待进御之。”还有一种注疏解释说:“所施帐者，为二人共侍于君。”

144 考异：寔，实；裯，帱；犹，猷。参见《皇清经解续编》卷 1171，第 18、19—20 页。

宫廷歌谣。相应的星座。参见《史记·天官书》(沙畹译, III, 第 348 页)，对照《召南·采蘩》。

LXVII B. — L’armoise 采蘩(《召南》4，— C. 17)

1. 于以采蘩，

Je m’en vais cueillir l’armoise

我去采白蘩，

2. 于沼于沚。

Sur l'étang et sur l'écueil!

在那沼泽旁边沙洲上！

3. 于以用之，

Je m'en vais en faire usage

我去用它，

4. 公侯之事。

Au service du seigneur!

用在公侯的祭事中！

5. 于以采蘩，

Je m'en vais cueillir l'armoise

我去采白蘩，

6. 于涧之中。

Au milieu de la vallée!

在那溪涧中！

7. 于以用之，

Je m'en vais en faire usage

我去用它，

8. 公侯之宫。

Dans le palais du seigneur!

在那公侯的宫殿中！

9. 被之僮僮，

Que ma coiffure est modeste

我的头饰朴素端庄，

10. 夙夜在宫。

Matin et soir au palais!

早晚都在宫殿中！

11. 被之祁祁，

Que ma coiffure est superbe

我的头饰多漂亮，

12. 薄言还归。

Quand voilà que je m'en vais!

祭祀完毕就回还！

《诗序》:“《采蘩》，夫人不失职也。夫人可以奉祭祀，则不失职矣。”

《郑笺》云:“不失职者，夙夜在公也。”

1.《毛传》：蘩，皤蒿也。

2.《毛传》：沼，池；沚，渚也。公侯夫人执蘩菜以助祭。孔颖达认为采蘩与《关雎》中采荇相似。

4.《毛传》：之事，祭事也。

6. 涧，山夹水曰涧。(《毛传》)

8. 宫，庙也。(《毛传》)

9. 被，首饰也。举行仪式时所佩戴的发饰。

僮僮，描写助词，形容竦敬之态。《郑笺》云:“早夜在事，谓视濯溉饎爨之事。”

11. 祁祁，描写助词，形容安舒威严之态（“舒魏也，去事有仪也”）。参见《豳风·七月》第20句。同样的词在那一句中用来形容人多：“众多”的人“采蘩”。参见《大雅·韩奕》[1]第4章第7句（说明对描写助词注疏往往带有虚妄空幻 145
之辞）。

12. 还归者，自庙反其燕寝。（《郑笺》）

描写助词考异：僮，童。（《皇清经解续编》卷1171，第12页。）

在《皇清经解续编》（卷1423第17页）中，提到四首诗，用于证明婚礼正式完成是在新妇于婚后第三个月到祖庙行奠菜之礼之后。该首诗就是其中一首。参见《关雎》《草虫》以及《召南·采蘋》。

在河畔采集的主题，一方面，第2、5句（参见《关雎》第5、6句）与《豳风·七月》第20句相似。另一方面，第10句与《小星》第4句相同。这些表明，这首宫廷歌谣既与诸侯崇拜中妇女献祭有关，也与夫妇性事有关。同时也表明，这首诗起源于春季竞赛中演唱的采草歌。注意是诗中对妇女妆容的描写：对照《礼记·内则》中关于女子夜妆的描述（顾译本，I，第661页）。

---

① 原文为《小雅·鸿雁》，实为笔误。——译注

这首诗在说明民间习俗和诗歌如何演变成宫廷习俗和诗歌方面非常重要。参见《西京杂记》卷三。

宫廷歌谣。主题为河畔采草。

如果人们不了解爱情诗歌自然的艺术特点，就不可能理解《氓》的作者独具个性的艺术风格，也不可能理解《小星》作者雕琢讲究的创作。只要研究一下中国诗，人们就极易指出我刚刚论及的两种创作手段的重要性。对称的格言艺术构成了诗派的常用手法，跟原始即兴之作的自发方式是一致的[①]。文学典故不是别的，只是古老主题的重现而已。用典胜过学究似的臆造，因为重申主题，就是以它特有的力量和丰富的传统表达感情。对偶的警句中，看不到作者个人的表露，
146 靠节奏确立遣词和状物的和谐一致。文学的暗示中，个人的感情消融在往昔深刻的激情之中，这就赋予中国诗人的艺术非个性化的风格，这似乎是他们的特点之一，这是由即兴诗作的条件而产生的。但这是一种丰富的文学样式，我们刚刚已初步地看到它的轮廓，细加探讨不是本文的目的，不过只要让人感觉到这一艺术的开端对其历史产生了多么重要的影

① 这些人为的联系皆系个人批注，将自然事实与道德事实联系起来：这种联系基本上属于艺术手法的联想，类似于我们西方的明喻和暗喻的想象创作。但是，在中国传统上就存在一系列耦合词汇，这就说明，在中国隐喻性创作的自由度具有一定的局限性。

响就可以了。

现在我们就要结束对《诗经》中爱情诗的研究，即对诗歌作品的研究，因为在研究过程中，我不想完全以作品为依据。在此，我想以我准备阐明的论点为前提，运用归纳法进行这种研究，通过比较使我们有可能来证实得出的结论。

情歌竞赛是中国西南地区和（越南）东京地区大部分本地居民的一种传统习俗，我们在西藏地区可以发现这些对歌比赛的例子，在古日本也存在。人们所知道的一切都证实了我如下的归纳。

1. 诗歌产生于男女各为一方的集体轮唱。

在客家人中流行着一种欧德理（Ernest John Eitel）所称的应对歌（Responsarium），“男人先唱一节，女人跟着回唱”。[①] 东京地区的蛮族人组成男女青年的合唱队，他们之间交相轮唱“四行诗”。[②]“拉噶（Laqua）人是男女对歌的醉心爱好者。”[③] 广西土人男女青年喜欢成双成对地一边歌唱一边闲逛。[④]“他们聚在一起成段成段地对唱。”“苗族青年男女手
拉着手，列成两队，和着鼓声、芦笙的乐声跳起舞来，互相 147
挑逗之后，选定了配偶，便以即兴诗开始对唱起来。”[⑤]“男女

① 参见附录Ⅲ，边码第 300 页。

② 参见波尼法西，附录Ⅲ，边码第 292 页。

③ 参见波尼法西，附录Ⅲ，边码第 293 页。

④ 参见博韦（Beauvais），附录Ⅲ，边码第 291 页。

⑤ 参见德布伦（Deblenne），附录Ⅲ，边码第 283 页。

青年（罗罗人。注：彝族旧称）排列成行，一边割草一边即席对唱。”[1] 在西藏，“人们喜欢面对面地列成行，进行男女重唱，一边和诗，一边有节奏地慢慢向前或后退”[2]。在古日本存在一种排唱歌谣（Vta-gaki，歌垣）和轮唱（Kagai，嬥歌）习俗，会聚的两组男女集中在公共场所面对面地对唱……年轻小伙子运用这种方式向他们所选定的姑娘表白自己的爱情；而女方同样用歌唱来回答[3]……

2. 合唱常常因男女青年的挑逗或爱情的表白而被临时打断。

人们看到在苗族就有这种情况。古日本也是如此：“一组里的一个人走出队列即兴唱出一首歌，另一组里的一个人也临时走出来回唱。”[4] 在西藏，婚礼常常以“男女混合轮唱”而结束，“当轮到自己唱两句，或被罚唱时，马上跑过去对
148 唱”[5]。“青年男女（土人）一段一段地对唱，同时面对面地互相表白自己的爱情……这是一种竞赛。”[6] 在贵州僮家人[7] 中也有“异性男女在山头聚会，那儿就有演说和诗歌比赛”[8]。“当

① 参见卡拉布里奇（Crabouillet），附录Ⅲ，边码第 282 页。

② 参见李默德（Grenard），附录Ⅲ，边码第 280 页。

③ 参见弗洛朗兹（Florenz），见附录Ⅲ，边码第 278 页。

④ 同上。参见《古事记》，Chamberlain 译，见附录Ⅲ，边码第 279 页。

⑤ 参见李默德，附录Ⅲ，边码第 281 页。

⑥ 参见博韦，附录Ⅲ，边码第 292 页。

⑦ 即壮族。——译注

⑧ 参见邓明德主编中鲁克斯（Roux）的文章，附录Ⅲ，边码第 295 页。

一对恋人（Mo-so，麽些族[①]）。融洽地歌唱后，就到山谷或森林深处去结合。”[②]

3. 情歌比赛在季节性的节日里举行，参加的人很多，其中还有别的比赛。这些混合着两性结合典礼的节日被视为订婚节和结婚节。

西藏人利用春天进行歌唱练习，“一般说来是在某种庄重的气氛中举行的。时间预先确定，参加的男女都必须沐浴净身，穿一身干净衣服，犹如参加宗教仪式一样。他们不太庄重地胡乱而无规则地跳起舞来，仅仅是为了取乐”。[③]在新年之际，云南罗罗族人聚集一起，到山上去割干草、砍柴，生起一堆快乐的篝火。[④]东京的人把这个节日叫作 con-ci[⑤]。“高平（Cao-bang）地区的土佬人（Thos）[⑥]有一种青年节，在新年之后几天庆祝这个节日。那一天，年轻的男女盛装打扮，会集在广阔的原野上，几乎总是靠近塔旁，在塔的保护
下，尽情地嬉戏。附近设立了食品店，出售水果、糕点、糖 149
果……高平地区的节日常在福安岛（Pho-yen）上欢庆，该岛靠近一个塔，塔中藏有许多保存得很好的神像，因此，这

① 即摩梭人。——译注

② 云南境内的蛮族（旧称。——译注），见附录Ⅲ，边码第 295 页。

③ 参见李默德，附录Ⅲ，边码第 280 页。

④ 参见卡拉布里奇，附录Ⅲ，边码第 282 页。

⑤ 参见波尼法西，附录Ⅲ，边码第 293 页。

⑥ 参见比耶（Billet），附录Ⅲ，边码第 286 页。

个塔每年都吸引了年轻人前来参加大型竞赛，并且招引了高平地区大部分乡镇上好奇的人。不一会儿，年轻人选定了自己的伴侣……他们便一对一对地消失在乡间的竹影下，柚树下。每个小伙子跟自己的女伴背靠背……唱起了一连串的悲歌……到晌午，所有伴侣又集合在一起，面对面地列成两行，相距五十步的样子。每个小伙子手里都拿着一个球，用一根长绳系着，远远地向他选中的姑娘抛去。如果女方接受了这个球，或者从地上捡起了球，这就是说，扔球的男子为女方所喜欢，从那时起，这个姑娘便成为‘他的猎获物’。反之，如果美人向对方扔回了球，说明女方觉得这个小伙子一点也不可爱。于是，求爱者重又唱起小夜曲，扔球的嬉戏继续着，直到年轻的姑娘表示满意为止，而这往往不会过迟。在大部分乡镇里，这种节日是真正的订婚节，但在某些地区，用它来作为某种狂欢纵饮的口实，通过结婚替它恢复名誉，是完全不可能的。”在广西苗族，这种节庆被叫作 Hoi-
150 gnam，柯乐洪（A.R.Colquhoun）[①]认为这个名字颇有淫亵的
意味：元旦那天，男人女人集中在狭小的山谷，男的站在一边，女的站在另一边。他们开始歌唱，当一名男子用其歌唱引诱一名女子时，女方就向这名男子扔去一个彩球。旁边设有集市，献殷勤的男人便到集市上去为自己的美人购买礼物。云南苗人的节日在入春的第一个月里举行。“他们在月光下

① 参见柯乐洪（Colquhoun），附录Ⅲ，边码第 288 页。

跳舞和歌唱……”一个中国观察家[①]说：“他们做手势……扔
彩球，对准自己喜欢的人抛去，晚上在一起求欢寻爱，直到
早晨才分开。接下来便是讲条件，商量有关结婚日期。他们
敲起青铜鼓，吹起喇叭，祭礼，订约。”[②]“在新年前后，苗族
青年男女……穿起自己最美的衣裳……聚集到一个适宜的地
方……这往往是订婚节。”[③]在广西，“来自不同乡镇的土家族
男女于每年三四月举行聚会……邻近乡村的人带着必备的食
品前来参加，每次集会人数不下千余名，年龄都在二十岁左
右。当地人声称，如果这种集会因某种原因而被阻止或禁止，
庄稼就不会成熟，许多流行的疾病就没完没了地在居民中蔓
延开来”。“这些礼式常常是订婚的托词……互相倾慕的一对
往往神魂颠倒地走入邻近丛林的野草中去为未来的婚姻奠定
基础。”南诏[④]（云南）王素兴（Sou-hing，1041—1044 年在 151
位）“整个春天在宫女的簇拥下到浴场去；他从玉案三泉溯流
而上，直到九曲流；男女杂处，相互斗花嬉戏，把花插在头
上，通宵达旦地取乐。”[⑤]就在这同一国家里，“春天水流转暖，
泉水喷涌……一片卖酒声，戴手镯、别饰针的女子熙熙攘攘，
人们在购买芳香的鲜花，在翻新的亭子里竞赛，在枣树下歌

① 载宋嘉铭（Sainson），附录Ⅲ，边码第 289 页。

② 参见德布伦，附录Ⅲ，边码第 283 页。

③ 参见博韦，附录Ⅲ，边码第 291 页。

④ 时为大理国皇帝。——译注

⑤ 参见宋嘉铭，附录Ⅲ，边码第 288 页。

唱，创造出一篇篇美丽的诗……（在三月）你唱我和，歌声此起彼伏”[①]。

4. 对歌比赛是在不同乡镇的男女青年之间展开的。

在拉噶人[②]中“未婚的青年人……在山上歌唱，但小伙子不跟姑娘们一个村庄”。据波尼法西（Bonifacy）上校的看法，这是早期异族通婚制的遗续。事实上，在他们的诗歌中，拉噶姑娘把她们的伴侣看成是一个陌生人。

在家乡从未见过陌生人；
陌生人来自何方？
这个迷人的陌生人来了，
要用歌声欢迎他。
这个漂亮的陌生人究竟来自何方呢？
他是否从河那边来？
他见过多少河流，多少地方？
他如何越过这些深深的河水？
多么美啊，千里来相会！

152 在越南东京地区罗罗族人[③]中也存在着同样的情况（当

① 参见宋嘉铭，附录Ⅲ，边码第 290 页。
② 参见波尼法西，附录Ⅲ，边码第 293 页。
③ 参见波尼法西，附录Ⅲ，边码第 293 页。

然并非所有的部族都如此)。这种惯例可从他们的歌谣中推想出来。

男:
姑娘,您来自何方?
姑娘,您在哪儿落脚?
我在这儿多么想念您;
但我还没见过您的倩影。
女:
您的话说得机智又风趣,
您讲得合情又入理。
您若想成为我的爱侣,
来吧,让我来考考您。

现在我们可以作结论了。我们对《诗经》中歌谣的分析,由上述比较得到了证实[①]。我们清楚地看到,诗产生于季节节日的神圣的激情之中;诗表达了跟它同时产生的爱情。爱情在另外一些场合,还以古代舞蹈时合唱的即兴的自然方式表达,人们搜集的许多歌谣就是这么产生的。这些歌谣具有明

① 我在这里汇聚的都是一些最清楚明了的段落,但是在通读附录Ⅲ的全部内容时,我们会发现,很多评论尽管不太明确或者语焉不详,却可以证实和丰富我们的观点。

显的源于礼仪的特点，保留了描写神圣事物的曲调。人们在宫廷仪式中歌唱这些诗，在诗集中它们是和朝廷庆典诗放在一起的。这些歌谣为当时人所喜爱，在其乡野主题中保留了季节规律的描述，常常被人们用来作道德辩术的材
153 料。国家官员搜集、研究这些诗，当他们要创立一种由天子来支配自然秩序和道德秩序的理论时，当他们进行政治演说和道德论述，想从先例中得到启发时，他们就从歌谣中找到了依据。这些歌谣揉进了一些可资借鉴的小故事，运用的是一些象征和寓意的手法，称得上是教科书，经过考据式的、伦理上的解释，像是富有深奥的道德影响的作品。它们被列入经典著作，作为古代风俗的明证，用来宣传诗歌的诠释者所构想的生活准则，从而确保社会遵循惯例。使得歌谣面貌大大走样的象征主义功效是由原始神圣性的特点而产生的。

通过对歌谣原始价值的研究，从而恢复了其本来面目，看来，它们是人们了解原始艺术的重要资料。这些歌谣说明了声音与动作的结合，是为了表现感情；表明了一切激情并不产生于手势和歌唱表演之前，而是融合在其中，爱情、舞蹈和歌唱是同时产生的，构成了节日礼仪种种不同的内容。由此使人认识到：思想的表现是具体而直接的，句法与节奏不可分，富有隐喻的联想并未取代一切现成的联系和自然的一致。

最后，这些歌谣揭示了正统的经典著作所掩盖的旧习俗；
证明了当时存在着乡野、季节的节日，正是这些节庆才赋予
农民的生活和两性关系以一种规律性。它们使人粗略地了解
到在会聚和别离时，跃动在人们心头的感情巨澜。因此，使
人具体地感觉到究竟是什么样的激情产生了爱的感情，能够
看到这些激情跟社会实践和一定的组织的关系。由此就为研
究文学史提供了重要内容。这些歌谣实际上使我们能确定农 154
田节日可能具有的意义，确定季节的庆典可能具有的功用，
这样也就使我们理解了有利于诗歌本身诞生的社会现实。

第二章 古代节庆

155 通过《诗经》中的爱情诗篇，我可以确定山川季节性节庆的一般类别。现在我就要研究一下几个地方性节庆。

地方节庆

1. 郑国（河南）的春季节庆

在郑国，许多青年男女在溱、洧两河交汇处集会。他们成群结队地来这里采集兰草，以对歌轮唱的形式相互挑战，然后卷起裙裳过洧水。当恋人相会后，新情侣在分别时相互赠送花朵，作为爱情的信物，表示相互确定婚约。[①]

节庆是在溱水和洧水扩涨的时候进行，也就是说，我们
156 可以肯定，是在冰水解冻，春季河水泛滥的时候进行[②]。“东风

① 参见《郑风·褰裳》《郑风·溱洧》。

② 《郑风·溱洧》第 2 句。

解冻”[①]是在孟春之月。但是还有一种传统把这个春季节庆安排在桃树开花，春雨初降之时[②]，也就是农作时历对仲春之月的说法[③]，尽管如此，我们依然可以确定节庆的时间[④]是在三月的第一个巳日。很明显，这个节庆首先与初春万物复苏的种种迹象有关，后来才被指定为一个固定的日期，一个时历上确立的日子。

关于节庆的场所，我们有另外一个证据[⑤]：集会在都梁县山麓下举行；山下有水清澈；山中生兰草，叫都梁香。郑国这个狭小山国的年轻人前来参加的节庆就在河畔山脚下举行[⑥]。

关于这个节庆，我们有很多信息，而采兰是这个节庆活动的一部分。据资料[⑦]介绍，这是一种驱邪求吉的方法，预防虫毒，即“祓除”之礼。那一天，郑国的男男女女来到河畔，手捧兰草，祛除“邪恶”“不祥”“气秽”或者“岁秽”；同时，他们还举行“招魂续魄”仪式，确切地说，他们召唤神魂（“灵魂”）以复归形魄（“肉魄”“鬼魄”“亡魄”）。

---

① 《礼记·月令·孟春》(顾译本，I，第332页)：“孟春之月……东风解冻。”

② 参见《韩诗》的注疏：“谓三月桃花水下时也。”

③ 《礼记·月令·仲春》(顾译本，I，第340页)：“仲春之月……始雨水，桃始华。”

④ 参见《韩诗》。

⑤ 见《康熙字典》对“蕳”的注解。

⑥ 参见《前汉书·地理志》，上海出版社，第12页。

⑦ 参见《韩诗》对《郑风·溱洧》传统习俗的注疏。

157 求赦、驱邪、采兰、涉水、赛歌、性仪礼、约婚，据我们所知，这些就是郑国在山川间举行春季节庆的所有活动。

2. 鲁国（山东）的春季节庆

某日，孔子与四个弟子同坐，问他们各自的志向如何：假如某个诸侯了解他们，赏识他们的才能，他们要怎样去做呢？其中一个弟子希望去治理因受别国军队侵犯而国内又连年灾荒的国家；另一个弟子想要去教授音乐和礼仪；第三个弟子想要去做傧相，协助宗庙祭祀或同外国盟会的事务；而第四个弟子放下手中的瑟，回答说（我依据中国的诠释者和欧洲的翻译家）："暮春三月的时候，春天的衣服都穿在身上了，我和五六位成年人，还有六七个儿童一起，在沂水岸边洗洗澡，在舞雩台上吹风纳凉，唱着歌儿走回来。"[①] 孔子赞赏他的主张。

孔子的这种赞许很令人费解：这位圣贤如何会喜欢山野的娇媚甚至胜于政治的伟大蓝图呢？难道他接受老子的思想，决心从此不再教化人心了吗？还是他所赞许的回答中含有一丝微妙的奉承使其心动？这是我们在阅读一位注释家的集解时产生的想法。根据这位注释家，这位得意门生想表达的意

---

① 参见《论语·先进》（理雅各译，XI，第 15 页）。见《论语正义》（《皇清经解续编》卷 1064 以下）中对这一篇的讨论，虽然有些模糊，但却十分完整："莫春者，春服既成，冠者五六人，童子六七人，浴乎沂，风乎舞雩，咏而归。"

思是：当他体会到春天的乐趣，歌颂先王们的美德之后，他再也没有其他愿望，只想尽快回归夫子门下[①]。多么单纯的意愿呀！多么感人的情怀呀！但是这种温和的解释无法令人满 158
意，因为：归根结底，为什么恰恰是穿上春天的衣服，带上一定数目的侍童和成年人来到祈雨祭坛边上，人们才渴望去消遣娱乐一时呢？

就单单从文本来看，人们极有可能认为，孔子所偏爱的志向与其他弟子的志向没有太大的差异。也许，表达这种志向的人想要以他自己的方式来服务于国家。然而，雨水关系到国政民生的事务，适时降雨是良政的表现，尤胜于物质进步、礼仪规定、礼法，能够在适应的季节降雨，这便是君王的功绩。孔子极有可能就是这么认为的。无论如何，中国人对《论语》中这一段的解释就是持这种观念的。王充在他的《论衡》[②]中阐述，这是对春季祈雨节庆的描述，孔子的出生地

---

① 见何晏集解引包咸曰："歌咏先王之道而归夫子之门。"

② 见《论衡·明雩篇》（注：原文作者误为《变动篇》）："鲁设雩祭於沂水之上。暮者，晚也；春谓四月也。春服既成，谓四月之服成也。冠者、童子，雩祭乐人也。浴乎沂，涉沂水也，象龙之从水中出也。风乎舞雩，风，歌也。咏而馈，咏歌馈祭也，歌咏而祭也。"

"归"应解为"馈"，即献祭中的公共飨宴。

按照这样的解释，这段话就应该这样翻译：在春季（二月）的傍晚，春服已制成（穿上春服），我想与五六个成年人（算上我自己是六七个人）带上六七个童子（与冠者数量相同），（模仿蛟龙出水）涉水过沂河，来到舞雩台上咏诗歌唱，随后，参加献祭飨宴。

鲁国就举行着这样的节庆。

王充在他的著述中保留了这一段的多个注疏，并提出了自己的看法。其中“归”字翻译成“回来”(revenir)，使传统的注释能够对此作出一个非常有意思的评注。“归”与“馈”是同音异义字：“馈”表示馈食、进餐的意思，指的是祭
159 祀后的盛宴。王充指出这个字的写法并作出解释，认为人们在庆典歌舞之后要举行一场盛大的飨宴。

其他注释也值得我们注意。有人提出异议，认为时间不可能是三月。因为“春服既成”是在二月，人们要穿着春服完成仪典。参加的人是舞者和乐师，专门负责祈雨仪式(雩)。这些人平均分成两组：六七个童男，还有同样数量的成年男子，因为在这些成年男子当中，就有孔子那位想要参加并主持祭祀仪礼的弟子。他们一起涉沂水，在小丘上载歌载舞进行祈雨（风乎舞雩）。人们相信，他们不可能在河水中沐浴，然后在风中晾干身体（风干身），因为二月春时，依然春寒料峭。人们解释说，这句话不应该理解为“在舞雩台脚下吹风纳凉”或者“在舞雩台上晾干身体”，而应该理解为：“在舞雩台上歌唱”。这样解释的原因是“风”这个词的含义，其通常意义是风，但在《诗经》的第一部分《国风》中，“风”有“歌，歌谣”之意。最后，这一点非常具有教益，在涉沂水过程当中，人们看到一种类似仪式行列的舞蹈，模仿蛟龙出水的样子。

所以在鲁国，在春季，在某一个特定的日子里（这个时间可能会有所变化，总之是制夏服结束的日子[①]）会在河畔举行一个祈雨的庆典。参加的人员是两队不同的表演者，他们载歌载舞，仪式还配有祭祀和盛宴；其中最重要的部分是涉水过河。 160

这样一来，我们必须要与郑国的节庆进行比较。郑国的节庆显然是在同一时期举行的，而且其中一个重要的典礼也是在涉水过河时进行的。我们有理由相信，在郑国人们过洧水时也模仿龙的形象，因为在公元前 523 年，"（在这个国家）郑大水，龙斗于时门之外洧渊，国人请为禜焉。"[②]郑国之卿相、思想家子产弗许。但是，尽管子产不再相信龙是主雨之神灵，认为没有必要对其进行祭祀，但是普通的老百姓还是对龙深信不疑。因此，我们可以想象得出，当一队队年轻男女涉水过洧河时，他们会模仿蛟龙出水的样子，这样，就可以迫使龙降雨。

在鲁国既没有采花也没有性的仪礼吗？关于性的仪礼，我们相信是没有的，因为参加典礼的只有几对官卿夫妇和年

---

① 参见《诗经·七月》(顾译本，第 162 页)，织麻是冬季的工作。

② 《左传·昭公十九年》(理雅各译，第 675 页)："郑大水，龙斗于时门之外洧渊，国人请为禜焉。"子产［孔子的弟子（此处作者有误，子产虽与孔子同时代，但比孔子稍早。——译注），郑国之卿相］反对，其原因是"我斗，龙不我觌也；龙斗，我独何觌焉？"按照子产的意思，"禳之，则彼其室也。"就是让龙安静地待在它们本来居住的洧渊就好了。

轻夫妇。[①]据《周礼》记载，周人祈雨用女巫和男巫[②]。但在鲁国，只有男性参加，因为孔子对这一官方的祈雨节庆没有多加任何指责和评论。

3. 陈国（河南）的节庆

据《国语》记载，陈国之利皆由大姬[③]，然而《诗经》的
161 注疏者们却认为大姬是陈国风俗败坏的始作俑者。大姬是周王室之长女，嫁陈国胡公为妻。无子，喜祭祀，好巫乐。这也就是为什么此后多年，陈国人会毫无节制地在宛丘栎树下且歌且舞。[④]

陈国人“淫声放荡，无所畏忌”当作丑闻引起人们的讨论，这是其中第一个原因[⑤]。但根本的原因在于，在这些舞蹈聚会当中，男女两性混合：甚至有些贵族家庭的孩子也会出现在他们不应该出现的场所。在陈国，人们过多地沈耽于歌舞而且不分季节，这是有可能的，因为有一首歌谣略带谴责地说：“无冬无夏！”[⑥]聚会当中男女混合，这是肯定的，因为

---

① 我们还会注意到有相反的规定，就是童男的数量与成年男子的数量相对。

② 《周礼·司巫》中男巫、女巫（毕瓯译 . II，第 102 页）：“司巫掌群巫之政令。若国大旱，则帅巫而舞雩。”第 104 页，“女巫……则舞雩。”

③ 《国语·周语上》：“陈由大姬”。

④ 《诗经·陈风·序》：“大姬无子，好巫觋，祷祈鬼神，歌舞之乐，民俗化而为之。”参见《汉书·地理志》，上海出版社，第 12 页。

⑤ 参见《宛丘》《东门之枌》及其注释。

⑥ 参见《宛丘》。

人们轮唱对歌，甜言蜜语地相互表白，还互赠花朵。[①]但是蒙受耻辱有失体面的只是那些高门大户，这是注疏家的意思，因为他们相信历史中存在名誉受损的两个家族的名字，即“子仲”和“原”。

关于“子仲”，诗歌提到“子仲之子”[②]，在市中翩翩起 162
舞（“婆娑其下”）。据说子仲是陈国的贵族，在陈国史记当中去查询这么一个普通的姓氏也许并不困难。值得注意的“原”氏家族：我们是在诗经文本中找到这个姓氏。这个名字（或者更确切地说，是原家的女儿）出现在我翻译过的诗句中：

“在一个美丽的早晨，相会在那南边平原上。”（穀旦于差，南方之原。）

在翻译当中，我所遵循的意思简单而清晰，就是“原”字现代普遍的解释意义，即“平原”。而有些古代注疏家，他们很高兴在陈国发现了一个“原”姓家族，从而可以巧妙地将这两句诗理解为：

“在一个美丽的早晨，去寻找（住在）南边的原氏（家族之女）。”

我们可以肯定，诗句中所反映的一定是一位姑娘，而且很明显她被子仲家的孩子所吸引，因此，子仲家的孩子一定是一位男子。

---

① 参见《东门之枌》。

② “子”，我将其解释为女儿，跟现代注疏家的解释一样。

我们真的不能忽略如此巧妙的解释：译者努力地在这首诗歌中寻找官宦之间的姓氏，这份坚持和努力很有意义。对于注疏家来说，这首歌谣叙述了一个祈雨的节庆，它自然而然成为官方的节庆。子仲的儿子在这种场合出现，他是领舞者，其任务就是带领大家到榆树下跳舞。那么，为什么人们会认为是伤风败俗呢？那是因为子仲的儿子带领了一些女舞者跟他一起。但是，《周礼》不是告诉我们男巫帅女巫而舞雩[①]吗？事实是，这里的女舞者可能不是专业女巫，因为很明显，这里说的是年轻的姑娘，织布才是她们的日常工作。[②]因此，这样的年轻姑娘，她们抛头露面在市中歌舞自然是一件丑闻。我们也看到，传统的解释前后矛盾，不合逻辑。注疏家们陷入这种困境，那是因为他们希望在民间的节庆中看到诗歌能够描述一种类似鲁国的官方庆典。

陈国的节庆是在织麻劳作结束[③]的时候举行的（因此人们可以穿上轻薄的麻服）。节庆上人们弹奏古老的乐器[④]，挥舞

---

① 参见前页注释 3，同时见《周礼・司巫》。

② 《东门之枌》第 7 句。

③ 纺织的工作是在冬季进行的。参见《东门之枌》第 7 句；顾译本，第 162 页，以及我们前面提到的《家语》。还有《氓》第 2—3 句。

④ 《宛丘》第 5 和 9 句。参见《周礼・春官・籥章》（毕瓯译，II，第 66 页）：在年终祭蜡时，籥师击土鼓以息老物，同样，在祈求新年的节庆上也要击打土鼓。

羽扇歌唱[①]。舞蹈的队伍沿着宛丘的斜坡自下而上行进，祈降 163
甘露：他们是否要涉水过河？他们是否模仿蛟龙出水？无论如何，注疏家们相信，这是一场祈雨的节庆，有些人甚至将《东门之枌》第 5 句和第 9 句中最后两个字“于差”和“于逝”理解为祈雨时的呼告声。[②]

歌舞者包括男女两性。就像郑国洧水河畔一样，宛丘之上青年男女对歌轮唱，互赠花朵，表达爱意。性爱仪式与节庆混合在一起，为了将节庆变得受人喜欢，使其流行起来，而这也造就了大姬名声。

大姬没有孩子，喜好节庆。她是否仅仅是希祈降雨？那些男男女女是否只需要提供香草种子，雨水就能够将田地变

---

① 《宛丘》第 8 和 12 句。参见《诗经·邶风·简兮》（顾译本，第 44 页）以及《诗经·王风·君子阳阳》（顾译本，第 78 页）：

君子阳阳，　　君子来时喜洋洋，
左执簧；　　左手拿笙簧；
右招我由房。　右手招我出屋！
其乐只且！　　走吧！我无比快乐！
君子陶陶，　　君子来时乐陶陶，
左执翿；　　左手拿羽扇；
右招我由敖。　右手招我去表演，
其乐只且！　　去吧！我无比快乐！

参见《周礼·春官·籥章》（毕瓯译，II，第 65 页）。

② 《皇清经解续编》卷 428，第 4 页。

得肥沃了？事实上，这些种子是产子的一种象征[①]。收到一小
捧香料（“握椒”），它是产子的一种保证，而不仅仅是爱情
164 的信物。据说，香料的芳香能够召来圣神的力量。因此，在
洧水河上，人们用“都梁香”来招魂。在陈国的春季节庆上，
陈国的姑娘们模仿大姬祈求生子；郑国的姑娘们采集兰草，
也许也是出此目的。郑国的一位国君难道不是因为他的母亲
获赠一支兰草而奇迹般降生[②]的吗？

祈雨、诞生、订婚的庆典掺杂着歌舞竞技、花草采集以及性仪礼，这就是宛丘的节庆。

4. 春季王室的节庆

王室的节庆既不在河畔也不在山脚下举行，而是在国都南郊举行。在春分的这一天（这是燕儿回归的正式日子，“玄鸟至”），“用牛羊永三牲祭祀高禖之神。天子亲自前往，后妃率领后宫所有女眷陪同。在高禖神前，为怀孕的嫔妃举行典礼，给她戴上弓套，授给她弓箭，祈求高禖保佑生男”[③]。

---

① 芣的另一个名字叫芘芣，又叫芣苢，是一种助怀孕的草木。参见《芣苢》。

② 《左传·宣公四年》（理雅各译，第294页）。参见边码第220—222页对该文的分析。

③ 见《礼记·月令·仲春之月》（顾译本，第341页）：“玄鸟至。至之日，以大牢祠于高禖，天子亲往，后妃帅九嫔御。乃礼天子所御，带以弓韣，授以弓矢，于高禖之前。”

一眼看上去，这个仪礼非常清楚：弓箭预示着降生男孩[1]。因此人们似乎是祈求高禖神保佑生男孩。但是这位神灵到底是什么样的神灵？这样一种节庆如何能够在乡野汇集众多的男男女女（这是传统仪礼中唯一的事实）呢？

中国的神灵往往是过去某位官吏被神圣化的形象。古代曾设有一个叫“媒氏”的官职，据《周礼》[2]记载，媒氏在仲春二月（即春分之月），令男女婚配，其起源可追溯到婚姻制 165
度确立时，在婚礼当中，他负责掌管一些祓除的礼仪。[3]

在玄鸟归来之日的王室仪礼上，庆典肯定不是婚礼。那么高禖来做什么呢？另外，还需要注意的是，人们没有将他看作是某位已故的媒氏，而是一位天子：人们认为，高禖就是高辛帝[4]，就像前朝殷人一样，周朝人也认为自己是高辛氏的后裔，具有尊贵的皇室血统。另外还有人注意到，人们有时会把郊外媒氏祭祀写作“郊禖”，而不是“高”禖祭祀。因此，关于这位在仲春时节庆祝的神，人们很难确定他的身份，但他似乎与某些婚礼驱邪仪式有关，人们要在乡野拜祭他，

---

① 《礼记·内则》（顾译本，第 662 页），见《月令》郑注：“求男子之祥也。”

② 参见《周礼·地官司徒·师氏媒氏》（理雅各译，I.，第 306 页）：“媒氏……仲春之月，令会男女，於是时也。”

③ 参见《列女传·赵津女娟》：“祝祓，以为夫人。”

④ 据郑康成所述的有关高辛帝的传说：“高辛之世，玄鸟遗卵，有娀简狄吞之而生契，后王以为媒官嘉祥，而立其祠。”

祈求生子。

殷人和周人都是高辛的后裔：也就是说，这位皇帝的两位后妃奇迹般地怀孕，生下了殷和周的先祖。

周族始祖后稷之母名为姜嫄[1]。她因为潜心祷告神灵祭天帝（克禋克祀），才能怀胎生子，也就是说，她的祈求是纯洁的，或者说是要洗涤心灵上的罪恶，“以此免除无子嗣的不幸”（以弗无子），或者像注疏所说，“以祓除其无子之疾”。这种驱邪仪式是如何进行的？据我们所了解，姜嫄履大趾印[2]而怀孕[3]：是巨人的脚印，还是天帝的脚印，抑或是她追随的夫君高辛的脚印呢？这是人们争论的问题。通常人们认为，奇迹发生在南郊高禖节庆之时。司马迁在《史记》当中仅仅记载说姜嫄外出郊野时怀孕的。

殷族始祖之母名为简狄[4]，她是在洗浴时怀孕的。“简狄（和两个侍女）等三个人去河里洗澡，看到一只黑鸟（燕子）
166 掉下一只蛋，简狄就捡起来吞吃了，因而怀孕。”[5]这是司马

① 《诗经·大雅·生民》（顾译本，第347页）：“克禋克祀，以弗无子。”以及《诗经·鲁颂·閟宫》（顾译本，第452页）：“赫赫姜嫄，其德不回。”

② 同上，“履帝武敏”。

③ 《史记·周本纪》：“姜原出野，见巨人迹，心忻然说，欲践之，践之而身动如孕者。”

④ 《诗经·商颂·玄鸟》（顾译本，第462页）：“天命玄鸟，降而生商。”

⑤ 《史记·十二本纪·周本纪》：“（简狄）为帝喾次妃。三人行浴，见玄鸟堕其卵，简狄取吞之，因孕生契。”

迁在《史记》中的记载，后世注疏者对此一说又增补充[①]："简狄在燕子来临的春分之时，随皇帝（她的丈夫高辛）赴郊外旷野，举行求子祭祀活动（高禖）。在其妹的陪同下到元邱河里洗浴：见玄鸟口衔一卵，坠落而下。卵为五色，非常漂亮。
二人竞相[②]夺卵，藏在玉筐之下。简狄首先得到鸟卵，取而吞 167
食，随后怀孕。"

春季在山水之间举行的节庆，伴有袚除、沐浴和竞技，有利于怀孕，这就是典型的玄鸟回归之时举行的王室节庆。这一节庆在传统的仪礼当中，被简化为普通的求子节庆。

---

① 清代陈逢衡编《竹书纪年集证卷 15》："以春分元鸟至之日，从帝祀郊禖，与其妹浴于元邱之水，有元鸟衔卵而坠之，五色甚好。二人竞取覆以玉筐，简狄得而吞之，遂孕。"

② 比较《荆楚岁时记・二月》"斗鸡镂鸡，食称画卵"。

事实与阐释

我们收集了足够的资料来研究四种地方节庆。这四种节庆很明显属于同一种类型：我在描述当中加了少量的注解，这让我们能够感受到它们之间的关联。它们之间的区别，不是地方上的变化，而是文本的状况或者说是文本的性质问题。

三个节庆是在君王领地举行，一个节庆是在宫廷举行。其中两个以官方形式而闻名，一个因为仪礼形式而闻名，另外一个是因为文学文本而为人所知。另外，有两个节庆以民间的方式，通过文献让人直接了解而为人熟知。只需要将这些节庆加以比较，就足以产生这样的想法：官方仪礼来自民间仪礼。

从民间仪礼到官方仪礼的过渡会放弃很多古老的成分。玄鸟至时王室的典礼是在一天完成的：这个日子是确定的，
168 是规定在日历当中的。[1]鲁国的官方节庆的时间似乎并不长：然而，关于它举行的具体时间，人们还心存疑虑，这就让我们相信，这个庆典的时间是整个有利时期的一个关键点（而

① 春分：还应该注意到，春分与时令谚语有关，玄鸟至是春分的象征（春分分为三候：一候玄鸟至）。

且是变化的)。陈国的节庆也不是十分明确，因为与此相关的娱乐可以恣意放纵，毫无节制，以至于有些脱离习俗。而郑国的节庆却是令人印象深刻：它是在冰雪融化，春水上涨，花儿初放，春雨初降时举行，这是一段很长的时期，会延续整个春天三个月的时间。就我们从诗歌当中所了解到的，这个节庆似乎不会只持续一天的时间，只是后来的文本将它缩短为一天[①]。我们还注意到，这一天不是日历上的日子，而是(中国农历纪日法的）循环日，与天文年没有固定的关系。

节庆的地点越来越明确了。郑国的年轻人在广阔的野外、在河流交汇处、在草地上、在山间嬉戏。在陈国，人们沿着宛丘跳舞。节庆的重要部分在鲁国举行，那是在一个具有明确宗教性质的地方，即祭坛上举行；而且依然在水边，因为河水在节庆中起到一定作用。王室的仪典只在国都的南郊举行，那里有高禖祭坛。以前它在山泉源头的地方举行。[②]后来由于节庆持续的时间，它的地点就被简化固定在一个任意选择的地方。

参加节庆表演的人越来越少。郑国和陈国的所有年轻男女唱歌跳舞，参与竞赛。在南郊只有王室家族，根据节庆规定，似乎只有两位王妃参加水上竞技。在玄鸟至的节庆上，169
表演者包括男女两种性别。这与鲁国不同：在鲁国只有男子

① 三月的第一个巳日。

② 据简狄的传说。

参加，他们被平均分成两队——这就是有关古代歌舞竞赛的所有内容——这些人都是获得专门表演资格的官员。并不是所有人都能参加官方的节庆，表演者的挑选是有一定规则的，而且挑选的原则并不统一。

至于节庆的礼仪内容，单一化和专门化是它们的显著特点。只有在郑国和陈国节庆的内容比较全面，包括了竞赛、订婚、性仪式、采摘等。在鲁国似乎所有的活动都局限于一种叫祈雨的模仿仪式上。在王室的节庆上，好像在最后一个阶段还增加了一个祈求生男孩的魔法？这些节庆因此就变得简单化了：当它们取得官方礼仪地位的时候，它们就被简化成一种单一的实践，只是为了适应某一特定目的。

单一化和专门化使一种民间崇拜成为一种有组织的崇拜。这一过程的价值不仅仅在于对于其自身的认识，问题在于由谁来认识它。我前面所描述的节庆，从它们晚近时期的状况来理解，似乎更容易一些。古老的节庆更加复杂。我们想通过我们所了解的最简单最清晰的东西来对它们加以阐释，这是否是一种谨慎的态度？

表面上看，鲁国的节庆和高禖节庆都是祈雨和祈子的节日，它们是由陈国和郑国节庆类似原型演变而来的。我们是否可以因此证明陈郑两国节庆的建立是为了保证妇女生育多子，田野雨水充沛？从另一个方面提出了一个类似的问题：人们是什么时候在民间仪式当中重新找到一种实践，这种实践在官方的仪典当中被认为能够达到一种特定的目的？是否应该相信，这一实践在其最原始的想象当中就是为此目的而设立的？

当我们知道民间节庆如何通过抽象的发展转变成官方崇 170
拜的仪典时，我们在思考如何从晚期出现的这些清晰的习俗来解释整个原始风俗。还有，它们的启发意义何在？当人们将这些节庆结合起来整体考虑的时候，它们的启发意义似乎并不明确。实际上，这的确是一个特殊事实。如果单独来了解官方节庆的话，我们自认为会更加有把握。仅阅读玄鸟至仪典的传统描述的人，他也许会满怀信心地说：这是为了纪念传说中王朝的缔造者而设立的仪典。他是保护者。他使女子怀孕，成就整个种族的希望，因此，人们要感谢他。又或者人们向他祈求生男孩，让这个种族的权力永久地延续下去，这都是很自然的事。人们以一种最明确的方式向他祈求生男孩，那就是弓和箭。当男孩降生的时候，人们会在房门上悬挂弓矢，这是男性刚强有力的象征。在高禖面前将弓矢交与后宫嫔妃，就是以保护者的名义给予嫔妃们一种保证，保证她们会孕育男孩。节庆在春季举行，因为这是万物繁殖的季节。在鲁国，人们祈求降雨：还有比人们在水中以水来施展魔法获得雨水更为自然的事情吗？难道人们不知道龙是雨水的主宰吗？它们在旱季栖息于深渊之中，然后飞天翻云作雨。因此，人们想象着在春天模仿飞龙出水的样子，这样可以邀请它或者迫使它在适当的时候走出巢穴或栖息地。

事实上，这一切都很自然。如果我们对所了解的古老而又复杂的节庆给予更多的关注的话，这一切似乎具有决定意义，人们无法在一些较为简单的节庆中重新发现早已规定下来的阐释无法解释的元素。为了向高禖求子，为什么必须要去乡野呢？为什么在节庆的原型中，人们会发现王妃在露天
171 的野外洗浴净身[①]呢？为什么生育之神的名字是一位被指派负责主持婚姻驱邪仪式的官吏，而且在另一方面成了两代王朝的先祖了呢？为什么祈雨的模仿仪式还会伴随着歌唱、献祭和飨宴呢？为什么人们要分成两组对立的队伍来担任请龙出沂水的工作呢？为什么每一位男子要对应一个男童呢？最后，为什么要穿上春服呢？

人们也许会说：这些都只是古老传统残留下来的东西。这是非常容易的解释，但同时应该考虑这种解释所指的含义。它意味着民间仪式那些复杂的节庆包括所有并列进行的实践，每一种实践都有它自己的目的。同样，晚近出现的节庆，简化成唯一一种缘由，基本上也许就只有一种适应的祭礼了，其余的都无关紧要，仅仅是因为传统的原因而维持下来。关于这额外的部分，人们给出的解释或许并没有加以阐释：但这并不是说它是错误的或者不完整的，只是这种解释只考虑

①　女性的这一作用，根据正统的道德观念，自然成为中国评论家否认这些美丽故事真实性的原因。

节庆的本质。——对此，人们是否十分确定呢？我们应该要求提供一些决定性的证据，因为我们有理由相信仪典的专门化并没有排除任意而为的可能性。任意而为，当人们可以找到另一种勉强令人满意的解释，或者另一种有人赞同的解释，那么人们提出的解释就肯定是任意的。

鲁国的舞者穿的服装与崭新的季节相符：我们是否可以认为服饰的变化是改变季节的一种仪式呢？这样一来，整个节庆就具有另一种含义，应该从中看到祓禊的仪礼。[①] 从这一点看，在河中沐浴就很容易理解了：还有什么比用水沐浴来净化自身更为自然的事呢？人们不是已经告诉我们郑国的年 172
轻人在渭水中洗去不祥，祈求安康吗？那在鲁国，难道人们不会在沂水洗去不祥，祈求安康吗？如果我们在节庆仪礼中发现驱邪仪式的话，我们就会理解更多这种仪礼的特征；谁能够证明这种仪礼最初的起源是祈雨的愿望？这也许是后来才产生的一种解释，也就是王充的解释，而其他注疏者还没有意识到这一点。这种解释看起来令人满意，也可能存在另一种解释。在这些解释当中，不存在选择的理由。

---

① 祓禊的祭礼。据郑司农记载的传统习俗，应该存在两套禊礼：一套是春禊，即在春季举行，包括鲁国沂水河畔的仪礼，兰亭的仪礼（参见《溱洧》的注释），《韩诗》中记载的关于在渭水举行的驱邪仪式的传统习俗，上巳节的仪礼；另一套是秋禊，即在秋季举行（《西京杂记》），在 7 月的 7—14 日这段时期的一些仪礼。参见郑氏关于《周礼·女巫》的注疏（毕瓯译，II，第 104 页）以及《后汉书》卷 14，第 4 页（上海出版社）。

这是一个反面的结论，但它有存在的意义。从前面的这些考察来看，我们可以从中总结两条方法规则：(1) 当我们所面对的资料提供了所有习俗及其相关表现的时候，应该注意不要立刻将所有的东西都放在同一层面来考虑。我们所认为的信仰也许只是学者或者个人思考研究的成果。换句话说，它其实不是真正的信仰，而只是一些解释罢了。或许，这些解释与事实不是一点关系都没有的，但这种关系会因为阐释者的素质而有所改变，多少有些密切的联系；无论如何，这样的阐释只能以间接的方式向我们提供信息。(2) 人们发现，这些信仰——包括那些多少有些随意的阐释——在一个特定时期与某些习俗有关系，但它们不一定能够解释习俗制度是如何确立的。鲁国在沂水河畔举行的春禊仪礼也有可能在孔子或王充所在的时期真的是祈雨的仪式。这并不是说成为原型
173 的节庆曾经就是为了祈雨，哪怕有一部分原因是如此。因此，我们会在一个节庆的两个不同发展阶段中重新发现一些实践，它们在晚期阶段又表现出对某一目的具有有效性，这些实践很可能只是在后来或者仅仅是节庆本身碰巧承担了某一特殊目的才具有这种独特的功效。我们能够相信，在王充的时代，涉水可以让天降雨；然而，也有可能在开始的时候，涉水没有这种目的——即使在开始的时候，它是有某种确定目标。

一种礼仪，无论是它开始的时候就带有某一明确的目标还是作为一种手段来获取某种结果，人们根本没有想到的是：

所有这些实践对于任何一种目的来说都被认为是好的，有效的。涉水可以产生降雨，或者用于驱邪，同时，人们相信这唤起了灵魂，那时也许还没有考虑到在混合性礼仪之前，采取谨慎措施来沐浴是很有用的。[①]兰花有很多用途：适合洗净，涤除邪恶，同时它们还是爱情的信物，是一种护身符；通过这些兰花可以缔结契约，保证产子。我们是否能够说，一位姑娘收到兰花，就意味着收到了订婚的花束或者是生子的保证了？相反，为了同样的目的，人们可以使用各种方式：一位女子为了怀孕可以吞食一枚鸟蛋或者将脚放在巨人的脚印上；一朵花或者一些种子也可以达到这个目的，不是某种花 174
或某个种子，而是多种类别的花和种子。[②]目的和手段之间的关系是不确定的，或者说，人们只是以抽象的方式建立了一种关系：引起怀孕或缔结友谊的不是花，而是在特定的地点、特定的时间、特定的时机下将花采摘下来，接受了花产生的结果。开始的时候，这些行为没有任何意义：当原始的各种活动被任意简化转变成朴素的仪典时，人们就可以赋予这些行为一定的价值；当宗教思想赋予它们一种特殊的目的时，

① 婚礼驱邪仪式。《仪礼·士昏礼》。参见《野有死麕》第10句。在交欢之前净身，见《礼记·内则》（顾译本，第661页）以及《诗经·卫风·伯兮》第7—8句（顾译本，第73页，XXB）。

② 兰草（《溱洧》）；荍，椒（《东门之枌》）；山椒（见《荆楚岁时记》“五月”）；石菖（高延，《厦门节庆》，第336页）；睡莲子（见《泽陂》）；大禹之母吞食了薏苡。

人们还在试图证明所使用的方法符合人们所期望得到的结果。但是，要使这项分类分析的研究工作可行（因为这项工作已经取得了一些成果），就需要它所使用的材料本身有可能产生任何期待的结果。因此，并不是各种实践行为具有一种意义，解释所有行为，而是节庆赋予了实践的各种效能。

因此，我们采用以下规则来理解中国古代节庆：(1) 我们将避免借助于那些有可能是经过深思熟虑之后作出的阐释，或者是改变形式的信仰来考察事实；(2) 我们也不会尝试以细节来解释整体：最后这一条有一个重要好处，就是它可以避免将一个节庆活动其中一点看作是基本行为，并以此——我们前面已经看到这样做很容易——根据类似于宗教思想的分类方法来研究思想方法派生出其他实践从而解释节庆的所有行为。

我们来回忆一下这些事实。我们找到了古代中国各诸侯国（其中最著名的是郑国和陈国）共同节庆的迹象。这些节
175 庆面向所有人，一般是季节性的，在田野山麓旁和河畔举行。其中，涉水过河、登山、采摘花朵、伐薪是重要的一部分。参加的人很多，有很多礼仪活动。各诸侯国的年轻人是主要的参加者，舞蹈和歌唱比赛是节庆的基本内容。在比赛当中，各村落的小伙子和姑娘们两两相对。经过即兴诗歌对唱之后，他们双双结对，订婚承诺以性爱仪礼的完成而结束，最后整个节庆在狂欢的飨宴中宣告结束。这些节庆所表达的情感如此强烈，从而产生了一种文学体裁，从素材到形式，这种文

学体裁都吸收了节庆中所流露出来的情感和表达方式。

虽然在这些节庆实行的时期依然可见某种游牧秩序的遗迹[1]，但那时农业已经是中国人的首要劳作了。两性分工也已出现：谷物耕种是男人的事，养蚕织布是女人的事。日子的节奏是根据季节来调节的，交替轮回，带有明显的气候性：分干冷的冬季和潮湿的夏季。在寒冷的季节，农民就在他们的小村落和家中休息，而到了热季，他们就各自到田野去劳作[2]。他们每年有两次完全调整生活方式。尽管他们也存在某种民族情感[3]，但他们的主导情感的还是那种对村落的依恋之情。在劳作的季节，父母会一起去田地耕种[4]；在休憩 176

① 饲养牛马的重要性。参见关于放牧的注疏，《静女》第 9 句。

② 这种节奏在中国最早的历法中就有明示，见司马迁《史记·五帝本纪》（沙畹译，I，第 44 页及以下）：“……数法日月星辰，敬授民时……中春，其民析；……中夏，其民因；……中秋，其民夷；……中冬，其民燠。”又见《月令》（顾译本，第 343 页）：“仲春之月，耕者少舍……季秋之月，霜始降，则百工休……其皆入室。”（顾译本，第 386 页）

③ 在封建制时期构想的这种国家团结一致被认为与首领团结为一体，可以带着国家全体人口随着领主整体迁徙外地。见《诗经·大雅·公刘》，顾译本，第 360 页；司马迁《史记·周本纪》（沙畹译，I，第 214 页）。这种对土地的眷恋感有时表达得非常出色，参见《诗经·周颂·载芟》（顾译本，第 439 页）结尾部分，表达了原住民对土地的骄傲情感。同时参见《诗经·小雅·信南山》（顾译本，第 280 页）。

④ 见《诗经·周颂·载芟》（顾译本，第 439 页）：“侯主侯伯，侯亚侯旅，侯疆侯以，有嗿其馌……有略其耜，俶载南亩。”

的季节又聚集在家族的村落中。[①]同一个地方共同体的不同群体[②]当中，依然存有区别，最为凄婉动人的场景就是新妇迫于族外婚的规定，不得不离弃父母远嫁到陌生人家族中。[③]

---

① 《诗经·豳风·七月》（顾译本，第 163 页）："十月蟋蟀入我床下。穹窒熏鼠，塞向墐户。嗟我妇子，曰为改岁，入此室处。……十月纳禾稼。黍稷重穋，禾麻菽麦。嗟我农夫，我稼既同，上入执宫功。"

② 古代中国的一个"国"即地方共同体，以"里"（氏族村落）为单位划分的，它们相互分离，周围有围墙或者篱笆环绕，参见《将仲子》。

③ 参见本书"远"字的分析。同时参见附录Ⅲ罗罗人的新娘《哭嫁歌》。

季节的节律

古代中国的节庆具有季节性和山野性。春季似乎是最为重要的季节，但在秋季也有节庆举行。

这些节庆是否与太阳运行有关？答案显然是否定的，因
为它们与太阳历的日期无关。当人们为这些节庆指定一个确
定日期的时候，是用俗历来标记的，这种日历不单单依靠太 177
阳运行时间来制定。在开始的时候，节庆的日期仅仅是依靠
季节状况来确定的。

这些节庆是否与植物生长周期有关？如果是的话，那么秋季节庆与春节节庆的内容几乎没有什么区别，这就很奇怪。也许秋季的登山礼仪更为重要，而春季的涉水则更为重要。但是这一特征，假设早已存在的话，也只是刚刚才显露出来。另外，人们也很难看出这种专门性表现出植物复苏和枯亡节庆的区别。

这些节庆是否与农耕周期有关？因为节庆的统一性，似乎根本没有显示某些是播种的节庆，某些是收获的节庆，又或者是耕作或是织布的节庆。因此这些节庆是根据农民的生活节奏来组织，这种猜想更为合乎情理。

事实上，有一点是肯定的，那就是节庆与婚姻礼仪有关。[1]不过，就这一点来说，根据中国人的观念，各学派存在争议，到底是春秋两季有利于举行婚礼还是在春秋两季农民完全转变了生活方式。有一种传统解释是这样说的：“霜降而妇功成，嫁娶者行焉，冰泮而农桑起，昏礼始杀於此。”[2]妇女的工作就是务蚕事，她们的工作与田间的耕作一同结束。“霜
178 始降则百工休。”[3]男人不再分散在田间生活劳作，（在大祭欢庆之后）“其皆入室”[4]。在休憩季节，他们的时间主要用于室内的劳作，比如搓绳[5]；而女人在忙于织麻[6]：当麻布织成之后可以出卖之时[7]，当春服制成后就可以穿上参加春禊[8]之时——在这个时候，姑娘们可以不用纺线，可以跟随邻村的小伙子们参加春庆了[9]，此时冰冻消释[10]——农民们也结束了蛰居村落的生活了。[11]

① 参见边码第 132 页及以下。

② 《家语・本命解》。

③ 《月令・九月》（顾译本，第 386 页）。

④ 同上。参见《豳风・七月》（顾译本，第 163 页）。

⑤ 《豳风・七月》（顾译本，第 164—165 页）。

⑥ 《豳风・七月》（顾译本，第 162 页）；同时参见《东门之枌》第 7 句。

⑦ 《氓》第 2—3 句。

⑧ 参见边码第 159 页。

⑨ 参见《东门之枌》第 7 句以及《氓》第 1—2 句。

⑩ 参见《匏有苦叶》和《溱洧》。

⑪ 参见《月令・二月》（顾译本，I，第 343 页以及沙畹译《史记》，I，第 44 页）。

一年当中，个人改变劳作和服装以这种新的方式聚集在一起的时候，大概是最令人激动的时刻；因此，社会活动也应该带有某种肃然的特征。与这些关键时期相切合的节庆也许就表明了农民生活节奏的时间段。一个有力的例子可以证明我们的猜测。

结束田间劳作，返回村落，此时便是欢庆的时机，我们已经了解它们的官方形式，这就是“八蜡”节。[①]

据《月令》所载，这一节庆在十月举行，是文章中提到
的所有重要仪礼中的一部分。[②]《礼记·郊特牲》将这一节庆 179
固定在十二月，并对它做了单独地叙述。[③]

两篇文献提供的时间是不同的：《月令》中规定的节庆在冬季的第一个月（孟冬之月），也就是在农事年结束的时候；而《郊特牲》中记载节庆在十二月，也就是在民事年终举行。中国学者认为，在秦朝的时候，也就是《月令》成书的时候，这个节庆的日期更改过。秦朝人根据宇宙学定律，使农事年和民事年相互吻合：因此，这个节庆的日子被提前到

---

① 关于这个节庆，我们所拥有的信息非常分散，年代和来源都不同，其价值意义也不同，几乎很难说清楚在一个确定的时期，比如孔子参加的时候，这个八蜡节到底是什么样的。但是，根据我们所了解的文献看，很明显存在一些特征性事实证明这项研究工作的重要性。我所关注的也正是这些事实，而不是企图恢复（另外也不可能）这个节庆的原貌。

② 《月令·十月》（顾译本，I，第395—396页）。

③ 《礼记·郊特牲》（顾译本，I，第594—598页）。

十月（新历法的十二月），这样它依然可以标志着民事年的结束。但是，普天同庆谢主恩的节庆原来不是应该在收获季节之后举行吗？其实——这样就解决了问题——《诗经》[①]和《月令》一样，都规定八蜡节在十月举行：这才是最早规定的日期，只是后来才被推迟了。八蜡节首先标志着实际年，也就是生产周期的结束；其次才标志着民事年的结束，那是天文周期一个任意的时间。[②]

180 盛大隆重的仪式体现了狂欢的所有特征[③]。人们尽情畅饮。以前还有性爱仪式；后来人们有意将原本和其他礼物一起献给封建君王的雄鹿和女人从献祭品的礼单中删除了，因为这

① 参见《豳风·七月》（顾译本，I，第165页）：最后一章描写了这个节日明确说明是在十月，就是前面提到的历法日期“（十月）蟋蟀入我床下”。它也是《诗经·唐风·蟋蟀》（顾译本，第120页）那首诗歌的主题，同样是描写八蜡节的：这两首诗都指出十月“岁聿其莫”。从这一点可以看出，实际上中国后来相继出现的朝代同时使用中国人认为的不同历法（《豳风·七月》就是一个明显的证明），一种是民事历法，另一种是农事和宗教历法。

② 在《豳风·七月》最后一章中，明确指出十月的节庆是年终欢庆，是收获和休憩的节庆，此时农务结束，白霜始降，开始结冻。由此可见，十月节庆与冰消水涨的春季节庆相对应（《溱洧》）。——我们可以将这一事实与司马迁在《史记·封禅书》（沙畹译，III，第440—447、442、453—454页）中所记载的进行对比，在泮冻和涸冻时向山川奉祠献祭。还有在霜降涸雨露时祭祖的仪礼，见《礼记·祭义》（顾译本，II，第271页）。

③ 《月令》（顾译本，I，第393页）“大饮”，参见《豳风·七月》以及《唐风·蟋蟀》。

些看起来不符合道德规范。①在狂欢节期间，“国之人皆若 181

①《郊特牲》（顾译本，I，第597页）有“罗氏致鹿与女”（大罗氏，即天子之掌鸟兽者。——译注），《周礼》（参见毕瓯译，II，第30页）中提到这个官职。文中提到，罗氏为八蜡节提供罗网（捕捉鹿）和短裙（女性服装）：“罗氏掌罗乌鸟，蜡则作罗襦。”郑司农认为，罗网是为了捕捉兽类，可为什么还要另外准备女性穿的短衣呢？中国注疏家们在研究《郊特牲》的文本时注意到，罗网旨在让诸侯的使者转达天子的告诫，不要沉溺于田猎和女色。这篇文章中谈及献女为礼的事情，看起来似乎不太合适，但却被赋予了一种符合正统道德思想的意义。这样一来，就需要另外一种合理的解读。“致”（呈献，présenter）是赠送礼物时使用的礼仪词汇。[参见致福——供奉祭祀用的牲畜；它更多的是用在婚礼完成的最后一道仪礼的表达用语当中：在婚礼举行的三个月之后，派遣大夫前往进行聘问的一种礼仪，叫致女。另外，《国语·周语上》中有一篇很重要的文章，其中“致”的使用明确地表达了这个字的价值（同时参见司马迁《史记·周本纪》）。对于这段细致文字的详细分析，参见葛兰言的《中国的媵妾制度》。其文内容为：密康公过于骄傲自满，得到三个女子为妻妾。其母亲劝其将得到的三姐妹（礼俗规定可以娶同一家族的三个女子，但是只有两个可以是姐妹，第三个女子应该是后辈的，是两个姐妹的侄女）奉献给天子（致于王）。]因此，在八蜡节古老的仪式当中，大罗氏自然是负责掌管各种贡品（尤其是各诸侯送来的狩猎之物。据《郊特牲》载：大罗氏，天子之掌鸟兽者也，诸侯贡属焉。）其中包括鹿和女子，以此作为贡品进献给天子。鹿与女子合为贡礼没有什么好奇怪的：因为赠送鹿肉或鹿皮的习俗与婚礼的习俗有关（参见《野有死麕》以及《仪礼·士昏礼》，记载了赠送鹿皮作为婚礼礼物）。在中国人的思想当中，这一礼物甚至与婚姻仪礼的创立有着密切的关系。参见司马迁《史记·三皇本纪》（沙畹译，I，第7页）：“（伏羲）于是始制嫁娶，以俪皮为礼。”（实为司马贞所作《补史记·三皇本纪》。——译注）

我们还注意到（正是这一点说明为什么有可能与中国注疏家们的解释有所不同），赠礼和贡赋的思想与节制的思想有密切关系。从而解释了为什么在一个原来是交换女人和猎物的典礼上，人们认为是一个很好的机会郑重地斥责沉溺于田猎和女色的行为。关于这一点，参见《唐风·蟋蟀》（顾译本，第120页），同时要指出，《古列女传》有关密康公母的那一段（《仁智传》）也引用了八蜡节的这首仪礼诗歌。参见边码第188—189页。

狂"[①]。有歌舞音乐相伴[②]；人们敲打着土鼓，举着武器和旗帜跳舞。在狂欢节上甚至还有一些假面舞会的习俗，人们扮成猫或者虎的样子。[③]在射箭比赛中，靶子上画的是动物形象[④]，获胜者借此可以获取封建高官显爵。这一节庆包罗万象，气氛十分活跃，带有戏剧性，看起来首先与收获和田猎有关，但我要强调的是它的两个主要特征：这是结束的节庆，同时也是谢恩的节庆。

在节庆当中，人们普遍回报上天诸神。据《月令》中记载，整个仪式包括[⑤]：祈来年于天宗；大割祠于公社及门
182 闾；腊先祖五祀。《郊特牲》[⑥]中（粗略地）列举了祭祀（"蜡"）
的八种（"八"）神，主要是始创农业的先啬（们？）（神农？）[⑦]，然后是主管农事的司啬（们？）（后稷？）、百种、农（或田官）、邮表畷（或者在田间搭建的监护房舍）、禽兽（飞

---

① 《礼记·杂记下》(顾译本，II，第190页)。

② 《周礼·地官司徒·封人／均人》(毕瓯译，I，第266页)："凡祭祀百物之神，鼓兵舞，帗舞者。""舞师掌教兵舞。帅而舞山川之祭祀，教帗舞；帅而舞社稷之祭祀，教羽舞；帅而舞四方之祭祀，教皇舞；帅而舞旱叹之事，凡野舞，则皆教之。"（同时参见《宛丘》）

③ 参见《礼记·郊特牲》(顾译本，第595页)以及苏眉山（苏轼）注疏："迎猫则猫为之尸，迎虎则虎为之尸，近于优所为。""尸，神象也。"

④ 《周礼·冬官考工记·梓人》(毕瓯译，II，第547页及注释)。

⑤ 《礼记·月令》(顾译本，I，第396页)。

⑥ 《礼记·月令》(顾译本，I，第594—595页)。

⑦ 参见《史记·补三皇本纪》："神皇于是作蜡祭，以赭鞭鞭草木（参见《礼记·郊特牲》中八蜡祷辞，顾译本，I，第596页)，始尝百草，始有医药（参见山川节庆中草药的采集)。"

鸟和四足动物）。原文中还加以注释作为补充：“迎而祭之（猫和虎）也。”因为猫食田鼠，而虎食野猪。蜡祭时的祝词说明祭祀还涉及土地、水、虫和草木。据《周礼》[1]记载，“（凡六乐者，）一变而致羽物及川泽之示，再变而致蠃物及山林之示，三变而致鳞物及丘陵之示，四变而致毛物及坟衍之示，五变而致介物及土示，六变而致象物及天神”。因此，人们报恩的对象包括所有种类的存在物，有生命的和无生命的、虚构的和现实的、集体的和个体的。所以，人们赋予“蜡”（其辞源尚且不明）以“索”的意思，“国索鬼神而祭祀”[2]。人们 183
还说“祭祀百物之神”[3]，也就是所有事物。

以百物来谢百物，即“岁十二月，合聚万物而索飨之也”[4]。在天子的大蜡八节上，大罗氏掌管诸侯进贡的鸟兽，还有农收之物。[5]

同样，每个人都要进行献祭，每个人也都参加祭礼，国人根据一年的收成献祭[6]，诸侯派使者向天子献贡。[7]使臣参

---

① 《周礼·春官宗伯·大司乐／小师》（毕瓯译，II，第33页）。

② 参见《礼记·郊特牲》（顾译本，I，第594页）以及《周礼·地官司徒·党正》（毕瓯译，I，第250页）。

③ 参见《周礼·地官司徒·鼓人》（毕瓯译，I，第267页）。

④ 参见《礼记·郊特牲》（顾译本，I，第594页）。

⑤ 参见《礼记·郊特牲》（顾译本，I，第597页）。

⑥ 参见《礼记·郊特牲》（顾译本，I，第598页）。

⑦ 参见《礼记·郊特牲》（顾译本，I，第597页）。

加祭礼；君王设飨宴来招待臣子们，用献祭牺牲的肉做食物，“孟冬劳农，以示休息”[1]。党正召集乡民于乡里。[2]祭祀体现了所有作为社会秩序基础的政令教治[3]，包括：孝道、孝悌、尊卑、谦让、妇德、恭敬。参加祭礼的人分成两组：一组为主
184 人之位，另一组为宾位。[4]席间宾客的位置是由方位来决定的，人们认为，主宾之位与宇宙相对应的两种力量有关[5]——天地，日月，阴阳——这两种力量同时决定了季节的更替和对立。主、宾、介、僎轮流敬酒。两组乐师先后演奏音乐，然后是合乐。[6]和谐是酒宴之根本，“阴阳和而万物得”。人们认为“和”代表着“仁”（人的处世之德）的最高境界，是真正的“义”（社会关系的规则[7]）。

通过对祭礼的了解，我们发现，这种向万物谢恩的节庆表现了万物的统一，包括物理世界和人的世界，而这种统一

---

① 《礼记 · 月令》(顾译本, I, 第 394—395 页)。

② 《周礼 · 地官司徒 · 党正》(毕瓯译, I, 第 251 页)：“国索鬼神而祭祀，则以礼属民而饮酒于序 [参见《礼记 · 月令》是月（指孟冬之月）也，大饮烝]，以正齿位。”

③ 参见《礼记 · 乡饮酒义》(顾译本, II, 第 652 及下)，以及该书第 653 页的注释：尊让，系敬也。

④ 孔子曾以宾客身份出席鲁国的蜡祭（“昔者仲尼与于蜡宾”）。参见《礼记 · 礼运》(顾译本, II, 第 190 页及下 I, 第 496 页)。

⑤ 《礼记 · 乡饮酒义》(顾译本, II, 第 654 页及下)。

⑥ 《礼记 · 乡饮酒义》(顾译本, II, 第 662 页及下)。

⑦ 《礼记 · 郊特牲》(顾译本, I, 第 595 页)。

的思想是来自对应组合在一起的万物的对立性上。人为万物做牲，而万物用以为牲。所有人都与献祭有关，所有人都参加献祭。当人们去参加祭礼的时候，同自然界万物被分成两种一样，人也被分成两队。

另一方面，八蜡祭是一个终结的节庆。它标志着农历年的结束。人们对此表示哀悼，所以要身穿素服、腰系葛带、手执榛杖[①]，以此为岁末送终。

这个年终节庆同时也是老年人的庆典[②]，旨在教育人们要尊重老者。飨宴当中，老者尊于首位，他们饮用春酒，“以介眉寿”[③]，祝福他们长命百岁，“万寿无疆”[④]。 185

同时，蜡祭的目的是“以息老物”[⑤]，因为（万物）辛苦劳作而至老。[⑥]对人，人们会因为他们的努力而给予补偿，同样，对于万物，人们也会让它们休养。蜡辞曾这样说：“土反其宅，

① 《礼记·郊特牲》，第596页。注意注疏家们将“终”和“冬”结合起来，认为“冬者，终也”。参见《诗经》（顾译本，第121页）。

② 《周礼·地官司徒·党正》（毕瓯译，I，第251页）；《礼记·乡饮酒义》（顾译本，II，第659页）。

③ 参见《诗经·豳风·七月》（顾译本，第440页和第163页，同时参见该书第450页）。

④ 参见《诗经·豳风·七月》（顾译本，第165页，同时参见该书第183页和285页）。

⑤ 《周礼·地官·籥章》（毕瓯译，I，第251页）。

⑥ 参见郑玄注《周礼·地官·籥章》：“万物助天成岁事，至此为其老而劳。”——译注

水归其壑。昆虫毋作，草本归其泽。”①这些话晦涩不清，但人们对它们的解释却非常清晰。

根据《月令》，我们可以看到，冬季是通过双重闭藏过程形成的：人们闭门在家，过着幽居的生活；万物也退回它们各自的领域，互不联系。在秋季的最后一个月（即季秋），“霜始降，则百工休。……寒气总至，民力不堪，其皆入室。……蛰虫咸俯在内，皆墐其户。”②《诗经》云：“十
186 月蟋蟀入我床下。穹窒熏鼠，塞向墐户。嗟我妇子，曰为改岁，入此室处。……嗟我农夫，我稼既同，上入执宫功！”③另外还有一首诗曰：“（我秋季从征归来时），妇（叹于室。）洒扫穹窒。”④我们再回头阅读一下《月令》：“（孟冬之月）水始冰，地始冻。雉入大（淮）水为蜃。虹藏不见。……天气上腾，地气下降，天地不通，闭塞而成冬。命百官谨盖藏。……无有不敛。坏城郭，戒门闾，修键闭，慎管籥，固封疆，备边竟，完要塞，谨关梁，塞徯径。……（仲冬之月）冰益壮，地始坼。……土事毋作，慎毋发盖，毋发室屋，及起大众，以固而闭。地气且泄，是谓发天地之房，诸蛰则死，民必疾
187 疫，又随以丧。……必重闭。……农有不收藏积聚者，马牛

① 参见《礼记·郊特牲》。

② 参见《礼记·月令》（顾译本，第386页）。

③ 参见《诗经·豳风·七月》（顾译本，第163—164页）。同时参考《诗经·唐风·蟋蟀》（顾译本，第120页）。

④ 参见《诗经·豳风·东山》。——译注

畜兽有放佚者，取之不诘。……涂阙廷门闾，筑囹圄，此所以助天地之闭藏也。”[①]

当人休养生息的时候，他们同时也让万物休息：他们认为自然界也与人一样，需要休息。因为在冬季的时候，他们堵塞门窗，闭门不出，幽居在家族的小村落里，所以人们把这个死寂的季节看作是普遍幽禁的时间，在这段时间里，万物回归原地，按照种类幽闭起来，彼此互不相通。每一个物种，因为彼此不相通，因而也就无法触及，远离了外界一切接触和干扰：土地被保护起来，不再接受任何人类的耕作；财产权利不再遥征侵削；只有相近或者同类的生物之间才彼此相连。当人类在家庭生活中恢复体力，通过与亲人的接触，在自身重建人类物种本源特性的时候，他们认为，不同种类的物种，在与同类彼此熟悉的时候，会通过同样的方法重新找回它们本源的特性，不断更新。因此，八蜡节的祭辞既驱散万物也促使万物的再生。

我们从两个主要方面考察了节庆。我们也可以试着从更深层意思来理解它。首先，它是普遍谢恩的节庆，表现了一种普遍的和谐；其次，它是农事年结束的节庆，揭开了死季时期的序幕，万物将要进入与同类小群体共同生活的阶段。在人们还没有进入家庭本位主义之前，同一（诸侯）国的人聚集起来从而加强他们之间彼此共同的亲和力。

---

① 参见《礼记·月令》。

188 他们是在飨宴当中形成社会契约的，但是这一飨宴是有
规定的，表现了定约者各自的价值。竞赛明确了他们的功劳
和成就，他们按照等级排位，根据收成献祭：祭礼衡量每个
人能够承担的责任，将一切据为己有的人将会失去信誉。一
位君王如果想要牢固地掌握自己的权威，就不应该从他直接
管辖的领域中获取任何东西。这难道不就是那个时期封建制
度的法则[1]吗？一位真正的君王不应该收敛钱财。在庆典当中
人们告诫诸侯："好田好女者（意思是：恣意炫耀财富的人），
亡其国，天子树瓜华（可以即时吃掉的），不敛藏之种也。"[2]
189 节庆告诫人们切忌"专利"[3]，让人们感觉到节制在繁荣当中

---

① 参见《诗经·商颂·玄鸟》（顾译本，第463页）第4章。

② 《礼记·郊特牲》（顾译本，第597页）。比较《国语·周语》第2章《密康公母论小丑备物终必亡》："众以美物归女，而何德以堪之？王犹不堪，况尔小丑乎？小丑备物，终必亡。"还需要指出的是，韦昭注《国语》中指出君王在田猎时需要节制。比较《古列女传·仁智传》，并注意《诗经·唐风·蟋蟀》（顾译本，第120页）也告诫人们要节制，如诗云：

蟋蟀在堂，岁聿其莫。今我不乐，日月其除。无已大康，职思其居。好乐无荒，良士瞿瞿。

蟋蟀在堂，岁聿其逝。今我不乐，日月其迈。无已大康，职思其外。好乐无荒，良士蹶蹶。

蟋蟀在堂，役车其休。今我不乐，日月其慆。无以大康。职思其忧。好乐无荒，良士休休。

比较《诗经·唐风·山有枢》（顾译本，第122页）。

③ 参见《国语·周语·芮良夫论荣夷公专利》以及《史记·周本纪》："王室其将卑乎？夫荣公好专利而不知大难。夫利，百物之所生也，天地之所载也，而有专之，其害多矣。……夫王人者，将导利而布之上下者。使神人百物无不得极……。"比较《史记·夏本纪》所载禹普遍行善的传说。

的价值。“好乐无荒，良士瞿瞿。”傲慢之过即成大难。相反，要懂得“导利”而“布之上下者”，通过这种慷慨大方的方法“使神人百物无不得其极”。这样，当人们大量消耗年成的时候，社会秩序也得到巩固和加强，使万物大有收获：人们满怀喜悦与节制的心情，对自然的繁荣充满期待，规划着自然发展的秩序。因此，人类节庆的效能超越了人类的社会。

古代中国人按照他们生活规则的模式来设想自然规律，同样的，在他们看来，只有他们自己不违背自己的规则，这些自然规律就具有一定的有规律的适用性。他们的生活节奏决定了季节的更替。他们休息的节庆同时也赋予自然休养的
权利。冬天的幽居让各类物种在这个季节摆脱了相互之间的 190
依赖：因为习俗的混乱会破坏整个宇宙的秩序。如果在这个死寂的季节他们没有幽居在门窗紧闭的家中，那么“冬闭不密，地气上泄”[①]。相反，如果他们坚守自己一直深信的秩序，在节庆期间他们从一种生活方式过渡到另一种生活方式，适应新的生存方式，那么地气也会像他们一样密封不泄，就不能与天气混淆，雨水也不会下泄。为了旱季如期而至，只需要庄重地乞求水神归于其壑。[②]冬天，中国农民闭门幽居，没有任何神奇的意图，期望产生心理感应以此限制不合时宜的降雨；而是他们已经习惯了在这个不降雨的季节过着幽居的

① 《礼记·月令》(顾译本，I，第397页)。

② 参见八蜡节的祭辞。

生活，因此他们想象着大自然的习俗与人类的习俗一样。从这一点看，他们各种行为就具有各种清规戒律的性质，其影响力延伸到物质世界当中。事实上，他们有规律的生存节奏是按照事物的发展规律进行的，但是这种自然规律性就是让他们产生这种想法的自身生活规律性，也正是通过这种方式，让自然规律和人的生活规律产生联系。同样，他们之所以坚信遵守规律会产生效果，那是源自他们对习俗的尊敬和信赖。因此，季节性节庆首先强调了对社会生活的悲感，同时也对大自然施加影响，这一点并不奇怪。另外，施于大自然的手
191 段并不是为了达到此种目的而设想的，而仅仅是为了满足人类的需求根据已有的习俗设想的。

通过对八蜡节的研究，我们得出一些最为一般性的结论。可以不过分地说①，这些结论适用于其他季节性节庆。这些节庆是中国农民有规律的生活过程中最关键的时间节点，是他们结团共同生活的时间。在一年当中其他时间里，个人和小

① 说实话，对有关八蜡节文献的研究，如果我们考虑以下两个事实：1. 早期的八蜡节是秋分时与结冰有关的一个节日，与春分时解冻的节日不同（参见《豳风·七月》），因此这个节庆与山川崇拜有关，尤其与河流崇拜有关，从而也就与秋季的山水节庆产生关联。2. 八蜡节是一场盛大的狂欢，性礼仪在其中起到重要的作用（密康公拒绝献给恭王的三位女子曾与公会于河边，即“有三女奔之”，其中“奔”字用于山川节庆时男女结合之说），那么这项研究给我们的基本印象就是：八蜡节来自古代中国人秋季在圣水河边举行的一些民间节庆。当八蜡节成为官方仪礼的时候，飨宴很快就成为节庆的主要特征，后来由于在贵族阶级产生一些道德思想的影响，性爱狂欢就显得不那么重要了。

团体孤立地生活，但在这段时间里，他们重新团结起来，组成一个共同体。总的来说，这就是结盟的节庆，节庆当中人们产生纽带的意识，也意识到他们与自己生存的自然界休戚相关，而且，这些联系在保证万物繁荣不衰的同时保证了大自然有规律地运转。

圣　地

八蜡节的王室礼仪举行的地点是不固定的，而民间节庆一般来说是在水边和山麓下举行。

192 一直以来，我们观察到，无论在中国的官方宗教还是民间信仰当中，山川都具有重要作用。据说，在远古时期，山川在中国是崇拜之物。这种表述其实有些笨拙，因为这有可能让人觉得，人们尤其钟爱山水，会面向某座圣山或某条圣水进行自主崇拜。因此，有人就想通过分析能够唤起中国精神的一些表现（这些表现一般能够让人想起山水，想起雄伟的高山和河水的威力）来解释这些崇拜。

我们认为，这个问题应该从另一个角度看：我们发现，节庆其实不是在某水边或者山脚下举行，而是经常在一片有山有水的田野举行，那里植被茂盛，绿树成荫，青草幽幽。还有一个很有意义的事实，那就是文献首先只是提到山水，而通常人们会从别处发现缺失的内容[①]。因此，我们应该考虑的不是对山水的喜好，而是存在这些圣地，那里的一切，包

---

① 参见边码第130页。

括山石、水流、树林也都是圣物。

有一个事实可以肯定我们这种看法：在中国人对水的信仰当中，高山与树木具有同样的神圣力量，人们一起向它们献祭[①]。或者，如果献祭之地的某一种东西显得特别突出，那么很明显，是因为它最能体现整体神圣力量。文献[②]中记载："山林、川谷、丘陵，能出云为风雨，见怪物，皆曰神。""山
川之神[③]，则水旱疠疫之灾，于是乎禜之。"其中有一次著名的 193
献祭，就是殷商的缔造者汤王牺牲其身求雨的神话。昔日连年大旱，"汤以身祷于桑林"[④]。多年之后，公元前566年，郑大旱[⑤]，三名大夫，其中包括一名祝祷师被派去桑山祭祀（有事于桑山），"斩其木，不雨"。这种愚劣的做法遭到贤相子产的惩罚（"夺之官邑"）："有事于山，蓺山林也，而斩其木，其罪大矣。"

的确，山顶时常会乌云缭绕，树林和山谷也会经常浓雾弥漫。那么，人们是否通过观察这种现象才找到雨水生成之地，即在云雾聚集之处？但是人们不还是赋予山川祛除邪气

---

① 参见《史记·封禅书》（沙畹译，III，第443和448页），书中记载，在圣地，人们要祭祀各种神。

② 《礼记·祭法》（顾译本，II，第260页）。

③ 《左传·昭公元年》（理雅各译，第580页）以及《史记·郑世家》（沙畹译，IV，第479页）。

④ 《竹书纪年》"商汤二十四年"。

⑤ 《左传·昭公十六年》（理雅各译，第665页）。

瘟疫的神力了吗？也许人们会说这种神力依赖其他东西：如果过于潮湿或者水气不足，传染性疾病就会蔓延。人们通过对自然事实的观察来设想山川的力量，但实际上，山川的力量并没有人们想象的那么特别。那里不仅仅是雨水出现的源
194 头，更是调节四季秩序的调时器，在自然秩序当中，它们起着类似于人类社会中君王的作用。

我们赋予山川在封建统治等级当中一定的地位，这一点就非常有意义：它们拥有君王的头衔，一个与它们的神力相符的头衔。[1] 相反，只有王侯才能祭拜它们[2]，那是王权的一种特权[3]。更为意味深长的是，在商讨有关自然的事务时，王侯们是以人类的名义与它们共同协商。另外，这里使用“商讨”（traiter）这个词并不是十分恰当，因为这个词意味着两种在场的力量。也许认为汤王在他的臣民饱受干旱之苦时牺牲自己投身桑山，像是战败的人们领袖一样屈服于一种更高的能力，这种说法并不十分恰当。对于他来说，不是以这种献祭的方式来平息敌对力量，如果是这样的话，人们会试图战胜

① 《礼记 · 王制》及其注释（顾赛芬译，I，第 289—290 页）；《史记 · 封禅书》（沙畹译，III，第 448 页）。

② 同上，《礼记 · 王制》，同时参见《汉书 · 郊祀志》。

③ 《史记 · 楚世家》（沙畹译，IV，第 379—380 页）。楚庄王拒绝向不在自己国家境内的河水献祭，他认为自己只有权力向自己国家境内的江汉河流献祭。参见《诗经 · 鲁颂 · 閟宫》（顾译本，第 457 页）：“泰山岩岩，鲁邦所詹。奄有龟蒙，遂荒大东，……保有凫绎。”

它以降低这种力量的影响：实际上，不应该减弱这种力量，而是采用相反的做法，比如种植树木，而不是砍伐树木。对于他来说，也不是要诉求一种至高无上的力量的帮助，谁会因为集体的不幸而遭受最大的损失？当然是领袖们。在干旱期间，君王失去了所有的权力[①]："散无友纪"[②]，"云我无所，大命近止，靡瞻靡顾"[③]，山川河流也不能幸免，"旱既大甚，涤涤山川"[④]。河水干涸，山陵不毛，草木枯槁，君王同一切万物 195
一样，也深受打击。

实际上，他们的权力只是君王权力的一个方面。当君王无德时，人间便毫无秩序；当山峦无力时，雨水便不会应时而降[⑤]。但是如果有人因为高山没有尽职想要惩罚它的时候，说明这个人不承认责任秩序。[⑥]自然界的混乱是人类社会混乱的结果。同样，当天不降雨或者雨水不足[⑦]时，君王难道不应该承认自己的过失吗？因此，他需要重修自己的德行，首先要恢复圣地的元气。如果他不自行修善的话，就只能等着受

① 《诗经·大雅·云汉》第4章"群公先正，则不我助。"

② 《诗经·大雅·云汉》第7章和第2章。

③ 《诗经·大雅·云汉》第4章。

④ 《诗经·大雅·云汉》第5章。

⑤ 参见《诗经·大雅·云汉》的注释及其序。

⑥ 参见边码第193页。

⑦ 参见《礼记·檀弓下》(顾赛芬译，I，第457页)以及《诗经·小雅·十月之交》(顾译本，第238页)第3章。

惩罚，这种惩罚可能来自人民之手，但他也是咎由自取。因为不称职的君王，他的权力会崩塌或者枯竭，他的山川如他一样，也会崩塌和枯竭。幽王（公元前 782—前 772 年）腐败，在他继位二年的时候，（泾、谓、洛）三河一带发生地震；圣人所言极是："周将亡矣！……夫国必依山川，山崩川竭，亡之徵也。"[①] 幽王的统治肯定不超过十年：他于公元前 772 年被杀；从公元前 780 年开始，三河枯竭，岐山崩塌。

196 幽王宠幸一位女子（褒姒[②]）。因为女人的影响，引起朝政混乱，朝政的混乱又引起自然界的混乱：阴盛阳衰，于是"有地震"，"源塞川竭，山必崩。"[③] 这样的灾难给人类造成不可避免的后果，就是：民生无财用，而死无所葬，从而饥荒、瘟疫、早夭等盛行。[④]

山川河流只有通过君王的德行才能展现它们德行的效果。如果说山川可以保佑人们的生命和身体安康，那不是因为它们本身具有这些属性，它们本来的特性不具有任何这种功能，而是完全依赖人类的治理。人类的治理良好，它们就会运行良好；人类的治理持续多久，它们也会持续多久。

---

① 《国语·周语上》。同时参见《诗经·小雅·何人斯》（顾译本，I，第 239 页）第 3 章，并对比《诗经·小雅·天保》（顾译本，I，第 184 页）第 6 章。

② 褒姒，参见《史记·周本纪》（沙畹译，I，第 280 页）。

③ 《史记·周本纪》（沙畹译，I，第 279—280 页）。

④ 《国语·周语上》。需要指出的是山是坟葬之地。在清明节时，人们有上山扫墓的习俗。参见高延，《厦门》。

坏的君王预示着朝代的灭亡；他们所造成的危害并非全是他们自身产生的，而是他们整个国家（因为有德而产生的）运气已经枯竭[①]，同时山川能够带来的运气也耗尽了。[②]“昔伊洛竭而夏亡，河竭而商亡。”孔子将死时[③]已经预见周王朝的覆灭，因而歌曰：“泰山其颓乎！”王室家族权力和国家山川力量之间，它们完全是一样的。

王室家族以国家名为他们的姓氏：有很多姓氏是神话时
期山或河流的名字[④]，这大概并不是简单的指明居住的地方， 197
而是表明王族与国家中心和灵魂之间紧密的联系。黄帝和炎帝皆为少典之子，他们有可能也是一母所生；然而，他们却成立了两个对立的家族：那是因为他们在两条不同河流的影响下塑造而形成的。汉字中“成”字很难翻译：它有完善，丰裕的意思，对人，它可以指成人；它还可以指一个王朝的到来，完全成功。每一条河流成就了黄帝和炎帝的功绩：他

---

① 当一个民族固有的运气耗尽的时候，就只能是灭亡。这就是楚（灵）王预感要灭亡时说的话：“大福不再，衹取辱焉。”（葛兰言在原文注释中断文为“大福不再衹”，现根据中华书局点校本修正。——译注）意思是说，好运不会再来第二次。参见《史记·楚世家》（沙畹译，IV，第364页）。

② 《史记·周本纪》（沙畹译，I，第280页）。

③ 《礼记·檀弓上》（顾赛芬译，I，第144页）。

④ 《史记·补三皇本纪》：“神农本起烈山。故左氏称，烈山氏之子曰柱。”《夏本纪》：“启母，涂山氏之女也，（启之父禹说：）予辛壬娶涂山。”尤其参见《五帝本纪》：“自皇帝至舜禹皆同姓，而异其国号，以章明德（参见注释：以德为氏姓）。”

们因河水而有了家族姓氏。[1]“黄帝以姬水成，炎帝以姜水成。成而异德，故黄帝为姬，炎帝为姜，二帝用师相济也，异德之故也。异姓则异德，异德则异类。”与河流对家族的影响相比，亲属关系已经无足轻重。这一影响决定了家族的类别、德性以及姓氏，而后者是亲属关系唯一表征。一个家族的命运、精神及力量皆由河流孕育而成。确切地说，当山被认为
198 是地方朝代起源[2]的时候，我们难道不感到惊奇吗？正如诗云：“崧高维岳，骏极于天！维岳降神，生甫及申。”

因此山川河流的出现如同中间媒介一样，正是通过它们管理的调控权力才对国家进行治理[3]。这不是因为它们本身就拥有这种独特的力量，而是因为这种权力赋予它们一种代表性，使它们拥有与这种权力同样的力量，同样持久的机会。从这一点看，这种代表性与独特的品德（一个特定的国家具有一种独特的品德，使地方治理维持自己的权力）是一样的。我们可以说，山川河流是地方治理的外在性原则。

这就是与君王对高山河流崇拜有关的信仰，人们很容易感觉到他们那种与季节性节庆信仰相关的亲缘关系。君王拥有双重使命：维持社会和整个宇宙的良好秩序，他们希望

① 《国语·晋语》。该文很好地明确了“德”的概念：个体化的力量，一种特殊的精神。

② 《大雅·崧高》。

③ 道德；参见《诗序》。

依靠自己国家山川河流的力量来支持他们的统治。同时，
季节性节庆将地方群体集中在山麓下和河畔，首先表现了
社会生活的规范性，另外也决定了大自然的调节性功能。
实际上，社会生活的节奏符合季节规律：这也是为什么我
们发现，标记时间变化规律的节庆具有双重调节能力。但
是赋予君王的这种权力是从哪儿来的？如果说君王的德像
季节性节庆一样产生有效影响，那么社会秩序在地方长期
统治之前难道不也是定期地在节庆中有所表现吗？难道不 199
也是被认为与自然秩序紧密相关的吗？君王将他们的权力
原则放在山川河流上面，难道不是因为季节性聚会就是在
祭祀山水的风景点举行吗？既然圣山圣水除了能够代表统
治权力以外没有其他能力，难道不是说这些圣地本身根本
不具有德性吗？它们的神圣性完全来自聚集于此地的地方
集团所做的事情，成为他们聚会的传统见证，通过季节性
节庆表现出神圣力量的原则。

人们希望通过这些节庆祛除瘟疫，适时降雨，怀子生育。地方集团相信这些节庆可以庇佑他们现在和未来的生存，所以觉得通过这种优越的亲属关系与他们举行聚会的圣地建立联系，就像忠实的臣子依附强大的君王那样将其联系起来。当地方集团为了节庆而聚集在一起时，产生很多福利，每个人都希望能够获得庇护，会赋予他们熟悉的河流、山川、树木很多美德，因为对于他们每一个人来说，这些河流、山川、

树木都是令人敬仰的，他们力求领会吸收传统中心圣地所具有的守护力量，在那里他所有的家人曾经实现了他们最高的愿望。在这些庄严神圣的时刻，人们以各种方法与圣地接触，跑遍圣地的各个角落，赤裸半身潜入河水，采摘各种能够表现和吸收圣地力量的果实、花朵或柴薪，在产生一种崇敬和本土情感[①]的同时，信徒的心灵得到进一步发展。

200 我们发现，一些君王宗室的姓氏以圣地的名字命名，这种影响会在其先祖神话传说中赋予他们一种特殊的品德。另外，创始人圣迹产生的背景也可以解释宗室的姓氏来源。所以夏朝以姒为其姓，是因为禹的母亲吞食了薏苡的种子而怀孕的。[②]从这个事例来看，家族的姓氏来自怀孕生子的习俗。这一习俗与人们在河畔山麓举行节庆的礼仪有些相似。另外，正是在一次山川节庆上简狄[③]吞食了玄鸟之卵（子）而怀孕生殷契，因此殷室姓氏即为子。所以宗室的姓氏有时直接来自圣地，代表着族群的精神；有时来自与在圣地举行节庆时相关的物品。上面提到的两个事例区别是否很大？难道不应该将这些圣地看作是先祖核心地（centres ancestraux）吗？人们

---

① 有谚语曰："狐死正首丘。"参见《礼记·檀弓上》（顾赛芬译，I，第131页）。

② 《竹书纪年·夏书》"帝禹夏侯氏元年"中记载了两种版本：（1）禹母出行见流星而孕；（2）吞薏苡而生禹，因姓姒氏。

③ 参见边码第152—153页。《白虎通义·姓名》："禹姓姒氏祖以薏生，殷姓子氏祖以玄鸟生，周姓姬氏祖以履大人迹生也。"

在这些地方实现氏族的精神，在举行节庆的时候，人们希望从那里替女性获取生育的根源。

为了证明这种猜想是正确的，也许还应该提供几个事例，说明怀孕是在山川节庆当中发生的，但同时也是先祖的行为。这样的事例，我只知道一例，但足以说明问题。郑国的一位公子尽管出身卑微（庶出）但却继承了王位。有一个故事说明他出生时就注定要继承王位的。为了更好地理解这个故事，我首先提醒大家三个事实：(1) 在郑国的节庆当中，人们采摘兰花，当情侣相会时，男子赠女子花为信物[①]；(2) 男女手持 201
兰花以唤魂，或者说召唤“神魂”与“形魄”复合[②]；(3) 最后，人们认为魂和名是紧密地联系在一起的，人之将死之时，要喊将死之人的名字，这样会再次将神魂与形魄复合，即再次招魂[③]。现在我们来看一下那个故事[④]：“郑文公有贱妾曰燕姞，梦天使与己兰，曰：‘余为伯儵。余，而祖也[⑤]，以是为而子。以兰有国香，人服媚之如是。’既而文公见之，与之兰而御之。辞曰：‘妾不才，幸而有子，将不信，敢征兰乎？’公曰：‘诺。’生穆公，名之曰兰。……穆公有疾，曰：‘兰死，

① 参见本书“郑国节庆”以及《溱洧》。

② 参见《韩诗》注《溱洧》。

③ 《礼记·曲礼下》和《丧服小记》(顾赛芬译，I，第93页和第756页)；同时参见《仪礼·士丧礼》以及《韩诗》注《溱洧》。

④ 《左传·宣公三年》(理雅各译，第294页)(参见《史记·郑世家》)。

⑤ 这里值得注意的是让燕姞奇迹般怀孕的是她的先祖。

吾其死乎，吾所以生也。’刈兰[1]而卒（公元前606年）。”这段故事暗含着这样的意思：灵魂、人名、先祖、外灵或相关
202 的（植物）物种和生命担保[2]、生育的起源、爱情信物、父子关系证明、权力称号等都是等价的。我们还要记住以下几点：很有可能，郑国的姑娘们利用她们在节庆举行地采摘的花来招魂[3]，因为这些花，她们相信自己会怀孕生子。想象着有了这些在她们族群圣地生产的东西，这些圣地庇护力量分离出来的东西，她们就能收获来自祖先精神的孩子的灵魂。[4]

就像封建君王把自己领地的山川看作是他们权力外在化根源一样，地方集团在他们的圣地实现他们族群的精神。通过追溯集团与他们集会献祭之所之间的联系，这些圣地在他们看来如同先祖的核心地。与此同时，在圣地有规律地举行庆典，这让他们看到存在一些可以调控自然的力量。灵魂的施予者，季节的调控者，正是从他们那里地方群体获得生存

① 割兰是在10月。

② 纯粹典型图腾思想。

③ 注意在清明节，人们还保留招魂和叫名的习俗。

④ 也许应该研究祭祀圣地与墓地之间的关系。在这里我们仅指出，孔子的母亲（因孔父年事已高，生育的希望微茫）像姜嫄一样事礼献祭。她是到孔父叔梁纥的家庙里献祭的：孔家家庙位于尼丘（参见《史记·孔子世家》）。孔子名丘字仲尼，这极有可能是因为孔母在尼丘献祭而得名。注释家们认为，这是因为孔子的额头很高。但是为什么孔子的哥哥取名伯尼，其中也有一个“尼”字呢？如果我们接受这种说法就会对兄弟二人的取名有一个更好地理解了，那就是：叔梁纥的两位夫人都去了家庙祈祷，并都在尼丘献祭之后怀孕生子。

的条件，世代延续。人们不是因为那里的河流、高山和树木 203
而崇拜这些圣地美景，而是因为与季节性节庆已有了传统的联系才保留着一种庄严的特性：它们似乎是集会定期建立起来的社会契约的见证者和守护神。这就是它们的威严所在。这也是为什么当君王确立自己的权威时，当人们赋予地方首领同样的权威，统一人们时，人们把圣地和君王之间的联系想象成一种共事合议的关系。

竞 赛

我们可以认为，山川的季节性节庆是为了向山水献祭而制定的，而不仅仅是为了纪念植物生长周期或者日历周期中某一事件而制定的。它们看起来像是在传统的一个令人敬仰的地方召集地方群体所有成员参加的结盟庆典，时间就是在一年当中将要更换生活方式的感人时刻。为什么要在节庆当中举行歌舞竞赛呢？为什么在性礼仪当中约定婚约呢？

这些节庆除了情歌竞赛以外还有其他竞赛：甚至在我注意到的所有习俗当中，可以说没有一个习俗不带有角逐或竞赛性质的。

人们涉水过河。王充认为，在沂水两组舞者相对而舞，
204 模仿龙的动作，祈求降雨，因为人们往往认为雨是龙斗的结
果。[①]——人们有时也划船过河。这种情况也很多：考据证明，在中国早期的时候，祈雨的节庆就包括龙舟竞赛。[②]——人们登高远望。现在的登山节庆，人们举行风筝比赛[③]；他们在

① 参见边码第 160 页；同时参见高延《厦门》第 373 页及以下。

② 参见高延《厦门》第 356 页及以下。

③ 参见高延《厦门》第 538 页及以下。

荣耀的事业当中预感到成功，就像在八蜡节的射箭比赛一样，打开通往荣耀之路的大门。——人们伐薪割蕨菜。罗罗族的年轻男女列队面对面地割取祝火用的蕨菜，也正是在那时他们即兴而歌。[①]——人们进行采花比赛。《荆楚岁时记》中记载荆楚人有斗百草[②]之戏，南朝人在春季聚会的时候男女之间会举行斗草比赛。[③]春分之时，简狄和她的姐妹争夺五彩之卵：在荆楚，彩蛋在二月份是用作竞赛之物的。[④]

所以，在我们看到的节庆当中，所有礼仪性活动，无论它采用什么东西，都是以竞赛的形式展开，又恰好符合仪礼的竞争。为什么每一个习俗看起来都像是将节庆的参与者面对面对立起来的一种新的手段呢？这种经常性的对立安排用意何在呢？

这种对立性安排在八蜡节这一庞博精湛的仪礼中依然有
所体现[⑤]。在八蜡的庆典当中，人们将人和物分成两种类别， 205
从而体现了万物统一的思想意识，即存在物质世界和人类世界。表面上看，这些在山川附近举行的季节性节庆是融洽和谐的节庆，因而它们也可以变成具有竞争性和竞赛性的节庆。

---

① 参见本书附录Ⅲ，边码第 283 页卡拉布里奇的记录。

② 参见《荆楚岁时记》“五月五日”及《史记·补三皇本纪》（沙畹译，I，第 13 页）。

③ 见附录Ⅲ，边码第 288 页宋嘉铭的记录

④ 《荆楚岁时记》“二月”，“斗鸡子”。

⑤ 参见边码第 184 页及以下。

地方集团的成员趁节庆的时机可以聚集在一起，他们平时是以小组为单位生活的，狭窄、同质、封闭。他们的视野范围仅限于暖季时在自家田地耕作，冬季回归村落休憩。他们每一个人完全属于家庭生活，受家庭思想的浸染。[①]所有的亲属也是长期以这种紧密的方式生活在一起，体会的是同类的感觉；将他们彼此拉近的是一种完全的集团性，因此彼此有一种自然的相似性。这种联系维系着同一团队成员彼此间的亲近关系，在日常生活当中不知不觉地得到巩固，这种亲属联系似乎是一种事实并以自然的方式存在的。在亲属之间不需要创建任何联系；相反，在完全陌生的人之间，如果不创建联系就不会产生任何关系。但是，尽管家庭团队十分封闭，他们也不总是处在绝对孤立隔离的空间：因为相邻集团会在定期的节庆时聚会。同一地方集团的成员在那短暂的亲密接触时会感到彼此贴近：团结一致的情感超越了狭窄的家庭团队关系，在家庭的本位主义上实行一时的竞争。这种偶然产
206 生的情感不像家庭统一体依赖的习惯性情感那么朴素单一。地方集团的统一更加复杂，它不是建立在相似性的绝对意识上，不是出自不断更新的密切配合关系，它是一种更高级的统一，在一些特殊的状况下，可以将平时看起来具有对抗性的各种因素团结起来。在决斗当中，年轻人彼此较量，经受

① 对比动物、植物以及所有冬季休眠万物类似的过程。参见边码第 185 页及以下。

考验，此后他们因为一种不可分离的友谊紧密联系在一起，会突然产生一种不可推卸的密切合作的需求[①]，这种情感转化意味着通过竞争，平时被忽略的彼此之间的亲和性意识战胜了表面上那种习惯性的对立情感。各个家庭团队之间平时生疏、孤立，如果没有这种突然的接近唤醒他们的竞争意识，那么团队之间是不可能缔结联盟关系的。在初次接触的生活，他们应该会有冲突，相互对立。[②]家族的情感维系着一种平和习惯性的情感连续性，普通协作的独特情感与家族情感不同，它是通过激烈的方法在突然间产生的。习惯性的对立、庄重的亲近、竞争、邻村的团结，这一切通过竞赛、争斗、礼貌而平和的竞争表现出来。在一年当中重要时刻举行季节性聚会，从而巩固社会统一，因此，在山川河畔举行的节庆自然而然变成以竞赛为主的活动。

竞歌比赛占主导地位，它大概是口头竞赛的反方吧。另外，这是情歌竞赛。这样的竞赛不仅将不同家族团队的成员一个个对立起来，而且它将性别对立起来：每个人的对手应该是来自不同村落的，并且需要男女对答。通过诗歌竞赛彼此的心连在一起，缔结婚约。所有适婚年龄的年轻人都参与 207
竞赛，一年的所有婚事便定下来。每次聚会都是普遍配合协作的节庆，同时也是婚礼的一次大的庆典。正是在年轻人的

---

① 参见边码第136页及以下。

② 参见边码第136页及以下。

节庆上，在爱情的庆典中地方集团的各个群体让他们的传统友谊焕然一新。

婚姻契约与友谊或忠实以及战友之情之间似乎没有什么区别。诗歌是以同伴身份献给一名战士呢？还是献给他的妻子呢？正如以下诗歌所唱[①]：

死生契阔，与子成说。
执子之手，与子偕老。

---

① LXVIII –《邶风・击鼓》（顾译本，第 35 页）

1. 击鼓其镗，战鼓敲得咚咚响！
2. 踊跃用兵。我们踊跃去征战！
3. 土国城漕，修筑城墙和漕邑！
4. 我独南行。我们独自从军南行！
5. 从孙子仲，跟随将军孙子仲，
6. 平陈与宋。联合陈国与宋国！
7. 不我以归，我无回归之望，
8. 忧心有忡。心中忧伤难安宁。
9. 爰居爰处，我们宿营，我们驻扎，
10. 爰丧其马。我们的马匹走失。
11. 于以求之，我们到处去找寻，
12. 于林之下。寻它直到山林之下。
13. 死生契阔，无论生死与苦难，
14. 与子成说。你我都要在一起！
15. 执子之手，紧握着你的手，
16. 与子偕老。我要与你相伴到终老！
17. 于嗟阔兮，天啊！我心多痛苦！
18. 不我活兮。我已无生还之望！

（接上页）

19. 于嗟洵兮，天啊！所有人都离开，

20. 不我信兮。无人肯信守誓言。

《史记 · 卫康叔世家》（沙畹译，IV，第194页及以下）记载了这样一件事：州吁杀其兄卫桓公，并联合陈、宋讨伐郑国，因为郑国迎立卫国逃亡公子平反对州吁。

1. 镗，击鼓声也。（《毛传》）

3. 国，卫国首都；漕，卫国之邑；土，以土坯做城砦；城，修城墙。

5. 孙子仲，即公孙文仲。

8. 忡，参见《草虫》第4句。

9. 爰，于。（《郑笺》）

12. 《毛传》："山木曰林。"

13. 《毛传》："契阔，勤苦也。"

14. 《毛传》："说，数也。"

13与14句：《郑笺》注："从军之士，与其伍约，我与子成相说爱之恩。""五人成偕。"参见《周礼 · 大司马》。

16. 《毛传》："偕，俱也。"

15和16句，《郑笺》注："约誓，示信也。"击掌，参见《邶风 · 北风》第4、10、16句以及《礼记 · 内则》（顾译本，第667页）。

13—16句，王肃注：言国人室家之志，欲相与从生至死，契阔勤苦而不相离。

19. 《毛传》："洵，远也。"

20. 《郑笺》："信，伍之誓约。"

比较第16句以及《氓》第51句，《鄘风 · 君子偕老》第1句，《邶风 · 谷风》（顾译本，第39页）第3句"同心"，第8句"同死"，第16句"如兄如弟"。

比较《秦风 · 无风》（顾译本，第142页），"与子同袍……同仇……偕作……偕行"等。

异体字：契，挈；洵，询；憂；镗，鼜。《皇清经解续编》，卷1171，第27—28页。

战歌。主题为誓约。

208 作为一首战歌，也许是战士在歌唱战友的忠诚。①但是，如
209 果人们对这种说法还有疑虑的话，那是因为他所说的誓言与夫妻誓言是一样的。②对于主人来说，战友之间的盟约不就是夫妻契约③吗？古文当中无法区别伴侣和战友，无法区别忠臣和忠实的夫君，无法区别朋友和爱人。汉语中有一个常用的字（“友”字，其字形像两只手）符合所有以上提到的意义，指代每一组的另一半；最常用的就是年轻女子用这个字称呼她想与之联姻的那个人④；一般来说，人们还用这个字来表示一只鸟寻求交配的另一只鸟。是不是说所有的结合都是以夫妻的模式而设的？同姓家族的君王之间互称兄弟⑤；异姓之间则以同盟方式结为兄弟，他们互称为舅甥。⑥这样看来，联姻是否是所有联盟的根本起源呢？

同姓家族的封建君王之间似乎首先是以“同德”而结盟

① 《郑笺》注：从军之士与其伍约。

② 王肃：丈夫思妻之歌。

③ 尤其是第16句是情歌的常用之词，比如参见《氓》第51句。试比较《邶风·谷风》中“同心”“同死”“如兄如弟”的几种表达方式。

④ 参见《匏有苦叶》第16句。

⑤ 参见《小雅·伐木》（顾译本，第180页）第6句“求其友声”。

⑥ 或因年龄相差较大，或表示尊敬时，称“伯父”或“叔父”。参见《礼记·曲礼下》（顾赛芬译，第90页），《小雅·棠棣》（顾译本，第178页）。

的，在他们之间不需要任何契约；家族之间禁止通婚的。[①] 相 210
反，通过婚姻或者契约结盟，这是适合异姓君王结盟的方式，但并不是适合所有人。有些宗室氏族——他们不属于同一联盟——认为各自拥有的精神思想过于奇特，亲近则会导致不祥[②]：婚姻或者结盟则会“取祸”，“是皆外利离亲者也”。相反，结盟氏族的特殊精神思想，尽管“异德”，却有一种可以
缔结友谊的亲和性；在这样的氏族之间，也只有在他们之间， 211
才存在那种亲情实现外交往来，缔结婚姻关系。正是根据这“福之阶”，才在同一阶层内部进行交换，通过这种交换，每个结盟的氏族“奉利而归诸上”以“利内”，从而保持着“亲亲”关系。正是因为这种关系，联盟才能保持不可动摇的凝聚力。

使者和嫁女证明了联盟的牢固性，另外也保证了这种牢

---

① 《国语·晋语四》：“异姓则异德，异德则异类，异类虽近，男女相及，从生民也。同姓则同德，同德则同心，同心则同志，同志虽远，男女不相及，畏黩敬也。黩则生怨，怨则毓灾，灾毓灭姓，是故取妻，避其同姓，畏乱灾也。故异德合姓，同德合义。”

② 《国语·周语中》：“夫婚姻祸福之偕也，由之利内则福，利外则祸，（以下举几个事例，说明国君遵守联姻原则而使国繁荣）是皆能内利亲亲者也；（以下举几个国家的例子，因为没有遵守联姻原则而灭亡）是皆外利离亲者也。”

试比较韦昭注：“利内取得偶而有福。”注意“福”的确切含义是“多子孙”，即是说，王族的不朽。

试比较《史记·楚世家》（沙畹译，IV，第398页）：“为婚姻，所从相亲久。”

同时参见《史记·郑世家》（沙畹译，IV，第466页），其中提到一位王位继承人的确立（指郑国立子兰为太子），其理由是他（子兰）的母亲与王室始祖后稷同姓。

固的联盟。但是以战争和农业耕作为生的领主会小心翼翼地保留自己领地上的人。使者只是在他国完成任务，随后就回国，除非在特殊情况下被留作人质。受访国总是想方设法想留住使者：所以他们会让本国女子照看使者；或者通过婚姻的方法挽留使者。[①] 事实上，人们认为婚姻会建立最稳定的关系：因此嫁女是一劳永逸的事情，她的家族不会那么小心戒备地看护她。她最终是会作为长期人质要去到另一个家族，代表的是她的娘家。

当联盟领主没有一个能够吸引人的代表时，人们会娶一个联盟外的或者自己家族内部的女子为妻，这样一来，就使领主失去同盟国的保证。[②] 禁止近亲结婚，禁止传统联盟之外的人联姻，这双重禁忌似乎是稳定的联盟制度强加于狭隘、同质、封闭的族团的一种负面现象。这种联盟要求每个家族的女子注定是用来交换的，她们将给各自族团带来整体团结一致的感觉。

---

① 参见《史记·吴太伯世家》《史记·齐太公世家》《史记·晋世家》。以联姻赠女的目的是“以固子之心”。

② 参见《史记·晋世家》(沙畹译，IV，第 279 页)，某国君被另一国君打败，而他的姐姐恰好是后者的夫人。该女子身穿丧服出现在庆祝胜利的祭祀盛典上，并促成丈夫与其弟的结盟。(指的是秦穆公与晋惠公合战韩原，晋君姊穆姬之事。) 另一个事例，参见《史记·齐太公世家》(沙畹译，IV，第 55 页和 44 页)。某些情况下，女子心系原来的家族，她几乎成为深入夫家的卧底敌人，比如一位女子（指的是祭仲的女儿、雍纠的妻子雍姬）为了她的父亲背叛自己的丈夫，参见《史记·郑世家》(沙畹译，IV，第 458 页)。

传统上结盟的那些族团形成一个高级统一体，如果它任由次级族团完全封闭的话，那么这个高级统一体就会受到威胁。人们通过交换以此影响各个族团的构成，通过人员的交换来缓解族团的封闭性。婚姻是缓解封闭的重要契机。因此，联姻就是联盟的根源，是用于缔结人们希望能够长久维持下去的社会契约，因此人们认为婚约也是不可解除的。约定要定期更新社会契约，因此人们要举行庆典庆祝一年中的婚礼。当异族通婚削弱家族本位主义的时候，联盟内部的内婚制却表现了族团的绝对优势。这就是为什么在集体典礼上，联盟的氏族在没有特殊情况下，会将他们家族中所有儿女聚集在
一起。当一个地方族团在他们的圣地举行季节性聚会时，就 212
是再次展现他们集团的力量，打破他们传统的本位主义的时候，此时，每个要嫁女的异族通婚的族团就会让一直幽居在
各自家庭中的年轻人[①]彼此亲近起来。这些年轻人一开始还保 213

① 节庆在圣地聚集所有适婚的年轻人。他们第一次求偶交合，整个节庆以男女性爱而结束：因此节庆的一个重要特征是启蒙庆典。《夏小正》的注释家保留这样的记忆：在“二月绥多女士”那一段下注“冠子取妇之时也”（注意《仪礼》的注释者对成年礼是否应该在一年当中某个固定时期举行这个问题，尚无定论）。这是目前我们所看到的关于性爱竞赛具有启蒙特征的唯一材料。由于《诗经》是由严格的正统道德思想的文人保留下来的文献，所以在诗歌当中我们找不到任何有关这方面的信息是很正常的现象。通过比较我们会发现更有意思的现象。奥维德（Ovide）在他的《岁时记》（*Fastes*，III，第523页及以下）中讲述了春天女神安娜·贝勒拿（Anna Perenna）的所有节日，这些节日与山川节庆非常相似，在台伯河畔举行，恋人们在草坪上交欢（第526页，accumbil cum pare quisque sua）；

留着原始的意识，带有天生的性别对立，慢慢地体会到那种神秘的亲近感，在竞赛当中经过对抗接着相互配合，成双成对，歌唱他们复杂多样的情感，继而转化为爱情，将他们终生结合在一起。

因为联姻实际上尤其利于人员的交换，从而打破家族的排他性，所以它对维持和加强社会凝聚力非常有利。但是，联姻所产生的力量是否只依靠这一事实？另外，爱情竞赛除
214 了让地方族团的联盟更加紧密以外没有其他目的了吗？

（接上页）

人们狂饮（第 532 页），放声歌唱，用诗歌表达自己的情感（第 535 页），跳舞（第 538 页），姑娘们大胆地唱着极其放肆的歌谣（第 675 页，cantent...obscena puellæ）。在这样的节日当中，人们庆祝战神玛斯和安娜的伪婚（参见 Harrisson : Themis，第 197 页及以下）。马提雅尔（Martial）的两句诗歌可以补充奥维德的描写。这两句诗指出有献给安娜·贝勒拿的木头（Martial，IV，第 64 页，第 16—17 句　）：Et quod virgineo cruore gaudel，Annæ pomiferum nemus Perennæ（森林中生长着春天女神的果实，因为它饮了处女之血。）这两句诗再清楚不过了：这让我们更加奇怪地注意到，我们的传统注释家和中国的注疏家一样贤明机敏，他们无视手稿的内容，无视“处女之血”的含义，以更为庄重得体更加优美的“pudore”（谦虚）或“rubore”（飞舞）来代替“cruore”（血）。参见 Friedlander，I，第 371 页。

比较格罗兹·奥达利（Glotz Ordalie）在《原始希腊》（*La Grèce primitive*）第 69 页及以下关于泉水、河流、井水以及处女之间的联系的注释。尤其参见关于“埃莱乌希斯的美丽姑娘（处女的）（参见花的，姑娘的花）井”“特洛阿德的姑娘浴场（斯卡芝特洛川啊，接受了我的姑娘）”以及“哈利亚特的卡叟萨泉（结婚前要在那里献祭）”的注释。

在一个封闭的族团中渗透广泛的团结一致的情感，不仅仅是人员交换能够完成的，还有财物交换。邻村的人聚集在村落中，举行八蜡节祭祀，在自由消耗收获物，分享家庭必需品，共同享有他们各自领土上生产出来的物品时，重新激起他们之间的亲密之情。贸易交换[①]，如同外交交流一样，狂欢的宴饮如同性放纵一样，可以有效地促进整体协同融洽。另外，当地方族团的竞争或者团结衰退的时候，订婚的庆典伴随着各种竞赛依然有其存在的理由。就像罗罗族人那样，当竞争或者团结意识减弱的时候，罗罗族的年轻人（至少在某些部落）即使他们属于同一村落，他们也可以在一起对歌。[②]因此，对歌竞赛的首要功能并不是让地方族团的人变得更加亲近，这也不是它最为稳定的功能。然而，尽管其他习俗可能会更完美地完成这一任务，但是人们依然让歌曲竞赛来承担这一角色。

在秋季举行的情歌竞赛比在春节举行的竞赛更为重要。迎亲是在秋季举行，但是配对是在春季完成。另外，我们在研究八蜡节祭祀时发现，在这个秋季举行的庆典上性礼仪几乎完全不存在，这说明八蜡节为农民的这一部分生活方式做

① 我们曾经指出，年轻人的节庆带有市场贸易的特征，参见《东门之枌》和《氓》。比较附录Ⅲ，比耶，《土佬年轻人的节日》。我们会注意到，在日本歌垣的场所是在公共广场上，子仲之女在集市上跳舞，村门外举行的集会就像在用于交易的野郊举行的高禖节庆一样。

② 参见附录Ⅲ，波尼法西，边码第 293 页。

215 了前期准备，孤立的族群过着家庭生活：因为那是室内劳作的时期，男人和女人得以团聚。相反，春季节庆预示着农耕季节的到来，地方族群将要孤立而居，男人和女人将要从事各自的职业，形成不同的职业群体。在家庭生活还没有表现出家庭本位主义之前，秋季的节庆可以巩固地方群体的统一。同样，在行业生活没有形成尖锐的男女性别对立之前，春季带有竞赛性质的节庆，是不是也没有想通过普遍的婚约让两性变得更加亲近吧？

竞歌比赛以双重方式重建社会统一，同时也表达了社会统一的复合多样性：它让不同村落的年轻人、不同性别变得亲近，削弱了次级族团的对立，也削弱了性别团体的对立。地方族群的对立如同性别对立一样，是中国组织构成的基础。但是，地方族群的对立只是以地理划分为基础，而性别对立却是以劳动的技术划分为基础，是两种对立中最不可克服的，似乎是最根本的对立。虽然社会群体从根本上划分成了两个性别职业团体，节庆将社会的这两部分对立同时又联系起来，重新建立了一个统一体：因为性结合似乎是一切联盟的根源。在一个复合多样的社会中，存在过度分裂的影响，当在传统的结盟集团中再度结合时，联姻应该是最有效的结盟方式。这就是为什么一年当中所有婚礼都以情歌竞赛而结束，而情歌竞赛也在农村季节性欢乐融融的节庆中，尤其是春季的大庆典中具有重要地位。

起初，性结合实际上就是社会凝聚力的起源，鉴于这一 216
事实，它一定得到规范。集团间的内婚制和家族间的异族通
婚制，这些对称性规定表面上看只是所有联姻必须遵守的最
普遍最简单的首要条件；但当社会结构变得复杂之后，这些
规定可能会变得更加细致。爱情没有任何欲望的幻想和任性
的激情，这一事实可以证明这一规定的严苛性。实际上，那
些即兴而作的歌谣一直保留着无人称的曲调，它表达的不是
独特灵感的自由创意，而是通过早已存在的说法或者谚语更
好地表达集体习惯情感，而不是个人的特殊情感。[①] 在竞赛当
中，在互相角逐的强烈欲望当中，参与者相互挑战，面对面
即兴而歌，不断前进。他们的创作不是来自个人独特的思想，
心灵特有的变化，精神的幻想，相反，是模仿传统题材，根
据所有人都会跳的舞蹈节奏，在集体情感的驱动下创作而成
的。他们是通过古老的谚语来宣告自己初生的爱情。[②] 然而，
如果说这种告白是一种尽人皆知的表达，那是因为这种情感
本身不是出自亲身感受的独特的好感，不是真心挑选选定的。
否则的话，如果参与者出于某种本能的志趣而彼此靠近，那
么他们不可能不表达出个人独特风格，他们歌唱的不可能总
是一个模糊的、匿名的、未确定的人；新的歌曲一般也应该
以描写助词以外的新颖方式来引起人们的注意；变异词也应 217

① 参见边码第 89 页及以下。

② 参见附录 I。

该表现出某些独创性和新颖性：然而，实际上却相反，情歌创作的特点就是单调的统一性。这是因为，即使在两人面对面对唱时，年轻的小伙子和姑娘们首先代表的是他们的性别，代表的是他们的家族。因此，尽管他们放弃了自己的幻想，但却遵从了某种责任。事实上，不是因为他本身的美貌、优雅的气质吸引他所爱的人，而是他的威望、他家族的德行让人着迷；是他家族承袭的品质而不是个人品质擅自要求他成为命中注定的夫君。因为爱情情感，带着那种无个性的曲调，如同一种强迫性行为，人们相信，在婚约当中除了诗歌竞赛中的自由创作以外不会有真正的选择。在古代，订婚不会有任何自由选择的机会，而是由媒人约定的，所以如果在竞赛当中，恋人可以自由选择的话，这样的媒妁习俗又怎么能够制定下来呢？从前曾由一个叫禖氏的官吏①来主持春季男女交好的节庆，这样的传统难道不是非常有说明性吗？产生爱情的竞赛似乎并不利于个人的短暂爱情和随意亲昵，它只是让两个注定在一起的年轻人结合在一起，要相互爱慕。他们马上相爱，那是一段没有个性而带有义务性的爱情，那段爱情符合认为联盟在亲属之外在亲族关系之外同样必要的人的
218 愿望。由媒人促成的婚约可能不会遵守选择的所有实际规

① 我们会注意到，注释家憎恶的不是男女集会甚至是男女亲密关系（“会”），而是个人的约定（“期”）。参见《野有蔓草》的注释，《匏有苦叶》第13句的注释，尤其是《桑中·序》。

定，曾经消除了选择的自由，但至少它遵循了一个原则，就是婚姻的缔结根本无视个人的喜好。同样，爱情也不会是个人任性、无厘头的情感，不会是混乱和无政府状态的始作俑者。

事实上，应该指出的是，在中国人看来，出现分离和不和的缘由，不是爱情本身，而是夫妻情感问题，是夫妇之间的爱情问题。还应该注意的是，恰恰是夫妻之间的爱情为具有个性的诗歌提供了原始材料。一条古老的规定希望一个男人的所有配偶能够成为亲人，甚至在原始的时候，希望她们能够成为姐妹（或同族堂表姐妹[①]），这样她们之间就不会心生嫉妒，她们也会像亲生母亲一样疼爱其他女子所生子女。[②]这样的媵妾制度[③]似乎来自一种更加古老的婚姻形式，就是每个氏族群体的男子及其兄弟应该只迎娶一个家族的女子。因

① 关于媵妾制度，参见葛兰言《古代中国的媵妾制及姐妹关系》。参见《左传・隐公元年》(理雅各译，第3页)；《左传・成公八年》(理雅各译，第366页)，杜预注曰："必以同姓者，参骨肉至亲，所以息阴讼。"《左传・成公九年》(理雅各译，第370页)；《左传・隐公七年》(理雅各译，第22页)；《左传・庄公十九年》，何休注曰："必以侄娣从之者，欲使一人有子二人喜也，所以防嫉妒，令重继嗣也。"参见《左传・襄公二十三年》(理雅各译，第500页)以及《史记・吴太伯世家》《鲁周公世家》《天官书》《五帝本纪》(沙畹译，IV，第26、78、68页，III，第178、193、239、258、366页，以及I，第53页)。一些诗歌类如《鹊巢》《绸缪》《卫风・硕人》《召南・采蘩》《小雅・我行其野》《大雅・韩奕》都有提及这种习俗。

② 参见《史记・齐太公世家》(沙畹译，IV，第68页)。

③ 参见《媵妾制》。

此，所有亲属的家庭都具有同样的构成；所有的妻妾，所有的妯娌像她们的夫君一样拥有同样的思想，同样的关怀。婚
219 姻一方面用于巩固社会统一，为此而削弱次级群体的本位主义，另一方面不会在次级群体当中产生比性别对立引起的更为强烈的分裂根源。只要根据严格的规定不滥用联姻，这样不仅可以根据个人的喜好选择夫君，而且也符合每个氏族群体的内部利益，符合联盟的选择。自从一个男子的所有妻妾，或者说一代人的所有妻妾不一定非要来自同一个家族开始，每个家庭群体的女性构成就不再具有同质性，夫妻构成不同，分裂的因素通过这些不同构成的家庭渗透到家庭群体当中。因此就可能产生敌对从而损害家庭的凝聚力。过于照顾某个妻子、某个妯娌或者某个儿媳，疼爱某个妻妾使其免受情敌排挤，这些似乎都是感情不和的缘由[①]，主要是出于爱情的嫉妒之心。另外，因为内部的争吵反映了夫妻关系的不稳定，从而影响由婚姻缔结的联盟[②]，所以夫妻之间的爱情似乎就成了家庭混乱的根源，从而成为社会混乱的根源。这些结果与婚姻联盟起初的作用相反，这主要在于出现一种新的事实，即联姻变得更加自由。首先，由于社会结构的复杂性或者不稳定性，使得联姻制度的规定变得更加复杂，缺乏违规处罚。

① 参见《琨》及《邶风·柏舟》。

② 《史记·吴太伯世家》以及《史记·齐太公世家》（沙畹译，IV 第 27 页以及 58—59 页）。

其次，联姻在首先用于巩固公共秩序之后，会经常被用于联盟或者权力影响之争（当然，在一个简单基础较好的社会中，这项规定的制定会更加严格）。

春季的竞赛是以民间习俗的名义保留下来的，即使在以
后，由于君王权的产生，它以其他方式承担了另一种功能。 220
君王的双重调控权力，一方面是对山川河流的官方崇拜，另一方面是管理立法，它在大自然和人类当中制定秩序的时候，在规定季节性劳作和性关系的时候，替换了古老节庆的各种效用。虽然人们意识到这些节庆最原始的功能，但同时却忽略了由此产生的各项规则。同时也有可能，乡野节庆，尤其在战乱时期，有可能产生荒淫的场面以及一些性放纵的行为，从而遭到人们的鄙视，故而人们对此有些保留。这种奇怪的事实在当地的学者看来，似乎体现了混乱无政府状态，然而社会凝聚力才是他们的首要目的。

通过《诗经》我们看到的古代节庆似乎是联盟的节庆，在中国农民有规律的生活当中，标志着地方群体和性别团体结团的时期。这些节庆让人明显感受到社会契约，使地方集团从中汲取力量和持续发展的根源，并调节社会生活的运行。但是因为它们的调节性实际上与季节的自然秩序相符，因此人们相信它们也能够保证万物的正常运行和自然的繁荣。因此，它们的力量不断延伸，变得更加多样。它们的神圣性和所有效能遍布所有举行节庆的传统领地。结盟首先定期在圣

地举行，当在宗室家族领导下缔结联盟的时候，宗室家族成为自己臣民接近他们所拥有的力量的人类媒介，首先在万物
221 身上体现这些力量，从而相当于君王的权力。在君王，也就是崇拜领袖的朝廷上，以原始资源为基础，经过加工改变，形成官方仪礼，使人不能一下子看出它们在习俗中的原型，但是在民间风俗习惯当中，多少还保留着这些原型。

结 论

本书中我试图描写中国宗教史中最古老的一些事实。一部古老的诗集为我提供了不少信息资料。从所选文献当中，我没有一上来就选取事实，我首先想研究《国风》的整部诗歌，包括它近期的历史以及原始历史；我把文献本身当作一个素材来处理：古老诗歌的创作、保存、解释构成了众多的事实，需要将文献提供的材料加以比对。另外，对于这些材料，我也只是在整体思考之后才打算加以阐释的。整体的面貌[①]，一旦出现，就更加容易谨慎地将有关联的事实组合在一起，更加容易地发现古老机制的起源。根据这样的思路对文献以及事实的研究就能够形成紧密的联系。以此逐渐取得的结果会相互补充。剩下的就是要系统地阐述在文学史和宗教史这双重循序渐进的研究[②]过程中发现的重要问题。 223

① 我的意思是，一项方法研究的首要条件是从对整体资料的批评反思开始，既包括确立和核查事实的批评性工作，也包括能够将这些批评性工作进行理论转化的资料。

② 这些问题当中，有些与诗歌节奏的起源有关，或者从异族通婚的规定意义上说，显得过于笼统平素：因为很明显，它们唯一的目的就是阐明中国这些事实当中具有暗示性的东西，通过这种现象可以为更为普遍的相关性问题研究提供方向。

224 《国风》中的大部分诗歌是爱情诗歌，主要来自久远的民间歌谣，这些歌谣根据传统的即兴对歌比赛所创作的诗歌主题而完成。传统的即兴对歌实际上是古代农民集团在季节性节庆当中年轻男女进行的一种对歌合唱比赛。

当古代中国农民定期召开大型集会的时候，他们瞬间走出单调的私人生活，参加传统的庄重的祭祀庆典，同时也将他们最高的理想带入庆典当中。他们舍弃了自己的小田地、简陋的村落、离群索居的生活，一起来为盟约献祭，每一个小群体都从中找到自己的保护神。这种献祭具有至高无上的信仰，体现了最强烈最有效的融洽。通过这种方式，他们一下子启蒙了年轻孩子们的性生活和公共生活——使他们今后有资格成为人质，用于交换，这样，在家庭生活中，婚约可以提醒盟约的存在，保证人们去遵守盟约。传统的威望，隆重的庆典，众多的参加者，庄严的礼仪，这一切都赋予神圣的飨宴狂欢一种奇怪的刺激力量。人们的情感变得如此强烈，以致调动整个人群的气氛！但是，仪式的主要活动者，他们应该是复合多样的！这些年轻人有着不同的性别习惯，带着
225 独特家族的精神气质，彼此陌生，但突然间被集中在一起，在人们的注视和监督下，承担着重要的、神秘的也是唯一的角色，他们彼此靠近，心中充满焦虑和期望，同时夹杂着敬重、怀疑、担忧、谨慎以及因为不得不屈服于某种诱惑而带来的窘迫。这些强烈地交织在一起的情感形成一种感人的力

量，促使他们面对挑战，他们的情感因此变得更加强烈，最终在挑战中得以爆发。在日常生活当中，他们无法用贫瘠的言语表达自己的感情，因为这些庄严隆重的情感需要一种庄严的语言来表达[①]，那就是诗歌。

在年轻小伙子和年轻姑娘们的两只合唱队中，每个人都情绪饱满，他们彼此走向对方。人们越来越感受到，他们既对立又彼此亲近，情感油然而生。他们完全被这些情感所支配，不知不觉通过自己的姿态、手势、声音、动作模仿和声音模仿充分表达这种情感。更奇怪的是，他们面对着对方，所有人目睹着他们的相见。家族的盛名依赖他们的行为举止：他们在竞赛的驱使下，从一个合唱队到另一个合唱队，参加比赛，动作和语言彼此呼应，就像两支队伍的箭在空中飞来飞去（借用雨果的话）。当一支合唱队射出箭的时候，另一支合唱队就会迅速作出回击。两个营队的人就这样相互回击，互抛赛球[②]：当球回来的时候，第一个营队的人试图重新掷球，另一队的人再一次抛回来，这样来来回回，一直到
游戏结束。只要比赛还在继续，双方就不断地重复着这种模 226

① 诗歌语言是符合特殊形式活动的一种特殊表达形式。诗歌表达总是让人肃然起敬：它适合宗教秩序；诗歌是预言家的语言。《左传》和司马迁的《史记》中有大量的预言，它们几乎都是以童谣的形式表现出来的。参见《史记·晋世家》《史记·周本纪》《左传·僖公五年》《左传·昭公二十五年》。

② 参见土佬人和苗人在诗歌竞赛的同时以抛球游戏来完成求爱仪式。见边码第 149—150 页。

仿式的即兴对唱，这种重复的对唱就是标志诗歌语言特征的节奏原则。

中国最简单的歌谣是由一系列的曲段构成，每一段都稍微有些变化。每一段又都是由严格对称的两个句子构成：这就是对句，是基本的诗歌形式，早期诗歌就是这样对句的续唱①。事实上，参与者为了表达他们的情感，他们面对面，通过这种芭蕾舞式的言语动作形象地展现出来。他们就这样创作了两幅对称结构，它们彼此对立并可相互对置，由很多明显对等的部分构成：对句的半部分是由两个句子构成，这个句子的字数几乎相同。② 整体结构的两部分，声音与动作一致：成对的句子由在乐感上相互呼应的字构成，这种乐感呼应在
227 每个句子结尾处的押韵词语表现得更加明显。③ 在结构的对称部分存在意义的对应：对句的词语是成对出现，意思相对，

---

① 每一组对句由两个句子组成，每一句本身都表达一个完整意思，两句相互对称，构成一个整体思想。现在的对句一般是交替押韵的四句诗（其成因我们后面会解释），但是，整段诗句的前两句和后两句一样，实际上只是同一句诗句的两个半句，因为思想的完整表达体现在偶句的结尾。另外，经常用虚词“兮”（《摽有梅》《溱洧》）或“矣”和“思”（《汉广》）来结尾。

② 对句的每一句一般都是由八个字构成。句意落在第八个字上（同样，罗罗人的句意落在第五个字上，参见邓明德，《罗罗人》，第 17—18 页）。不是每一个字都有意义的：为了对称，人们可以使用虚词来填充，或者放在句尾（参见《摽有梅》）或者放在句首（如《鹊巢》1—2 句中的“维”字）。

③ 韵律是一种类韵（参见邓明德，《罗罗人》，第 17 页）：往往在结尾处使用虚词以表示强调。最为标准的，就像在 Touei-tseu 族人的学校中玩的游戏那样，相对词语的意思符合乐感。

或平行或反衬。[①] 最后对立结构就像两条相互对立的曲线，它们的对称部分具有类似作用，从而构成整体特征：每一句中彼此平衡的词承担类似的句法作用。[②] 具有如此对应体系的两个句子就构成了一段诗句。

对称性模仿行为的交替出现目的是使用对称方法，这是构成诗歌形式的基本原则，而对句细微的重复是诗歌构成的基础。但是，当作诗成为一种艺术，依靠自己固定的规则而存在时，它就自创了一种可以在更加灵活的诗歌创作中使用现有诗句的艺术。这种艺术的发展因为一个事实而变得更加容易。对句的两个构成当中，每一个构成包括两部分：一是描写与整体规划行为相关的陈述对象；二是深度描写行为本身。而且，每个构成的第一部分是一一对应的，第二部分亦然。总之，每一部分都构成一个整体，这样，如果人们强调诗句的顿挫的话，平韵的对句就可以被看作包含四句诗句的一段，其韵律是隔句交叉押韵。[③] 从那时起，对句的诗句就不

① 比如《汉广》中的两句：南有乔木，不可休息；汉有游女，不可求思。

② 在上面的例句中，“游”与“乔”一样，是形容词；“息”与“思”同义，都是词尾虚词。

③ 试比较《溱洧》：“溱与洧，方涣涣兮。士与女，方秉兰兮。”其中，真正的韵律落在第七个字上，即虚词“兮”。又如《汉广》：“汉之广兮，不可泳思。汉之永矣，不可方思。”其中，真正的韵律落在第八个字“思”上，放在第四个字处的虚词“矣”（第二个韵脚）加强了读句的搓顿，将主语（广阔的汉水）和行为（渡河，这也是诗句的实质内容）截然分开。

228 一定非要押韵了。人们可以在一段诗中插入两个对句。作诗的艺术，尽管基本原则是同样元素经过细微变化而不断重复，但却需要具备两种技巧才能取得足够的灵活性。只是这种重复是按照灵活的顺序展开的，歌谣也发展成两种类型。有时[①]，重复的元素形成叠句，每一段都有细微的变化，这种细微创作产生发展的原则，让人感觉诗歌的思想像是在踌躇顿足地缓慢发展；有时[②]，有细微变化的部分被放置在重复部分中间，这样，因为每一段与前一段的变化不大，只是推动着每个段落向前发展，所以诗歌的思想也就以阶梯式（如何可以这样说的话）的方式连续展开。

人们在竞赛当中产生情感，并赋予这些情感以诗歌的表达，同时在模仿竞赛的影响下，以形象的方式表现出来。情感强烈具有集体性，无个性表达但却复合多样，瞬间直接形成不带任何分析，高度具体，反映心灵最简单的变化，它们
229 只有在轮流合唱的动态运动中得到最充分最恰当的表达。存在两个动态运动。有时是最基本的简单手势：发音和身体的移动，两者相互配合，以致发音动作在它最简短的描写音律中体现了所有最具体形象的韵味，一种整体表现最强有力的

① 参见《汉广》《草虫》。

② 参见《野有死麕》《竹竿》《关雎》。这种完美的形式是马来班顿诗体（pantoum）。斯基特在《马来魔法》（*Skeat*，*Malay Magic*，第 483 页）中记录了马来人对田园诗歌竞技的喜好。班顿诗似乎是一种对歌。

召唤力。[①] 发明诗歌竞赛主要的任务大概就是要重新发现[②]这些描写助词[③]。汉语词汇的构成[④]中具有大量的具体词，重新发现描写助词似乎非常重要，不仅表现在词汇构成方面，而且也表现在象形字[⑤]的创造和历史当中，因为字总是与视觉相 230

① 参见边码第 93 页以下。注释家们肯定了这些描写助词具有异常具体的特性，使人难以翻译也难以分析；同时这些助词还具有非常丰富的象征意义。比如《关雎》中“关关”一词，就恰到好处地描写了雎鸠相伴翱翔、相互应答的情形，令人想起人类与鸟类共通的性习俗。

② 见现存的许多变体；参见上面诗歌的注释。

③ 这些描写助词有一个值得注意的特征，就是它们是由发音动作的重复而形成的。这种现象似乎同样出现在罗罗人当中（参见《哭嫁歌》第一节中 leu-leu 的表达，见附录 III）。此外，埃维人（Ewé）人的描写后缀词也是重复出现（参见列维 - 布留尔，《低级社会中的智力机能》，第 183 页及以下）。探究其原因将是一项非常有意思的工作。人们首先发现，声音意像的重复增强了它的强度；但是为什么只是重复呢？对于中国人来说，有一点值得注意。有很多词汇都是双重表达，一个物体可以用相反和相连的两个方面表现出来，以阴阳两面表现（比如“蝃”与“蝀”，“螮”与“蝀”，“虹”与“蜺”都表示彩虹。参见附录 II 及《说文》。《皇清经解续编》，卷 651 第 11 页 v°，卷 653，第 4 页。）之所以重复声音意像，是否是因为它们通过男女二重唱的方式创作出来的？无论如何，我提出这样的假设：我更倾向于相信，这是与韵律有关的问题；《诗经》中的诗句往往是由二言对词构成的。

④ 例如，我们注意到有大量描写具体情感状态的词汇，它们似乎都是从原始的描写后缀词演变而来的。参见边码第 93 页及诗歌注释。

⑤ 我不禁相信，手势动作是人们用来指定物体的表达方式的完整的一部分，它们的参与就是为了牵制和引导文字系统。我同样相信，如果说汉字自始至终都是表意文字的话，那是因为，假如不辅以图像或手势，声音将不足以完整表达融合于词语中的具体思想。我们知道，中国人经常用手指比划他所说的词语。参见列维 - 布留尔，《低级社会中的智力机能》，第 167 页及以下。

连，象形字恢复了汉字具有描绘性的图像和动作。有时，更为复合多样的图像会从有节奏的运动构成中跃然而出。伴随着轮流对唱而展现出的每一个动作都与对应的动作相符，就像一个复制品一样，可以被它重复的动作所替代。[1]而且，一般来说，两个对句中一句描写与人类有关的行为，似乎更可以直接感受到；另一句描写行为的环境，或者与之对称的自然行为，似乎与整体表达的事实没有太大的直接关系。[2]在节律的作用下，或者说，在话语形象的作用下，相关的两个表达方式似乎成为彼此的双重象征：一种自然形象似乎间接地以譬喻的方式表达了与传统经验相关的人类事实。人们通过这些人为的技巧感受到某些东西，通过这些东西，自然的对应物似乎更加贴近我们所设想的形象。然而，韵律的效果并不像它们的创作一样，借助高深的句法产生幻想。意象出自韵律，韵律是诗歌艺术的主要来源，它只是从传统的多个侧面充分表现人类与万物之间那种神秘的关系。

那么，譬喻和象征用以修饰的效能或者诱惑力究竟从何
231 而来？我们知道，在早期，《诗经》的诗句含义深刻，人们只要理解这些含义，它就起到德化的作用。[3]诗歌带有一种奇特的权威：如颂歌可以彰善；讽歌可以抑恶。对后妃说“守妇

① 参见边码第 142 页及注释。

② 比如下例：“溱与洧，方涣涣兮。士与女，方秉兰兮。”

③ 参见边码第 52 页及以下，第 79 页及以下。

道”，这是简单的规劝，但是借用诗句要求她遵守妇德，则会说：“关关雎鸠，在河之州。”[①] 这就是象征性语言。以婉转的方式说出来，似乎更具有说服力。另外，诗句是从古代诗集中抽取出来的，这赋予文本一些令人敬仰的古老的东西，增强了对历史回忆的阐述。[②] 但尽管这样，却依然没有产生任何完全直接的敬畏之情。在我们看来仅仅是一个简单的图像的东西如何具有约束性价值呢？至少，从我们对这个词的意义理解上来看，它不是一个图像：对应物其实存在于自然事件和人类的规定之间，被编写在即兴演唱的歌谣主题当中。比如，当人类隐居在家中的时候，冬眠的动物也蛰伏在自己的巢穴中。[③] 因为这样的四季循环调节，我们可以设想人类实践行为对大自然是如何加以利用的：人们是将两者紧密地联系在一起。对应物被纳入诗歌的题材，充分表现了自然规则与社会规则之间的密切联系，这也是对应物威信产生的原因。因为人类的规则似乎已经涉及自然领域，因此发展出一种新的威严。反过来，自然事件具有道德价值便立刻用于社会生活的规则当中。人类幽居在家的同时，也让冬眠的动物度过 232
了一个无死亡的冬天。相反，当动物们封闭巢穴的出口时，这对人类来说，就意味着他们也要开始过冬的惯习了。社会

① 《关雎》。

② 比如在《关雎》中，有关于文王后妃之德的传说记载。

③ 参见边码第 165 页及以下。

生活指导性原则不仅仅表现在规则上，还表现在支配这些规则、具有强大力量和强制性的方式上。[①]正是通过这些强制性的方式和象征性主题才表现出与人类习惯休戚相关的自然事实。借助思维活动，这些譬喻的形式使意义变得更加丰富，它们最原始的神圣性使它们具有各种变化；就像与之相对应的各种行为，它们被用于各种目的，根据新的需要而随意加以阐释。这些譬喻的形式以及物质性的规定，使人们可以随意加以阐释，甚至可以作出相反的解释。因此，当现行的道德规范与象征性表达方式与那个时代的道德规范截然不同[②]的时候，就有必要作出相反的解释。然而，尽管存在曲解，尽管存在刻意的譬喻形式，其效果依然不变，因为它们的形式依然表现出自然对应物的特征。

象征性表达方式具有限制性权力，这起源于那些彬彬有
礼的竞赛：这一事实可以让人体会到诗句竞赛的含义，《诗
233 经》是一个很好的例子，另外也非常晦涩难懂。[③]在这样的
竞赛中，每一位竞争对手都努力地一边思考精美的诗句，以
此获得胜利，另一边又要与国家智慧引以为尊无法否认的警

① 例如八蜡节的用语，见边码第 185 页。

② 参见根据贵族结婚新实行的仪礼而对《关雎》《草虫》《采蘩》篇章做的象征性解释。

③ 《行露》，见附录 I。对比马达加斯加人的诗歌俚谚竞赛。《史记・齐太公世家》也许提供了一个荷马式决斗的例子。值得注意的是，这是发生在水节过程中。

言名句[①]建立联系。他借助一种我称之为“类韵”(rythme analogique)的方式来表现，用大量的古老诗句战胜对手[②]：词穷诗尽的一方被打败，也就是说，他传统知识有限，在民间知识宝库当中没有找到合理证据，无法从中发现有效关联性。[③]这就是论证艺术的基础。在中国思维当中，有一种人们称之为“中国三段论推理”(sorite chinois)[④]的方法，它起着重要的作用。这样的三段论（即联锁推理法）在于提出一系列的命题，而展开的类韵证明它们之间的关联性。在早期的自然关联物当中，类韵确立的形式联系只是一种自然的表达，容易通过传统组织产生内部联系，它是对句反映的事实强加

① 这种方法可以分成两种方式：有时候可以直接运用平行的神圣约束力，这是严格的类比推理（或者如其所现）；有时候可以间接使用这种力量，这是不符合实际的类比推理，采用这样的形式：“如果您主张……那么”这就如同人们主张（这样或那样荒谬的类比）。通过反语讽刺和荒谬性来推论。

② 如果竞争者拥有丰富的传统智慧逻辑，那他就能赢得谚语竞赛。他迫使每一个竞争对手充分展开自己的辩论。这种滔滔不绝地表达——雄辩是演讲者的必备能力——本身就是证据的一部分，是逻辑要素。

③ 在俚谚竞赛中，运用类比推理技巧在于提供引起共鸣的类比。

④ 参见马松·乌尔色（Masson Oursel）的研究《联锁推理对比理论探微》(*Esquisse d'une théorie comparée du sorite*)，载《逻辑与道德杂志》(*Rev. de Métaphysique et de morale*)，1912 年 11 月，同时参见 1917 年 7 月和 1918 年 2 月《哲学杂志》(*Rev. philos*)。我认为，乌尔色错误之处在于只从严格的形式逻辑角度考虑联锁推理问题。构成原始联锁推理的力量的，是真正的相连性，是对比表达方式真正的相关性，这种联系是通过展开的类比韵律表现出来的，不是形式联系，它只是在后来才变成基本性的东西，然而在开始的时候，它只不过是实际联系的感知面。

234 的必然的联系。从此以后，当韵律展现出与之密切相关，成为其可靠符号和确切表现的逻辑关系时，就一定会出现这种内部联系。这就是为什么所有对应物，即使是人为的，在类韵的作用下[1]，能够将有密切关系的表达方式联系在一起，让人想象到在它们之间存在一种自然的组合。由此可知，人们想要让人接受一项主张，会通过类似发挥，谨慎地在它和约定俗成的表达方式之间建立一种联系，个人主张借用约定俗成的表达，形成一种虽然是形式上的，但却与万物的性质、传统真相和神圣性特征有关的密切联系。因此，竞争对手可以否认个人主张的表达方式，但却不能否认约定俗成的表达，因为它们是最受人尊崇而且最强有力的表达。

当一个国家的年轻人参加竞赛，在竞赛中产生未婚夫妻之间的感情时，这是通过唤起——就像两个诉讼人一样[2]——

① 中国作者以联锁推理的方式展开思想论述的时候，总是带有明显的韵律感。在通常情况下，韵律是通过使用连接虚词，比如大多情况下用“则”加以强调。韵律提出对比格式是相关联的这种观念：连接虚词使这种表现变得更加强烈。联锁推理有时以更加考究的形式表现出来。通过对比格式而形成的对偶概念是两两相对的，由一个连接虚词结合在一起，这样一来，第二个格式用语借用前一个格式用语的一个概念。结果就是以渐进的方式进行推论。在这个推理过程中，在基础概念当中似乎就直接建立起了格式用语之间的原始联系。因此，推论的展开让人感觉不再是在格式用语之间建立一种对等性，而是概念之间的包容关系。参见《礼记·大传》(顾赛芬译，I, 第 787 页) 结尾处一个极好的例子。

② 参见《行露》，附录 I。以对歌形式进行的爱情争论与司法争论的名称一样，皆称为讼。召伯就是被认为在一棵圣树下听取这样的爱情争论。参见《召南·甘棠》第 5—6 句。

诗歌先例的双重范畴来赢得诉讼。在面对面[1]编织古老相似性 235
的双重链条时，他们的心连结在一起，彼此说服对方遵从要求他们结合在一起的传统规范。他们在彼此冗长单调的叙述[2]中相互吸引，所要做的就是轮流互唱那些古老的爱情诗句，不断地重复，只是在每一段落中稍加变化：他们即兴创作的歌谣也都是传统歌谣。他们的创造性精神不是出自情感或者选择，不是由想要以新的论据赢得一场新的“诉讼”这种需求激发出来的；他们的诗句古老确定，争论也是事先规定好的。对于年轻人来说，他们只需要参加竞赛就好了。即使他们即兴发挥，他们的创作也仅仅来自舞蹈的节奏，侥幸发现几个具体图像或者几个声音动作，仅此而已。

当社会发生变化，爱情变得更加自由[3]，并成为一种个人情感的时候，此时只有个人创作才能改变歌谣的艺术。由于

---

① 按照越南土佬人的习俗，恋人在诗歌连唱当中是背对背站着，然后，当进行抛球游戏时则面对面而立。参见边码第 149 页和附录Ⅲ。

② 观察者已经注意到，这种求爱歌谣单调乏味，旋律单一。在越南土佬人中，调情的小伙子需要滔滔不绝地发出冗长的哀怨，甚至要从头开始。但最后他总是能够达到目的。参见附录 I。在一些欧洲歌谣中，我们能够发现具有某种争诉的语调和冗长单调的叙述曲调，马加利类型的歌谣就是一个例子。关于中国的例子，参见附录 I，边码第 270 页。

③ 早期的私人诗歌都是以弃妇为主题的。参见《氓》和《邶风・谷风》(顾译本，第 39 页)。这是因为，一夫多妻制家庭的封建组织方式必然会产生妻妾之间的争斗，从而引起个人情感的出现，这就使人幻想在爱情情感当中占有一席之地。

习俗首先在贵族阶层发生变化，因而替代民间诗歌的就是宫廷。[1]

236 宫廷诗继承了前身的诗歌艺术规范。它不能创造声音动作，但至少可以从韵律中提取相关性的影响，是后者创造了新意像。[2] 为了发展一种思想，宫廷诗的创作更加灵活，插入了一些传统主题。[3] 它往往通过少许修改在以前的发展变化

---

① 这是宫廷诗歌，但却是乡村农民的宫廷诗，因为中国的贵族统治皆为农村的贵族统治，贵族的习俗依然是乡村习俗，正是这一事实使得这种转变成为可能。在“乡村爱情”这一部分当中大多数诗歌都是在这样的环境下产生的。例如可以参见晨曲类的歌谣，比如《女曰鸡鸣》注释（关于台湾的此类歌谣，见附录Ⅲ）。在日本，这类宫廷歌谣的发展似乎具有一定的创新型。为追求美女进行赛诗，宫廷中这种爱情角逐的封建习俗就是一种证明（见附录Ⅲ以及张伯伦所译《古事记》第 530 页），原始竞赛被改造成封建习俗。在这一方面有大量相关材料可以用来研究骑士爱情的起源。

② 参见《小星》。

③ 参见边码第 140 页及以下。这些传统主题构成了诗歌场景的基本景观。引用古老主题习惯上被当作文学譬喻，在中国诗歌艺术中扮演着重要角色。这是因为，诗歌形式的韵律特征起源于古代竞技的组织，能够唤起诗歌这种象征性情感的形象背景同样也源自节庆的景观。因此，最具神圣色彩的意像并没有失去其原有意味，依然保留了它们的这种力量。无论是韵律形式还是情感素材，中国诗歌都保留了某种传统气氛。神圣景观并不只是对诗歌的想象力产生影响，在绘画艺术中同样也具有这种影响：圣地是艺术家钟爱的主题，我们有理由相信，圣地景观的特有素材赋予了山水画特有的风格。有一点是肯定的，那就是当我们欣赏圣地景观的绘画时，我们会享受到源于《诗经》诗句那种令人愉悦的影响。拥有这样的风景画，就是在家中获得了有益力量的帮助。即使不能去朝圣，但如果能够以微小形式真实再现圣地的典型特征的话，那么也可以获取这种影响。这就可以解释中国和日本园林艺术的巨大成就，他们只需要几块山石、几株矮树、几棵罕见的花草，缩小比例再现圣地的特征，在那里唤起民族的宗教和艺术意义。

中引用一种暗喻手法，使其具有喻世之意。[①]除了这些精深作品时事篇章的特征以外，它们几乎与民间歌谣没有什么区别：这些文献都保留在同一本文集当中，由同一个诠释家群体编辑。 237

如果古代时期的这些民间歌谣没有保留它们某些原始的神圣东西的话，我们很难解释它为什么会被收录入册。这些歌谣当中有很多与婚姻习俗有关[②]，根据这些习俗的变化程度，人们对这些歌谣也有不同程度的理解；正是因为这些诗歌，才要求人们尊重这些习俗的功能。其他诗歌能够保留下来，是因为语言的不确定性，因为爱情与友谊两个概念之间的相似性[③]，尤其是因为诗歌表达的象征性十分灵活[④]，人们可以在利用它对自身表达的限制力的同时，利用那些讽刺或颂扬的歌谣针砭时弊，对人加以规劝，改善民风。

人们在宫廷中唱诵着古老的诗歌，赋予它们新的用途和含义，同时创作出与其类似的诗歌。将这些诗歌收集在一起整理成册，形成“杂集”。当人们根据一致的原则对所有收录的诗篇加以阐释的时候，“杂集”才具有统一性。我们已经了

---

① 《史记·宋微子世家》。注意地理定位的重要性。在某条河边寻找朋友等于寻找某个国家的君王友情。参见《唐风·扬之水》。

② 尤其是那些被解释为证明贵族在婚后实行戒律习俗的诗歌，比如《关雎》《草虫》《召南·采蘩》。

③ 参见边码第 30 页和 207 页及以下。

④ 例如《匏有苦叶》。

解一些诗歌是如何诞生的，正如这些诗歌一样，每一篇都具有深奥的起源，带有政治道德劝诫的特征。诸侯国的廷臣在
238 撰写“颂集”和“列传”[1]，用以教育君王时，采用诗歌表达的象征性力量，对诗歌作出了最终的解释。在“颂集”“列传”当中，他们大量引用诗歌的内容，并将其与历史事件联系在一起[2]。从此以后，诗集本身被用于教化，具有了经典的作用。诗歌的神圣性特征变成了对诗歌的阐释，不可改变，不可触犯。

这就是文献的历史[3]，它只是文献产生的事实历史的一个侧面。

---

① 如《国语》《列女传》和《左传》。训诫和故事史的历史编集之间的区别是中国式的区别。

② 《列女传》中每一段故事结束时都要引用《诗经》中的句子。这让我们想起，在西方著作中人们也常常引用《圣经》中的句子，这是因为人们引用这些句子汲取其中的寓意，为了更好地展开它的说服力，让人更能理解它的道德价值。

③ 对《诗经》和中国最早的诗歌进行系统研究，应该注意一点，那就是好几种类型的诗歌创作都是从竞赛的发明形式演变而来的。因此产生以下几种：(1) 时令诗，描写劳作类型和相关日期的，《豳风·七月》就是这类作品最好的例证，它为后来农历中的俚谚提供了素材；(2) 预言诗、格言诗和讽刺诗，《史记》和《左传》中有很多例子（参见《史记·赵世家》《史记·晋世家》），该类诗歌似乎是年轻人创作的；(3) 颂诗，类似于平达体（type pindarique）诗歌，其创作的基本素材包括英雄传记和谱系传说（《商颂·玄鸟》《大雅·生民》）、婚礼赞辞（《大雅·韩奕》《卫风·硕人》）、纪念分封授职（《大雅·崧高》）或者诸侯建立城邑（参阅《公刘》）；(4) 仪式诗，包括节庆歌（《豳风·七月》《载芟》《良耜》）和宗庙祭歌（《那》《烈祖》）；(5) 诗剧的雏形，这是从原始竞技本身演变而来的，有轮唱、即兴插入的对话以及舞蹈模拟。

古代中国的节庆是一些大型集会，标志着社会生活季节周期变化的时间。节庆的时间与群体密集的社会生活相符，那段时间很短暂，它替代了漫长的几乎没有社会生活的分散耕作时期。在每次集会当中，结盟的契约将一些地方小群体结合起来，根据传统举行飨宴，并获得新的认可。在集体的煽动下，飨宴缓解了平时封闭群体之间的闭塞，为他们打开 239
了交换的可能性：这些交换可以是物，但主要是人的交换，让每一个群体都拥有担保，尤其是拥有了人质，后者是遵守基本契约最稳定的保证。联姻是结盟团体之间担保制度的基石：因此，古老的节庆具有一个主要的特征，就是男女狂欢，促使婚姻交换的完成。在节庆的时候，所有未婚男女，也就是说，还没有进入群体社交生活[①]当中的年轻人，他们被聚集在一起，在两性的激发下，能够缔结联姻盟约，通过他们本人，维持结盟群体的团结。因此，节庆具有年轻人的节庆特征：最显著的习俗就是舞蹈歌唱比赛，那是一场有韵律的竞赛，联盟集团根据传统规定预先指定必将成为夫妻的两个年轻人在竞赛中产生爱情。

古代社会形式本身就说明了这些节庆的性质，它们的基本原则依然局限于人类利益，其目的似乎就是为了调节两性关系。节庆实际上标志着社会生活唯一一个时刻：在那一时

---

① 这些节庆的一个重要特征在于它们是启蒙性节庆，参见边码第 212 页及注释。

刻，社会生活突然发展到一种高度紧张的状态，由于它近乎神奇般的发展，它激励社会成员产生一种无法抵抗的信仰，那是对他们共同完成的活动的效力的信仰。地方小群体中的成员，当他们在集体瞬间的努力下重新建立一个集团，代表他们最高力量的时候，他们似乎感觉触及了永恒的和谐和和平的理想状态，具有焕然一新的威严，这一切让他们感到十分震惊。每一个人都欣喜若狂，想象着他们参与的行为所产
240 生的效能宽广无限，超出了人类事务的范畴，延伸到整个宇宙当中。似乎世界的永恒和和谐仅仅是社会稳定和凝聚力的结果，这也是他的德行。自此，尽管节庆活动多种多样，具有整体特征，但活动的强烈度，隆重地表现出来的尊严，它的成功尤其是产生的有效力量，这一切都体现了这种活动有别于日常活动的独特之处：它似乎具有某种高尚的特殊的东西，某种宗教性的东西。古代节庆的行为，充满希望的集体性简单动作，这些都是神圣的行为，构成崇拜的元素。同样，人们对动作行为效能充满信任，这些情感有可能对人类命运和自然命运产生决定性影响，是构成中国宗教和思想理论基础的信仰的本源。

通过对古代节庆的研究，我们有可能看到中国远古时代的社会形式是什么样子的。一个诸侯国的居民形成一个集团：这是社会基本组合，在分工的作用下，社会基本组合被分成两个初级小组，社会生活遵守周期性组织规划。第一个分配

原则是性别的工作技能分工。男人和女人形成两个行业，各
自在工作时间从事他们自己的工作。每一种性别分工有各自
独立的生活方式、习惯、习俗。另一个分配原则是劳作地的
地理分配。集团成员通过家族关系共同分享诸侯国，在每一
个家庭组合当中，他们孤立而居，产生一种本位主义精神。 241
地方群体的男男女女在各自的家庭领域独立从事自己的劳作。
气候适宜的季节，是男人在田间耕作的时期，而女人则在果
园采摘桑叶，在家养蚕；在气候恶劣的季节，男人无法在田
地耕作，只能从事一些修葺房屋的细微的工作。这是死气沉
沉的季节，但却是女性纺织劳作的繁忙季节。就这样，男女
交替轮换，按照季节的周期更替组织各自的工作。即使在冬
季男女的关系变得亲近，但依然保持他们之间不同的分工。
夏季，他们彼此之间的对比达到最大化，那时他们几乎很少
能够相见。相反，在冬季的时候，对比最强烈的是居住在家
族村落毗邻的地方群体。一年当中的规则就是孤立而居，小
群体单调的生活仅限于他们的日常私人生活。只有在生活方
式发生更替的时候才会有社会生活，而这一刻就是集团重新
找回它原始的统一、举行普遍集会的时候。春季集会的一个
显著特征就是性爱狂欢，因为它开启了男女性别对立最为尖
锐的季节；秋季集会是飨宴，因为此后将是地方群体孤立而
居，存储食物，增强自身独立性的时期。[①] 无论是春季集会还

① 参见对八蜡节的分析，边码第 178 页及以下。

是秋季集会，比赛和竞争都勾勒出集团组织布局的蓝图，在每个人心中都绘出一幅图像。这就是节庆的基本功能。当一
242 个社会人口密度太低不足以以稳定的方式维持能够行使日常管理权力的聚集生活时，节庆就是社会生活唯一的机会。

在古代和谐融洽的节庆中，最重要的就是春季的节庆，也是性爱礼仪占重要位置的节庆。正是因为这些礼仪，暂时消除了性别行业分工的对立，通过双方的结合，基本组合找回了它的凝聚力。男女两性之间的亲近其目的是为了结成夫妻，通过这种形式相关相对的双方合并成一个整体。从根本上说，男女的这种亲近就是联姻的基础，它可以在同质因素之间建立起凝聚力。它的作用由此而来：性结合在异质群体当中没有任何作用；族内婚将相反。同样，当劳作的地理分配与技术分配一起增强其影响的时候，当基本组合结构不仅意味着性别行业的分工，同时也意味着地方群体的划分（当然有结盟，但也会因为某种特殊精神而有所区别）时，每一个初级群体内部因为有其完善的同质性，联姻将是荒谬不合逻辑的，因此会禁止使用这种凝聚原则，除非是为了昭显它与邻近群体的团结一致。他们一方面强制实行异族通婚，另一方面只在集团内部进行婚姻交换，有利于集团的团结。①

① 这一点的重要理论意义是，如果这个观点是正确的，那它就表明，如果只从负面角度来考虑异族通婚制度的规则的话，那么所有这一切都无益于研究。禁止集团内通婚与禁止在另一个集团外通婚是一样的，这就导致必须在一定范围内通婚。换句话说，存在一个关系圈，因为有了这个关系圈才有通婚权，人们也必须在这个关系圈内通婚。异族通婚制是实际有效的婚姻义务的消极负面。

性爱礼仪的强大作用达到令人敬畏的程度：他们可以在简短快速的集会中将平时分散而居、彼此心生厌恶之情的人聚集在一起，使他们变得亲近起来。对于个人来说，这是富有戏剧色彩的时刻：礼仪唤醒了爱情，诞生了诗歌。对于关注未来和繁荣的社会机体来说，这是非凡的时刻，没有一个行为不是在集团的监督下进行的：性爱的激发、订婚都是在所有人的注视下进行的，接受集体的监督，按照传统规范进行。两性之间所有违法道德的安排都将造成社会关系的全面混乱。因此婚姻按照严格的规章制度进行，没有任何幻想和个人喜好的余地：在特定时间，来自万物的秩序[①]要求集团新成员具有符合社会组织规划必要的爱情。这是不同性别之间的情感，类似于那种必然会将邻近群体成员团结在一起的友谊。[②] 243

性爱竞赛是最重要的实践活动，集会当中迸发出的那种不确定的信仰似乎来自宗教行为这种特殊的效能。但是人群多样的活动在整体上就是一种宗教活动。所有的动作构成一种万物崇拜的因素，但是万物崇拜的每一个行为都没有明确的目的[③]，它只是以各种方式，表达了期待社会事务成功的情感。同样，在古代，崇拜和社会活动具有同样的特性，它们

① 这种观念具体体现在主婚姻之职的高禖概念和作为节庆保护神的神灵概念中。参见边码第 217 页及以下。

② 这就是言语无法区别的爱情和友情观念之间的本质关系。

③ 参见边码第 173 页及以下。

都关注时间和空间，局限于集会的时刻，即节庆的时间，与
244 聚会的中心地即圣地密切相关；它们都同样出自集团成员：人们无法区别谁是主祭，谁是信徒。人们几乎可以说——因为每一个活动都涉及一种作用和反作用——每一个人都在轮流扮演两个角色。①

节庆充当了崇拜的角色，一切原始信仰便在节庆过程中形成。首先，产生宗教实践是有用的思想，这种效益既特别又模糊不清，似乎超越了人类特有的关怀。中国人一旦相信他们的祭祀行为决定了自然发生的事件的时候，他们在节庆当中便以活动模式再现大自然的运行过程。比如，在集会当中，他们展望着社会秩序带来的恩惠，构设自然秩序思想；由于他们根据自己的实践规划可以再现产生秩序的规则，他们想象着既然自然顺应某些习俗，他们也意识到社会规则与习俗具有类似性②，那么自然也遵循着社会规则。实际上，在各个时期的中国思想当中，道德准则支配着世界的发展，其根源在于古代时期的社会结构，或者确切地说，在于古老节庆实践对社会结构的表现。

1. 世界由阴阳支配：这是中国思想最原始的二元范畴。万物根据二元分类法，或者属阴或者属阳，归属其中一种。

---

① 面对面地轮流合唱。同样，八蜡节的安排也具有对立的特征，轮替性的节律安排仪式行为的程序。

② 参见对八蜡节的分析，边码第 178 页及以下。

但是，这是两个具体的范畴，两个宇宙起源论的原则。阴和阳，按照两性结合的方式，通过彼此协同合作实现世界的和谐。我们也知道，社会机体的所有成员都分别归属于性别行业分工的一种，社会秩序取决于这两种对立组合的周期合作。在节庆当中，在众人监督下，规划建立起社会组织方案。竞赛将男女合唱对立起来，在性爱结合当中找到解决的办法，每个人也都从竞赛当中看到整体的和谐。他们因此认为，阴阳两个组合被安排用于构成整个世界，在规定的时间内又相互结合，而宇宙生活就来自这两个组合的对立和团结活动。因此，对中国人来说，分类原则也是现实原则——这也是思想范畴是具体的具有宇宙起源原则价值的原因——这就是为什么万物像有性别区分的宇宙起源一样具有阴阳两性分类。 245

2. 对于中国人来说，空间不是一个简单的幅员扩展，不是来自同质元素的叠加，不是那种各个部分性质相似可以叠放的空间延展。相反，它是不同类别，雌雄阴阳，相互对立空间的有机整体，是对立空间的组合。每个性别分工行业为保持距离都拥有自己特定的工作地：男人顶着烈日在田地里耕种，女人则在屋内或树荫下。尤其在节庆场地上，每一个分工行业为避免相互之间的接触，保留着各自的场地。在山谷旁，在圣地山丘侧，男人处于阳面，而女人则处于阴面。[①]

① 我承认，（原因自不必说）没有一部文献明确地指明我所提到的男女位置的事情。参见本书附录 III 边码第 282 和 288 页，吕真达和柯乐洪的详细说明。

246 男性的位置，是向阳的山坡，是阳；女性的位置，是背阴的山坡，是阴[①]——或者说，是阴和阳，因为这两个词的原始意思就是向阳的山坡（adret）和背阴的山坡（hubac），恰恰是为了指明这两个具体范畴——这就是明确的符号，说明社会成员和万物分成两组，这两组的分配首先是从空间的角度意识的。在节庆当中，节目对参与者角色的分配，借此构想出两组性别分配。由此可知，空间范畴取决于阴阳两个基本范畴。人们承认存在两种空间延展类别。这不是全部，中国人的空间观是根据竞赛神圣的方位视角形成的，确切地说，是根据对立的男女两组完成的舞蹈动作表演形成的。面对面的两个合唱队，他们的一系列动作构成一个形象的布局，其中每一个元素相互对应，主题相对，赋予整体一定的意义，空间被看作是由对立幅域和相反类别规定的整体。[②]最后，空间表现当中混合了太多的韵律感觉和动作意像，还没有与时间表现结合起来。

---

① 为了翻译“阴”“阳”两个字的本意，我借用阿尔卑斯方言中的两个词hubac和adret。阴 =hubac = ad opacum = 向阴坡，山之北，河之南。阳 =adret = ad rectum = 向阳坡，山之南，河之北。这就是阴阳二字的原始意思，我觉得（另外，只要我们承认“阴”特指女性，“阳”特指男性）女性的位置就是在向阴坡（hubac），男性的位置就是在向阳坡（adret）。

② 由此产生关于“中心”的一个特殊观念，“中心”被设想为一个汇合点，一个各种对立对抗力量聚集汇入的一个辐射点。关于“中心”的思想和圣地即先祖中心的思想之间有可能存在某种联系。注意：在汉语中，关于“中心”的思想让人想起和谐一致的思想。

3. 对于中国人来说，时间不是一个质量相似的各个时刻 247
统一运动系统构成的单调延续。相反，他们认为，时间是由相对的两性时期反复交替构成的，是阴与阳，雌与雄相互交替，与时间相互对应。性别行业分工为保留他们的独立性，分配一年的工作。其中一个季节属于男性，用于田间耕作，另一个季节属于女性，用于室内劳作，两性轮流交替劳作。在节庆期间，为避免两性活动的混合，尤其需要组织轮流活动。同样，在男女合唱竞赛当中，他们轮流互答：对称的歌唱时期在时间上一一对应，他们的反复轮唱就是节庆延续的时间。男女声音轮唱规定和配对的时间，其连续性的表现就是中国人时间概念的基础，根据这一基础，时间就是阴阳协同竞赛活动具有轮流交替特性的周期性运动。[①]

4. 时间和空间受阴阳二元范畴的影响，都无法形成一个同质的整体。存在两种类别的幅域和两种类别的期限。相反类别的期限和幅域相互对立，而同类别的期限和幅域相互结合。与时间和空间相关的概念两两结合[②]，当人们知道，时间和空间的概念是对某一场景模仿再现的时候，人们就更加容

---

① 标志着节奏交替转换的关键点——两种生活的过渡时刻——节庆的时间，被构想为一种聚会，一种男女相遇，阴阳结合。参见边码第 133 页及注释。

② 冬、夜、北、夏、昼、南等之类。

248 易理解这种同源关系了。在场景的模仿当中，男女合唱组面对面，他们的声音和动作反映了同样的节奏，每一个动作都与音乐节律相符：从而产生交替呼应原则与对立对称原则的密切联系，这些原则是构成时间和空间思想的基础，是在节庆当中，给每个性别组的参与者分配各自角色这一必要性的双重结果。在古代，性别分工是一个重要事实，竞赛只是以戏剧的形式再现了那时的社会结构。社会按照性别分成两个行业：万物或者归阴，或者属阳。两性合作以及他们的结合保证社会生产和族群的繁殖：阴阳结合生万物。男人白天在田地耕种，女人幽居室内：阳是向阳面、南面、光面的构成本源；阴是阴面、北面、暗面的构成本源。男人的工作是主要工作，在适宜的暖季达到高潮，在那个时期所有的耕种者遍布全国；阳是夏季的根本，是劳作的根本，是扩张发展的本源。[①] 当人类活动减弱，每个人都归家而居，幽闭起来的时候，女性的劳作开始了：阴是死季是冬季的根本，是幽居、惰性、撤退和潜伏活动的本源。我们发现，分工的古老规则决定了社会活动，为思想提供了秩序原则：它是具体的道德准则、活动准则，是世界概念的主导纲领，同时也似乎真正

① 见《书经》和《史记》中保存的古历。参见边码第175页及注释，以及附录Ⅱ。

主宰着自然的运行。[1]

一个历史事实标志着中国文明历史当中一个重要时间： 249
那就是诸侯国城市的建立。当人口增长密度使稳定的群居生

① 在这里我有必要简单地介绍一下本项研究所提出的假设。经过严格的分析，我们会发现，阴阳是一对有性别差异的组团力量，它们彼此对立交替。另外，我们也可以证明，竞赛的组织足以说明这些复合多样的观念当中所有构成要素。这就证明了这样一个假设，即这些基本观念皆源于中国的原始节庆，这是合乎逻辑的证据，而且在我看来，也是最基本的证据。——因文献有限，我们不能提供具有同样价值的历史证据；没有一份文献明确说明，当男女在神圣山谷间面对面而立进行轮唱的时候，女子站在向阴坡，男子站在向阳坡。但是，如果不是这样的话，那么在汉语当中，原来代表“adret”（向阳坡）和“hubac”（向阴坡）的两个汉字就不可能有它们现在的影响。反过来，这种影响也很容易解释。另外，在竞赛当中男女两性的位置正是这个假设所要求的，要接受这一观点，有一个关键原因，那就是我们清楚地看到这种布局被采纳的原因。劳动分工是在男女两性间分配的，如果从表象上说，没有一方面将女性与她们劳作的阴沉季节和阴暗地方联系起来，另一方面将男性与他们劳作时充满阳光和明亮的日子联系起来的话，那么这将是无法想象的。由于受劳动基本分工的影响，预先将女性合唱组的位置安排在向阴坡，而将男性合唱组的位置安排在向阳坡。这样，分类的具体原则在开始的时候是从空间方面来考虑的，但是，作为观念主导大纲的意像布局却是由男女两性合作的交替节奏所分配的劳动组织的基本事实决定的。阴阳从一开始就是对不同物种进行归类的范畴，它们首先是具有性别差异的两个集团，其有节律的活动主宰着万物的创造。—— 另外还有一个事实可以证明我们的假设，那就是这个证明不仅阐明了我们要解释的观念所包含的所有构成要素，而且还阐明了它们彼此之间的关系和等级。—— 在参考比较社会学研究的时候，它还增加了研究的权威性。涂尔干和莫斯在他们关于原始分类体系的重要研究中曾指出中国分类体系与某些原始民族的分类体系相似。关于这些分类体系，目前我们所拥有的文献材料可以让我们提出这样的假设，就是其起源与我们的假设所提出的起源极为相似。参阅《社会学年鉴》第 VI 卷（涂尔干和莫斯，1903，《原始分类》）。

活变得可能的时候，社会结构发生了变化。

没有一个城市不是君王管辖的，封建王朝的到来总是通
250 过一个城市的建立表现出来[①]。的确，一个稳定的聚居区可以让人们建立起日常的联系。当社会活动每天都在发生的时候，定期间隔地举行节庆，更新组织的恩惠情感，以此维持社会秩序还不够，还需要时时刻刻的监督，因为城市生活而变得亲近的人需要一种政府管理。君王实施管理，就像节庆在以前所起的作用一样，成为社会制度的原则。他的管理权力有一种在古代节庆当中表现出来的令人敬畏的特征：他天生就具有一种调控德性可以使他的行为扩展到人和物身上。——他周围闪耀着领袖的神圣性，会直接渗透到他忠实的臣民身上，赋予他们管理的才能。作为官吏机体的贵族阶层便产生了。领袖的神圣性延展到他所有居所，举行聚会、进行各种交换的圣地。君王在那里建立庙宇，开设市场。从此以后，人类活动仅局限于圣地周围，就像以前各种聚会以圣地为中心一样。同时，人类活动在一年当中展开，与此同时，依然保留了某些周期性的东西。在同样的时间内，举行敬献诸侯的宫廷聚会和市场集会，这一切活动使社会生活有了节奏感，但是，社会生活具有稳定的新特征，所有的惯例制度也因为这

---

① 注意：当一个王朝开始认识到它的力量正在衰微并希望恢复它的天命时，它就会建设一个新的帝都试图确保它的成功。见《诗经·大雅·公刘》（顾译本，第 360 页）。

位领袖而发生了变化。

性别对立依然是社会的基本规则之一，但表现出新的一面。男性活动，尤其是君王周围的男性活动，依然保持他的 251
尊贵特征；但是，男人经常应召入宫议会，女人自然被排除在外，她们幽居后宫[1]，忙于日常的杂活，远离隆重庄严的公共生活。两性之间的对立依然很大，这似乎是由男女之间的价值差异所决定的。男女性爱接触总是会激发更多的恐惧，令人担心，因为男人在亲近女人的时候似乎损害了他令人敬畏的特性。女人一旦退出公共生活，人们就会认为她们不纯洁而无权参与社会生活。她们退居深宫过着幽居的生活，似乎就是这种不纯洁性所强加的，对她们的要求也越来越严格。性爱结合的行为被看作是一种补救方法，用以对抗来自女性的邪恶影响。性爱礼仪从宗教仪式中消失，人们再也找不到任何相关痕迹，除非在一些带有神奇特征的仪式当中。[2]最后，女人再也不参加公共的祭祀活动，除非某些特例，幸存的某些具有深意的仪式，比如作为“上林”的女祭司。[3]她们只在完全是私人性质的祖先祭祀当中起作用。[4]

① 家务事依然是女性的职责，男人则忙于室外的工作。女人局限于闺阁之内。见《礼记·内则》（顾赛芬译，I，第 659 页）。

② 例如，祈雨的巫术仪式。参见《礼记·檀弓》（顾赛芬译，I，第 261 页）。

③ 参见《史记·封禅书》（沙畹译，III，第 452 页）。

④ 主妇在祖先祭祀当中起重要作用，但需要注意的是，在祭祀过程中人们非常谨慎，避免与其接触。参见《礼记·祭统》（顾赛芬译，II，第 339 页）。

与此同时，婚姻也发生了相应的变化，不再是公共事务
252 了。古老的集团只有一项内部政治，或者说，那是永恒不变的政治，而君王则有不同目的不断变化的交际手段。他们采用联姻的方式确立外交组合，实施影响对抗。因此，至少在贵族阶层，联姻不是通过传统习惯规定的，而是取决于家族领袖一时的政治需要。婚姻不是在庄严的仪式上在集体的监督下缔结的，而是为了顺应政治形势缔结的。一旦采取一切必要措施避免性爱行为带来的风险，外交方法就规定了结婚的时间。

在传统结盟外的契约式结合，尤其是那种不遵循异族通婚规范的结合，总是不吉祥的，人们从中看到君王衰亡的深刻原因。但是，君王的婚姻对他个人来说非常重要，而不是对全国的婚姻。就像以前节庆产生的神圣力量似乎全部集中在君王的德行上一样，领袖的婚姻似乎对民族生活产生了以前全面庆祝婚姻一样的影响。[1] 人们发现，在君王的后宫，有因为个人爱情和嫉妒而引起的争斗，这反映了封建外交关系争斗的影响，社会的混乱和不稳定就是从这些混乱无政府的聚集中心引发出来的。因为女性的本质从根本上被认为是危险的有害的，人们认为，如果王妃的丈夫没有足够的能力通过君王有效的影响说服她改变本性，成为国家道德风尚调控

---

① 参见关于《礼记》中“大昏”的注疏（顾赛芬译，II，第367页）以及《关雎》的注释。

者的话，那她就可能导致国家的灭亡。

对女性的蔑视促使女性深居简出，远离公共生活，害 253
怕与女性接触，自此出现贵族阶层和高尚的习俗以后，这一切都成为放弃年轻人的节庆使其沦为民间习俗的强有力的理由。[①] 另外，从前节庆所承担的功能，君王也将其归为己力。节庆复合多样的能量和恩惠首先与庆祝节庆的传统地方结为一体。市民之间的和谐，婚姻的幸福和子嗣繁衍，一年的繁荣昌盛，都是从这些地方散发出来的。它们掌管着人类和自然的生活，为每个家庭分配子嗣，为耕种分配雨水和阳光，所有这一切似乎来自它们的守护权力：忠实的臣民自认为他们自己就来自这些祖先中心地。直系子孙，也就是承认延续先祖姓氏的那一脉人，构成被选中的氏族，一个强有力的氏族，其领袖通过与圣地共掌权力，平均分配的方式，拥有德行，使他有资格统治众人和万物。他们通过祭祀圣地来维持这种德行，向它表达忠实的臣民通过中间媒介表现出来的尊崇之意。然而，一个稳定政府的领导，为恢复调控性德行，需要一种比定期举行的山川节庆更为快捷更为日常的祭祀。他们在宗教实践方面更为专业，周围拥有专业的机构，最后终于在早期的全面活动中找到区别。这样一来，他们划分祭祀类别，赢得在自己的城市中建立各种庙宇的方法，这样他

① 这是沿袭《周礼》和郑康成的说法。参见边码第 132 页。

们可以经常去复兴自己的权威。圣地依然是他们权力的外在
254 灵魂，与君王共命运：有些圣地随着王室的没落而成为民间朝圣普通的地方；而另外一些随着王朝的崛起而成为国家祭祀的对象。[1]——这些国家祭祀，在宗教思想分化的影响下，有的是祭拜高山，有的祭拜河川。[2]

没有一个君王没有城市，没有一个君王城没有市场、祖庙和土地神的祭坛（社稷）。[3]这就是乡野圣地的城市继承者。交换在市场进行，就好像年轻人节庆当中的定期集会一样。值得注意的是，市场设立的地点依然是约会的地方[4]，仿佛经济交换如果没有人员贸易就无法进行一样。——祖庙仪式明显表现人类社会成员之间的关系。祖先是社会秩序的守护神：人们是向他们请求神谕（Mandat），获得许可，做成生活中的重大决定，也是在他们的监督下缔结婚约和盟约，人们也是从他们那里获得子嗣[5]。土地神是圣地神圣力量最直接的继

---

① 参见《史记·封禅书》（沙畹译，III，第422页）所载秦国国君努力将他们与一些圣地联系在一起，并用国家之礼来祭祀它们。

② 比如对泰山的崇拜。参见沙畹《泰山志》以及《诗经·鲁颂·閟宫》（顾译本，第457页）。

③ 参见《诗经》中纪念都邑创建的诗篇《韩奕》和《公刘》（顾译本，第403页和第360页）。

④ 参见《东门之枌》和《氓》。注意高禖的节庆是在城邑的南郊举行，这也是通常进行交换的地方。

⑤ 见孔子诞生的故事。这个故事表明从旧习俗向新习俗的转变。参见《史记·孔子世家》（沙畹译，沙畹译，t. V，第289页）。

承者，但却是被缩减脱离根基的继承者。草木生长繁荣表现了圣地的神圣力量，它似乎先是完全栖居于一根圣木中，接着在一棵神树中，最后才坐落在一个由神圣材料雕刻的石碑上[①]，这个石碑是可以移动的，君王将其安置在自己的居所旁。255
人们向土地神祈祷，希望他能够保佑季节规律的更替，因为这是社会生存的条件。某些诉讼案件，尤其是涉及两性问题的案件，要在土地神面前以辩论的形式作出裁决，这也是古代竞赛留下的记忆。[②]比如，召公就曾在一棵大树下，听取了一桩以轮流对诗的形式进行辩论的婚姻诉讼案，受到所有人的崇拜。

因此，宗教方面的所有活动，从前与一年当中的某些时期、国家的某些地方相关，后来变得与时间和空间条件无关紧要。它从集体领域分离出来，成为特殊机体的东西。经济和政治一旦规模缩小，部分变得世俗化了，那么所剩下的部分，也就是说，纯宗教的活动，不再那么依赖整个社会事实，顺应阐释专家群体的分析，就逐渐适应了某些特殊目的，自创出一种礼仪方法（une technique rituelle)。古代那些多种多样的实践活动也具有一种不确定的效能。通过系统分类的学术研究，每一个实践活动都具有特定的目的。古代节庆被简

① 见《周礼·地官·大司徒》和《论语·八佾》："夏后氏以松，殷人以柏，周人以栗。"

② 参见《行露》和《召南·甘棠》。同时参阅附录Ⅰ。

化成宗教思想不同体系在历法制定过程中安排的一种微小的习俗礼节。[①]

256 在朝廷当中，那些成为宗教传统守卫者的大臣们，让人们感受到他们在信仰和实践方面的行为，彼此对称。由于宗教解释学派的辩证，对阴阳两个原始概念的分析提出了理智性元素，作为建立礼仪方法的秩序原则。从另一方面说，古代信仰受新的社会秩序直接影响。将某些人物当作明星来崇拜，这是封建组织的基础，与祖先崇拜的发展同时发生，在信仰方面，它是通过个人化的宗教力量这个观念表现出来的。所以，人们会以英雄、亲王或侯爵等形象代表高山河川。[②]家族谱系艺术是封建政治的必然产物，为了达到外交目的，借用英雄史诗的形式，人们利用家族谱系来编写地方崇拜的历史。其中一个证明就是，有关“圣迹诞生”主题构想出来的

---

① 我们发现，所有原始仪式是逐渐崩坏的；不同的实践活动产生不同的仪式，其主题根据不同的原则而定。有时候，它们与太阳日期相关，有时候与周期循环日有关，有时候又与某种便于记忆的日期有关（比如3月3日，参见《荆楚岁时记》）。随着节庆时长的缩短，节庆的数量却增加了。节庆解体之后，其仪式分散到各个月份，成为节日。仪礼的合理分配初步成形，与整体这种崩解相一致。比如，9月9日为登山的日子（参见高延《厦门》，第530页）；5月5日是举行水上仪式的日子（同上，第346页）。但是登山的仪式不一定要在秋季举行，在春季也可以举行（1月7日和15日；参见《荆楚岁时记》）。相反，水上仪式也在秋季的某个月举行（7月7日和14日，《荆楚岁时记》）。——我想举这些简单例子就够了。对那些想根据仪式的日期或其中似乎起主要作用的仪礼来追溯节庆起源或意义的人来说，这都是一些慎重的忠告。

② 见边码第194页。

传奇故事。其中所叙述的事实往往是成双成对的，更具有教
益，因为故事表现出王室家族对英雄起源的关注，也证实存
在少量的模型，为谱系专家提供充分的想象力。关于神奇受
孕的故事[①]，仅有以下类型：女主人公看到一颗流星，履巨人
脚印，吞食鸟蛋，一朵花，一颗种子或者通过梦境与先人交 257
流而受孕。而且，从这些传奇故事类型来看，所有故事，大
概至少有两个故事与山川节庆有关。我们可以发现，简狄受孕
或者公子兰的诞生这些世家故事，从细节来看，都来源于古代
节庆的实践活动，来源于与先祖中心地相关的古老信仰。[②]

将神圣力量人格化，同时也被运用到封建宗教范畴之外，这一需求促使几个民间神话从古老的国家习俗中诞生出来。这些神话持久富有生命力，虽然没有官方祭祀的支持，但依然可以存活下来。在古代节庆中，男女合唱队在雨季的时候，在水中展开彬彬有礼的竞赛，并以性爱配对结束，从这样的节庆中，衍生出主宰降雨的龙斗并最终结合的神话。[③]直到今天，在远东地区，人们还在以星辰神话[④]，如牛郎织女的

---

① 见边码第 200 页。这是最具原始意义的传说：将自己的脚放进足迹中而怀孕，这种传说似乎与圣地（圣石）崇拜有着某种联系。

② 参见边码第 166 页和第 200 页及以下。

③ 参见边码第 159—160 页。鲁国的仪礼和郑国的信仰都表明了这种神话与古代节庆的关系。

④ 关于这个神话，高延的解释（见《厦门》，第 436—444 页）在我看来是一种最危险的解释。

故事形式讲述年轻人节庆的基本仪式。中国女性[①]和日本女
258 性[②]正是向这个织女星乞巧求子。织女星整年都生活在银河对岸，孤独地织布；但是到了七月初七，这位天上的室女就像从前地上的农妇一样，（织女）渡过天河[③]与牧夫星座（牛郎）相会。

① 在中国（见《西京杂记》和《荆楚岁时记》），有将小儿像放在水上漂走的习俗（对比郑国的习俗，边码第 158 页）。参见高延《厦门》，第 443 页。《西京杂记》提到在百子池畔举行的仪式，那是祓禊仪式。

② 在日本，在举行盂兰盆会这一天，夫妻要在草间唱歌（参见附录Ⅲ，边码第 279 页）。也就是在 7 月中旬。日本的七夕节（La fête de Tanabata），即祭祀织女的日子在几天前举行。在中国，佛教盂兰盆会仍然是在同一天举行。还应提到的是，7 月 14 日（两个 7 天）是古代举行秋禊献祭的日子，与春禊（3 月 3 日）献祭相对。

③ 织女渡河，喜鹊尾随其后。喜鹊是象征婚姻的鸟（参见《鹊巢》）；参见高延《厦门》，第 440 页；《风俗记》：“织女七夕当渡河使鹊为桥。”

书中诗歌索引

259

诗集顺序				本书研究顺序	
章节与序号	顾译本页码	理雅各译本页码	编号	编号	章节与序号
《周南》1	5	1	LVI	I	《周南》6
— 3	8	3	LVIII	II	《桧风》3
— 5	10	11	VI	III	《小雅》VIII，4
— 6	10	12	I	IV	《陈风》5
— 8	12	14	XIX	V	《召南》13
— 9	13	15	XLVI	VI	《周南》5
— 10	14	17	LXVII	VII	《鄘风》5
《召南》1	16	20	IX	VIII	《豳风》3
— 3	18	23	LIX	IX	《召南》1
— 6	20	27	XI	X	《郑风》20
— 8	23	29	XIV	XI	《召南》6
9	24	30	XXII	XII	《邶风》16
— 10	25	31	LXVII	XIII	《郑风》16
— 12	26	34	LXIV	XIV	《召南》8
— 13	27	35	V	XV	《郑风》11
《邶风》6	35	48	LXVIII	XVI	《鄘风》7
— 9	38	53	L	XVII	《曹风》2

续表

诗集顺序				本书研究顺序	
章节与序号	顾译本页码	理雅各译本页码	编号	编号	章节与序号
— 10	39	55	XLIX	XVIII	《王风》8
— 16	48	67	XII	XIX	《周南》8
— 17	49	68	XXXIX	XX	《小雅》VIII, 2
《鄘风》4	55	78	XLIV	XXI	《豳风》1
— 5	56	80	VII	XXII	《召南》9
— 7	58	83	XVI	XXIII	《郑风》19
《卫风》4	67	97	LXVI	XXIV	《陈风》3
— 5	70	101	XLI	XXV	《曹风》1
— 7	72	104	XLVIII	XXVI	《唐风》10
— 10	75	107	XXVIII	XXVII	《王风》10
《王风》8	82	120	XVIII	XXVIII	《卫风》10
— 9	83	121	XLIII	XXIX	《陈风》4
— 10	84	122	XXVII	XXX	《郑风》12
《郑风》2	86	125	XL	XXXI	— 10
— 7	92	133	XXXII	XXXII	— 7
— 8	92	134	XLII	XXXIII	— 18
— 9	93	136	XXXVI	XXXIV	《陈风》7
— 10	94	137	XXXI	XXXV	《郑风》14
— 11	95	138	XV	XXXVI	《郑风》9
— 12	95	139	XXX	XXXVII	《唐风》11
— 13	96	140	LI	XXXVIII	《郑风》17
— 14	96	141	XXXV	XXXIX	《邶风》17
— 16	98	143	XIII	XL	《郑风》2
— 17	98	144	XXXVIII	XLI	《齐风》4
— 18	99	145	XXXIII	XLII	《郑风》8
— 19	100	146	XXIII	XLIII	《王风》9

260

续表

诗集顺序				本书研究顺序	
章节与序号	顾译本页码	理雅各译本页码	编号	编号	章节与序号
— 20	101	147	X	XLIV	《鄘风》4
— 21	101	148	LII	XLV	《卫风》5
《齐风》4	105	153	LI	XLVI	《周南》9
《唐风》5	124	179	LXI	XLVII	《周南》10
— 10	129	185	XXVI	XLVIII	《卫风》7
— 11	130	186	XXXVII	XLIX	《邶风》10
《秦风》4	137	195	LIV	L	《邶风》9
— 7	141	200	LVII	LI	《郑风》13
《陈风》1	145	205	LXII	LII	《郑风》21
— 2	145	206	LXIII	LIII	《小雅》III，2
— 3	146	207	XXIV	LIV	《秦风》4
— 4	147	208	XXIX	LV	《陈风》10
— 5	148	209	IV	LVI	《周南》1
— 7	149	211	XXXIV	LVII	《秦风》7
— 10	151	213	LV	LVIII	《周南》3
《桧风》3	154	217	II	LIX	《召南》3
《曹风》1	155	220	XXV	LX	《小雅》VII，3
— 2	156	222	XVII	LXI	《唐风》5
《豳风》1	160	226	XXI	LXII	《陈风》1
— 3	167	235	VIII	LXIII	《陈风》2
— 5	170	240	LXV	LXIV	《召南》12，10
《小雅》III，2	199	279	LIII	LXV	《豳风》5
— VII，4	293	391	LX	LXVI	《卫风》4
— VIII，2	307	411	XX	LXVII	《召南》10
— VIII，4	310	414	III	LXVIII	《邶风》6

附录Ⅰ　诗歌《行露》注释——谚语竞赛

261 **XI. —《行露》**

1. 厌浥行露，　（男）潮湿的道路露水多：
2. 岂不夙夜。　怎么不在清晨也不在傍晚启程？
3. 谓行多露。　（女）道路上的露水太多！
4. 谁谓雀无角，　（男）谁说雀儿没有嘴？
5. 何以穿我屋，　如何啄穿我的房屋？
6. 谁谓女无家，　谁说你没有嫁夫？
7. 何以速我狱。　你怎么能责怪与我？
8. 虽速我狱，　（女）尽管你责怪与我，
9. 室家不足。　我们还是不能成婚！
10. 谁谓鼠无牙，　（男）谁说老鼠没牙齿？
11. 何以穿我墉。　如何打通我墙壁？
12. 谁谓女无家，　谁说你没有嫁夫？
13. 何以速我讼。　你怎么能责怪与我？

14. 虽速我讼，　　（女）—尽管你责怪与我，
15. 亦不女从。　　　　我依然不能跟你走！

《诗序》曰："行露，召伯听讼也。衰乱之俗微，贞信之教 262
兴，彊暴之男不能侵陵贞女也。"

召公是周文王和殷纣王时的贤士。殷纣王是一个暴君，是国家混乱道德败坏的始作俑者，诗中男子的粗暴就象征着殷纣王。周文王由于自己的美德重建良好风尚。人们早已感受到他的影响，这说明女子为什么会保守贞洁。（参见《郑笺》）

1，2 和 3 句，厌浥，湿；行，道（《毛传》）。夙，早（《郑笺》）。

婚礼的前五道仪礼在黎明举行；第六道仪礼（迎亲）则在黄昏举行。（参见《仪礼·士昏礼》）

露意味着仲春之月（《郑笺》）（参见《野有蔓草》第 2 句；《蒹葭》第 2 句）。季秋之月（九月），露变为霜（植物生长周期结束）：因此秋露为仲秋之月（八月，即秋天第二个月）。因此，春露标志着二月（春天对应的月份），霜变为露（植物生长周期开始）。

《郑笺》曰："二月中，嫁取时也。"

《毛传》解 1，2 和 3 句为比兴，作以下解释：哪一位行路人不希望清晨出发，傍晚回归？但是，因为担心（在露水

中行路）打湿衣服，他没有在清晨也没有在傍晚启程。同样，一个粗鲁的男人向这位姑娘求婚，姑娘怎么会想嫁予他呢？只要仪礼还没有完成，她就没有嫁予他。担心在露水中行路象征着担心仪礼不周全。（参见孔颖达）

《郑笺》（认为婚礼必须在仲春二月举行）解释说，男子出现时，露水已经很浓，也就是说，已经是三四月份了。而且，他还想在仪礼不周全时强迫姑娘嫁予他。

7. 速，召；狱，埆（《毛传》）（根据《毛传》，此句应该翻译成：召我去诉讼，投我进监狱。）

9.《毛传》：结婚仪礼不足。币不备。《郑笺》曰："室家不足，谓媒妁之言不和，六礼之来强委之。"

这首诗难以理解之处在于4—7句和10—13句之间的类比推理模糊不清。

注释家认为，姑娘就是诗歌的作者，她以这些事实来表明拒绝男子的理由。其理由就是：你将我告上公堂，人们说：你我之间有契约，"似有室家道於我"。但是，这是一个错误的结论，就好像人们看到屋顶有一个洞，人们就说：啄洞的雀有嘴（角）一样。你对我提出的诉讼就好像未婚夫对未婚妻提出的诉讼一样，但"有似而不同"：实际上我们还没有订婚。

我认为这样的解释是不可信的，有两个原因：（1）在说理当中，诗歌使用"家"这个词，它只表示丈夫的意思。所

以这是男子的说理，是为男子辩护的；(2) 第二个类比推
理：如果老鼠打通了墙壁，是因为它有牙齿，认为这个类比 263
是错误的，这个说法是站不住脚的。(现代注释家巧妙地解释说，“牙”指的是犬牙，不具有啃噬功能；因此类比推理依然是错误的。另外，这种解释虽然精妙，但依然无法令人接受，“家”这个字表明，这一定是男子说的话。)

因此，我认为，类比推理是男子提出的，类比是有根据的：这也是为什么“角”翻译成“鸟嘴”(bec)，而不是(犄)角(corne)。这是一种假设，但“角”的解释一定比“牙”的解释合理。——(因为“家”这个字)我认为4—7句和10—13句是男子说的。相反，“从”字(第15句)只能是女性使用(女性的命运就是服从，suivre；参见“三从四德”的说法)。14—15句是女子说的，与此对称的8—9句也是女子说的。最后，因为露象征春季节庆的时间，所以我认为诗歌的前两句是男子的催告，第三句是女子的遁词。

我认为这首诗是一场对话。

异体字：浥，挹；穿，穿；女，尔。参见《皇清经解续编》，卷1171，第15页。

主题为春季相会，气象。

注意：“讼”字，音同“颂”(颂扬之歌，参见《诗经》第4部分)和“诵”(朗诵，颂扬之歌。参见《诗经·大雅》中《崧高》和《烝民》。但一般来说，又被解释为刺诗。参见

《左传·襄公四年》,《诗经·大雅·桑柔》第3章)。

《周礼·地官·媒氏》载:“男女之阴讼,媒氏听之于胜国之社。”(参见《大车·序》)我们知道土地神(社稷)和神木之间的关系。召公是我们现在考察的这桩诉讼的判官,他是在受人尊敬的一棵大树脚下审理这桩道德公案(参见《召南·甘棠》)。另外,如果我们还记得媒氏主祭春季节庆(《周礼·地官·媒氏》,所有节庆在神树下举行的话,那么我们就能够承认道德诉讼的法律用语与竞赛当中即兴对唱的诗句具有相关性。

《荆州岁时记》中记载(一月初七)要举行登高仪式:登高赋诗。登高赋诗这一习俗与中国思想中的那种巫术符咒观念有关。

狱与语同音(只是语调不同)。语意味着对话。参见《东门之池》第8句。

最后,我对7—8句中“速我狱”的理解是:唤我以诗对决;对13—14句中“速我讼”的理解是:以符咒召唤我。彼此发出的符咒就是诗歌对决。

我们也许还可以将本诗与《小雅·无羊》进行比较。参见《鄘风·相鼠》(顾译本,第59页)。

264 这首诗歌非常难理解。我采取非常谨慎的态度来翻译这首诗,作出随后的注释。注释家有理由认为,这是男女双方因为一桩初定的婚姻而引起的争讼,男方希望能够完成婚姻,而女方拒绝。但是，他们相信，这场争讼是一件真正的诉讼，诗歌——尽管前两句表达了男子的思想——是女子的诉状。相反，我倒认为这纯粹是形式上的争议，诗歌简略地介绍了一场情歌竞赛，15 句诗歌构成的对话表明男女双方如何相互表白，以完成春季的订婚。以下是我的理由。

我们承认，“室家”（9）的说法取其转义（夫妻，婚姻，参见《桃夭》第 4—8 句）。由此证明，“家”（6—12）也是取其转义。但是，如果这里“家”意味着“丈夫”的话，那么带有“家”的诗句以及相关展开的诗句（4—7）（10—13）一定是男子说的。另外，“从”字只有女性使用，因此第 15 句是女子说的，前一句与后一句是一起的。由于对称的关系，我相信 8—9 句也是女子说的。这才是比较合适的分配。

按照这个思路就产生以下想法：（1—2）男子邀请女子随他参加春季节庆，那是举行节庆的季节（1. 露，参见《野有蔓草》），为什么她不在合适的时候与他相会呢？（2. 夙夜，参见《东门之杨》《东方之日》和《仪礼 · 士昏礼》。）——（3）女子拒绝他说：太晚了；（结婚）时期已过（3. 多露，参见《野有蔓草》第 1，2 句）；——（4—7）男子为了说服他，据理力争。——（8—9）女子再次拒绝。——（10—13）再次以新的理由进行辩论。——（14—15）再次拒绝。

对诗歌的对话进行这样的分配，意味着每一个年轻人轮流陈述，而另一个人对其加以反击（男子：7，13 ；女子：8，

14)。如果这是一场真正的诉讼，有法定的原告和被告的话，这样的情形是不允许的。相反，如果这是一场爱情争吵的话，那就说得通了。

争议的内容是什么？男子几乎仅重复这一点："你拒绝了，但是仅就否认我提出的要求这一事实就证明我们还在商量呀。"我们有句俗语叫："无火不起烟。"（无风不起浪），这个推理与这句谚语相似，倒也站得住脚。这个理由如此充分，女子无以作答，只能简单地明确自己的意愿。如果这个理由
265 是有根据的，那只有一种可能的解释：两个年轻人实际上注定要婚配的，两人都知道他们最终是要结为夫妻的。注疏家们对此也深信不疑。他们认为，姑娘之所以拒绝，是因为结婚的仪礼还没有全部完成。被迫快速成亲会损害她的名声（参见《野有死麕》第9—11句）。她的抵抗表明她的价值，因为，既然斗争的结果是确定无疑的，那么争论的时间越长，对双方的声誉就越重要。姑娘迟迟不同意，男子快速得到承诺，这似乎是争论的唯一结局，因为争论的关键不在于结果，而在于争论持续的时间。

因此，爱情争论实质上不是一场诉讼，因为结果是肯定的，双方争执的目的只是为了名声，而且行事彬彬有礼。他们的冲突可以说是没有利害关系的。这只是一场游戏，一场竞赛。正如苗族青年在表白爱情之前要用一段时间来玩抛球游戏一样，年轻的姑娘开始并没有想在露水中行走，当她的

朋友以诗歌邀请她时，她也用诗句表示拒绝（其实是反义，参见《溱洧》第5—7句）。虽然诗歌的结尾依然是姑娘拒绝了对方，那是因为，就像在越南土佬人那里一样，需要很长时间多次重复才能得到姑娘的同意。

因为问题的关键不是诉讼的结局，因为年轻人最终一定会完成注定的目标，所以没有必要变化更多的理由，只需要以不同的形式不断重复就好了，就像人们重新抛球，直到游戏结束。这就是为什么小伙子一直重复同样的道理，为什么他只是换了形式，而理由却没有改变。

如果我的分析恰当的话，那么我们所研究的诗歌就是诗歌对决从而生发爱情的例子。这首诗可以让我们看到年轻人是如何求爱的，它让这种情感渗透到个人的心灵当中，让他们感觉这是一种义务。

爱情争论开始是男子的一般性表白。这就是春节的婚约节庆。这难道不是结合的时间吗？对于这个问题，姑娘以简单的遁词做答：太晚了。（比较竞赛开始，与《氓》的7—10句非常相似）。通过这首次传球，诗歌比赛就开始了。接着，两人之间就展开了系列类似的战斗（诗歌表明两次几乎相同的对答）：小伙子引用一句谚语；接着在这无可驳斥的公理和他坚持的论点当中，他建立了一个类比推理，以讥讽的方式要求姑娘反驳他的双重公理。而姑娘没做任何反驳，她的一 266
切对付方法就是不服输。

第一个论据之所以有力，是因为它是时令谚语，是借用季节习俗的一种象征性说法，具有约束性力量：援引这句话的人利用这个理由约束对手，取得胜利，但是他没有立即获得胜利。时令谚语是非个性化的规范，无法形成一种直接触及个人的证据。为了击中对方，需要中间环节。因此会采用次级论证。这些论证为提出的论点和谚语公理之间确立联系关系。通过这种联系，人们得出的结论跟谚语一样，具有权威性。他所说的常理越是有必然性，得出的结论与其关系越是密切。小伙子不让姑娘说自己没有未婚夫（他自己），否则就要否认雀儿有嘴，老鼠有牙齿——就像跟她说路上的露水象征春季的节庆的时候，他已经让她失去说他们的结合时间还没有到来的权利。但是，时令谚语是一个明确社会规定的象征性表达方式，具有不变的意义，而俗谚只是一个传统标志，代表自然事实，与之相关的道德意义既不明确也不稳定。俗谚所说的内容并不意味着一些必然的能够正式观察到的重复现象。它具有通俗性和可变性，在道德范畴上，能够迎合各种相关推理；它比时令谚语更加灵活，使用更加方便，适用于某些特殊的、个性化目的。这就是它使用的方法。利用俗谚其实就是一种手段，用于从象征性表达方式所包含的前提中得出人们早已预见的结论。人们提出一种令人肃然起敬的自然关联，与此同时，以它的权威来支持早已预见的结论。时令的象征性表达方式是真正的戒律，光有时令谚语还不够，

就像一个法律文本无法构成一份辩词一样。个人观察到的意
像，个人创造产生的比喻不足以支撑思想，因为尽管它们具
有新颖性，但缺乏威望。相反，谚语表达的宝库提供了古老
的令人尊敬的意像，令参赛者在诗歌竞赛中获胜。这些谚语
表达之所以让人肃然起敬，是因为人们感觉它们与象征性表
达有关，因为它们使用灵活，可以作为一种象征来支撑人们
提出的特殊提议，让人接受。因此，在爱情争论当中，以谚 267
语说事的人最终会取得胜利。

借用圣神的比喻，将个人论点和不可辩驳的真理联系起来，需要一些技巧才能完成。从律法到实施应用，是需要技巧的。采用疑问形式就是要掩饰这种过渡，隐瞒人为的痕迹。以疑问的方法提出自己的观点和自然关联的人，他以双重询问的方式采取攻势，削弱对手的攻击，使其处于不利之境，在对答当中所有的措辞都是荒谬说不通的，除了他希望得到的答案。这样，不仅对手无法摆脱谚语类比的约束，而且也增强了讽刺的强制力。这种强制力从何而来？这不单单源自言语技巧的使用。如果说讥讽的询问能够使对手处于弱势，使其无法自由回答的话，实际上那是因为质疑的不是他，询问的内容超出了他的能力，转向公共意识。当人们开始怀疑反对的观念是荒谬、不合常理、大逆不道的时候，人们会求助于公共意识以保证论据的合理性。就像为了说服某事，人们不会采用缺乏权威的个人论证，而是借用公共领域中具有

不可争辩的权威性主题加以论证。当人要求对方同意的时候，人们也不会通过本能的承认来获取，而是通过公共舆论的压力来获取。讥讽和谚语产生的约束力，如同辅助武器产生的力量一样，出自疑问形式的表达方式，由于它的形式和内容，一再要求尊重公共智慧。

正是通过不断地询问，通过谚语的不断积累，通过讽刺性类比，人们才最终同意。值得注意的是，在我们研究的事例当中，追逐承诺的攻击没有任何反攻击加以回应。也就是说，一个对手一直处于被动状态，只有另外一个对手在使用谚语和讥讽的手段。诗歌竞赛就是这样采用一种辩护的方式展开的，在平等的时间内，一方坚持用简单的反对断言压制整个赛事。根据采用行动的条件，难道不是唯一一个对手有权掌握讥讽和谚语吗？因为婚姻是事先安排的，问题不是说服未婚夫妇的一方放弃抵抗，尽快完婚。同样，诗歌对决的重点是尽早消除抵抗，取得承诺。小伙子充分展现自己的才华，利用经典的说辞迫使姑娘无法拖延太久，拒绝自己，因
268 为在传统游戏规则当中，姑娘出于矜持和爱情的原因，必须这么做。这样，他也在姑娘心中提高了影响，树立声誉，最终让她屈服。他很快就达到了自己的目的，成为一个懂得利用讥讽和谚语约束权力的情人。也就是说，他是值得被爱，具有公共智慧活跃情感的人。是非个人力量迫使人们承认爱情，同时也是非个人品质促使两人相爱。人们之所以在求爱

时以讥讽的语气咏唱一首类似谚语的抒情诗，那是因为爱情不是因为突然间对某些个人品质产生崇拜之情也诞生的，而是出自义务情感对个人情感的胜利。通过诉求于公共智慧，符咒减弱了出自机体的思想情感——家庭的和性爱的——矜持和荣誉感，从而唤醒了爱情：这是一种同所有本位主义对立的情感，是统一和和谐的源泉，是公共秩序的原则。

让·鲍尔汉（Jean Paulhan）在他的诗集《梅里纳人诗集》（Les Hain-teny Mérinas）中收录了马达加斯加民间诗歌。我们将《行露》与其中一些诗歌（第 39、115 页，尤其是第 123 页以及 183 页，参见序言，尤其是第 52 页及以下，第 58 页及以下）进行比较，也许会有些用处。下面举一个例子（参见第 39 页）：

（男子说）

也许您自认为是巨石，
凿子凿不破？
也许您自认为是巨石，
水滴无侵蚀？
或许您自认为是干荆棘，
烈火烧不毁？
或许您自认为是多彩公鸡，
钢铁无所惧？

或许您自认为是只土公牛，
无人来摘您的角？
哪里的铁匠，
不被火灼伤？
哪里的挑水工，
不被水打湿？
哪里的煽火者，
不大汗淋漓？
哪里的行路人，
不疲惫不堪？
269 （过了一会儿，女子又回答说）
——啊！我厌倦一再拒绝你。
那就答应你吧。

于是两个人手牵手走了，像一只无人划桨的独木舟。

欧洲的诗歌既有渐进的变化，也有冗长单调的陈述，就像马加利的诗歌一样。试加以比较。

注：当我写这段文字的时候，我根本不知道马加利相关诗歌主题的中文版本。后来几次偶然的机会，1919 年 3 月份，我在北京看了一场中国戏剧，非常有意思，那是铎尔孟先生给我介绍的。那是一部保留剧目，很少上演，但是却收录

在《戏考》当中。戏剧名称为《小放牛》，它的法文译本（于1919年2月8日由《北京杂志》艺术出版社出版，译者姓名不详，法文名称是《中国戏剧院的一个夜晚》[Une Soirée au Théâtre chinois]）不是十分精确，但翻译手法却十分巧妙。戏剧是一部田园舞剧，笛子伴奏简单淳朴（苏利耶先生跟我说会很快有乐谱出版）。中国人认为这是一部幻想作品。而实际上，这部剧非常形象地再现了爱情诗歌竞赛的场景。

主角是一位牧童和一位在野外散步的姑娘。牧童借口向姑娘索要咨询的报酬，邀请姑娘唱歌。姑娘同意他的要求，但条件是他要做应答。就这样求爱游戏开始了。这一过程分三部分：

1. 姑娘开始唱歌，歌词只为引导伴奏："二郎爷爷身穿黄！"小伙子借音乐伴奏的机会悄悄表白："爱您的小脚丫！"姑娘让他娶她——他要跟妈妈商量——她说可以，但是首先要敲锣——他起先拒绝，随后答应了。整个戏剧重复两遍。

2. 承诺之后，牧童提议姑娘进行四轮谚语猜谜游戏，姑娘一一答对。

3. 很快，没有更多的过渡，二重唱开始，这是马加利民歌的中国版本。二人协商完成。

以下是这首歌的翻译，我是按照《诗经》的翻译原则翻译的，遵从歌曲中笛子伴奏的曲调节律。彬彬有礼的爱情语气和基督思想底蕴是普罗旺斯歌谣的特征。在中国歌谣当中，

混合着佛教信仰和粗野的不雅之辞。诗句“你是聪明伶俐的丫鬟，我是风流倜傥的书生”正好是著名戏曲《西厢记》里
270 两位主人公的写照：丫鬟便是红娘，书生便是出生书香门第的张生。

牧童——姐儿门前一道桥，
　　　有事没事走三遭！
村姑——休要走来休要走，
　　　我家男儿怀揣着杀人的刀！（重复）
牧童——怀里揣着杀人刀？
　　　那个也无妨！
　　　砍去了头来冒红光！
　　　纵然死在阴曹府，
　　　魂灵儿扑在了你的身上！（重复）
村姑——扑到我身上？
　　　那个也无妨！
　　　我家男儿他是个阴阳，
　　　三鞭两鞭打死你，
　　　将你扔在大路旁！（重复）
牧童——扔在大路旁？
　　　那个也无妨！
　　　变一个桑枝儿藏树上！

单等姐儿来采桑！

桑枝儿挂住了你的衣裳！（重复）

村姑——挂住了我衣裳？

那个也无妨！

我家男儿他是个木匠，

三斧两斧砍下了你，

将你扔在了养鱼塘！（重复）

牧童——扔在养鱼塘？

那个也无妨！

变一个泥鳅水里藏，

单等姐儿来打水，

扑棱棱溅湿了你的绣花鞋！（重复）

村姑——溅湿我的绣花鞋？

那个也无妨！

我家男儿会撒网，

三网两网网住了你，

吃了你的肉来喝了你的汤！（重复）

牧童——吃肉又喝汤？ 271

那个也无妨！

变一根鱼刺儿碗底藏，

单等姐儿来喝汤，

鱼刺儿卡在你嗓喉上！（重复）

村姑——卡在嗓喉上？
　　那个也无妨！
　　我家男儿他会开药方！
　　三方两剂打下了你，
　　将你扔过后园墙！（重复）
牧童——扔过了后园墙？
　　那个也无妨！
　　变一个蜜蜂儿花瓣藏！
　　单等姐儿把花采，
　　一翅儿飞在你手心上！（重复）
村姑——飞在手心上？
　　那个也无妨！
　　我家男儿他会扎枪，
　　三枪两枪扎死了你，
　　管教你一命见阎王！（重复）
牧童——一命见阎王？
　　那个也无妨！
　　阎王爷面前我诉诉冤枉，
　　纵然死在阴曹府，
　　转一世也要与你配成双！（重复）

附录Ⅱ　诗歌《蝃蝀》注释——关于虹的信仰

对诗歌《蝃蝀》的传统阐释，是建立在虹是上天对性淫乱的告诫（《毛传》注 1，2 句）这一思想之上。这意味着虹本身被认为是一种不正常的现象，是大自然的混乱。因此，人们就像避免正视淫奔之女一样，也不敢用手去指点彩虹（《郑笺》注 1，2 句）。 272

另一方面，虹提供了两个时令主题：一个与季春（3 月）有关（《礼记 · 月令》，顾赛芬译，I，第 346 页）："季春之月……虹始见。"另一个与孟冬（10 月）有关（同上，第 392 页）："孟冬之月……虹藏不见。"因此，从 3 月到 10 月，或者至少在 3 月和 10 月，虹的出现是正常的。在这个季节，出现性淫乱是否也应该是正常的？在 2 月之前或者在 10 月之后，是否就不应该出现性淫乱之事？

一般来说，虹有双重说法：蝃蝀（螮蝀）或虹蜺（参见《说文解字》《皇清经解续编》卷 651 下，第 11 页及卷 653，第 4 页；霓与蜺同音）。学者认为，每种说法中都有一个字

（蝃，蝀，虹）与彩虹中浅色带有关，另一个字（蝀，蜺）与深色带有关。无论是浅色带还是深色带，都是蒸汽或射气；浅色为雄，是阳，深色为雌，是阴。“色鲜盛者为雄曰虹；闇者为雌曰蜺。”因此，虹是由阴阳二气形成的，也就是天地
273 阴阳二气所发，即“虹者，阴阳交之气”。所以，虹不会在10月之后出现，因为“天地不通，闭塞而成冬”（《礼记·月令》，顾赛芬译，I，第393页）的休息时期开始了。地气不升，天气不降，阴阳不交会，彩虹不见。（孔颖达：“纯阴纯阳则虹不见。”）但在春季的时候，彩虹重现，因为此时地气上腾天气下降，二气相合。（《礼记·月令》，顾赛芬译，I，第336页）

季节的交替就是阴阳或对立或交合而成的。如果虹是阴阳交合的结果，那么它如何成为男女违背常规结合的象征？中国学者明显感到其中的困境。我们看他们是如何解决的。

第一种说法出自“虹”的解释，认为“虹”与“攻”相近。虹是“纯阳纯阴气”相攻的结果（参见《释名》第一章）。从相攻的思想，人们必然得出混乱的结论。但无论如何，阴阳多少过激相交引起的混乱是宇宙秩序的必然结果。

另一种解释貌似更加有理：不是所有的彩虹都是混乱的象征，只有部分彩虹是。虹随日出日落而出现在东方或西方（朱熹：“虹随日所映，故朝西而暮东。”）早晨，虹应该出现在太阳照亮的西方，而晚上则应该出现在太阳照亮的东方。早

上在东方出现的彩虹（就像诗歌里所说“蝃蝀在东”）是不祥的。这使我们更加容易理解为什么虹是淫奔之女的象征。程子说：“蝃蝀，阴阳气之交，映日而见，故朝西而暮东。在东者，阴方之气，就交于阳也。阳天倡而阴和，男行女随，乃理之正也。今阴来交阳，人所丑恶，故莫敢指之。女子之奔，
犹蝃蝀也。”因此有不同的虹。正常出现的虹，也就是由阳和 274
在明亮地方升起的虹是正当的、适宜的虹，它象征着合法的结合（就像可以与一位正派的男子交往一样），人们也可以用手来指点。

这样一来，郑氏和毛氏对《蝃蝀》一诗的解释就非常合理，同时也完美地解决了这首诗提出的物理或者说超验性问题。现在只有一个困扰，就是：诗歌的阐释者想让人们接受他们的观点，但这一观点与前面建立起来的理论绝对是相矛盾的。因为对诗歌阐释者来说，所有彩虹都是男女违禁结合的象征，是禁止的符号，这是毋庸置疑的。但他们（包括诗歌）根本没有说，人们不能用手指的彩虹是早晨出现在东方的。

物理和超验科学因为必须要清楚地阐释一首诗歌而充实起来，这是非常有教益的事。这让我们思考，是否所有有关虹的解释都与诗歌的历史有关。

情歌的意像材料是在季节性节庆过程中构建的。乡野主题取自举行节庆必然所处的自然风情。但是，节庆是在冬季开始和结束的时间举行。冬季是干季，此时虹不会出现。这

个季节过后，年轻男女聚集在田野，看到彩虹出现在天边。在他们结合那个庄严的时刻，这一形象给他们留下深刻的印象，从而成为一种象征，从此性爱结合的观念与彩虹便联系在一起。

节庆的举行是有规律性的，这会让人认为自然秩序也是具有规律性的：因为人是按照人类实践活动的模式来设想大自然的惯例。当地方集团举行订婚庆典的时候，需要在大自然中寻找一种惯例。而这个惯例就是彩虹：它象征着男女的性爱结合，被认为是婚姻本身。但是，在那儿举行的是什么婚庆？

在寒冷的季节，人类会隐居起来，退缩在封闭的家中。到了夏季，他们分散到阳光明媚的田野上，在那里展开各种活动。在他们看来，有两个对立根源在调节他们的生活节奏以及季节更替。一个是阳，是发展、活动、光明的根源，是夏天的主宰；另一个是阴，是惰性、昏暗、退隐的根源，是冬天的主宰。这就是中国人对万物运行最古老的思想，这就是《书经》（《史记·五帝本纪》）中记载的以神秘形式体现的
275 古老历法所表达的内容。它们提供了一个所有人类知识都遵循的框架。所有两两相对的事物都归于阴阳两个范畴：冷热，明暗，天地，日月，等等，皆非阴即阳。阴阳不仅用于事物的分类，而且用于分析和解释现象。它们就如同宇宙起源的本源，诞生宇宙中的万物。在春秋两季的性爱节庆时，大自

然庆祝的婚礼就是阴阳结合的婚礼。在他们各自主宰的季节间存在中间过渡时期，阴阳时“攻”时“会”，就像两个性别行业在竞赛中对立，又通过婚约结合一样。正是在彩虹下完成这种结合。[1]天地通过虹交合，虹是天的清气和地的浊气相交而成。大自然的节庆，这些庄严的婚礼教人学会尊重。就像今天人们不敢用手指东北方，因为那是神的位置一样，在古时，人们也不敢用手指虹。

当贵族惯习的威望认为纯朴的古代风俗粗野不符合道德规范时，当人们受周文王和卫文公的教化时，乡野订婚仪式被认为是下流卑劣的习俗，开始遭人唾弃。为了顺应科学的解释，人们继续庆祝阴阳婚庆：这是如今学术思想玩弄的天文学概念，阴阳的抽象结合不会刺激任何廉耻之心。另外，最精心的规定——天文学家的演算——主管阴阳相会。但是，以前婚礼在彩虹出现时举行，这一意像与民间欢庆联系在一起，从而使彩虹有着与民间欢庆一样的坏名声。乡野节庆本是神圣的，后来被认为是下流卑劣的，虹也不再被认为是神圣的，成为不道德的象征。当它所代表的性爱节庆被禁止的时候，它也成为男女违禁结合的象征。此时，应该想尽办法解释阴阳结合本身是如何违背道德的。很明显，根据新的法律法规，一些事件使婚姻变得不符合惯例，而同样的事件

---

① 也有在雨中结合的。参见龙斗后又结合的主题。

造成阴阳结合成为淫秽下流的结合。其中最违背惯例的事，便是女子奔向男子这种厚颜无耻的行为。虹是阴不合时宜地主动与阳结合的结果。在一篇古老的文献当中，有虹升于
276 东方的记载。只需承认，这是早晨的虹，出现的位置不是太阳照射的部分。这样就可以得出结论，说这是阴，阴暗的本源，不知廉耻、不合时宜的挑逗引起的，因此它是违背道德不正常的虹。以上我们对文献的大量不同意见作了推理，又从理论（几乎不具什么科学性）出发作出推断，总之，从以上推理和推断来看，物理学家准确观察到一天当中不同时刻的虹出现的点。依靠幻想和错误的推论，他们发现了一个经验事实。

关于信仰，值得指出的是，人们观看虹的情感之所以发生变化，那是因为神圣事物与污秽不道德事物之间的联系。我们可以想象得出变化是如何产生的。彩虹往往是在雨后出现，标志着雨过天晴。这大概就是当人们制定历法的时候，是在春雨和秋雨季节之后（3 月和 10 月）记录有关虹的时令主题，也就是说，是在春秋分之后的原因。然而，在严谨的天文学当中，只有春秋分才是阴阳结合的真正时间，符合规律的时间。就像人们规定节庆的时间，因为无法改变古老的习俗，会试图加以调节一样，人们规定春分为举行节庆的时间，由媒氏主管乡野男女结合。另一方面，男女结合的欢庆发生在禁止男女一切亲近行为时期之后。男女在秋季结为夫

妻后，他们有一段时间要分开生活。春季订婚之后，开始田
间耕作的季节，此时两个性别行业群体各自分离，同样，在
订婚期间，未婚男女只在夜间悄悄相会，不为父母所知，在
此期间，他们大概也尽量避免越矩之事。在新的历法当中，
时令谚语得以系统整理分类，并规定了明确的时间，人们发
现，禁止男女相会的时期与虹的主题标志的时期相符。大概
就这样，作为性爱结合象征的虹成为禁止时期性爱结合的象
征，成为不祥、污秽下流、违禁性爱结合的象征。以下就是
证明：《月令》规定春分时，燕子回归，皇室举行祭祀仪礼
（同样，《周礼》规定此日为婚庆之日）。但《月令》同时还
说，春分之后，“奋木铎以令兆民曰：雷将发声，有不戒其容 277
止者，生子不备（也就是会流产），必有凶灾”。所以，春季
节庆过后的违禁行为将会遭受流产的惩罚。在《月令》当中，
以雷的主题表示禁令，但在《汲冢周书》中记载，流产与虹
的主题有关，也就是说，与虹出现的时间相关的季节性规定
有关。所以，在这部历法当中，虹指的是春天的禁令。所以
我认为，这就解释了它成为男女违禁结合象征的原因。

附录Ⅲ　民族学注释

278 **R.K. 夫洛朗兹:《日本古代诗歌》，第一届远东研究国际会议，河内，1902 年，第 44 页及以下。分析报告**（R. KARL FLORENZ. — *La Poésie archaïque du Japon.* Premier Congrès international des Études d'Extrême-Orient，Hanoï，1902，p.44 sqq. Compte rendu analytique.）

日本最古老的诗歌保存在《古事记》（712 年）和《日本书纪》（720 年）中，总数约为 200 首。这些诗歌都穿插在最适当的历史文献当中，但是，它们出现的顺序与诗歌创作的时间顺序不符……一般来说，这些诗歌出现在 5 到 7 世纪……最常见的主题是肉欲情爱，最常见的表达方式是比兴。人们从中没有发现构成后来日语基础的诗歌意象……最常用的诗歌格式就是比兴，但也有譬喻。相反，在古代诗歌当中，很少出现将抽象观念或情感观念人格化的例子。在长歌中，典型特征就是短句与短句相对应，这与古代希伯来诗歌相似。

但是，除了这些在所有语言中都存在的表达方式之外，日本
诗歌具有三种独特的修饰手法，即枕词(makura kotoba)、导
词(jo)和双关词（kenyogen)。枕词是刻板定型的修饰词，就
像荷马式的修饰语一样，常伴随某些词语，尽管（至少在现
代诗歌中）人们很难掌握与这些词的关系。导词是进一步发
展的枕词，有时在多个诗句中出现。双关词是具有双重含义 279
的词，通过它们将两个不同的句子联系在一起。这种技巧，
在法语当中，相当于文字游戏，使日本诗歌变得优雅。在古
代诗歌中也会出现叠韵法。

值得一提的是日本有一种特殊的习俗，叫歌垣（utagaki）或嬥歌(kagai)。两组人聚集在广场上，面对面轮流对唱。合唱队是临时组合的。其中一组出来一个人，即兴唱一首歌，对面的一组同样也出来一个人，即兴对歌。年轻小伙子采用这种方法向他们选定的人表白示爱，而对方反过来也用唱歌的方式作答。有时候也会通过这种方法展开竞歌比赛：最著名的一次竞歌比赛是《日本书纪》所载，发生在498年，仁贤天皇的长子（后来的武烈天皇）和一个名叫志毗的贵族之间为了争夺影媛而展开的。日本上流社会在中国思想的影响下放弃了歌垣的习俗，但在乡村的盆舞（bon-odori）当中依然保留这种习俗，盆舞是在佛教盂兰盆会上表演的舞蹈。

张伯伦译：《古事记》（*Trans. Of the R.Asiatic Soc.*）

第20—21页——交合前的对话：

啊呀，真是一个好男子！

啊呀，真是一个好女子！

第22页——啊呀，真是一个好女子！

啊呀，真是一个好男子！

第99页及以下 —— 求婚对歌的结局是："其夜者未合，而於其夜者，二神遂成婚御合。"

注意沼河姬的唱词：

八千矛神且闻之，
妾者弱女心似鸟，
沙洲水鸟慕求夫。

（参见《诗经·邶风·谷风》第6句和《周南·关雎》第1句）

第95页——婚姻纠纷。

第155页：

赤珠辉光，闪耀逼人。
280 串珠之丝，通体光明。
然汝之形，同於白珠。
高雅脱俗，至於永远。
远海之岛，鸟栖之所，
共枕吾妻，今生难忘。

第 179—180 页：

大和之高佐士野上有七女行，

欲与何女共枕？

（接下来是三段唱和，然后）：

苇原之荒芜脏污小屋，

有清爽菅茅之席垫乎其上；

于此席上，我俩共寝。

第 267 页：

於是献大御食之时，其美夜受姬捧大御酒盏以献。此时，美夜受姬者於被衣之下摆上著月经之血。倭建命见其月经而御歌曰：

似在嘲杂锐鸣而越渡天之香山之鹄，

汝之细腕正如鹄般弱细，

吾欲以此为枕，吾欲与汝共寝眠。

然汝衣襴，却现月色。

闻歌，则美夜受姬亦歌以答之：

闪闪光辉，日之御子，

欲为休憩，妾之夫君。

待之复待，年过年逝，

待之复待，月过月逝。

君之到来，待之不及，

是以妾襴，现有月色。

倭建命闻美夜受姬之答歌，此二人故御合。

第 308—309 页——对话。

遥国古波陀，其国少女矣。
虽然其传说，喧闹似雷鸣。
今能双成对，互枕手共眠。
(太子又歌曰：)
古波陀少女，坦率不以避。
此与吾共寝，时诚善且愉!

第 530 页及以下——为了向一位美女求婚，清宁天皇与志毗臣展开竞诗比赛。见唱段顺序的注释。

李默德：《突厥斯坦和西藏》，载吕推《亚洲高地科学考察报告》第 2 章（GRENARD in DUTREUIL DE RHINS. — *Mission scientifique dans la Haute Asie*，*2e p. — Le Turkestan et le Tibet.*）

第 357 页——（在西藏）人们喜欢男女二重唱，他们面对面站成两队，一句诗一句诗地相互应答，有节奏地缓慢前进或后退。这些活动大多是在春季举行，往往带有一些庄重的
281 气氛。活动的时间是预先订好的；参加活动的男女需要沐浴，穿上整洁的衣裳，就像参加宗教仪式一样。只是为了娱乐而随意无规矩的跳舞会被认为是不庄重的行为。藏族人习惯在耕地、播种、收割的农作过程中唱歌。

第 352 页——（婚礼）以盛大的宴会和青年男女轮流混唱结束。轮到他即兴演唱二行诗或四行诗却唱不出歌的人就要交罚金。(卡加克人 [Kagak] 也有同样的习俗)

第 402 页——很多湖泊和山脉都有神性，成为人们崇拜的对象…… 每一个山谷，即使无人居住，也有它特殊的精神；每一块岩石上，每一个山洞中都居住着狡黠的小精灵……很多蛇人（lou-klou）守护者泉水和河流，让人想起那些水神，佛教徒把他们看作吠陀神话中的那伽 (naga) 神。在这些特殊的神灵之上，是天龙。天龙是云彩的化身，或者更普遍一些说，是乌云密布的天空的化身，它掀起狂风暴雨，施降雨水，引发洪水，传播瘟疫和传染病。这正是蒙古人和中国人的龙，与赤虎为敌……

第 403 页——水节在九月举行。在这个时期，水被认为具有超自然的特性。所有人都到河里去沐浴，相信这样可以延年益寿。

第 404 页——为了平息没有得到正常安葬的亡灵的怒气，喇嘛要向河里和泉水中抛撒糌粑，邀请游荡的鬼魂来分享。

罗杰:《中国的云南省》，巴黎，1879 年，两卷（E. ROCHER. —*La Province chinoise de Yun-Nan*，Paris，1879，2 v. in—8.）

第二卷第 13 页——（在罗罗人当中，在插秧的时候）每天晚上，结束劳作之后，女人们没有去休息以积蓄足够的力量继续明天的工作，而是成队地前往牧场或者草地上，随着六弦琴和响板的伴奏，与当地的年轻人一起跳舞。他们的舞蹈新颖独特，花样也多，与印度舞蹈极为相似。按照当地的风俗，当跳舞的人围成一圈之后，每一位跳舞的女子要选一位男子，向他献上一小杯米酒。当他喝完以后，她自己也要
282 饮上一杯。每一对都要这样做，直到全部轮完，每个人都饮了酒。慢慢地，每个人心中都充满喜悦，边歌边舞，六弦琴和响板不停地伴奏，直至夜幕降临。这些乡间娱乐构成春季傍晚的趣事。随后，大家各自回家，准备更美好的明天。

吕真达:《极西中国：四川两年旅行纪事》，巴黎，1905年（A.-F. LEGENDRE. — *Le Far-West chinois. Deux ans au Setchouen*, Paris，1905.）

第 292 页——（在福林的罗罗人中）测量过人们的体型，研究了他们的头颅指数，我已疲劳不堪，于是我走出村落，独自一人走进一个深邃狭长的山谷。山谷的两侧高山险峻，陡峭的山坡上一些山羊和绵羊在吃草。牧羊倌和牧羊女在照看它们，山谷边回荡着他们纯朴的田园歌曲，相互应答，此起彼伏，节奏高扬清脆，但也温柔和谐。在这宁静的山谷中，在壮丽的大自然中，听到这些纯朴心灵用歌声表达他们内心的感情，这是多么美妙的感受呀。

第 295 页——吃过晚饭，天色已黑。Gué-leou-ka 村以及

邻村的居民举行了一场大型聚会。为了缔结欧洲人和罗罗人之间如此深厚的友谊，我们一个接一个用同一个吸管在同一个高粱酒瓮里喝酒。就像北美印第安族红皮肤酋长用的长烟斗一样，吸管也从一个人的嘴传到另一个人的嘴里，友好的交谈也开始了。这个小节日以歌唱结束。男人开始唱歌，但声音低沉，接着在毫无过渡的情况下变得非常尖锐，发出极高的声调，在我们那个狭小的房间里，显得那么不和谐……轮到女人的时候，她们在只有我们在的一间比较宽敞的房间里唱歌……低沉尖锐的声音混合在一起，流转交替，形成一种和谐的音调变化……

第 480 页——年轻男女腰间别着镰刀，高高兴兴唱着歌去灌木林里割草砍柴。

卡拉布里奇:《罗罗人》(CRABOUILLET.—*Les Lolos*, Missions catholiques, V, 1873, p.106.)

新年从 11 月末开始，每个部落的具体日期都不一样。新年前夜，年轻男女组成一队，爬到山上去砍伐干草木，用来
点燃篝火。这项任务是有序完成的。所有人并肩排成一排， 283
一边即兴唱歌一边砍柴。这些粗犷的声音优美动听，极具魅力……返回村后，每个人都堆好柴火堆，待夜幕降临时，大家点燃一堆一堆的篝火。家家户户都被火焰照得通明，焰火发出的噼里啪啦的声音与他们的欢乐声交相呼应。节日在全

面的陶醉气氛中结束。

德布伦:《游记》载《里昂商会考察任务》(DEBLENNE. — *Récits de voyage,* in Mission Lyonnaise, p.249, sqq.)

一年当中的某些时期，同一个部落的邻近苗族人会聚集在一起，庆祝节日。每个村子都要庆祝新年。苗族人的新年与汉人的新年时间不同，会稍晚一些。将近新年的时候，苗族青年男女聚集在一起，欢庆节日。这个节日与柯乐洪（Colquehoun）所说的广西苗族人的节日相似，与比耶（A. Billet）博士在他关于（越南）高平地区研究的文章《土佬年轻人的节日》中描写的节日也很像。青年男女身着盛装，佩戴最美丽的首饰，来到一个约定好的地方。小伙子们和姑娘们手拉手面对面排成两队，伴随着小鼓（类似巴斯克人的锣鼓）和芦笙的节奏翩翩起舞。发起挑战之后，那些已经选好结成对的姑娘和小伙子们即兴演唱诗歌，相互应答。这往往是订婚的节庆。小伙子借此机会征得意中姑娘的同意，如果姑娘同意了的话，那么两人就被认为是订婚了，剩下就要征求双方家庭的同意。但是，正如比耶博士指出的那样，在一些地区，这一节日成为某种纵情狂欢的借口，而根本没有婚姻的功能。诗歌竞赛的失败者将受到惩罚，喝下胜利者递给他的酒，直到喝得酩酊大醉为止。

西尔维斯特:《澎湖白泰人》载《法国远东学院学报》，1918年第4期（SILVESTRE. — *Les Thai blancs de Phong-Ho.* B. E. F. E. O.，1918，n. IV.）

第25页——结束了田里的农活，漫长的月夜便用来游乐。当父母早已入睡时，年轻的小伙子们开始唱歌，向年轻的姑娘求爱，而姑娘们也用歌声来做回应。

第29页——在双方家长交涉之前，青年男女尽情在稻田 284
耕种之后的月夜寻欢娱乐，也就是安南人的3月到9月。每一个月夜，年轻姑娘和小伙子们在棚屋脚下约会，而他们的双亲则待在屋内。姑娘们纺棉花，她们的情郎坐在脚边，唱着歌谣。姑娘也以歌回应他。他们唱的歌有时都是东拉西扯，毫无条理，在我们看来没有任何意义，但他们却陶醉其中。他们笑着，能够在彼此身边，感到非常幸福。有时他们唱的是真正的情歌，彼此交换心意。这是真正的尚未定型的约婚。很少有人会滥用这种托付真心的自由。

第30页——当一位姑娘在月夜让一位小伙子明白，她有意接受他的求爱时，小伙子就会告知自己双亲他的婚姻打算。如果父母同意这门婚事，他们就会请两个媒人去女方家向姑娘的父母提亲。

第24页——泰人女子一旦结婚就不再唱歌。

第26页——成年男子在一起用餐，而年轻小伙子以及孩子们则和女人们一起用餐。

第 25 页——新年期间，青年男女玩飞球游戏。飞球是用各种织物包裹的水果，尾巴上拴着一条一米左右的布条，有点像我们的风筝。游戏是两个人玩的，一个男孩一个女孩。一个人用手掌发球，没有抓住球的人，就要被对方使劲地搓耳朵。

第 47 页——正月十五的节日。15 日这一天，所有拥有“色恩”（seng）的人都要举行一种仪式。“色恩”是一种钙质凝结物，是香蕉树干或者其他树干上的结石。它被认为是一种吉祥物……人们会选择一位特别的长者，由他拿一个大瓮去湍急的河流里汲取一瓮水，然后将瓮放在棚屋的窗户旁。他在瓮里放上各种花瓣，然后用水洗色恩，边洗边念着简单的祷词：“今天是元月十五，您的主人用香水为您洗净，祈求保佑他的全家，保佑他们的财产不受偷盗，保佑他们百病不生。”然后用红布擦干色恩，将其置于一个装有一只刚会打鸣的小鸡和花的盘子里。这时，游戏就在吕楚荣（ly-truong，代
285 表村民管理村的总务）处开始了。男女面对面站成两排，中间悬空挂着一个有孔的板子，他们试着将球从孔里扔过去。男人赢了获得奖金，女人赢了获得戒指。男女双方随后要用一根长长的藤条展开拔河比赛。女人往村里拉，男人往村外拉。如果女人赢了，则是好兆头；相反，如果是身强力壮的男人赢了，则是不祥的兆头，将要有糟糕的事情发生。输的一方则要被罚喝下满满一大杯 chum-chum 酒（一种牛奶柠檬制的饮料），还要被赢的一方用俚语臭骂一番。接着所有人都

要参加滚球游戏或者抛球游戏……输的一方依旧还要被罚喝得酩酊大醉。

第 48 页——花节是女人的节日。

比耶:《高平地区上东京的两年游记》[A.BILLET. — *Deux ans dans le Haut-Tonkin (région de Cao-Bang)*, in Bul. scient., XXVIII, Lille, 1895.]

第 87 页及以下——（清明节）…… 大约在三月中旬举行，与安南历的日期相符。在这一天，平时简陋的只是一些小土丘，偶然会竖一个墓碑的坟墓，被亡者的亲戚和朋友重新修葺，墓前摆放花束或者白纸带。

其他节日，如新年、土神节以及特殊的童子节，像我们过圣诞节和圣尼古拉节一样，人们会分撒玩具和糖果，土佬人也有这些节日。

还有一个节日，无论是中国人还是安南人都没有的。就像我后面会提到的“活人象棋”游戏一样，我想说的是新年之后几天的青年节。在那几天，青年男女盛装打扮，配上最美的首饰，聚集在佛塔旁的广阔平原中间，在佛塔的庇护下嬉戏玩耍。卖水果、糕点、糖果的商贩在周围叫卖。这段时间，也是大量销售一种小鼓的时候，那是一种用彩色纸糊的
小鼓，鼓边用竹子围成，侧面用细绳拴着谷粒。鼓柄用细竹 286
竿制成，只需用手转动鼓柄，谷粒就会震动小鼓的纸面，发

出不是那么和谐的声响。很快，小伙子们就选好了他们的同伴，开始了一场十分奇特的场面，这在我们外国人看来，非常滑稽可笑。每一对年轻人分散到平原的竹荫里、柚树下或榕树下。小伙子和姑娘背靠背，就像在格罗斯－勒内和玛丽奈特那个剧目场景中一样，用土佬民间歌谣典型的鼻音和哀怨的语调唱起了民谣。快到中午的时候，每一对又重新聚集起来，这一次，他们面对面排成两队，中间间隔 50 步左右，就像跳大型的四对舞舞曲一样。每位小伙子手里都拿着一个长绳栓的小球，向他选定的姑娘抛去。如果姑娘接住了球或捡起了球，这就意味着她接受了向她抛球的年轻人，从这时起，直到节庆结束，她就成为他的“战利品”。相反，如果姑娘把球抛回给他，那就是说明，他不是姑娘的中意之人。求爱之人再次抛球，游戏继续，直到姑娘表示满意为止。通常，游戏的时间不会很长。

在大多数村落，这个节日就是真正的订婚节庆。但是，在有些地方，人们以此为由，纵情狂欢，没有任何婚姻的功能。在高平地区，这个节日是在丰安半岛上举行的，附近有一座古老的佛塔，塔里保存着大量的神像。每年它都吸引了大量来自高平、诺海、谟山甚至 Luc-Khu 和 Tap-Na 山村的人来参加。

在其他节庆的娱乐和游戏当中，人们还可以发现一些中国和安南人的影响和渗透。这在二月初举行的越南春节 Têt 的节庆中表现得更加明显。奇怪的是，其中有些游戏让人想起在我们当中流行的游戏，比如抛球游戏、接子游戏、打陀螺、放风筝，还有他们根据中国人的方法娴熟地用脚踢毽子。他们还会掷骰子、玩纸牌、玩多米诺游戏，尤其有一种叫 ba-kouan 的游戏（一种奇偶游戏），他们会押上所有的赌注，直到连他们身上的衣服也输光。

除了这些来自中国或安南的游戏，还有两种是当地人自 287
己的游戏，一种是秋千会，让人想起我们公共集市上常见的秋千。不同的是，土佬人的秋千完全是用竹子做的，绳子是结实的藤条。

另一种游戏在三角洲地区很少有人知道，但在暹罗湾地区很流行，它也是土佬人的一种特殊游戏。大体上说，这种游戏有点像我们的象棋，独特性在于棋子不同：王、后、相、马等都是由活人来代表，两个玩家根据游戏规则在棋盘上移动。他们是从地方最受人尊敬的家族中挑选出来的年轻男女。能够被选中当作棋子是整个家族的荣耀。这个活人象棋游戏一年只举行一次，在越南新年的两三天之内进行。特殊情况下，在 7 月 14 日这一天也可以玩这个游戏。

波尼法西:《傣人节庆》(BONIFACY.— *La fête Thaï de Ho-bo*, B.E.F.E.O., 1915, n. III, pp.17-23.)

波尼法西在 1915 年 4—5 月考察了以下三个地区的节庆：(1) 平辽社；(2) 同中；(3) 纳属。另外，他还从别人那里听到在保乐举行的集会。这些节庆都有一个名字叫 Ho-bo。据波尼法西介绍，这个词意味着混杂拥挤的意思。在节庆中，人们会看到很多未婚的年轻姑娘和已婚妇女，那里没有任何异族通婚的规定。男女各自结队散步。他们通过眼神递送秋波，之后就在灌木丛中媾和，但之后不一定会结婚。

波尼法西强调节庆具有农耕的特征，出于巫术效能，性爱礼仪决定了一年的收成是否丰收。

波尼法西坚信原始乱交的假说，但却忽略了一个事实，在他考察这些节庆的时代，受外界的影响，这些节庆发生了深刻的变化。他指出了一个非常有意义的事实，即外来人，比如安南士兵，可以参加这些放纵活动。但他指出："抓住机
288 会的安南步兵只能得到老女人的欢心！"正如《诗经》的注释家们只看到山川节庆的堕落形态一样，波尼法西也只看到了傣人节庆的堕落状态。

柯乐洪:《穿越华南边疆》之"东京地区"（COLQUHOUN.—*Across Chryse*，éd.angl.，II，238，Autour du Tonkin.）

罗罗人在一月初举行节庆。他们挖空一棵粗大的树干，做成他们所称的"水槽"（une auge）。男女同时用一根竹棍敲打树干，发出的声音像鼓声。男女相互用手挽着腰，节日最后就是大家尽情放纵。

同上书，卷 I 第 213 页——描写了苗家人的 Hoi-gnam 节

(Hoi-gnam 这个词有污秽下流的意思)。在新年的第一天，男女聚集在狭窄的山谷。男人站一边，女人站另一边，开始唱歌。当一个小伙子的歌声吸引了一位姑娘，她就向他抛出一个彩球。旁边有一个集市，情郎在那里给他们心爱的人买很多礼物。

于雅乐:《台湾岛的历史与地志》

第 248 页——当一个年轻人找到一位心仪的姑娘想要结婚时，他就会经常带着乐器到她家门口。如果这位姑娘也钟情于他，就会走出来和他相会。然后他们就约定两人的婚事，并告知双亲。随后，他们的双亲就开始筹备婚宴。婚宴在女方家里举行，从那时起，男方就不再回他的父亲家了，他将岳父的家视为自己的家。

宋嘉铭:《南诏野史》[1](C.SAINSON.— *Histoire particulière de Nan-tchao*, in Publi. de l'Ec. de Lang. or. viv., 1894.)

第 93 页——素兴（1041—1044 年在位）年幼好游狎，广营宫室于东京，多植花草，于春登堤上种黄花……云津桥上种白花……每春月，挟妓载酒自玉案三泉，泝为九曲流觞。男女列坐，斗草簪花，昼夜行乐。时有一花，能遇歌则开， 289

① 宋嘉铭的《南诏野史》法文版为杨升庵中文版的翻译及注释，此处还原杨升庵的原文。——译注

遇舞而动。素兴爱之，命美人盘髻为饰，因名素兴花。

第 69 页——沐浴时因龙而神奇地怀孕。

第 86 页——女子因在河水中触到一根漂木而神奇地怀孕。

第 188 页——（苗子）每年孟春跳月，男吹芦笙，女振铃唱和，并肩舞蹈，终日不倦。或以彩为球，视所欢者掷之，暮则同归，比晓乃散，然后议婚。节序击铜鼓，吹呐叭，聚赛神，书契惟数目字。

第 183 页——（嫚且）以（丑）（五）月为正月。性好饮，男女皆同。男吹芦笙，女弹口琴，欢饮竟月，过此则终岁忍饥，野菜充腹而已。

第 178 页——（卡隋）性顽钝，喜歌舞。男女多野合。婚娶通媒妁之日。

第 178 页——（獛喇）婚配先野合。

第 171 页——（黑干夷）婚配，男吹芦笙，女弹口琴，唱和调悦，先野合，后媒妁。

第 164 页——（蒲人）婚娶长幼跳蹈，吹芦笙为孔雀舞，
290 婿家立标竿，上悬彩绣荷包，中贮五谷银钱等者，两家男妇大小争缘取之，以得者为胜。

第 173 页——（阿成）婚用牛羊，至女家以水泼女足为定。

第 264 页及以下是杨慎诗歌译文：

正月滇南春色早……艳李夭桃都压倒……彩架秋千骑巷笊……二月滇南春嬿婉。美人来去春江煖。碧玉泉头无近

远……沽酒宝钗银钏满。寻芳争占新亭馆。枣下艳词歌纂纂。（三月）罗天锦地歌声应……（九月）鬓插茱萸歌献寿……十月滇南栖煖屋。

《云南（滇系）蛮夷》载《法国远东学院学报》第 VIII 期，第 333 页及以下（*Les barbares soumis du Yun-nan*，chap. du Tien hi，in B. E. F. E. O，VIII，333 sqq.）

第 371 页 ——（麽些）他们空闲的时候，他们就会唱一种叫阿合子和悉比体的情歌。他们哀哭的时候会以商调唱歌。当一对情侣唱和完后，他们就双双到山谷或者幽林深处媾和。

第 353 页——（窝泥）当他们喝完酒，一个男人随着芦笙的伴奏起唱，其他男女则手拉手，围成圈，边唱边跳，尽情玩乐。

第 343 页——（妙罗罗）男女平日里都赤着脚，但当他们唱歌跳舞玩乐的时候，他们会穿上皮靴。男人吹芦笙，女人穿着镶边的衣裳，随意边歌边舞。

第 344 页——在婚礼以及所有值得庆贺的时候，人们会 291
搭一个松棚，设宴款待，演奏音乐。

第 378 页——（栗粟）他们把山草当作爱情的吉祥物。一个年轻人只需在衣服里藏一棵山草很快就会得到心爱之人的芳心。从此以后，他们将不再分离。

第 336 页——（罗罗蛮）春节在十二月份举行。他们搭建一个木脚架，上面横着一块木板：每一头坐着一个男子，这样一上一下玩耍。

第 349 页——（僰夷）他们善挥霍浪费。一月是土主节。他们到处借贷，目的是穿上最华丽的服饰。随后他们会双倍偿还，但不后悔。他们举行秋千会，男女都参加。

第 375 页——（那马）当一个男子和一位姑娘发生关系时，父母不会阻拦，但是姑娘却不敢让她的哥哥发现，后者会杀了她的情郎。

第 360 页——（蒲人）是由女人自己选择她们的丈夫。

第 350 页——（僰夷）男女先媾和再结婚。

第 348 页——他们不尊重处女，就像在长江汉水交汇地一样，他们任由那些女子游逛，对她们的外出限制也只在青春期之前。现在这种（禁足）习俗已经逐渐消失。

第 361 页——结婚时，他们杀牛宰羊。把水泼在女子脚上，即表示她为自己的未婚妻。

第 355 页——（卢鹿蛮）夫妻在这一天内不许见面。

博韦译：《龙州纪略》（BEAUVAIS.—*Notes sur les coutumes des indigènes de la région de Long-tcheou*，B.E.F.E.-O.，VIII，265 sqq.）

《龙州纪略》译文："每年三四月份，各村男女聚集在一
292 起举行对歌。邻村的人带着食物来参加歌圩。每次集会人数

不下千人，年龄为二十几岁的年轻人。当地人认为，如果这些集会因为某种原因不能举行或被禁止，那么一年的收成将会受影响，各种疾病将会肆虐。”

该书中还有一段：“该地区的青年男女喜欢结对唱着歌游逛。尽管这种习俗不受人们推崇，但在粤西（广西）地区却很流行。”

博韦还补充说：“人们往往借聚会之便约婚。唱对歌的时候，面对面的年轻人和姑娘相会表达爱意。应该承认，这些聚会往往会有一些放荡的场面：情侣们互相袒露爱慕之情，双双远离人群躲进旁边的灌木丛或丛林草地里，早早度起蜜月来。汉人官吏从来都无法禁止这样的习俗。他们的禁令曾一度引起当地短暂的起义。”

波尼法西：《东京蛮人民间歌谣和诗歌研究》（BONIFACY. — *Études sur les chants et la poésie populaire des Mans du Tonkin*, p. 85 sqq. Premier Congrès internat. des Ét. d'Ext.—Orient, Hanoï, 1902. Compte rendu analyt., Hanoï, 1903.）

（这些都是汉语歌谣）诗句华丽的辞藻在于脚韵和某些句子的重复。书写诗歌包括：1. 对话形式的四行诗；2. 圣歌；3. 传奇故事。演唱四行诗时，他们组成男女两个合唱队，轮流对唱。圣歌是在请神时演唱，伴有表现武士行为或其他行为的舞蹈；在驱魔祭祀时也会唱圣歌，但止于献祭时；在葬礼上，有时也会唱圣歌，但并不是所有部落都通行这种习俗。传奇故事是用诗句编写的，就像我们中世纪时期的武功歌。

例子，婚礼歌（Man quan coc）：

耳闻歌声见伊人，
席上拴着四福钱。
席上拴着四福钱，
293 四福之上又有梅[1]。

例子，情歌（Man cao lan）：

穷在大路不敢问，
愧见才女与富男。
穷贱怎敢与你配！

波尼法西:《上东京罗罗与拉嘎人习俗与语言研究》（BONIFACY. — *Études sur les coutumes et la langue des Lolo et des La-qua du haut Tonkin*, in B. E. F. E. –O., VIII, 531 sqq.）

第 537 页——（拉嘎人）未婚的年轻人很自由，他们在高山上放声歌唱，但是男女不能属于同一个村落。这大概是原始异族通婚的遗迹吧。

---

① 梅是贞洁的象征。

（罗罗人）未婚的年轻人很自由。尽管他们同属一个村落，他们也可以一起唱歌。整个一月是恋人的月份。他们完全自由不受约束。这是 Con-ci 节（见 B. E. F. E. –O.，VIII，第 336 页），根据各个部落的习俗有所不同。

第 538 页——拉噶人喜欢唱歌，他们往往采取男女对话式的对唱。歌唱结束时会伴随着一声喊叫：pi houit! 奇怪的是，歌词是傣语。拉噶人不能逐字逐句翻译这些歌谣，他们只知道大概意思……

罗罗人不像拉噶人那样常常唱歌，至少在陌生人面前是这样的。

例子，拉噶族的歌谣（傣语）：

此地从未见生人，

这个生人哪里来？

这个生人好迷人，

我们唱歌祝福他。

这个生人哪里来？

他是从河那边来？

见过几多河与地？

穿过几多深水河？

翻山涉水多英武！

例子，罗罗人的歌谣： 294

男：

姑娘你从哪里来？

姑娘家住在何方？

我虽从未见你面，

如今一见我倾心。

女：

你的言语最动人，

你的心思我明白。

若是真堪做我夫，

先让我来看真切。

第 545 页——（按照罗罗人和拉噶人的习俗）年轻人先彼此心仪，然后小伙子将意愿告知自己的父母，他们会派媒人去女方家提亲。参见第 536 页。

第 545 页——（按照罗罗人的习俗，结婚时）他们假装劫掠新娘，一边还要唱着应景的歌谣。

邓明德：《罗罗人》（Le P. VIAL. — *Les Lolo*, *in Études sino-orientales*, fasc. A, p. 16 sqq., chap. IV, *La littérature et de la poésie chez les Lolos*.）

罗罗人的诗歌像中国诗歌一样，诗句具有固定的格式，冗长地重复，但是诗歌的魅力不在于词语的节律或韵律上，因为韵律总是一样的，而在于思想和情感的新颖性上……经常会出现一些出其不意的对比……重复是常见的手法，作者会用同样的诗句来表达同样的思想……意思总是落在第五个字上面……这种诗歌规则是必要的，正是通过这种细腻的韵脚或谐音来区别每句只有五个或者三个音节（字）的诗歌……不是每一个字都有意义：很多字只起谐音的作用，或者使诗句凑成五个字……

他们每天都唱歌谣或者确切地说，民歌。他们什么都唱，对任何事物都会即兴唱歌……姑娘擅长表达自己的情感……唯一与这些简单的埋怨词句相对应的是简单的曲调：转调、呜咽、哭泣、叹息。总是一样的哭泣，同样的呜咽。

第 31 页——云南涅依（Gni）和阿什（Ashi）部落的摔跤比赛，对比（法国）布列塔尼“宽恕”的摔跤比赛。

一旦在某个地区出现庄稼歉收，或者人口死亡过多的时
候，村长便将人们召集起来，许愿举行一天、二天、三天甚
至更多天的摔跤比赛……到了比赛的日子，人们铲平一块比
赛场地，那是专用的比赛场地，不可改变的……摔跤手要脱 295
光上衣，下身只穿一条裤子。双方先用胳膊相互拥抱，然后
用沙子擦手，就开始准备比赛……比赛以最后的祈祷结束。

第 35 页——（援引 P. Roux 的注释）

（贵州的侗家族）善歌唱。他们所唱的歌都是哀怨忧伤的情歌。他们不怎么跳舞，但是很注重音乐。男女聚集在山上举行赛歌会，这种风俗依然存在，但却日趋没落。

第 26 页——(邓明德神父指出，在罗罗人当中)“年轻的姑娘和妇人从来不跳舞”。“年轻人在晚上会和他们的同龄人整夜整夜地聊天、弹琴、吹笛、摔跤或跳舞。”“风气轻浮放纵，而且非常放纵，但在这方面，并没有越出我所说的‘异教徒的礼节’，说实话，除了激情之外，还有直率。”

第 20 页——《哭嫁歌》

1

阿妈，你女儿多伤心，
三天前你走了；
阿妈，回来吧，回来吧，
阿妈，我多么想你。

2

阿妈，你的女儿多伤心，
树干枯了，树根还活；
树根还活，树叶枯了：
阿妈，你的女儿多伤心。

3

风吹树叶沙沙响，
阿妈，你的女儿多伤心；
树叶还有再活的时候，

你的女儿却不能再活一次。

4

阿爸嫁女儿，

换回一罐酒。

我没喝一滴，

女儿常悲伤。

5

阿妈嫁女儿， 296

换回一筐米。

我没吃一粒，

女儿常悲伤。

6

阿哥嫁阿妹，

换回一头牛。

我没用一回，

女儿常悲伤。

7

他们早睡下，我还没入睡，

好像一个贼。

他们早起床，我还没有起，

好像患鼠疫。

8

我日日采野菜，

每天采三捆。

三天九捆菜，

他们的话还是那么刺耳。

9

阿妈，你的女儿多伤心，

伤心时我到树林里去。

树林里边有什么？

只有知了在树林里唱歌。

10

阿妈，你的女儿多伤心，

伤心时我到野地里去。

野地里长满了小草，

小草还有小草来作伴。

11

阿妈，你的女儿多伤心，

女儿没有朋友伴；

她一辈子都在想，

她的心里多么悲伤。

(歌谣有多种变化)

比较《王风·葛藟》(顾译本，第81页)。

欧德理：《客家汉人民族志略》(杜蒙梯耶译) (E. J. EITEL.— *Notes and Queries on China and Japan*, in *Anthropoligie*, IV, 1893, traduction de G. DUMOUTIER.) *297*

山歌选

1

太阳一出上东山，

好似山树怕藤缠，

好似远洋怕贼船，

姑娘怕把情郎见。

2

太阳一上上中天，

每日情话口舌干。
双双对天来发誓，
她若变心遭雷劈。

3

太阳一照热烘烘，
姑娘门前栽玉葱，
每日她说葱没长，
每日她说妾没夫。

4

太阳晃眼他求云，
田地太干他求雨，
天上无汽他求雾，
姑娘一身谁人求。

5

虽有日头也下雨，
虽有花木也凄凉，
草木虽好收成坏，
姑娘虽美未许人。

6

暴雨突降勿责天，
人求甘露好多年。
米贵一升三六钱，
女子饿死千千万。

7

香火燃尽香炉边，
灯芯烧尽只剩灰，
要娶就娶姊妹俩，
姐做活来有妹陪。

8 298

我和情妹去爬山，
脚下受伤血淋淋，
她捻下发丝裹我伤，
痛我脚来痛她心。

9

情妹不理别丧气！
有山就会有洼地，

有谷就会有泉水，
这边不行走那边。

10

世道大不如以前！
女子指环大如门环。
过去情人满心欢喜小首饰，
如今女子要金堆！

11

两次约会在日落，
我与情妹会屋后。
有人过路看见了，
她手抓树枝忙喊猪！

12

狗在门外咬三咬，
定是情郎已到门。
叫狗莫咬开门来，
手拉手儿进门中。

采茶歌选

13

正月里来桃花开，
旧年去后新年来，
寒风吹得鹅毛白，
帘内女子想郎爱。

14

二月里来柳花开，
小芽抽出小叶开，
新芽嫩叶蒙露水，
柳下女子想郎爱。

15

三月里来茶花开，
妹子逛园来赏茶，
轻移莲步园中走， *299*
采茶不忘想郎爱。

16

四月里来榉花开，

又烂漫来又洁白，
冷酒冷肉无滋味，
梳妆台前想郎爱。

17

五月里来花满院，
燕子飞回寻旧巢，
院子里面常嬉闹，
采花时来想郎爱。

18

六月里来稻花开，
稻花开后新穗出，
新穗长成谷粒时，
姑娘忧伤想郎爱。

19

七月里来菱花开，
姑娘纷纷出园来。
姑娘纷纷来野外，
河边洗澡想郎爱。

20

八月里来野花开，
旧年要迎新年来，
小伙儿似蝶到处飞，
翻山越海想妹来。

21

九月里来菊花开，
家家户户把酒酿，
冷茶冷饭把活干，
冷床冷席想妹来。

22

十月里来瑞香花开，
人人手拿剪花刀，
剪个纸花把节过，
路边卖花我想妹。

23

十一月来树上雪花白，
手拿扫帚出门来，
扫院清道除积雪， 300
扫雪也想情妹来。

24

十二月里来枕花开，
床上双枕并排摆，
此枕名唤鸳鸯合欢枕，
我枕双枕想妹来。

应对歌（Responsoriums），男女之间的对歌，男子唱而女子和。

25

女：
我有一千零一文，
问你几人分得均，
每人不多也不少，
谁能把钱分得均，
你我成婚不要媒人。

26

男：
我来试一试：一七得七，
一人百钱共七人，

四七二十八，一人四十共二百八，
三七二十一，一人再拿三个文，
共合一千又一文，一共七人正平均。
算完难题叫一声，咱俩成婚不要媒人。

27

男：

我的情妹衣裳美，
好似天上五彩云，
她若分我一分美，
我拿世间最好来还她。

28

女：

如果你要真心爱，
汕头鞋上羊角云，
广西麦秆帽一顶，
骨牌大小金一块。

29

男：

为你花光钱万千，

卖掉良田得芳心，
301 卖田惹得父责怪，
妻子儿女泪涟涟？

30

女：
日夜烧香求老天，
保佑情郎多赚钱，
赚来铜钿千千万，
卖出良田再买还。

译者后记

法国学者葛兰言的《中国古代的节庆与歌谣》因其对中国古老的诗歌总集《诗经》的独特考察视角，早已引起国内外学者的关注。尤其是近几年来，一批致力于文明史研究的新一代人类学者，从葛兰言的思想中找到了有助于重新考察中国独特性及其在世界中地位的资源和方法，试图重新发现和勘定葛兰言的学术价值。因此，掀起了重读葛兰言的高潮，葛兰言的相关著作也陆续翻译出版。本版《中国古代的节庆与歌谣》的翻译虽然并非缘起这股潮流，乃是在钱林森教授推介法国汉学之文化研究的背景下产生的，但本书在翻译过程中与之也有着千丝万缕的交流。译稿付梓之际，应钱林森教授之邀，特做此后记，以追忆本版《中国古代的节庆与歌谣》翻译的经历及思想。

马塞尔·葛兰言（Marcel Granet, 1884—1940 年）是法国著名的社会学家、汉学家。在向西方介绍中国思想中，葛兰言起到重要的作用。不仅如此，他在历史学和社会学的方法论研究中产生的影响如同后来罗兰·巴特在文学批评中所产生的影响，具有“革命性”意义。而我本人与葛兰言的接触也颇有戏剧性。早年在法国求学期间，在一位友人的邀请下试译了葛兰言的《中国人的思维》导言，但因为语言过于艰涩、内容丰富而没有继续完成全部著作的翻译，后因其他工作和学术关注点的转移，也没能对葛氏的学术思想进行深入的探究和考察。

时隔多年，2020年夏，受南京大学钱林森教授之邀，参加他主持的“走近中国”文化译丛翻译工作，承担葛兰言《中国古代的节庆与歌谣》一书的翻译工作。此项工作原定是由陈卉老师来做的，但由于她个人工作原因，钱教授便委托我来完成这项工作。接到钱教授的委托，我心中既为激动又为忐忑：激动是因为多年之后，我竟然再次与葛兰言相遇，时光兜转，竟还有往复之时，不禁让我想起友人曾经的鼓励和启发；忐忑是因为我深知葛兰言的语言风格，也知道他的这部著作已有两本中译本：一是1989年由上海文艺出版社出版，张铭远翻译的《中国古代的祭礼与歌谣》（张译本）；二是2005年由广西师范大学出版社出版，赵丙祥、张宏明翻译的《古代中国的节庆与歌谣》（赵译本）。在这种情况下，重译该著作，对译本的要求非常高，我是否能够超越前人的译本呢？

翻译此书之前，钱林森教授特别强调，《中国古代的节庆与歌谣》是法国葛兰言研究《诗经》的一部重要论作，“作者的立论是以作品的具体分析为基础，进行洞幽触微的分析，把探讨的问题放到更宏观的文学和社会背景中去进行更深层次的分析考察。……一方面，使其立论建立在更加牢靠的基础上；另一方面，以此拓开自己的思路，再有所发见。……进而探讨古代中国社会组织、宗教信仰和思想原则、生活风尚”。因此在翻译的时候既要关注作者对《诗经》中译法的语言特色，也要关注作者的思想立意，真正体现他的社会学实证研究之目的。

葛兰言出身历史学专业，深受加布里尔·莫诺的实证史学和菲斯特尔·德·古朗日的制度史学影响，后又师从法国汉学家、司马迁《史记》的译者和研究者沙畹，因此，在他的中国社会研究中，始终带有历史学家的眼光。即便在其去世后，也依然以“中国历史学家”的头衔告知于世人。作为一名历史学家，葛兰言是深受涂尔干思想影响的实证主义者。他考察中国的目的，是要验证自己关于中国社会实质的一些假设，论证中国的政治制度与家庭制度在形式上具有同源性，从而进一步研究封建社会中的威望问题，因为葛兰言相信，对中国家庭组织形式的分析是掌握这个问题值得关注的中介。所以，对于葛兰言而言，与其说中国是他民族志的“考察”田野，不如说是他理论“验证”的田野。正因为如此，葛兰言关注的是中国传统的古老文本。他在文献中寻找构成中国古代社会的各种素材：农民季节性节庆，婚葬、出生习俗，民间和贵族阶级的信仰，礼仪分类和规定，中国的神话、语言以及思维方式等，追溯其根源。但在方法上，他已经意识到当时中西方语文学家所重视的文献学方法，即对文献进行词汇或句法的批注、索引等分析方法不再可能适用于中国研究。他认为，从民族学的角度上看，中国学者如同民族志研究中的信息提供者，他们过于偏重将文献中的事实理性化，以他们所处时代的道德意识来阐释事实；而他所侧重的是思想事实与制度之间的关系，要真正理解历史文献史料，从文献中发掘古代特征，就要摆脱传统的释古学体系。当然，这并不意味着他全盘否认文献的语文学批判，而是要以一种客观的科学调查方法研究中国社会事实，如同高本汉研究上古汉语一样。也正是因为如此，葛兰言从中国最古老的诗集《诗经》出发，采用一种创新性的阅读方法，通过颠覆性阐释，来重新书写中国古代历史，了解中国古代社会，挖掘中国古代社会制度和民俗的事实。在研究《诗经》时，葛兰言尤其注意到《诗经》中语言的风格特征，它所展现的韵律、相似性、叠韵所表达的多重思想，并通过诗歌的韵律和词汇的相关性采用科学的实证方法来阐述中国古代社会结构。

在细读葛兰言的文字时，我们会发现，葛兰言对《诗经》的翻译是在经学家考据成果的基础上几乎对诗歌做了逐字翻译。为了体现葛兰言的研究风格和目的，我们在译文中保留了他对《诗经》的法文翻译，以便读者参考对照。同时，我们参考了杨任之著《诗经今译今注》（天津古籍出版社1986年版）以及金启华译注的《诗经全译》（江苏古籍出版社1984年版），来考察葛兰言对《诗经》的阐述。另外，赵丙祥、张宏明翻译的《古代中国的节庆与歌谣》从人类学的角度对葛兰言的思想也做了诸多释译和补充；张铭远翻译的《中国古代的祭礼与歌谣》虽然是从英文版翻译过来的，都对我们解读葛兰言思想的接受过程提供了诸多启发。我们在翻译过程中不仅参考了现有的中文文献，还参考了1932年由E.D.Edwards翻译的英译本。

时值本译本付梓之际，赵丙祥教授重译其《中国古代的节庆与歌谣（新译本）》，并入汲喆教授主编的《法国汉学经典译丛》由商务印书馆出版。此书重译再译并无评述优劣之争，译者释者也，犹如葛兰言对《诗经》的阐释，译者只是从不同角度对作者的书写做一转释，以滋读者之娱。

本书在翻译过程中得中央编译出版社郑永杰女士的支持和鼓励，没有她的认真校对和协调，本书稿难以这么快与读者见面。特此表示感谢！另外，本翻译获得了2020傅雷青年翻译人才发展计划项目的支持，在此以示谢意！

刘文玲
2022年夏于成都

以下附清末海派代表画家钱慧安所绘《二十四节气笺》，该笺由同是海派代表的黄山寿题写笺名，被时人称道为笺谱中的翘首。此笺典雅生动，取材于生活，满是意趣，值得赏析品鉴。

萬象回春

文美主人屬 清秋趣子寫

立春

雨水

禹门三级浪平地一声雷

文美主人嘱 [illegible]

惊蛰

春分

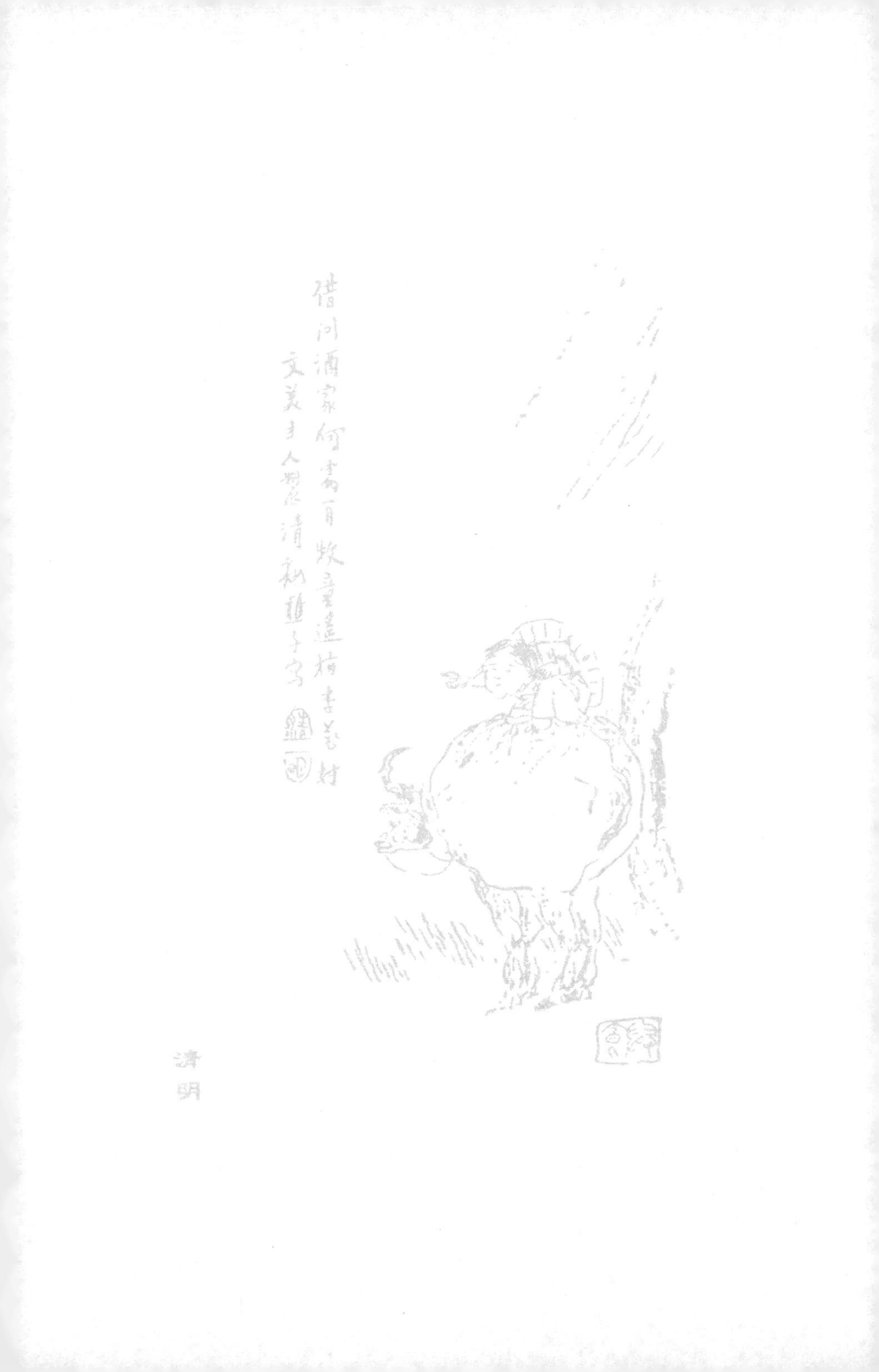

清明

穀雨三朝看牡丹

穀雨

立夏

小满

江村四月閒人少
過了蠶桑又種田
文英製 稚子

芒種

夏至

小暑

手倦拋書午夢長

立秋

處暑

白露横江水光接天

文美主人嘱 婴子写

白露

秋分

寒露

停车坐爱枫林晚霜叶红于二月花

杜工部北上句 文美制衣

霜降

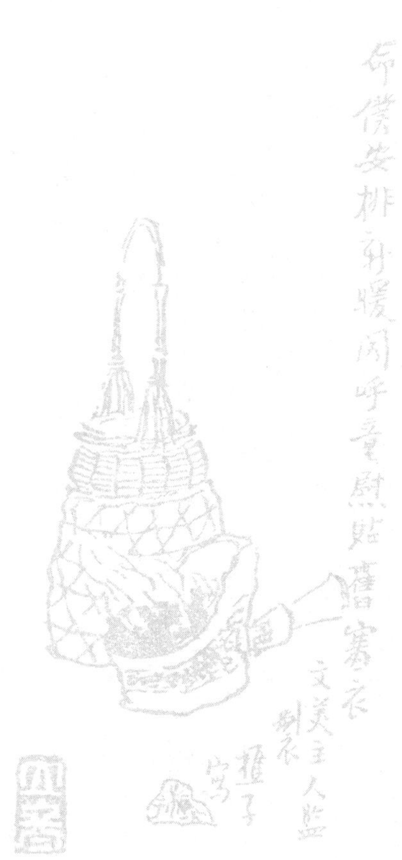

立冬

雪花六出预兆年丰

文美紫 想子写

片片鳞甲飞疑是玉龙斗
骑驴过小桥独叹梅花瘦 [illegible]

大雪

刺绣五纹添弱线

吹葭六管动飞灰

文美斋楊望写

冬至

寻常一样窗前月纔有梅花便不同